DZIEWCZYNA
Z BROOKLYNU

GUILLAUME MUSSO

DZIEWCZYNA Z BROOKLYNU

Z francuskiego przełożyła
JOANNA PRĄDZYŃSKA

Tytuł oryginału:
LA FILLE DE BROOKLYN

Polish edition copyright © Wydawnictwo Albatros Sp. z o.o. 2017

Polish translation copyright © Joanna Prądzyńska 2017

Redakcja: Ewa Pawłowska

Zdjęcie na okładce: oneinchpunch/Shutterstock

Projekt graficzny okładki: Wydawnictwo Albatros Sp. z o.o.

Projekt graficzny serii: Andrzej Kuryłowicz

Skład: Laguna

ISBN 978-83-6578-133-8

Książka dostępna także jako e-book

Dystrybutor
Firma Księgarska Olesiejuk sp. z o.o.
Poznańska 91, 05-850 Ożarów Mazowiecki
tel. (22) 721 30 00, faks (22) 721 30 01
www.olesiejuk.pl

Wydawca
Wydawnictwo Albatros Sp. z o.o.
Hlonda 2A/25, 02-972 Warszawa
www.wydawnictwoalbatros.com
Facebook.com/WydawnictwoAlbatros | Instagram.com/wydawnictwoalbatros

2018. Wydanie I
Druk: Abedik S.A., Poznań

Dla Ingrid
Dla Nathana

I mi umknęła…

I am unkind...

Antibes, środa, 31 sierpnia 2016

Zdarzyło się to trzy tygodnie przed naszym ślubem. Nadchodzący długi weekend zapowiadał się na cudowny przerywnik w gorączce przygotowań weselnych, miało to być wyrwane codzienności nasze sam na sam pod słońcem późnego lata na Lazurowym Wybrzeżu.

Wieczór zaczął się bardzo dobrze: spacer po wałach obronnych starego miasta, kieliszek merlota na tarasie i spaghetti z małżami pod kamiennym sklepieniem restauracji Michelangelo. Rozmawialiśmy trochę o pracy, o czekającej nas uroczystości w skromnym gronie: dwóch przyjaciół w roli świadków i mój syn Théo jako oklaskująca nas widownia.

Wracaliśmy drogą biegnącą nad urwiskiem. Prowadziłem wynajęty kabriolet powoli, żebyś mogła nacieszyć się widokiem na skaliste wybrzeże półwyspu. Doskonale pamiętam tę chwilę: twoje jasne szmaragdowe spojrzenie, niedbale upięte włosy, krótką spódniczkę, skórzaną rozpiętą kurtkę, spod której widać było jaskrawożółty T-shirt z napisem „Power to the people". Na zakrętach, zmieniając biegi, patrzyłem na twoje opalone nogi, wymienialiśmy uśmiechy, ty nuciłaś stary przebój Arethy Franklin. Było super, orzeźwiała nas letnia bryza. Tak, doskonale pamiętam tę chwilę: złote iskierki w twoich oczach, radosna twarz, kosmyki fruwające na wietrze, twoje szczupłe palce wystukujące rytm muzyki na tablicy rozdzielczej.

Willa, którą wynajęliśmy, znajdowała się na terenie dawnej wioski poławiaczy pereł, obecnie eleganckiego skupiska około dziesięciu domów wybudowanych na skale z widokiem na Morze Śródziemne. Kiedy szliśmy żwirowaną aleją przez pachnący żywicą sosnowy zagajnik, rozglądałaś się oszołomiona, napawając się otaczającym nas wspaniałym widokiem.

Doskonale pamiętam tę chwilę, naszą ostatnią chwilę szczęścia.

Cykady. Usypiające dźwięki uderzających o piasek fal. Lekki wietrzyk przecina jedwabną wilgoć powietrza.

Na tarasie na wiszącej skale zapaliłaś świeczki zapachowe i lampki mające spłoszyć komary, a ja nastawiłem płytę Charliego Hadena. Scena jak z powieści Fitzgeralda: stanąłem za barem na świeżym powietrzu i zacząłem mieszać koktajle. Twój ulubiony: Long Island Iced Tea, z dużą ilością lodu i plasterkiem limonki.

Rzadko widziałem cię w tak radosnym nastroju. Mogliśmy spędzić uroczy wieczór. Powinniśmy byli spędzić uroczy wieczór. Ale zamiast tego padłem ofiarą obsesyjnej myśli, dręczącego mnie od pewnego czasu refrenu, nad którym do tej pory panowałem: „Wiesz, Anno, nie powinniśmy mieć przed sobą żadnych sekretów...".

Dlaczego ten strach, że tak naprawdę cię nie znam, pojawił się znów właśnie tego wieczoru? Czy dlatego, że zbliżał się dzień ślubu? Czy z lęku przed tym decydującym krokiem? Czy z powodu szybkiego tempa, w jakim zapadła nasza decyzja? Z pewnością odegrało tu rolę wszystko razem, plus jeszcze moje własne doświadczenia, bo już raz zdradzili mnie ludzie, którym ufałem.

Podałem ci napełniony kieliszek i usiadłem naprzeciw.

– Anno, mówię poważnie, nie chcę żyć w kłamstwie.

– To dobrze się składa, bo ja również nie. Ale być szczerym nie znaczy wcale, że nie można mieć swoich sekretów.

– Więc potwierdzasz, że coś przede mną ukrywasz!

– Daj spokój, Raphaëlu! Każdy nosi w sobie jakąś tajemnicę. I bardzo dobrze. To część osobowości, intymnej historii, świadczy o naszej wyjątkowości.

– Ja nie mam przed tobą żadnych sekretów.

– A powinieneś mieć!

Byłaś zawiedziona, zirytowana. Ja również. Radość i dobry nastrój nagle gdzieś wyparowały.

Mogliśmy na tym zakończyć rozmowę, ale ja się uparłem jak osioł i wbrew zdrowemu rozsądkowi znów cię zaatakowałem. Sięgałem po wszystkie możliwe argumenty, żeby tylko znów zadać to nękające mnie pytanie:

– Dlaczego robisz uniki za każdym razem, gdy pytam cię o twoją przeszłość?

– Bo z definicji wynika, że przeszłość to coś, co minęło. Nie można jej zmienić.

– Przeszłość może postawić teraźniejszość w określonym świetle – zdenerwowałem się. – Dobrze o tym wiesz. Co, do cholery, ukrywasz przede mną?!

– Nie ukrywam niczego, co mogłoby nam zagrozić. Zaufaj mi! Zaufaj nam!

– Och, na wszystko masz odpowiedź! – wykrzyknąłem i uderzyłem pięścią w stół, aż podskoczyłaś, a twoja piękna twarz wykrzywiła się w grymasie rozpaczy i lęku.

Zezłościłem się tak, bo sam się bałem i chciałem, żebyś mnie zapewniła o bezzasadności tego strachu. Poznałem cię zaledwie pół roku wcześniej i od razu wszystko mi się w tobie spodobało. Ale to, co mnie z początku uwiodło – tajemniczość, rezerwa, dyskrecja, to, że lubisz być sama – stało się teraz źródłem obawy, która wracała do mnie wciąż jak bumerang.

– Dlaczego chcesz wszystko zepsuć? – spytałaś mnie zmęczonym głosem.

– Znasz moje życie. Popełniłem wiele błędów. Nie mogę już sobie pozwolić na pomyłkę.

Wiedziałem, jak bardzo cię krzywdzę, ale miałem wrażenie, że jestem gotów usłyszeć wszystko, wszystko przetrwać z miłości do ciebie. Jeśli miałaś mi do wyznania coś bolesnego, chciałem to wziąć na klatę, uwolnić cię od ciężaru tego bólu.

Powinienem wówczas się wycofać, przestać się upierać, ale nie zrobiłem tego. Gadałem i gadałem, i nie oszczędzałem cię, czułem bowiem, że tym razem wreszcie się do czegoś przyznasz. Tak więc metodycznie wbijałem w ciebie piki jak toreador, aż tak cię zmęczyłem, że nie miałaś siły dalej się bronić.

– Chcę tylko usłyszeć prawdę, Anno.

– Prawdę! Prawdę! Powtarzasz w kółko to słowo! Zastanowiłeś się chociaż, czy zdołasz ją znieść?!

Ta zmiana frontu wzbudziła we mnie nagłą wątpliwość. Nagle stałaś się inna. Tusz do rzęs się rozmazał, a w oczach zabłysł płomień, którego nigdy przedtem nie zauważyłem.

– Chcesz wiedzieć, czy mam jakiś sekret, Raphaëlu? Odpowiedź brzmi: „Tak!". Chcesz wiedzieć, czemu nie chcę ci go zdradzić? Otóż dlatego, że gdy go poznasz, nie tylko przestaniesz mnie kochać, ale jeszcze mnie znienawidzisz!

– To nieprawda! Wszystko zniosę.

A w każdym razie byłem o tym wówczas przekonany. Byłem pewien, że niezależnie od tego, co mi wyjawisz, zniosę wszystko.

– Nie, nie, Raphaëlu. To tylko słowa! Słowa, takie jak w twoich powieściach. Rzeczywistość jest od nich znacznie gorsza.

Coś się zmieniło. Puściła jakaś tama. Teraz, widziałem to dobrze, również ty byłaś ciekawa, czy naprawdę mam silny charakter. Też chciałaś wiedzieć, czy wciąż mnie kochasz, czy ja kocham cię wystarczająco mocno... Czy ten granat, który zamierzałaś odbezpieczyć, zniszczy nas, czy nie.

I sięgnęłaś do torebki, z której wyjęłaś iPada. Wystukałaś hasło i otworzyłaś aplikację ze zdjęciami. Powoli przesuwałaś jedno, potem drugie, aż znalazłaś to, którego szukałaś. Następnie popatrzyłaś na mnie, wyszeptałaś coś pod nosem i wręczyłaś mi tablet. Oczom moim ukazał się sekret, który z ciebie siłą wyciągnąłem.

– Ja to zrobiłam – powiedziałaś.

Oszołomiony spojrzałem na ekran, mrużąc oczy, i patrzyłem, aż zrobiło mi się niedobrze i musiałem odwrócić wzrok. Po ciele przebiegł mi paraliżujący dreszcz. Ręce mi się trzęsły, krew pulsowała w skroniach. Spodziewałem się czegoś złego. Byłem na to gotowy. Ale nie przyszło mi do głowy, że to będzie właśnie to.

Podniosłem się z trudem na nogach jak z waty. Zakręciło mi się w głowie, zachwiałem się, ale zmusiłem się, żeby zdecydowanym krokiem wyjść z salonu.

Moja torba podróżna stała nierozpakowana w holu. Nie patrząc na ciebie, złapałem ją i wyszedłem.

Otumanienie. Gęsia skórka. W ustach kwaśny smak, spływające po czole krople potu mącące wzrok.

Zatrzasnąłem drzwi kabrioletu i pojechałem w noc jak automat. Byłem rozzłoszczony, rozczarowany. W głowie mi huczało, potworność tego zdjęcia mnie poraziła, nic nie rozumiałem, ale czułem, że moje życie właśnie w tej chwili wali się w gruzy.

Po kilku kilometrach spostrzegłem ostre kontury zwalistego fortu carré sterczącego ze skały. Solidne fortyfikacje, ostatni punkt obserwacyjny przy wyjściu z portu.

Nie, jednak nie byłem w stanie tak po prostu odjechać. Już żałowałem swojego zachowania. Pod wpływem szoku straciłem zimną krew, ale nie mogłem przecież zniknąć, nie wysłuchawszy twoich wyjaśnień. Wdusiłem pedał hamulca i zawróciłem gwałtownie na środku drogi, najeżdżając na pas zieleni oddzielający jezdnie i nieomal taranując zbliżającego się z naprzeciwka motocyklistę.

Muszę cię wesprzeć, muszę pomóc ci wymazać ten koszmar z życia. Muszę być mężczyzną, którym obiecałem sobie być, kimś, kto zrozumie twoje cierpienie, będzie je z tobą dzielił, zrobi wszystko, żeby złe wspomnienia minęły. Pędziłem z powrotem tą samą drogą: boulevard du Cap, plaża Przypływów, port w Olivette, fort Graillon i wreszcie wąska dróżka prowadząca do posiadłości.

Zaparkowałem samochód pod sosnami i pobiegłem do domu. Drzwi wejściowe były uchylone.

– Anno! – wykrzyknąłem, wchodząc do holu.

W salonie nie było nikogo. Na podłodze leżało rozbite szkło – najwyraźniej ktoś pchnął regał z półkami wypełnionymi bibelotami na niski szklany stolik, który rozprysł się na tysiąc kawałków. Na środku pobojowiska leżał pęk kluczy, ten, który podarowałem ci kilka tygodni temu.

– Anno!

Wielkie szklane okno z zasłonami było otwarte. Odsunąłem trzepoczące na wietrze pasy materiału i wyszedłem na taras. Znów cię zawołałem. Odpowiedziała mi cisza. Zadzwoniłem. Nie odebrałaś.

Ukląkłem i chwyciłem się za głowę. Gdzie mogłaś być? Co się stało podczas dwudziestu minut mojej nieobecności? Co chowała Pandora w szkatułce, którą otworzyłem, grzebiąc się w przeszłości?

Zamknąłem oczy i zobaczyłem nas… Sześć miesięcy szczęścia, które, jak się domyślałem, na zawsze odpłynęło w siną dal. Te wszystkie plany, rodzina, dzieci – teraz to już się nigdy nie ziści.

Jakiż byłem głupi!

Po co mówić, że się kocha, jeśli się nie jest w stanie obronić ukochanej?

DZIEŃ PIERWSZY

Nauczyć się znikać

1

Papierowy człowiek

Gdy nie mam w dłoniach książki lub gdy nie marzę
o napisaniu jej, ogarnia mnie straszliwa nuda.
Wydaje mi się, że życie można znieść tylko wtedy,
gdy się je wykradnie.

Gustave Flaubert

1

Czwartek, 1 września 2016

– Moja żona co wieczór zasypia przy panu, całe szczęście, że nie jestem zazdrosny! – Zadowolony z własnego żartu paryski taksówkarz popatrzył na mnie w lusterku i mrugnął. Zwolnił i włączył kierunkowskaz, zjeżdżając z lotniska Orly w kierunku autostrady. – Przyznam, że ją trudno wystraszyć. Ja też przeczytałem jedną czy dwie pańskie książki – pochwalił się taksówkarz, przygładzając wąsy. – Suspens jest zawsze doskonały, ale dla mnie to zbyt ciężka lektura. Te wszystkie morderstwa, przemoc… Z całym szacunkiem, panie Barthélémy, uważam, że pańskie spojrzenie na ludzi jest chore. Gdyby spotykało się w rzeczywistości tylu zboczeńców, co w pana powieściach, bylibyśmy w tragicznej sytuacji.

Wpatrzony w ekran swojej komórki udałem, że nie usłyszałem jego słów. Literatura albo sytuacja na świecie to ostatnie rzeczy, o których chciałbym dyskutować tego ranka.

Było dziesięć po ósmej, wsiadłem do pierwszego poranne-go samolotu, żeby jak najszybciej wrócić do Paryża. W telefonie Anny teraz już od razu włączała się automatyczna sekretarka. Zostawiłem jej co najmniej dziesięć wiadomości z przeprosina-mi, błagałem, żeby się odezwała, bo bardzo się denerwuję. Byłem bezradny. Nigdy przedtem nie pokłóciliśmy się tak bardzo.

Tej nocy nie zmrużyłem oka, cały czas jej szukałem. Naj-pierw poszedłem do ochroniarzy i dyżurny strażnik poinformo-wał mnie, że podczas mojej nieobecności na teren posiadłości wjechało kilka samochodów, w tym sedan jakiejś firmy wynaj-mującej samochody z szoferem.

– Kierowca mi powiedział, że został wezwany przez panią Annę Becker zamieszkującą willę Przypływów. Porozumiałem się z lokatorką przez domofon i potwierdziła zamówienie.

– Skąd pan wie, że to była firma oferująca samochody z kie-rowcą?

– On miał za przednią szybą wymagany znaczek.

– I nie wie pan, dokąd pojechali?

– A skąd niby miałbym to wiedzieć?

Kierowca musiał zawieźć Annę na lotnisko, a przynajmniej do takiego wniosku doszedłem kilka godzin później, gdy połączy-łem się ze stroną internetową Air France. Wprowadzając nasze dane – bilety kupowałem ja – odkryłem, że pasażerka Anna Be-cker przebukowała swój bilet powrotny, by zdążyć na ostatni tego dnia lot na linii Nicea – Paryż. Samolot odleciał dopiero o 23.45 z powodu dwóch przeszkód: opóźnień związanych z masowymi powrotami z wakacji oraz awarii systemu komputerowego, która uziemiła wszystkie samoloty tej kompanii na ponad godzinę.

To odkrycie trochę mnie uspokoiło. Anna z pewnością tak się na mnie wściekła, że potłukła szklany stolik i przyspieszyła powrót do Paryża, ale przynajmniej była cała i zdrowa.

Taksówka opuściła autostradę i jej ponure tunele, wjechała na obwodnicę. Ruch był już bardzo duży, a korki jeszcze się zwiększyły przy porte d'Orleans. Prawie nie posuwaliśmy się naprzód. Samochody jechały zderzak w zderzak, przebijając się z trudnością przez tłuste, czarne wyziewy spalin ciężarówek i autobusów. Podsunąłem w górę boczną szybę w samochodzie. Tlenek azotu, substancje rakotwórcze, koncert klaksonów, normalka, jak to w Paryżu...

W pierwszym odruchu chciałem poprosić kierowcę, żeby zawiózł mnie do Montrouge. Chociaż ostatnio mieszkaliśmy razem, Anna zatrzymała swoje mieszkanie, dwa pokoje w nowoczesnym budynku przy avenue Aristide Briand. Była przywiązana do tego miejsca, w którym zostawiła większość swoich rzeczy. Mogłem się spodziewać, że w złości na mnie wróciła właśnie tam.

Samochód wjechał na rondo przy centrum handlowym Vache Noire i zaczął je objeżdżać. Trwało to nieskończenie długo.

– Jesteśmy na miejscu, mistrzu – oznajmił taksówkarz, gdy zjechawszy wreszcie z ronda, dotarł pod nowoczesny, niezbyt ładny budynek i stanął przy chodniku. Spojrzałem na niego – był okrągły i krępy, łysawy, patrzył spode łba, miał cienkie usta i głos Raoula Volfoniego z filmu *Wujkowie zabijacy*.

– Czy może pan na mnie chwilę zaczekać? – spytałem.

– Nie ma problemu. Nie wyłączam licznika.

Zatrzasnąłem za sobą drzwi wozu i skorzystałem z okazji, że na klatce schodowej pojawił się chłopiec z tornistrem, by wślizgnąć się do holu. Jak zwykle winda nie działała. Wbiegłem na dwunaste piętro jednym ciągiem i zdyszany, opierając ręce o kolana, zapukałem niecierpliwie do drzwi mieszkania Anny. Odpowiedziała mi cisza. Nadstawiłem ucha, ale nie usłyszałem żadnego hałasu.

Anna nie zabrała z sobą kluczy do mojego mieszkania. Jeśli nie była u siebie, gdzie spędziła noc?

Zacząłem dzwonić do wszystkich drzwi na tym piętrze. Jedyny sąsiad, który mi otworzył, i tak mi nie pomógł: niczego nie widział, niczego nie słyszał. To była zasada współżycia w tych wielkich osiedlach.

Rozczarowany zszedłem na ulicę i podałem Raoulowi adres na Montparnassie.

– Kiedy pan napisał swoją ostatnią powieść, panie Barthélémy?

– Trzy lata temu... – Westchnąłem.

– Ma pan coś nowego na warsztacie?

Potrząsnąłem głową przecząco.

– Nic w najbliższym czasie.

– Moja żona będzie zawiedziona!

Nie chciało mi się dalej rozmawiać na ten temat, poprosiłem więc go, żeby pogłośnił radio, bo chcę wysłuchać wiadomości.

Radio było nastawione na jakąś popularną stację i właśnie czytano serwis informacyjny nadawany o dziewiątej rano. Był pierwszy września, dwanaście milionów uczniów szykowało się do powrotu do szkoły, François Hollande gratulował sobie wzrostu gospodarczego, kilka godzin przed zamknięciem okienka transferowego PSG zafundowało sobie nowego środkowego napastnika, podczas gdy w Stanach Zjednoczonych Partia Republikańska szykowała się do ogłoszenia nazwiska swego kandydata do następnych wyborów prezydenckich...

– Nie za bardzo rozumiem... – Taksówkarz najwyraźniej się uparł. – Czy postanowił pan zrobić sobie wakacje, czy też to syndrom białej kartki?

– Gdyby to było takie proste... – Westchnąłem, wyglądając przez okno.

2

Tak naprawdę to od trzech lat nie napisałem ani zdania, bo dopadło mnie „samo życie".

Nie cierpiałem na żadną blokadę ani na chwilowy brak natchnienia. Odkąd skończyłem sześć lat, wymyślałem sam dla siebie dziesiątki różnych historii i potrzeba spisywania ich wkrótce stała się centrum mojego życia, kierując na właściwe tory rozbuchaną wyobraźnię. Fikcja literacka stała się moją ucieczką, najtańszym biletem samolotowym, aby znaleźć się jak najdalej od monotonnej codzienności. Lata całe żyłem w świecie wyobraźni. Nie rozstawałem się z notatnikiem i laptopem, pisałem cały czas, wszędzie: na ławkach w parku czy na ulicy, przy stoliku w kafejce, a nawet na stojąco w metrze. A kiedy nie pisałem, myślałem wciąż o moich bohaterach, o ich problemach, romansach. Nic innego się nie liczyło. Banalność realnego świata tak naprawdę nie miała dla mnie znaczenia. Zawsze byłem obok, jak lunatyk poruszałem się w świecie fantazji, którego byłem twórcą.

Od 2003 roku, kiedy to opublikowano moją pierwszą powieść, wydawałem jedną książkę rocznie. Głównie były to kryminały i thrillery. W wywiadach zazwyczaj mówiłem, że pracuję codziennie z wyjątkiem Bożego Narodzenia i moich urodzin – podwędziłem to zdanie Stephenowi Kingowi. Ale, tak jak i w jego przypadku, było to kłamstwo: pracowałem również 25 grudnia i nie widziałem żadnego powodu, aby nie pisać w dzień rocznicy mojego przyjścia na świat.

Postępowałem tak, gdyż rzadko miałem coś lepszego do roboty, niż usiąść przed ekranem laptopa i zapoznać z tym, co się dzieje u moich bohaterów.

Uwielbiałem swoją pracę i świetnie się czułem w świecie suspensu, morderstw i przemocy. Tak jak dzieci – przypomnijcie sobie olbrzyma z bajki *Kot w butach*, okropnych rodziców z *Tomcia Palucha*, *Sinobrodego* czy wilka z *Czerwonego Kapturka* – dorośli też lubią się bać dla zabawy. Też potrzebują bajek, żeby odpędzić od siebie strachy.

Entuzjazm czytelników dla kryminałów spowodował, że przeżyłem fantastyczne dziesięć lat, podczas których znalazłem się w wąskiej grupie autorów, którzy mogli żyć z pisania. Co rano, siadając przy biurku, byłem świadom szczęścia, jakiego dostąpiłem, skoro ludzie na całym świecie z niecierpliwością czekają na moją kolejną powieść.

Ale to magiczne koło tworzenia i sukcesu trzy lata temu przerwało się z powodu pewnej kobiety. Podczas kampanii promocyjnej najnowszej książki w Londynie rzecznik prasowy przedstawił mi młodą Angielkę, Natalie Curtis, pracownika naukowego, równie uzdolnioną w dziedzinie biologii co interesów. Była udziałowcem medycznego start-upu, który wdrażał do produkcji prototypowe „inteligentne" szkła kontaktowe, zdolne do wykrywania rozmaitych chorób, ponieważ badały poziom glukozy zawartej w płynie łzowym.

Natalie pracowała po osiemnaście godzin dziennie. Z zaskakującą łatwością żonglowała czasem, wymyślając nowe programy, czuwając nad próbami klinicznymi, nad biznesplanem i podróżując po całym świecie, aby informować na bieżąco o postępach prac badawczych zamieszkałych na różnych kontynentach partnerów finansowych.

Żyliśmy w dwóch różnych światach. Ja w tradycyjnym świecie papieru, ona w systemie cyfrowym. Ja zarabiałem na życie, wymyślając historie, ona wymyślała cienkie jak włos mikroprocesory. Należałem do ludzi, którzy w liceum uczyli się greki, lubili poezję Aragona i pisali listy miłosne wiecznym piórem. Ona żyła i działała w przestrzeni internetu, czuła się jak u siebie w domu w chłodnym, niemającym ściśle wyznaczonych granic świecie portów lotniczych.

Nawet patrząc na to z perspektywy czasu, nie rozumiałem, co nas do siebie przyciągnęło. Dlaczego w tym konkretnym momencie życia uwierzyliśmy, że nasze dziwne spotkanie ma jakiś tajemny sens i że jest nam pisana wspólna przyszłość?

Chciałoby się być tym, kim się nie jest – napisał Albert Cohen. Może dlatego czasem człowiek zakochuje się w kimś, z kim nie ma absolutnie nic wspólnego. Może to pragnienie wzajemnego dopełnienia się każe nam wierzyć w możliwość zmiany, metamorfozy. Tak jakby kontakt z drugą osobą powodował, że stajemy się istotami doskonalszymi, bogatszymi, bardziej otwartymi. Ten piękny w teorii pomysł rzadko realizuje się w rzeczywistości.

Iluzja naszej miłości szybko by się rozwiała, gdyby Natalie nie zaszła w ciążę. Perspektywa założenia rodziny przedłużyła tę iluzję, przynajmniej jeśli chodzi o mnie. Opuściłem Francję, zamieszkałem w apartamencie, który Natalie wynajmowała w Londynie, w dzielnicy Belgravia, i najlepiej, jak umiałem, wspierałem ją podczas całego okresu ciąży.

„Którą ze swoich powieści lubi pan najbardziej?". Podczas każdej kampanii promocyjnej pytanie to jak bumerang powracało na usta dziennikarzy. Przez lata unikałem bezpośredniej odpowiedzi, zadowalałem się lakonicznym: „Proszę państwa, nie potrafię wybrać, to tak, jakbym miał wybierać między własnymi dziećmi".

Ale książki to nie dzieci. Byłem na sali porodowej podczas narodzin naszego syna. Kiedy położna wsunęła mi w ramiona maleńkiego Théo, w sekundę uświadomiłem sobie, jak bardzo to stwierdzenie, powtarzane przeze mnie wielokrotnie w wywiadach, mijało się z prawdą.

Książki nie są dziećmi.

Książki mają pewną szczególną cechę, która graniczy z magią: są przepustką do innego świata. W trudnych chwilach mogą stać się źródłem siły. Tak jak mówi Paul Auster, są *jedynym miejscem na świecie, w którym dwoje obcych sobie ludzi może połączyć intymność.*

Ale na pewno nie są to dzieci. Z dziećmi nic nie da się porównać.

3

Ku mojemu wielkiemu zdziwieniu Natalie wróciła do pracy zaledwie dziesięć dni po porodzie. Pracowała coraz dłużej, bez przerwy podróżowała i w ogóle nie miała okazji, żeby w pełni wykorzystać pierwsze – czasem przerażające, choć wspaniałe – tygodnie tuż po narodzinach. Nie wyglądało na to, żeby się tym przejmowała. Zrozumiałem, dlaczego któregoś wieczoru, rozbierając się w garderobie, która była przedłużeniem sypialni, oznajmiła:

– Zaakceptowaliśmy propozycję Google'a. Będą mieli większość kapitału naszej firmy.

Zatkało mnie i potrzebowałem kilku sekund, żeby zareagować.

– Mówisz poważnie?

Z nieobecnym wyrazem twarzy zdjęła buty i zaczęła sobie masować bolącą kostkę, zanim wymierzyła mi ostateczny cios.

– Jak najbardziej poważnie. Od poniedziałku przenoszę się z moją ekipą do Kalifornii.

Popatrzyłem na nią wystraszony. To ona dopiero co leciała przez dwanaście godzin samolotem, a jednak właśnie ja czułem się, jakbym miał *jet lag*.

– Takiej decyzji nie możesz podjąć samodzielnie, Natalie! Musimy przedtem porozmawiać. Trzeba...

Przygnębiona usiadła na brzegu łóżka.

– Przecież wiem, że nie mogę od ciebie żądać, żebyś ze mną jechał do Stanów.

Nie mogłem dłużej wytrzymać.

– Ależ ja muszę z tobą jechać! – wybuchłem. – Przypominam ci, że mamy trzytygodniowe dziecko!

– Nie krzycz! Sama jestem tym zaskoczona, ale nie dam rady, Raphaëlu.

– Z czym nie dasz sobie rady?

Natalie zaczęła płakać.

– Nie dam rady być dobrą matką dla Théo.

Starałem się jej to wyperswadować, ale bez przerwy powtarzała to okropne zdanie, które zdradzało, co naprawdę myślała: „Ja się do tego nie nadaję. Przykro mi!".

Kiedy zapytałem, jak sobie konkretnie wyobraża naszą przyszłość, utkwiła we mnie spojrzenie pełne wahania, a potem rzuciła na stół kartę, którą od samego początku rozmowy musiała chować w rękawie:

– Jeśli chcesz wychowywać Théo sam, w Paryżu, nie mam nic przeciwko temu. Szczerze mówiąc, uważam, że to jest najlepsze rozwiązanie dla nas trojga.

Kiwnąłem głową w milczeniu, oniemiały na widok ogromnej ulgi, która malowała się na jej twarzy. Ona, matka mojego syna. Potem w sypialni zapadła ciężka cisza. Natalie połknęła środek na sen i wsunęła się do łóżka w kompletnych ciemnościach.

Już następnego dnia wróciłem do Francji i do mojego mieszkania na Montparnassie. Mogłem zatrudnić niańkę, ale nie zrobiłem tego. Byłem zdecydowany uczestniczyć osobiście w dorastaniu synka. A przede wszystkim bałem się, żeby go nie utracić.

Przez wiele miesięcy, za każdym razem, gdy dzwonił telefon, spodziewałem się usłyszeć głos adwokata Natalie oznajmiający, że jego klientka zmieniła zdanie i żąda wyłącznego prawa opieki nad Théo. Ale nigdy nie odebrałem tego strasznego telefonu. Przez dwadzieścia następnych miesięcy nie miałem żadnej wiadomości od Natalie. Dwadzieścia miesięcy, które minęły jak z bicza trzasł. Dni, które dawniej zorganizowane były wokół pisania, teraz wypełniały butelki do karmienia niemowląt, słoiczki z jedzeniem, przewijanie, pieluszki, spacery w parku, kąpiele w precyzyjnie odmierzonej temperaturze trzydziestu siedmiu stopni i ciągłe pranie. Brakowało mi snu, denerwowałem się przy najmniejszych skokach temperatury synka i bałem się, że nie dam sobie rady.

Jednak nie zamieniłbym tych dni na nic na świecie. Jak świadczy o tym pięć tysięcy zdjęć w mojej komórce, pierwsze miesiące życia synka były początkiem fantastycznej przygody, której byłem bardziej aktorem niż reżyserem.

4

Avenue du Général Leclerc. Ruch słabnie. Taksówka przyspiesza, kierując się na wieżę kościoła Saint Pierre de Montrouge. Place d'Alésia, samochód wjeżdża w avenue du Maine. Przez gałęzie drzew przebijają jasne promienie słońca. Białe fasady kamiennych domów, dziesiątki sklepików, tanie hotele.

Zamierzałem wyjechać z Paryża na cztery dni, a tymczasem kilka godzin później już byłem z powrotem. W popłochu zacząłem wystukiwać SMS-a do Marca Caradeca, jedynego człowieka, któremu ufałem na tyle, żeby zostawić synka pod jego opieką. Od kiedy zostałem ojcem, zwariowałem zupełnie na punkcie jego bezpieczeństwa, tak jakby te scenariusze morderstw i porwań, które wymyślałem w moich kryminałach, mogły się urzeczywistnić. Odkąd Théo przyszedł na świat, pozwoliłem zająć się nim tylko dwóm osobom. Były to: Amalia, dozorczyni, którą znałem od ponad dziesięciu lat, i Marc Caradec, mój sąsiad i przyjaciel, były oficer BRB*. Odpowiedział mi natychmiast:

Nie przejmuj się. Złotowłosy jeszcze śpi. Jestem czujny, zauważę natychmiast, gdy się obudzi. Włączyłem już podgrzewacz butelki, wyjąłem przecier z lodówki i przygotowałem jego wysokie krzesełko. Opowiesz mi, co się stało. Trzymaj się.

Odetchnąwszy z ulgą, znów wybrałem numer Anny, ale wciąż odzywała się poczta głosowa. Wyłączyła komórkę? Wyładowała się jej?
Rozłączyłem się i przejechałem dłonią po oczach. Wciąż byłem oszołomiony tempem, w jakim rozpadła się moja rzeczywistość. W głowie bez przerwy odtwarzał mi się film z wczorajszego dnia i nadal niczego nie rozumiałem. Wyglądało na to, że żyliśmy sobie pozornie szczęśliwi jak w szklanej kuli, która zasłaniała niezbyt piękny świat. Czy powinienem niepokoić się o Annę, czy też się jej bać? Przy tym ostatnim pytaniu dostałem gęsiej skórki. Przecież jeszcze kilka godzin wcześniej byłem przekonany, że spotkałem wreszcie odpowiednią kobietę: tę, na którą czekałem od lat i z którą byłem zdecydowany mieć jeszcze inne dzieci.
Poznaliśmy się pół roku wcześniej, w lutym, na pogotowiu dziecięcym w szpitalu Pompidou, gdzie znalazłem się o pierwszej w nocy. Théo dostał nagle wysokiej gorączki, która nie spadała. Zwinął się w kłębek i nie chciał nic jeść. Uległem idiotycznej pokusie sprawdzenia symptomów w internecie. W miarę przesuwania się stron upewniałem się, że Théo dostał zapalenia

---

* BRB – *Brigade de Répression du Banditisme* (fr.), Brygada ds. Zwalczania Bandytyzmu – oddziały specjalne policji kryminalnej podległe francuskiemu Ministère de l'Intérieur (Min. Spraw Wewn.).

opon mózgowych. Kiedy wpadłem na zatłoczoną poczekalnię pogotowia, byłem nieprzytomny ze strachu. Zobaczywszy tłum oczekujących przed sobą, zacząłem się awanturować: nie, nie uspokoję się, dopóki mój syn nie zostanie zbadany przez lekarza, i to natychmiast! Dziecko może umrzeć, on...

– Nic takiego się nie stanie, proszę pana, spokojnie...

Jak za dotknięciem czarodziejskiej różdżki pojawiła się nagle przede mną młoda lekarka. Poszedłem za nią do gabinetu, gdzie dokładnie zbadała syna.

– Pański synek ma powiększone węzły chłonne... – stwierdziła, macając mu szyję. – Zapalenie migdałków.

– Zwykła angina?

– Tak. Nie chce jeść, bo jest mu trudno przełykać.

– Czy antybiotyki to wyleczą?

– Nie, to jest infekcja wirusowa. Proszę mu dawać paracetamol i za kilka dni będzie zdrów.

– Jest pani doktor pewna, że to nie zapalenie opon mózgowych? – upierałem się, wkładając zaspanego synka do nosidełka.

Kobieta uśmiechnęła się.

– Niech pan przestanie wchodzić na medyczne strony w internecie. Niepotrzebnie szarpią ludziom nerwy...

Odprowadziła nas przez długi korytarz szpitalny. Gdy żegnaliśmy się, uspokojony, że z moim synkiem wszystko w porządku, wskazałem na dystrybutor do napojów i usłyszałem, jak mówię:

– Stawiam pani kawę?

Lekko się zawahała, po czym uprzedziła koleżankę, że robi sobie chwilę przerwy, i przez kwadrans dyskutowaliśmy w wielkim szpitalnym holu.

Nazywała się Anna Becker. Miała dwadzieścia pięć lat, odbywała drugi rok stażu na oddziale pediatrycznym i nosiła biały fartuch, jakby to był płaszcz Burberry. Wszystko w niej było dyskretne i eleganckie: dumne noszenie głowy, delikatne rysy twarzy, łagodny i ciepły głos.

Korytarz szpitalny, w którym chwile spokoju przeplatane były momentami straszliwego zamieszania, tonął w nierealnym świetle. Mój syn zasnął w nosidełku. Patrzyłem na Annę, która akurat w tej chwili zamrugała oczami. Już dawno nie wierzyłem, że anielska twarz musi świadczyć o szlachetnej duszy, ale te długie zakręcone rzęsy, oliwkowa cera, gładkie włosy okalające miękko jej twarz, wszystko to oczarowało mnie.

– Muszę wracać do pracy – powiedziała, wskazując brodą na zegar ścienny.

Mimo to uparła się, żeby nas odprowadzić aż na postój taksówek znajdujący się jakieś trzydzieści metrów od wejścia. Był środek nocy, zima polarna. Kilka podobnych do wacików płatków śniegu tańczyło w powietrzu. Czując obecność Anny tuż obok, nagle doznałem dziwnego wrażenia, że już jesteśmy parą. A nawet – rodziną. Jakby gwiazdy wypisały to na niebie. Jakbyśmy mieli wszyscy razem zaraz wrócić do domu.

Umieściłem siedzisko synka na tylnym siedzeniu samochodu i odwróciłem się do Anny. Światło latarni zabarwiało na błękitno parę, która unosiła się z jej ust. Chciałem powiedzieć coś śmiesznego, ale zamiast tego spytałem, o której kończy dyżur.

– Jeszcze trochę... O ósmej.

– Jeśli chce pani przyjść do nas na śniadanie... W piekarni obok można kupić fantastyczne croissanty.

Podałem jej swój adres. Uśmiechnęła się. Moja propozycja zawisła na moment w lodowatym powietrzu, pozostając bez odpowiedzi. Potem taksówka ruszyła i przez całą drogę powrotną zastanawiałem się, czy ona też poczuła to samo co ja.

Źle spałem, ale następnego ranka Anna zadzwoniła do moich drzwi w chwili, gdy Théo kończył swoją butelkę. Już czuł się dużo lepiej. Włożyłem mu czapkę i ubranko, i żeby dotrzymać słowa, wszyscy troje wyszliśmy kupić słodkie bułeczki. Był niedzielny poranek. Paryż zasypany śniegiem. Niebo miało metaliczną barwę; zimowe słońce rzucało ostre promienie na jeszcze nieskalanie białe chodniki.

Tak oto odnaleźliśmy się i od tego pierwszego magicznego ranka już się nie rozstawaliśmy. Minęło sześć idyllicznych miesięcy najszczęśliwszego okresu w moim życiu.

Nie pisałem już, ale żyłem. Wychowywanie dziecka i to, że byłem zakochany, zaangażowało mnie w rzeczywistość i uświadomiło, że zbyt długo moje wszystkie dni wypełniała fikcja. Jako pisarz przeobrażałem się w różne postaci, niczym tajny agent doświadczałem różnych rodzajów ludzkiej egzystencji. Ale żyłem *per procura*, zapominając o jedynym wyjątkowym życiu, które istniało naprawdę, czyli o moim własnym.

2

Profesor

*Ta maska jest tak urocza, że aż boję się ujrzeć
prawdziwą twarz...*

Alfred de Musset

1

– Tata! Tata!

Gdy tylko przekroczyłem próg, synek przywitał mnie krzykiem,
w którym zaskoczenie mieszało się z entuzjazmem. Energicznymi,
lecz niepewnymi kroczkami podreptał w moim kierunku. Złapałem go w ramiona i przycisnąłem do piersi. Za każdym razem było
to tak samo mocne przeżycie, ten sam łyk tlenu, ta sama ulga.

– Zjawiasz się w sam raz na śniadanie! – rzucił Marc Caradec, przykręcając smoczek do butelki, którą właśnie podgrzał.

Były inspektor mieszkał w pracowni malarskiej, której okna
wychodziły na podwórko mojej kamienicy, w samym sercu
dzielnicy Montparnasse. Wielki przeszklony dach powodował,
że było tu bardzo jasno. Wnętrze urządzono surowo: szczotko-
wany parkiet, półki z bielonego drewna, wiejski stół wycięty
z sękatego pnia. W rogu znajdowały się schody prowadzące na
antresolę z belkowanym sufitem.

Théo złapał butelkę i wdrapał się na swoje krzesełko. Natychmiast bez reszty pochłonęło go ciepłe mleko, które chłeptał
łapczywie, jakby nie jadł całą wieczność.

Wykorzystałem ten moment spokoju i podszedłem do Marca, który stał w kuchennej części pracowni, pod oknami wychodzącymi na podwórko.

Miał około sześćdziesięciu lat, stalowoniebieskie spojrzenie, krótkie potargane włosy, gęste brwi i szpakowaty zarost. W zależności od nastroju jego twarz mogła wyrażać albo wielką życzliwość, albo całkowitą obojętność.

– Zrobić ci kawy?

– Tak, potrzebuję co najmniej podwójnej! – Westchnąłem, siadając na stołku barowym.

– No dobrze, opowiesz mi wreszcie, co się dzieje?

Marc szykował kawę, a ja zacząłem mu wszystko opowiadać... No, prawie wszystko. Powiedziałem, że po naszej kłótni Anna znikła, że prawdopodobnie pojechała do Paryża, że nie było jej w mieszkaniu w Montrouge, a komórkę miała albo wyłączoną, albo wyładowaną. Celowo nie wspomniałem o zdjęciu, które mi pokazała. Zanim opowiem o nim komukolwiek, muszę dowiedzieć się czegoś więcej.

Były inspektor wysłuchał mnie w skupieniu, ze zmarszczonym czołem. Miał na sobie sprane dżinsy, czarny T-shirt i parę wytartych sznurowanych półbutów, przez co odnosiłem wrażenie, jakby wciąż jeszcze był na służbie.

– No i co myślisz? – spytałem na zakończenie.

Wydął usta i westchnął.

– Nie wiem... Nie miałem zbyt wiele okazji, żeby pogadać z twoją dulcyneą. Za każdym razem, kiedy mijaliśmy się na podwórku, miałem wrażenie, że robi wszystko, by mnie unikać.

– Taki już ma charakter, zachowuje się z rezerwą. Jest trochę nieśmiała.

Marc postawił przede mną na stoliku filiżankę spienionej kawy. Pod światło niewyraźnie widziałem jego sylwetkę zapaśnika i umięśnioną szyję. Zanim został ciężko ranny w strzelaninie podczas napadu na jubilera przy place Vendôme i zmuszony przejść na wcześniejszą emeryturę, Caradec należał do policyjnej elity: był prawdziwym bohaterem wspaniałych czasów BRB. W latach dziewięćdziesiątych i w pierwszej dekadzie tego wieku uczestniczył we wszystkich głośnych akcjach służb specjalnych: w rozbiciu gangu z południowego przedmieścia, w aresztowaniu Dream Teamu, złodziei organizujących napady na pancerne furgonetki przewożące pieniądze, w rozbrojeniu napastników z bandy Who's Who i w pościgu za Pink Panthers, słynnym gangiem z Bałkanów, którego członkowie przez dziesięć lat napadali bezkarnie na najbardziej luksusowe sklepy jubilerskie na świecie. Przyznał, że trudno mu było odejść na przymusową emeryturę. Cały czas wyglądał na zmęczonego życiem, co mnie trochę wzruszało.

– Czy wiesz coś o jej rodzicach? – spytał, siadając naprzeciw mnie z piórem i notesem, w którym zazwyczaj sporządzał listę zakupów.

– Niewiele. Jej matka była Francuzką, ale urodzoną na Barbadosie, zmarła na raka piersi, gdy Anna miała dwanaście czy trzynaście lat.

– A ojciec?

– Austriak, przyjechał do Francji pod koniec lat siedemdziesiątych. Zmarł pięć lat temu w wypadku przy pracy w stoczni w Saint Nazaire.

– Jedynaczka?

Potwierdziłem skinieniem głowy.

– Znasz jakichś jej bliskich przyjaciół?

Przejrzałem w myślach listę osób, z którymi mógłbym się skontaktować. Lista była krótka, praktycznie nie znałem nikogo. Sprawdzając adresy w telefonie, znalazłem numer Margot Lacroix, młodej lekarki, która odbywała staż na oddziale ginekologii w szpitalu Roberta Debrégo w tym samym czasie co

Anna. Zaprosiła nas w zeszłym miesiącu na oblewanie mieszkania i polubiliśmy się. To ją Anna wybrała na świadka.

– Zadzwoń do niej! – poradził Caradec.

Spróbowałem wybrać jej numer. Odezwała się w ostatniej chwili, właśnie wychodziła na dyżur. Potwierdziła, że nie miała kontaktu z Anną od dwóch dni.

– Myślałam, że spędzacie weekend na Lazurowym Wybrzeżu! Wszystko w porządku?

Nie odpowiedziałem i podziękowałem jej, po czym rozłączyłem się. Po chwili wahania spytałem Marca:

– Nie ma sensu iść na policję, prawda?

Marc wypił do końca swoją kawę.

– Na tym etapie, wiesz to równie dobrze jak ja, niewiele można zrobić. Anna jest dorosła i nic nie świadczy o tym, żeby znalazła się w niebezpieczeństwie, więc...

– Czy możesz mi pomóc?

Spojrzał na mnie spod oka.

– Co właściwie masz na myśli?

– Mógłbyś porozumieć się z dawnymi kumplami, żeby zlokalizować komórkę Anny, zajrzeć do jej poczty, sprawdzić kartę kredytową, operacje na koncie bankowym, przeanalizować jej...

Marc podniósł rękę, dając mi znak, żebym zamilknął.

– Nie przesadzasz? Gdyby wszyscy policjanci robiliby coś takiego przy każdej kłótni ze swoimi dziewczynami...

Zirytowany zszedłem ze stołka barowego, ale Marc złapał mnie za rękaw.

– Moment, stary! Jeśli chcesz, żebym ci pomógł, musisz mi powiedzieć całą prawdę.

– Nie rozumiem.

Marc potrząsnął głową i westchnął.

– Nie oszukuj mnie, Raphaëlu. Przez trzydzieści lat przesłuchiwałem ludzi. Wiem, kiedy kłamią.

– Nie okłamałem cię.

– Ale nie powiedziałeś całej prawdy, a to prawie jak kłamstwo. Z pewnością przemilczałeś coś ważnego, inaczej nie byłbyś tak niespokojny.

2

– Skończyłem, tato, skończyłem! – wykrzyknął Théo, potrząsając butelką wyciągniętą w moim kierunku.

Ukucnąłem i odebrałem od niego pustą butelkę.

– Chcesz jeszcze coś, synku?

– Plezent, plezent! – zawołał, żądając swoich ulubionych paluszków czekoladowych Mikado.

Zaprotestowałem.

– Nie, mój kochany, mikado dostaniesz na podwieczorek.

Gdy Théo zrozumiał, że nie dostanie słodyczy, jego anielska buzia momentalnie wykrzywiła się w złości. Przycisnął do siebie pluszowego pieska, z którym się nigdy nie rozstawał – słynnego Fifi – i miał właśnie wybuchnąć płaczem, kiedy Marc Caradec wręczył mu jeszcze ciepłą grzankę.

– Hej, chuliganie, masz tu kawałek chlebka na pociechę.

– Lebka, lebka! – pokrzykiwał zachwycony Théo.

No cóż, trudno było zaprzeczyć, że ten mrukliwy eksgliniarz, specjalista od włamań i uwalniania zakładników, miał również wyjątkowo dobre podejście do dzieci.

Znałem Marca Caradeca od czasu, gdy pięć lat temu wprowadził się do kamienicy, w której mieszkałem. Był nietypowym policjantem, pasjonatem literatury klasycznej, muzyki barokowej i kina. Spodobał mi się od razu i szybko się polubiliśmy. Kiedy pracował w policji, przez to intelektualne zacięcie wszyscy nazywali go „Profesorem". Często konsultowałem się z nim podczas pisania mego ostatniego thrillera. Zawsze sypał jak z rękawa anegdotami na temat swojej dawnej pracy, dał mi mnóstwo rad i zgodził się przeczytać i poprawić mój rękopis.

I tak powoli zostaliśmy przyjaciółmi. Chodziliśmy razem na stadion Parc des Princes prawie za każdym razem, kiedy drużyna Paris Saint Germain grała u siebie, i co najmniej raz w tygodniu, zaopatrzeni w zestaw sushi i dwie butelki piwa Corona spędzaliśmy wieczór u mnie w domu, oglądając kryminały koreańskie i po raz nie wiem który filmy Jeana-Pierre'a Melville'a, Williama Friedkina czy Sama Peckinpaha.

Podobnie jak dozorczyni, Amalia, Marc służył mi cenną pomocą i wspierał przy wychowywaniu Théo. To on zajmował się nim, jeśli musiałem wyjść. On dawał mi najskuteczniejsze rady, kiedy czułem się bezradny. I przede wszystkim dzięki jego wskazówkom nauczyłem się ufać mojemu synkowi, wysłuchać go przed ustaleniem swoich reguł i nie bać się, że mi się nie uda.

3

– „Ja to zrobiłam!" – Tak powiedziała, pokazując zdjęcie na swoim iPadzie.

– A co to było za zdjęcie? – spytał Marc.

Siedzieliśmy obaj w kuchni. Marc postawił przed nami dwie kolejne filiżanki kawy. Cały czas patrzył mi w skupieniu w oczy. Jeśli chciałem, żeby mi pomógł, nie miałem innego wyjścia, musiałem mu wyznać prawdę. Całą, nawet najokrutniejszą, prawdę. Ściszyłem głos z powodu Théo, mimo że nie byłby w stanie mnie zrozumieć.

– Zdjęcie trzech spalonych ciał.

– Nie wygłupiaj się!

– Nie wygłupiam się. To były trzy spalone ciała, leżące jedno obok drugiego.

Oczy Marca zabłysły. Zwłoki. Śmierć. Makabryczna inscenizacja. W kilka sekund zjechaliśmy z banalnego tematu kłótni rodzinnej i wkroczyliśmy na teren brudnej policyjnej roboty. Jego teren.

– Czy coś takiego pokazała ci po raz pierwszy?

– Oczywiście.

– Nie masz więc pojęcia, w jaki sposób jej to dotyczyło?

Potrząsnąłem głową.

– No i co, pokazała ci to zdjęcie i nic więcej nie powiedziała? – naciskał Marc.

– Mówiłem ci, że nie dałem jej czasu na żadne wyjaśnienia. Zatkało mnie... Oniemiałem! Zdjęcie było tak potworne, że nie miałem siły o nic ją zapytać. Po prostu wyszedłem. A kiedy wróciłem, już jej nie było.

Marc spojrzał na mnie dziwnie, jakby wątpił, że wszystko odbyło się dokładnie w taki sposób.

– Jak duże były te ciała? To znaczy... dorośli czy dzieci?

– Trudno powiedzieć.

– A gdzie one leżały? Na dworze? Na stole sekcyjnym? Na...

– Kurwa, nie wiem! Mogę ci tylko powiedzieć, że były czarne jak węgiel, zjedzone przez gorąco płomieni! Całkiem zwęglone.

Caradec nie odpuszczał.

– Postaraj się być bardziej precyzyjny, Raphaëlu. Przypomnij sobie dokładnie tamto zdjęcie. Podaj mi więcej szczegółów.

Zamknąłem oczy i wróciłem do wspomnień. Nie trwało to długo, obrazy były tak straszne, że mnie zemdliło. Popękane czaszki, poprzecinane gardła. Dziurawe brzuchy, z których wypływały wnętrzności. Pod naciskiem Caradeca starałem się, jak mogłem, opisać te zwłoki z pokurczonymi członkami, zwęgloną, popękaną skórą. Te kości białe jak kły słoniowe sterczące na zewnątrz.

– Na czym te zwłoki leżały?

– Tak na wyczucie powiedziałbym, że na gołej ziemi. Może na jakimś prześcieradle...

– A według ciebie Anna jest „czysta"? Żadnych narkotyków? Choroby umysłowej? Pobytów w szpitalu psychiatrycznym?

– Zwracam ci uwagę, że mówisz o kobiecie, którą zamierzam poślubić.

– Czekam na twoją odpowiedź.

– Oczywiście, nie ma mowy o żadnych takich historiach. Ona kończy staż w szpitalu. Jest błyskotliwie inteligentna.

– Więc dlaczego miałeś wątpliwości?

– Przecież znasz historię mojego życia, do diabła! Wiesz, jak się skończył mój ostatni związek!

– Ale co właściwie cię zaniepokoiło?

Zacząłem wyliczać.

– Jakaś taka niepewność, kiedy mówiła o swojej przeszłości, trochę jakby nie miała dzieciństwa ani okresu dorastania... Jej przesadna dyskrecja. Chęć niezwracania niczyjej uwagi, co było jej drugą naturą. Nie chciała być fotografowana... A poza tym, powiedz szczerze, czy znasz dużo dwudziestopięcioletnich kobiet, które ani nie mają konta na Facebooku, ani nie są obecne na żadnym innym portalu społecznościowym?

– Faktycznie intrygujące... – zgodził się Marc. – Ale to wciąż za mało, żeby wszcząć śledztwo.

– Trzy trupy, to mało?!

– Uspokój się. Nie wiemy nic o tych zwłokach. W końcu ona jest lekarzem, mogła natknąć się na nie w szpitalu.

– Tym bardziej godne zainteresowania, nie uważasz?

4

– Twojej sprzątaczki jeszcze nie było?

– Przychodzi po południu.

– Tym lepiej – rzucił Marc zadowolony.

Przeszliśmy przez podwórko do mojego mieszkania i teraz staliśmy w kuchni. Było to narożne długie pomieszczenie, którego okna wychodziły z jednej strony na rue Campagne Première, a z drugiej na chodnik i kolorowe okiennice Passage d'Enfer. U naszych stóp Théo, ściskając Fifi w ramionach, przylepiał i odlepiał magnetyczne wizerunki zwierząt na drzwiach lodówki.

Caradec sprawdził zlew, a potem otworzył zmywarkę.

– Czego szukasz?

– Szukam czegoś, czego dotykałaby tylko Anna. Kubek, w którym piła kawę wczoraj rano, na przykład.

– Ona pije herbatę w tym... – powiedziałem, wskazując palcem turkusową filiżankę z rysunkiem Tintina, którą kupiła podczas wizyty w muzeum Hergégo.

– Czy masz pióro?

Śmieszne pytanie dla pisarza – pomyślałem, dając mu długopis.

Za pomocą obsadki Marc podniósł filiżankę za ucho i postawił ją na papierowej serwetce, którą rozłożył przedtem na stole. Potem otworzył zamek torebeczki z miękkiej skóry, z której wyjął szklaną tubkę napełnioną czarnym pudrem i pędzelek, rolkę taśmy klejącej i na koniec sztywną kartkę.

Zestaw laboratorium kryminalistycznego.

Zdecydowanym ruchem zanurzył czubek pędzelka w czarnym proszku i obsmarował nim filiżankę, mając nadzieję, że cząstki żelaza i węgla ujawnią odciski palców Anny.

Taką scenę opisałem już w jednej z moich powieści. Z tym że teraz to działo się naprawdę. I że osoba, którą się interesowaliśmy, nie była kryminalistą, tylko kobietą, którą kochałem.

Marc podmuchał na filiżankę, usuwając nadmiar proszku, następnie włożył okulary i przyjrzał się emalii.

– Widzisz ten ślad? To kciuk twojej ukochanej... – rzekł z satysfakcją.

Odciął kawałek taśmy samoprzylepnej i bardzo ostrożnie zabezpieczył nią ślad na kartoniku.

– Zrób zdjęcie! – polecił.

– Po co?

– Nie mam już wiele kontaktów z moim dawnym oddziałem. Większość kolegów jest na emeryturze, ale znam jednego faceta w wydziale kryminalnym: Jean-Christophe Vasseur. Lekki frajer, słaby policjant, ale jeśli uda nam się sfotografować dobry odcisk i jeśli dam mu cztery stówy, zgodzi się, żeby sprawdzić go z listą FAED*.

– Wątpię, by Anna była kiedykolwiek zamieszana w jakieś przestępstwo... A już z pewnością nigdy nie siedziała w więzieniu.

– Może tak, a może nie... Wszystko, co mi mówiłeś o jej chorobliwej dyskrecji, daje do myślenia, może ona coś ukrywa.

– Wszyscy coś ukrywamy, prawda?

– Daj sobie spokój z tymi powieściowymi odzywkami. Zrób zdjęcie, tak jak cię prosiłem, i wyślij mi je mailem, żebym mógł skontaktować się z Vasseurem.

Zrobiłem kilka zdjęć komórką i Photoshopem poprawiłem oświetlenie i kontrast, żeby odcisk był jak najwyraźniejszy. Zafascynowany wpatrywałem się w rowkowate esy-floresy, które zakręcały, wirowały i zachodziły na siebie, tworząc tajemniczy i jedyny w swoim rodzaju labirynt pozbawiony nici Ariadny.

– A teraz co? – spytałem, wysyłając zdjęcie na adres mailowy Caradeca.

– Wracamy do Anny, do Montrouge. I szukamy jej tak długo, aż znajdziemy.

---

* FAED – *Fichier automatisé des empreintes digitales* (fr.). – Zautomatyzowany rejestr odcisków palców.

3

Czarne czeluści duszy

Nigdy nie bądź pewien kobiety, którą kochasz
Leopold von Sacher-Masoch

1

Sądząc po mnóstwie znaczków nalepionych na przedniej szybie, range rover Marca Caradeca był z końca lat osiemdziesiątych.

Stara terenówka – ponad trzysta tysięcy kilometrów na liczniku – prześlizgiwała się pomiędzy samochodami z gracją tira. Minęliśmy rzędy drzew parku Montsouris, obwodnicę, napisy na ścianach na avenue Paul Vaillant Couturier, potem charakterystyczną szachownicę hotelu Ibis przy rue Barbès.

Théo zostawiłem pod opieką Amalii i ulżyło mi, gdy Marc zaproponował, że pojedzie ze mną. W tamtej chwili myślałem jeszcze, że wszystko się jakoś ułoży. Może Anna zjawi się za chwilę, może ten jej „sekret" nie jest aż tak tragiczny, może wszystko mi wyjaśni, życie wróci do normy i tak jak planowaliśmy, pod koniec września weźmiemy ślub w małym kościele w Saint Guilhem le Désert, skąd pochodziła cała moja rodzina.

W samochodzie Marca jakoś dziwnie pachniało – nie tylko skórą, ale jeszcze suszoną trawą i trochę cygarami. Marc zredukował biegi. Terenówka zakrztusiła się, jakby na chwilę straciła dech – no cóż, wszystko szło w parze, te wytarte siedzenia

41

i prawie już nieistniejące amortyzatory, ale za to auto miało wysokie zawieszenie i wielką panoramiczną przednią szybę, przez co czuło się przyjemny dystans wobec innych samochodów na drodze.

Avenue Aristide Briand: dawna droga krajowa numer 20, szeroka niczym autostrada, dwa razy po cztery pasy.

– To tu! – oznajmiłem, wskazując na dom, w którym mieszkała Anna. – Po drugiej stronie. Ale tu nie możesz zawrócić, musisz dojechać do skrzyżowania i tam…

Marc nie pozwolił mi nawet dokończyć zdania, tylko gwałtownie skręcił kierownicą i przy akompaniamencie klaksonów i pisku opon wykonał niebezpieczny zakręt o sto osiemdziesiąt stopni, zajeżdżając drogę dwóm samochodom, które musiały gwałtownie hamować i ledwo uniknęły zderzenia z nim.

– Co ty wyrabiasz? Odbiło ci?!

Eksglina potrząsnął tylko głową i jakby było mu nie dość, wjechał na chodnik.

– Marc, tu nie można parkować!

– Jesteśmy z policji! – uciął, zaciągając hamulec ręczny i opuszczając zasłonę przeciwsłoneczną, na której przyczepiony był znak z napisem „Policja".

– Akurat ktoś uwierzy, że policjant jeździ takim gratem… – Prychnąłem. – Zresztą przecież już nie pracujesz w firmie…

Wyjął z kieszeni wytrych.

– Gliną zostaje się na całe życie – odparł dobitnie, otwierając drzwi prowadzące na klatkę schodową.

Cud! Od czasu mojej ostatniej wizyty naprawiono windę! Zanim wjechaliśmy na górę, uparłem się, żebyśmy rzucili okiem na podziemny parking. Mini morris Anny stał na swoim miejscu. Powrót do windy. Dwunaste piętro. Pusty korytarz. Tak jak poprzednim razem, zapukałem kilkakrotnie, również bez skutku.

– Posuń się! – rozkazał Marc, biorąc rozbieg.

– Zaczekaj, może nie trzeba aż wywalać...

2

Drzwi ustąpiły po drugim ataku.

Caradec wszedł pierwszy, kilkoma spojrzeniami ogarnął pomieszczenie, wygodnie urządzone niecałe czterdzieści metrów kwadratowych. Parkiet dębowy, ściany kremowe, pastelowe dodatki, meble w stylu skandynawskim, kuchnia otwarta na salon, garderoba za ścianą sypialni.

Puste mieszkanie, w którym panowała kompletna cisza.

Zawróciłem, żeby przyjrzeć się dokładnie zamkowi. Drzwi tak łatwo ustąpiły, bo żaden z dwóch zamków nie był zamknięty. Ostatnia osoba, która wyszła z mieszkania, zadowoliła się zatrzaśnięciem drzwi. Anna raczej nie miała tego w zwyczaju.

Druga niespodzianka: torba podróżna Anny rzucona na podłogę w korytarzu przy wejściu. Torba na suwak, z cielęcej plecionej skóry, przetykanej kolorowymi paskami. Ukląkłem i zajrzałem do środka, nie znalazłem niczego interesującego.

– A więc Anna jednak wróciła z Nicei... – zaczął Caradec.

– ...i z powrotem znikła – przerwałem mu zmartwiony.

Znowu ogarnęła mnie panika, spróbowałem wybrać numer Anny, ale wciąż odzywała się automatyczna sekretarka.

– W takim razie przeszukujemy mieszkanie – zdecydował Marc.

W starym zawodowym odruchu już zaczął rozkręcać spłuczkę w toalecie.

– Nie wiem, czy mamy prawo to robić, Marc...

Nie znalazłszy nic w łazience, przeniósł się do sypialni.

– Ale to ty zacząłeś! Gdybyś nie zaczął grzebać w przeszłości twojej narzeczonej, opalalibyście się teraz na Lazurowym Wybrzeżu.

– Może to nie jest wystarczający powód, żeby...

– Raphaël! – przerwał mi. – Zacząłeś wypytywać Annę pod wpływem intuicji, która okazała się słuszna. Trzeba to dokończyć.

Popatrzyłem na sypialnię. Łóżko z jasnego drewna, szafa pełna ubrań, biblioteka z półkami uginającymi się od książek medycznych, słowników i podręczników gramatyki, które nie były mi obce: Grevisse, Hanse, Bertaud du Chazaud. Również kilka powieści amerykańskich w oryginale: Donna Tartt, Richard Powers, Toni Morrison...

Przyjrzawszy się dokładnie deskom podłogowym, Marc zabrał się do przeglądania szuflad.

– Zajmij się komputerem! – polecił, widząc, że stoję nieruchomo. – Nie znam się na informatyce.

Zauważyłem macbooka na kontuarze baru, który oddzielał część kuchenną od salonu.

Odkąd poznałem Annę, byłem tu może pięć czy sześć razy. Mieszkanie było jej azylem, a nastrój pokoju, w którym się znajdowałem, odzwierciedlał jej charakter: elegancki, rozsądny, ascetyczny. Jak udało mi się tak ją rozzłościć, żeby znikła?

Usiadłem przed ekranem i włączyłem komputer. Nie było hasła, od razu wszedłem na stronę „biuro". Wiedziałem, że nie będzie z tego pożytku, gdyż Anna nie ufała komputerom. Jeśli naprawdę miała coś do ukrycia, wątpliwe, by powierzyła to swemu macowi. Z obowiązku zacząłem od przeglądania maili. Były to głównie wiadomości dotyczące jej zajęć i stażu w szpitalu. W bibliotece multimedialnej: różne utwory Mozarta, naukowe filmy dokumentalne i ostatnie seriale telewizyjne, które oglądaliśmy razem. Historia nawigacji: dużo stron informacyjnych, portale różnych instytucji i tony materiałów do jej pracy dyplomowej (*Odporność: czynniki genetyczne i epigenetyczne*).

Nic ciekawego na dysku twardym prawie całkowicie zapełnionym notatkami, wykresami, dokumentami PDF i prezentacją w PowerPoincie odnoszącą się do jej studiów. Komputer był interesujący nie dzięki temu, co można było na nim znaleźć, ale raczej dzięki temu, czego na nim nie było, a nie było ani zdjęć rodzinnych, ani filmów z wakacji, ani maili świadczących o istnieniu jakiejś grupy przyjaciół.

– Rzuć okiem na te papiery... – poprosił Caradec, wchodząc do pokoju z pudłami pełnymi dokumentów, a były tam: dowody wypłat pensji, rachunki, zaświadczenia o uregulowaniu czynszu i opłat mediów, wyciągi bankowe...

Postawił pudła na stole, po czym wręczył mi plastikowe etui.

– Znalazłem też coś takiego! – powiedział. – A na komputerze nic?

Pokręciłem głową i zajrzałem do koperty. Zobaczyłem tradycyjne zdjęcie klasowe, jakie robiono nam od przedszkola do liceum. Na zdjęciu około dwudziestu dziewcząt na placu zabaw. Stał z nimi profesor i jakaś mniej więcej czterdziestoletnia kobieta. Uczennica siedząca w środku trzymała tabliczkę, na której napisano kredą:

Liceum Świętej Cecylii
Klasa maturalna, profil nauk ścisłych
2008–2009

W ostatnim rzędzie rozpoznałem od razu Annę, oficjalną i zdystansowaną. Odwracała spojrzenie, powieki miała lekko spuszczone, uśmiech Buddy na twarzy, była ubrana w granatowy sweter z dekoltem w serek, włożony na białą koszulę zapiętą na ostatni guzik. Wciąż ta chęć bycia niewidzialną, ukrycia swojego zmysłowego wyglądu, żeby tylko nikt nie zauważył jej uderzającej urody. Nie zwracać na siebie niczyjej uwagi. Nie wzbudzać pożądania.

– Znasz tę szkołę? – spytał Marc, wyciągając papierosy.

Szybko poszukałem na telefonie. Liceum mieściło się przy rue de Grenelle. Była to prywatna katolicka szkoła średnia dla dziewcząt z dobrze sytuowanych rodzin zamieszkujących w najpiękniejszych dzielnicach Paryża.

– Wiedziałeś, że Anna chodziła do takiej szkoły? Wszystko to nie bardzo pasuje do biednej dziewczynki z Saint Nazaire... – ciągnął Marc, zapalając papierosa.

Zagłębiliśmy się w „archiwach" z kartonowych pudeł. Zestawiając razem różne dokumenty, udało nam się odtworzyć niedawną przeszłość Anny.

W Montrouge mieszkała od dwóch lat. Kupiła to mieszkanie w 2014 roku, podczas trzeciego, ostatniego roku swego stażu w szpitalu. Kosztowało 190 tysięcy euro, transakcję uregulowano za pomocą przedpłaty w wysokości 50 tysięcy i pożyczki bankowej na dwadzieścia lat. Klasyczny zakup własnego mieszkania.

W latach 2012–2013 wynajmowała kawalerkę przy rue Saint Guillaume.

Za rok 2011 znaleźliśmy dowody wpłat czynszu za pokój na poddaszu w domu przy avenue de l'Observatoire, na konto niejakiego Philippe'a Lelièvre'a.

Tu ślad się urywał. Nie sposób było się dowiedzieć, gdzie mieszkała Anna podczas pierwszego roku medycyny i wcześniej, podczas lat spędzonych w liceum. U ojca? W akademiku CROUS-u*? W jakimś wynajmowanym nieoficjalnie pokoju? A może w internacie tego snobistycznego liceum?

---

* CROUS – *Centre régional des œuvres universitaires et scolaires* (fr.), czyli Centrum Regionalne ds. Studenckich i Szkolnych – organizacja prowadząca działalność w zakresie spraw studenckich, m.in. zapewnia miejsce w akademiku, pomaga w zdobyciu stypendium, prowadzi sieć stołówek.

3

Caradec zgniótł niedopałek na spodku i westchnął. Zamyślony włączył kolorowy ekspres do kawy, który stał na barku, i wsunął do środka kapsułkę. Woda się podgrzewała, a on wciąż przeglądał ostatnie dokumenty. W pewnym momencie zauważył ksero starej karty ubezpieczeniowej, złożył je i wsunął sobie do kieszeni. Potem zajrzał do piekarnika, przyjrzał się wyciągowi wentylacyjnemu, obstukał parkiet i ściany.

Nie pytając mnie o zdanie, przygotował dla nas obu filiżanki mocnej kawy z pianką. Wypił łyk swojej, wciąż zamyślony. Coś go męczyło, ale jeszcze nie wiedział, co to może być. Milczał przez dobrą minutę, aż wreszcie powiedział rozkazującym tonem:

– Popatrz na tę lampę!

Odwróciłem głowę i spojrzałem na halogen w rogu salonu.

– Co takiego?

– Dlaczego jest włączona do kontaktu w tamtym rogu, a nie do tego najbliższego?

Niegłupie…

Podszedłem do trójdzielnego gniazdka przy lampie, ukląkłem i pociągnąłem. Gniazdko zostało mi w ręku. Tak jak odgadł Marc, nie było podłączone do żadnego kabla. Położyłem się na podłodze, wsunąłem rękę pod listwę i udało mi się ją poruszyć, a następnie zdjąć.

Coś było schowane za drewnianą deską.

Torba.

4

Był to duży worek z żółtego materiału ozdobiony okrągłym znaczkiem marki Converse. Płótno, pokryte warstwą kurzu, wypłowiało. Kiedyś musiało mieć kolor musztardy, teraz było brudnoszaro-blade, co zdradzało jego wiek.

Worek zbyt ciężki, żeby zawartość była uczciwa. Nieprzyjemnie podekscytowany rozsunąłem suwak, obawiając się niemiłej niespodzianki.

O kurwa!

Miałem rację.

Worek był wypchany banknotami.

Cofnąłem się, jakby w strachu, że banknoty ożyją i skoczą mi do twarzy.

Caradec wysypał wszystko na stół – były to głównie banknoty o nominałach pięćdziesięciu i stu euro. Papierowa sterta wyglądała, jakby za chwilę miała się rozsypać.

– Ile tego może być?

Marc przeliczył kilka plików i zmrużył oczy.

– Tak na oko, powiedziałbym, że około czterystu tysięcy. Anno, coś ty narobiła?

– Co to za forsa, według ciebie? – spytałem zupełnie skołowany.

– No, w każdym razie nie wynagrodzenie za pracę w szpitalu!

Przymknąłem oczy i zacząłem sobie masować szyję. Taka ilość gotówki mogła pochodzić z napadu, ze sprzedaży astronomicznej ilości narkotyków, z szantażu jakiegoś bogacza ... Co jeszcze?

Znów przypomniało mi się to zdjęcie trzech zwęglonych ciał. Z pewnością miało ono związek z tą forsą, ale jaki?

– To jeszcze nie wszystko, przyjacielu. – Usłyszałem głos Marca.

W worku, w kieszonce zamkniętej na suwak, Caradec znalazł dwa dowody osobiste ze zdjęciami Anny siedemnasto- lub osiemnastoletniej. Jeden był na nazwisko Pauline Pagès, a drugi Magali Lambert. Nie znałem żadnego z tych nazwisk.

Marc wyjął mi je z dłoni i zaczął się im dokładnie przyglądać.

– Fałszywe...

Zdezorientowany odwróciłem oczy i zacząłem wyglądać przez okno. Na dworze życie biegło swoim trybem. Słońce odbijało się obojętnie od fasady budynku stojącego po drugiej stronie ulicy. Bluszcz piął się po balkonie. Wciąż było lato.

– Ten to kompletne gówno – oznajmił Marc, wymachując pierwszym dokumentem. – Fatalna kopia, zrobiona w Tajlandii lub w Wietnamie. Za osiem stów możesz zdobyć coś takiego na każdym podejrzanym osiedlu. Specjalizują się w tym narkomani.

– A ten drugi?

Marc, niczym jubiler zabierający się do szlifowania cennego kamienia, poprawił okulary i przyjrzał się dowodowi wzrokiem eksperta.

– Ten jest dużo lepszy, mimo że też już dość stary. Zrobiony w Libanie albo na Węgrzech. Wart około trzech tysięcy euro. Nie wytrzyma dokładnej ekspertyzy, ale na co dzień można go używać bezkarnie.

Zakręciło mi się w głowie. Mój świat się zawalił. Potrzebowałem dobrej minuty, żeby się pozbierać.

– Ale teraz przynajmniej sprawa jest jasna! – rzucił Caradec. – Nie mamy innego wyjścia, musimy zacząć grzebać w przeszłości Anny Becker.

Opuściłem głowę. Znów wróciło do mnie to straszne zdjęcie zwęglonych ciał i usłyszałem szept Anny: „Ja to zrobiłam. Ja to zrobiłam...".

4

Nauczyć się znikać

*Kłamstwo, żeby było przekonujące, musi zawierać
minimum prawdy. Generalnie wystarczy kropla,
ale ta kropla jest tak niezbędna, jak oliwka
w wytrawnym martini.*

Sascha Arango

1

Marc Caradec znów czuł lekkość i łaskotanie w brzuchu niczym zakochany piętnastolatek przed pierwszą randką. Ten sam lęk, ta sama ekscytacja.

Gliną zostaje się na całe życie. Zdjęcie trzech zwęglonych ciał, torba wypchana banknotami, fałszywe dokumenty tożsamości, podwójne życie Anny – w żyłach Marca znów popłynęła adrenalina, poczuł się łowcą. Od tamtego czasu, gdy z powodu rykoszetującej kuli poszedł w odstawkę, nie miał już okazji przeżycia dreszczu specyficznych emocji nakręcających gliniarzy pracujących w terenie, żmudnie wydeptujących asfalt, węszących, bez kwękania akceptujących mozolne tropienie, którego wymaga każda obława... Emocji myśliwego.

Kiedy wyszli z budynku, w którym mieszkała Anna, zdecydowali się rozdzielić. Każdy będzie prowadził poszukiwania na własną rękę. A Marc doskonale wiedział, jakim tropem ma pójść przede wszystkim.

La Butte aux Cailles, rue de la Glacière. Znał ten zakątek Paryża jak własną kieszeń. Zatrzymawszy się na czerwonym świetle, przejrzał kontakty w komórce i znalazł nazwisko, którego szukał. Mathilde Franssens. Sam się zdziwił, że po tylu latach ma jeszcze jej dane.

Wybrał numer i z zadowoleniem już po drugim dzwonku usłyszał znajomy głos:

– Marc! Całe wieki...

– Witaj, skarbie. Mam nadzieję, że żyjesz i wszystko dobrze? Cały czas w ubezpieczeniach?

– Tak, ale w końcu udało mi się wydostać z CPAM* w Évry. Pracuję teraz w Siedemnastce, w Batignolles. W marcu idę na emeryturę.

– Niech żyje emerytura! A dopóki jeszcze pracujesz, mogłabyś mi poszukać pewnych...

– No, czułam, że nie dzwonisz wyłącznie dlatego, że się za mną stęskniłeś...

– ...danych dotyczących dziewczyny o nazwisku Anna Becker? Mam jej numer, jeśli chcesz zanotować.

Światło zmieniło się na zielone. Ruszając, chwycił ksero, które trzymał złożone we czworo w kieszeni, i podyktował Mathilde numer ubezpieczenia Anny.

– Co to za dziewczyna?

– Dwadzieścia pięć lat, piękna Mulatka, właśnie kończy studia medyczne. Znikła nagle i pomagam rodzinie ją odnaleźć.

– Z wolnej stopy?

– Wolontariat. Wiesz, co mówią: gliną zostaje się na całe życie.

– Czego właściwie chcesz się dowiedzieć?

– Biorę wszystko, co znajdziesz.

---

*CPAM – Caisse primaire d'assurance maladie (fr.) – francuski fundusz ubezpieczeń zdrowotnych.

– Okay, zobaczę, co mogę zrobić. Zadzwonię do ciebie.

Marc rozłączył się zadowolony. Następny etap: Philippe Lelièvre.

W komórce sprawdził, że Lelièvre figurował w książce telefonicznej jako dentysta. Jego gabinet znajdował się pod tym samym adresem co mieszkanie wynajmowane przez Annę na początku 2010 roku.

Kiedy dotarł do boulevard de Port Royal, najpierw zauważył szklane zadaszenia nad stacją RER, a potem, trochę dalej, obrośniętą zielenią fasadę Closerie des Lilas. Włączył kierunkowskaz i skręcił w avenue de l'Observatoire, minął fontannę ze stadem koni morskich prychających pośród kaskad wody. Zaparkował samochód pod kasztanowcami, trzasnął drzwiami i bez pośpiechu skończył papierosa. Wzrokiem błądził po drugiej stronie ogrodu, tam gdzie filary i okna budynku z czerwonej cegły Centre Michelet przypominały swoją barwą ciepłe kolory Afryki i Włoch.

Kiedy tak stał i z roztargnieniem obserwował szalejące na boisku dzieci, naszły go wspomnienia. W czasach, gdy mieszkał przy boulevard Saint Michel, przychodził tu często z córeczką. Był to błogosławiony okres jego życia, co zrozumiał dużo później. Zaczął mrugać, by odpędzić te myśli, ale obrazy nie znikły, tylko się rozmnożyły, zobaczył inne miejsca zabaw, gdzie chodził z pięcio- czy sześcioletnią córką, i usłyszał jej śmiech. Przypomniało mu się, jak zjeżdżała na sankach, jak po raz pierwszy wsiadła na karuzelę przy Sacré Cœur, jak podskakiwała, żeby chwycić bańki mydlane. Przypomniał sobie, jak w jego ramionach na plaży Palombaggia wyciągała rączki ku niebu, pokazując mu latawce.

W pewnym wieku człowiek nie boi się już niczego... z wyjątkiem wspomnień. Kto to powiedział? – zaczął szukać w pamięci, rozgniatając butem niedopałek na chodniku. Przeszedł na drugą stronę ulicy, zadzwonił do drzwi budynku i wbiegł po schodach. Tak jak niektórzy policjanci, zachował swoją legitymację i teraz podsunął ją pod oczy ładnej brunetki siedzącej w recepcji.

– BRB, dzień dobry, chciałbym porozmawiać z doktorem.

– Zaraz go zawiadomię.

Była to wielka przyjemność odnaleźć stare emocje i odruchy: akcja, specyficzny sposób narzucania swojej woli, autorytet związany z posiadaniem trójkolorowej legitymacji...

Nie usiadł, oparł się łokciami o kontuar recepcji. Gabinet dentystyczny musiał zostać niedawno odnowiony, bo pachniało tu jeszcze świeżą farbą. Miejsce, które aspirowało jednocześnie do stylu high-tech i przytulności: kontuar i fotele z jasnego drewna, ściany ze szkła, w rogu bambusowy parawan. Słychać było cichą relaksującą muzyczkę, szum fal, flet i harfa – miało to brzmieć romantycznie. Coś okropnego.

Odwrotnie niż sobie Caradec wyobrażał, Lelièvre był młodym dentystą, najwyraźniej nie miał jeszcze czterdziestki. Okrągła głowa, włosy ostrzyżone krótko, okulary w pomarańczowej oprawie, wesołe oczy. Spod krótkiego rękawa błękitnego fartucha wystawał pokrywający całe przedramię niesamowity tatuaż przedstawiający jednorożca.

– Czy poznaje pan tę kobietę, doktorze? – spytał Caradec, przedstawiwszy się, i podsunął mu pod nos komórkę, na której widać było ostatnie zdjęcie Anny wysłane mu przez Raphaëla. Lelièvre odpowiedział bez wahania:

– Oczywiście! To studentka, której wynajmowałem jeden z moich pokojów na poddaszu jakieś cztery czy pięć lat temu... Anna... coś tam.

– Anna Becker.

– Ach tak! Jeśli dobrze pamiętam, studiowała medycynę na Paris Descartes.

– A co pan jeszcze pamięta, co byłoby z nią związane?

Lelièvre zastanowił się.

– Niewiele. Była idealną lokatorką. Dyskretna, nigdy nie spóźniła się z czynszem. Płaciła gotówką, ale ja wszystko deklarowałem. Jeśli chce pan dowodów, poproszę księgowego, żeby panu...

– Nie trzeba. Przychodził ktoś do niej?

– Nie pamiętam nikogo. Sprawiała wrażenie, jakby pracowała dzień i noc. Ale dlaczego pan o to pyta, kapitanie? Czy coś się jej stało?

Caradec potarł koniuszek nosa.

– Jeszcze jedna rzecz, doktorze... – powiedział, unikając bezpośredniej odpowiedzi. – Czy może wie pan, gdzie mieszkała Anna, zanim przeprowadziła się do pana?

– Oczywiście. Odnajmował jej pokój mój szwagier.

Caradec poczuł się jak rażony prądem. To była informacja, której szukał.

– Szwagier nazywa się Manuel Spontini – dodał lekarz. – Po rozwodzie musiał sprzedać swoje mieszkanie przy rue de l'Université, razem z przynależącym do niego pokojem na poddaszu.

– Tym, w którym mieszkała Anna?

– Właśnie. Siostra wiedziała, że szukam lokatora, i dała Annie mój telefon.

– Spontini... Może wie pan, jak mógłbym się z nim skontaktować?

– Prowadzi piekarnię przy avenue Franklin Roosevelt, ale uprzedzam pana, że to podejrzany typ. Moja siostra powinna się z nim była rozstać dużo wcześniej.

2

Znudzony bezskutecznym łapaniem taksówki na porte d'Orléans zdecydowałem się wsiąść do autobusu 68.

– Rue du Bac? Będziemy tam za niecałe dwadzieścia minut! – obiecał mi kierowca.

Opadłem na siedzenie. Byłem ledwo przytomny, kompletnie przegrany, bliski załamania. Myślałem o tym, co odkryłem zaledwie w ciągu kilku godzin, o zdjęciu trzech spalonych ciał, o sumie pół miliona euro ukrytej pod listwą przy podłodze, o fałszywych dokumentach. Wszystko to tak bardzo nie pasowało do kobiety, którą znałem, do tej pracowitej studentki medycyny, do uważnej i łagodnej wobec dzieci wzorowej lekarki, do mojej pogodnej, spokojnej narzeczonej. Zastanawiałem się, jakie wydarzenie mogło tak zmienić Annę.

Muszę się uspokoić – pomyślałem i postanowiłem przejrzeć stronę internetową mojego kolejnego celu: Liceum Świętej Cecylii.

Była to mała szkoła żeńska, nie podlegała Ministerstwu Edukacji Narodowej, ale jej absolwentki, w przeciwieństwie do absolwentek wielu innych tak zwanych dobrych liceów, miały zawsze doskonałe wyniki na egzaminach, zwłaszcza te z klas o profilu ścisłym.

Patronat katolicki nie był tylko etykietką, sprawy wiary traktowano tu poważnie: msze odprawiano dwa razy w tygodniu, grupy modlitewne zbierały się w każdą środę po południu, oprócz tego licealistki musiały uczestniczyć w lekcjach religii oraz brać udział w różnych akcjach charytatywnych.

Kierowca autobusu nie skłamał: jeszcze przed jedenastą dojechaliśmy do rue du Bac.

Saint Thomas d'Aquin. Serce szykownej metropolii. Paryża arystokracji, eleganckich willi, ministerstw, Paryża mieszczańskich budynków z kamienia, z dachami z łupku i nieskalanie czystymi fasadami.

Po kilku krokach dotarłem do rue de Grenelle. Zadzwoniłem i pokazałem dozorcy dokumenty. Za ciężką, zwieńczoną łukiem bramą znajdował się brukowany dziedziniec, zielony i ukwiecony czeremchą i wawrzynem. Dziedziniec był kwadratowy, jak w klasztorach, z kamienną fontanną pośrodku; przypominał ogród toskański. Dyskretne bicie dzwonu oznajmiało przerwę. Podwórko zapełniły grupki uczennic w granatowych plisowanych spódniczkach i żakietach z tarczami. Zieleń, szmer wody i mundurki przenosiły człowieka daleko poza Paryż. Czas również się zmieniał, znalazłem się w latach pięćdziesiątych, w podróży po Włoszech, w Aix en Provence czy też w jakimś kolegium uniwersyteckim w Anglii.

Przez sekundę pomyślałem o dziedzińcu mojej dawnej szkoły, Liceum Salvadora Allende, w Essonne. Początek lat dziewięćdziesiątych. Tysiące kilometrów od tego kokonu. Dwa tysiące uczniów zamkniętych w ścianach z betonu. Przemoc, narkotyki, brak perspektyw. Wszyscy profesorowie marzyli, żeby się stamtąd wyrwać, nieliczni dobrzy uczniowie padali ofiarami drwin i przemocy. Inna planeta. Inna rzeczywistość. Rzeczywistość okropna, od której uciekałem w literaturę – zacząłem wymyślać różne historie i pisać.

Przetarłem oczy, żeby otrząsnąć się z tych wspomnień, i zagadałem do ogrodnika, który podlewał krzaki szałwii. Odpowiedział mi od razu:

– Kto to prowadzi? No! Pani Blondel, dyrektorka. To kobieta, która stoi tam, przed tablicą, pod arkadami.

Clotilde Blondel... Widziałem to nazwisko na ich stronie internetowej. Podziękowałem ogrodnikowi i poszedłem w jej kierunku. Ta sama kobieta, którą widziałem na zdjęciu klasowym w mieszkaniu Anny. Dobijająca pięćdziesiątki, smukła, w kostiumie z cienkiego tweedu i polo z elastycznej bawełny w złocistoorzechowym kolorze. Jej imię doskonale do niej pasowało: była jasną blondynką w typie Grety Garbo albo Delphine Seyrig. Stała pod światło, przysłonięta wiszącym w powietrzu złocistym pyłem końca lata. Wyglądała jak niebiańska zjawa.

Trzymała za ramię jakąś uczennicę. Skorzystałem z tego, że obie stały trochę z boku, aby się jej dokładniej przyjrzeć. Miała delikatne rysy, niewskazujące na konkretny wiek, odznaczała się wrodzonym wdziękiem pozbawionym arogancji. W tym ogrodzie, między posągami Najświętszej Marii Panny i świętej Cecylii, była zdecydowanie na swoim miejscu. Emanowało z niej coś matczynego, uspokajającego, rzetelność. Dziewczyna zresztą, do której się zwracała, dosłownie spijała z ust jej słowa, wypowiadane tonem łagodnym i głębokim. Gdy tylko zakończyły rozmowę, podszedłem i przedstawiłem się.

– Dzień dobry, nazywam się...

W jej oczach pojawił się szmaragdowy blask.

– Doskonale wiem, kim pan jest, Raphaëlu Barthélémy.

Zaskoczony zmarszczyłem brwi.

– Po pierwsze, jestem pana wierną czytelniczką – ciągnęła niezmieszana. – A po drugie, od pół roku Anna mówi tylko o panu.

Trudno mi było nie okazać zaskoczenia. Clotilde Blondel wydawała się rozbawiona moim zmieszaniem. Z bliska jeszcze bardziej mnie intrygowała. Miała idealne rysy twarzy, unosił się nad nią zapach bzu, a na wysoko sklepione policzki opadały złote kosmyki.

– Pani Blondel, czy widziała pani ostatnio Annę?

– Jadłyśmy razem kolację w zeszłym tygodniu. Jak zawsze we wtorek.

Zadrżałem. Odkąd poznałem Annę, każdy wtorkowy wieczór spędzała ponoć na siłowni. Ale jakie to miało teraz znaczenie...

Clotilde jednak zauważyła moje zaskoczenie.

– Raphaëlu, jeśli przyszedł pan tu dziś, to znaczy, że wie pan, kim jestem, prawda?

– I tak, i nie. Jestem tu, bo niepokoję się o Annę.

Wyciągnąłem z kieszeni plastikową kopertę i podałem jej.

– To zdjęcie pozwoliło mi dotrzeć do pani.

– Gdzie pan je znalazł?

– U niej w mieszkaniu. Z pewnością jest dla niej ważne, bo to jedyne zdjęcie, jakie trzymała u siebie.

Clotilde zrobiła minę, jakby się oburzyła.

– Grzebał pan w jej rzeczach bez pozwolenia?

– Wszystko zaraz pani wyjaśnię.

W kilku zdaniach poinformowałem ją o zniknięciu Anny, ale nie wspomniałem o powodzie naszej kłótni.

Clotilde słuchała mnie, nie okazując najmniejszego poruszenia.

– Jeśli dobrze zrozumiałam, pokłócił się pan z narzeczoną. Ona, żeby dać panu nauczkę, wróciła do Paryża bez pana. Mam nadzieję, że teraz przynajmniej pan zmądrzeje.

Nie zamierzałem się poddawać.

– Myślę, że nie wyczuwa pani wagi sytuacji. Powód, dla którego się tu znalazłem, jest dużo poważniejszy od przedmałżeńskiej kłótni.

– Na przyszłość odradzam panu grzebanie w rzeczach Anny. Znam ją i wiem, że czegoś takiego z pewnością nie zaakceptuje.

Teraz głos jej się zmienił, stał się niższy, bardziej chropawy, mówiła wolniej.

– Uważam, że miałem wystarczający powód.

W jej oczach pojawił się czarny punkt, jakby kropla atramentu, gasząc światło spojrzenia.

– Proszę zabrać to zdjęcie i żegnam pana!

Odwróciła się do mnie plecami.

– Ale chciałbym z panią porozmawiać o jeszcze innym zdjęciu! – Nie dałem się zniechęcić. Ponieważ nie odwróciła się, ostatnie pytanie zadałem bardzo głośno: – Pani Blondel, czy Anna pokazywała pani zdjęcie trzech zwęglonych ciał?

Kilka licealistek odwróciło się w moim kierunku. Pani dyrektor również.

– Przejdźmy do mojego gabinetu – powiedziała.

3

Ósma dzielnica.

Caradec włączył kierunkowskaz, opuścił zasłonę przeciwsłoneczną i zaparkował na miejscu zarezerwowanym dla dostawców, na place Saint Philippe du Roule.

Całkowicie oszklony sklep firmy Spontini mieścił się przy rogu rue de la Boétie i avenue Franklin Roosevelt. Czekoladowe story, złocone lambrekiny w oknach: piekarnio-ciastkarnia mierzyła wysoko, oferowała mnóstwo wysokiej jakości pieczywa i słodkich bułeczek. Marc wszedł do środka i zaczął obserwować sprzedawczynie, które, w tej biurowej dzielnicy, układały na wystawach kanapki, tarty z jarzynami i sałatki w szczelnie zamkniętych pudełkach. Ten widok obudził w nim apetyt. Z powodu nagłego powrotu Raphaëla nie zjadł śniadania i w rezultacie od poprzedniego wieczoru nie miał nic w ustach. Zamówił kanapkę z szynką parmeńską i spytał, czy mógłby porozmawiać z Manuelem Spontinim. Kelnerka brodą wskazała mu bistro po drugiej stronie ulicy.

Caradec przeszedł przez jezdnię. Manuel Spontini siedział na tarasie i czytał „l'Équipe". Rękawy koszuli miał podwinięte, przed nim na stoliku stała szklanka z piwem. W ustach trzymał cygaretkę, na nosie miał ray-bany. Z potarganymi włosami i baczkami wyglądał jak Jean Yanne w filmach Chabrola czy Pialata.

– Manuel Spontini? Mogę zadać panu kilka pytań? – zaskoczył go Caradec, który się dosiadł i oparł łokciami o stół, jakby chciał go sprowokować do siłowania się na rękę.

– Ale... Kim pan, do cholery, jest?! – warknął Spontini, odsuwając się do tyłu.

– Kapitan Caradec, BRB. Prowadzę śledztwo w sprawie Anny Becker.

– Nie znam takiej osoby.

Niewzruszony Marc podsunął mu pod nos komórkę ze zdjęciem Anny.

– Nie mam pojęcia, kto to jest.

– Radzę ci przyjrzeć się uważniej!

Spontini westchnął i nachylił się nad ekranem.

– Ale szprycha, i do tego czekoladowa! Chętnie bym ją przeleciał!

Z szybkością światła Caradec chwycił Spontiniego za włosy i przydusił twarzą do metalowego blatu. Szklanka z piwem zatańczyła, spadła i rozbiła się na chodniku.

Krzyki piekarza zwabiły kelnera, który zagroził wezwaniem policji.

– To ja jestem policja, smarkaczu! – rzucił Marc, wyciągając wolną ręką swoją legitymację. – Lepiej przynieś mi butelkę wody Perrier!

Kelner poleciał po wodę. Caradec zwolnił uścisk.

– Ożeż kurwa, chyba mi złamałeś nos... – jęknął Spontini.

– Stul pysk! Powiedz mi, co wiesz o Annie. Sprawdziłem, że wynajmowałeś jej pokój. Gadaj!

Spontini chwycił garść papierowych chusteczek i zaczął wycierać krew, która płynęła mu z nosa.

– Ona się tak nie nazywała.

– Jak to?

– Ona się nazywała Pauline. Pauline Pagès.

Niczym kartę atutową Caradec rzucił na stół fałszywy dowód osobisty Anny.

Spontini wziął dowód do ręki i przyjrzał się mu.

– Tak... Ten dokument pokazała mi, kiedy ją zobaczyłem po raz pierwszy.

– Kiedy to było?

– A bo ja wiem...

– Skup się!

Kelner przyniósł Marcowi wodę mineralną, a Spontini wyglądał, jakby zagłębił się we wspomnieniach. Wydmuchał nos, papierowa serwetka zaczerwieniła się. Spontini zaczął głośno myśleć:

– Kiedy wybrali Sarkozy'ego na prezydenta?

– W maju dwa tysiące siódmego.

– Taa... Tamtego lata nad Paryżem przeszła ogromna burza, zalało nasz dom. Trzeba było reperować dużą część dachu i odnawiać poddasza. Prace skończyły się na jesieni. Wywiesiłem ogłoszenie we wszystkich moich trzech sklepach. I śliczna czekoladowa Barbie zgłosiła się jako pierwsza.

– Który to był miesiąc?

– Październik, zdaje mi się... Koniec października dwa tysiące siódmego roku. Najpóźniej początek listopada.

– Zadeklarowałeś to w urzędzie skarbowym?

– Przyjrzałeś mi się dobrze, chłopie? Przy tym wszystkim, co z nas zdzierają, chciałbyś, żebym jeszcze zgłaszał do opodatkowania klitkę o powierzchni dwunastu metrów kwadratowych? Wynajmowałem na lewo, sześćset euraków gotówką co miesiąc, bierz albo spadaj. Zresztą dziewczyna solidnie płaciła.

– W dwa tysiące siódmym była niepełnoletnia. Musiała mieć szesnaście lat.

– Z jej dokumentów wynikało co innego.

– Nie powiesz mi, że nie zauważyłeś, że te papiery były fałszywe.

Spontini wzruszył ramionami.

– Czy miała piętnaście czy osiemnaście lat, co to zmienia? Nie zamierzałem z nią spać! Po prostu wynająłem jej pokój.

Zirytowany zazgrzytał metalowymi nogami krzesła po bruku i chciał wstać, ale Caradec przytrzymał go za ramię.

– Jak wyglądała Anna, kiedy zobaczyłeś ją pierwszy raz?

– Kurwa, nie pamiętam! To było prawie dziesięć lat temu!

– Im szybciej mi odpowiesz, tym szybciej zakończymy to spotkanie.

Spontini westchnął.

– Była jakby trochę przestraszona... taka dziwna. Zresztą przez pierwsze tygodnie praktycznie nie wychodziła z pokoju. Bała się wszystkiego.

– Słucham cię, słucham... Jeszcze jedna, dwie rzeczy i znikam.

– Czy ja wiem... Mówiła, że jest Amerykanką i że przyjechała do Paryża na studia.

– Jak to: Amerykanką? I uwierzyłeś jej?

– Miała jankeski akcent w każdym razie. Tak naprawdę, co mnie to obchodziło?! Zapłaciła mi za trzy miesiące z góry, i to mi wystarczyło. Powiedziała, że płacą jej rodzice.

– Widziałeś tych rodziców?

– Nie, nigdy nikogo nie widziałem... Chociaż tak, czasem odwiedzała ją taka blondyna, elegancka, czterdziestka, w obcisłym kostiumiku... Tę też chętnie bym przeleciał. W typie Sharon Stone czy Geeny Davis, kapujesz?

– Wiesz, jak się nazywała?

Piekarz pokręcił głową.

– No nic, wróćmy do dziewczyny – natarł znów Caradec. – Czy wyglądała podejrzanie?

– Jak to?

– Narkotyki? Prostytucja? Szantaż?

Spontini wybałuszył oczy.

– Facet, ty w ogóle nie wiesz, o czym mówisz! Jeśli chcesz znać moje zdanie, była po prostu dziewczyną, która chciała spokojnie żyć i żeby się nie wtrącano do jej spraw.

Marc gestem dał znać Spontiniemu, że jest wolny. Sam jeszcze chwilę siedział, zastanawiając się nad tymi nowymi informacjami. Miał właśnie wstać, kiedy zawibrowała komórka. Mathilde Franssens. Odebrał.

– Masz to, o co cię prosiłem?

– Znalazłam teczkę Anny Becker, tak. Ale to, co ona zawiera, nie zgadza się w ogóle z tym, co mi powiedziałeś. Z tych dokumentów wynika, że ta dziewczyna jest…

4

– Zawsze się bałam tego momentu. Wiedziałam, że nadejdzie, ale nie myślałam, że to się odbędzie w ten sposób.

Clotilde Blondel siedziała przy szklanym blacie opartym na chromowanych stojakach. Jej biuro, wychodzące na dziedziniec, było urządzone nowocześnie i kontrastowało z tradycyjnym wyglądem Liceum Świętej Cecylii. Spodziewałem się osiemnastowiecznych mebli, biblioteki pełnej klasycznych książek i oprawionych w skórę starych wydań Biblii. Tymczasem stałem w spartańsko urządzonym pokoju o białych ścianach. Na biurku stał laptop, obok leżał smartfon w skórzanym futerale, była tam jeszcze fotografia w ramce z jasnego drewna i reprodukcja sugestywnej statuetki Brancusiego.

– Pani Blondel, od kiedy zna pani Annę?

Dyrektorka szkoły spojrzała mi prosto w oczy, ale zamiast odpowiedzieć na moje pytanie, rzuciła ostrzegawczym tonem:

– Anna jest w panu szaleńczo zakochana. Pierwszy raz widzę, żeby się tak zaangażowała. Mam nadzieję, że pan zasługuje na to uczucie.

Powtórzyłem pytanie, ale ona znów jakby go nie usłyszała.

– Kiedy Anna spytała mnie o zdanie, doradziłam jej, żeby

powiedziała panu prawdę. Ale bała się pańskiej reakcji. Bała się pana utracić...

Zapadła cisza. Po chwili dyrektorka wyszeptała jakby do siebie:

– Najwyraźniej Sabato miał rację: *Prawda jest wspaniała w matematyce i chemii, ale nie w życiu.*

Poruszyłem się nerwowo w fotelu. Clotilde Blondel wiedziała bardzo dużo. Żeby wzbudzić jej zaufanie, postanowiłem niczego nie ukrywać i opowiedziałem, jak znalazłem w mieszkaniu Anny 400 tysięcy euro i fałszywe dowody osobiste na nazwiska Magali Lambert i Pauline Pagès.

Pani Blondel wysłuchała mnie bez zdziwienia, jakbym przypominał jej jakieś zwykłe wydarzenie z przeszłości, tyle że trochę niepokojące.

– Pauline Pagès... Tak mi się przedstawiła za pierwszym razem. – Znów zapadło milczenie. Dyrektorka wzięła do ręki torebkę, która leżała na taborecie obok niej, i wyjęła z niej paczkę długich, cienkich papierosów. Zapaliła jednego, używając lakowanej zapalniczki. – To było w sobotnie popołudnie, dwudziestego drugiego grudnia dwa tysiące siódmego roku. Dokładnie pamiętam datę, gdyż tego dnia zorganizowaliśmy święta Bożego Narodzenia. Dla nas to bardzo ważny moment: co roku cała szkoła i zaproszeni rodzice uroczyście obchodzimy święto narodzin Chrystusa. – Głos jej stał się niski i chropowaty. Był to głos nałogowej palaczki. – Padał śnieg – ciągnęła, wypuszczając z ust chmurę dymu pachnącego miętą. – Nigdy nie zapomnę tej młodziutkiej prześlicznej dziewczyny, która zjawiła się nie wiadomo skąd w tym swoim spiętym paskiem płaszczu przeciwdeszczowym.

– Co powiedziała?

– Z lekkim akcentem, który starała się maskować, opowiedziała mi zupełnie prawdopodobną historię. Miała być córką francuskich nauczycieli pracujących w Mali. Powiedziała, że większą część szkoły, gimnazjum i liceum, skończyła w Bamako, ale jej rodzice chcieli, żeby maturę zdała w Paryżu. Dlatego postanowili zapisać ją do Liceum Świętej Cecylii. Na poparcie tej prośby wręczyła mi kopertę z całoroczną opłatą za czesne, czyli około ośmiu tysięcy euro.

– Cała ta historia okazała się nieprawdziwa?

– Caluteńka. Zadzwoniłam do liceum francuskiego w Bamako, żeby mi przefaksowali jej *exeat*, to jest zaświadczenie wypisu, konieczne przy zapisie nowego ucznia. Nikt tam o niej nigdy nie słyszał.

Nic z tego nie rozumiałem. Im więcej informacji zdobywałem, tym bardziej Anna mi umykała.

Clotilde Blondel zgniotła niedopałek w popielniczce.

– Następnego ranka udałam się pod adres, który podała mi Anna: wynajmowała pokój na poddaszu przy rue de l'Université. Spędziłam z nią cały dzień i od razu zrozumiałam, że na taką osobę jak ona trafia się tylko raz w życiu. Była to żyjąca samotnie pół kobieta, pół dziecko, dążąca do odbudowania swojego życia i zdeterminowana, by ten cel osiągnąć. Nie przez przypadek wybrała Liceum Świętej Cecylii: miała precyzyjne plany zawodowe, chciała zostać lekarzem, była wyjątkowo inteligentna, zdolna i pracowita, potrzebowała tylko odpowiednich warunków, żeby móc się rozwinąć.

– I co pani postanowiła?

Ktoś zapukał do drzwi gabinetu – to jej asystent chciał poradzić się w sprawie rozkładu zajęć. Clotilde poprosiła, aby chwilę zaczekał. Gdy zamykał za sobą drzwi, spytała mnie:

– Raphaëlu, czy zna pan Ewangelię Świętego Mateusza? *A ciasna jest brama i wąska droga, która prowadzi do żywota, i niewielu jest tych, którzy ją znajdują....* Pomoc Annie była moim chrześcijańskim obowiązkiem. A w tamtym momencie to oznaczało ukryć ją.

– Ukryć ją przed kim?

– Przed wszystkimi i przed nikim. To właśnie było najtrudniejsze.

– A konkretnie?

– Konkretnie oznaczało to, że zgodziłam się, by chodziła na zajęcia, choć nie została wpisana na listę uczniów, aby mogła zakończyć razem ze wszystkimi pierwszy rok liceum.

– Nie starała się pani dowiedzieć o niej niczego więcej?

– Nie musiałam jej wypytywać. Sama odkryłam jej sekret.

– A co to było?

Wstrzymałem oddech. Wreszcie zbliżałem się do prawdy. Ale Clotilde Blondel wylała mi na głowę wiadro zimnej wody.

– Nie do mnie należy zdradzenie go panu. Przysięgłam Annie, że jej przeszłość utrzymam w tajemnicy. I nigdy tej przysięgi nie złamię.

– Mogłaby mi pani powiedzieć trochę więcej.

– Proszę nie nalegać. Nic więcej panu nie powiem. Niech mi pan wierzy, jeśli kiedyś pozna pan jej przeszłość, lepiej będzie, gdy pozna pan ją z jej własnych ust, a nie z ust kogoś innego.

Zastanowiłem się chwilę. Coś mi się tu nie zgadzało.

– Zanim zacząłem żyć z moich powieści, przez kilka lat byłem nauczycielem. Znam ten system: w klasie przedmaturalnej nie można zdawać przyspieszonych egzaminów, jeśli się nie zostało wpisanym na żadną listę.

Dyrektorka przytaknęła.

– Ma pan rację, Anna w tamtym roku nie zdawała żadnych egzaminów.

– Ale był to rodzaj ucieczki do przodu, przecież ten problem pojawił się znów w klasie maturalnej, czyż nie?

– Tak, tym razem nie było jak się wykręcić. Jeśli Anna chciała iść na studia, musiała zdać maturę.

Clotilde Blondel zapaliła następnego papierosa i nerwowo kilkakrotnie się zaciągnęła, zanim powiedziała:

– Przez całe lato byłam zrozpaczona. Ta historia wykańczała mnie nerwowo. Traktowałam teraz Annę jak członka własnej rodziny. Obiecałam jej pomóc, ale miałam przed sobą nierozwiązywalny problem i zbliżała się katastrofa. – Clotilde spuściła oczy. Twarz jej ściągnęła się, miałem wrażenie, że jeszcze raz przeżywa ten bolesny okres. – Tymczasem z każdej sytuacji jest jakieś wyjście, i jak to często bywa, ma się je od nosem, tylko się go nie widzi.

Jakby na poparcie swoich słów wyciągnęła ku mnie zdjęcie stojące na biurku. Wziąłem je od niej i przyglądałem mu się, niczego nie rozumiejąc.

– Kto to jest? – spytałem.

– Moja siostrzenica. Prawdziwa Anna Becker.

5

Marc Caradec jechał jak kierowca wyścigowy. Od wyjazdu z Paryża zupełnie nie przejmował się przepisami drogowymi. Chciał, musiał sprawdzić naocznie informacje otrzymane od przyjaciółki pracującej w zakładzie ubezpieczeń społecznych, Mathilde Franssens.

Wcisnął klakson, popędzając ciężarówkę, która starała się wyprzedzić inną, i ledwo zdążył przed swoim zjazdem. Na skręcającej gwałtownie rampie poczuł zawrót głowy, wydawało mu się, że samochód spada w dół, w uszach mu brzęczało. Kanapka, którą połknął w drodze, stanęła mu w gardle i zrobiło mu się niedobrze. Przez kilka sekund nie wiedział, dokąd jedzie, potem stopniowo odzyskał równowagę i korzystając z GPS-u, wyjechał z plątaniny szos.

Rondo przy wjeździe do Châtenay-Malabry, wąska droga w kierunku lasu Verrières. Marc zrelaksował się zupełnie dopiero wtedy, gdy beton zastąpiła przyroda. Znalazłszy się pomiędzy kasztanowcami, orzechowcami i klonami, opuścił szybę w oknie samochodu. Jeszcze kawałek piaszczystej drogi i oto przed jego oczami pojawił się cel.

Ustawił range rovera na wysypanym żwirem parkingu i zatrzasnął za sobą drzwi auta. Z dłońmi splecionymi za plecami przez kilka sekund przyglądał się budynkowi wzniesionemu z dziwnej mieszanki starych kamieni i bardziej nowoczesnych materiałów, szkła, metalu, transparentnego betonu. Stare, dwustuletnie hospicjum zostało unowocześnione (zmasakrowane – pomyślał Caradec) przez zainstalowanie na dachu słonecznych paneli fotowoltaicznych i zielonych ścian.

Marc skierował się ku bramie wejściowej. Hol świecił pustką, w recepcji nie zastał nikogo. Przerzucił leżący na ladzie prospekt reklamowy.

Dom stałej opieki z obsługą medyczną, Sainte Barbe, zajmował się około pięćdziesięciu pacjentami całkowicie niesprawnymi lub autykami. Byli to ludzie niebędący w stanie zająć się samymi sobą i tacy, których stan zdrowia wymagał ciągłej opieki medycznej.

– W czym mogę panu pomóc?

Caradec odwrócił się w kierunku, z którego dobiegł do niego głos. Zobaczył młodą kobietę o arabskich rysach w białym kitlu, która wsuwała monety do dystrybutora.

– Policja. Nazywam się Marc Caradec, jestem kapitanem BRB – przedstawił się, podchodząc do niej.

– Malika Ferchichi, asystentka medyczno-psychologiczna.

Dziewczyna nacisnęła na guzik dystrybutora napojów, ale w urządzeniu coś się zablokowało.

– Znów się zepsuł! Ten cholerny dystrybutor okradł mnie już z co najmniej połowy pensji!

Marc złapał krawędź maszyny i zaczął nią potrząsać. Po kilku chwilach takiego brutalnego traktowania z dystrybutora wypadła puszka coli zero.

– Muszę się panu jakoś odwdzięczyć!

– Dobrze się składa, bo chciałbym panią prosić o małą przysługę. Szukam informacji na temat jednej z waszych pacjentek.

Malika otworzyła puszkę i wypiła łyk coli.

Marc patrzył na nią, kontemplował jej matową cerę, usta pomalowane na jasnoróżowo, surowy koczek nad karkiem, ostry wyraz niebieskich oczu.

– Bardzo chciałabym panu pomóc, ale wie pan dobrze, że nie mam do tego prawa. Proszę się zwrócić do dyrektora, on...

– Zaraz, niech pani zaczeka, nie ma co poruszać całej szacownej instytucji dla jednej nieistotnej informacji...

Malika popatrzyła na niego kpiąco.

– Oczywiście! W ten sposób może pan spokojnie działać na własną rękę!

Wypiła kolejny łyk.

– Znam te policyjne sztuczki. Mój ojciec też pracuje w firmie, jak wy to nazywacie.

– W jakim wydziale?

– Narkotyki.

Caradec zastanowił się chwilę.

– Nie jest pani przypadkiem córką Selima Ferchichiego?

Kiwnęła głową.

– Zna pan mojego ojca?

– Ze słyszenia.

Malika spojrzała na zegarek.

– Muszę wracać do pracy. Miło mi było poznać pana, kapitanie!

Z puszką w dłoni oddaliła się oświetlonym korytarzem, ale Caradec ją dogonił.

– Pacjentka, o którą mi chodzi, nazywa się Anna Becker. Może mnie pani do niej zaprowadzić?

Przeszli przez wąskie patio pełne różnego typu kaktusów, szpalerów bambusa i karłowatych palm.

– Jeśli ma pan zamiar wyciągnąć od niej jakieś informacje, raczej się to panu nie uda.

Dotarli do osłonecznionego ogrodu, po drugiej stronie widać było las. W cieniu klonów i brzóz pacjenci i pielęgniarki kończyli właśnie posiłek.

– Obiecuję pani, że nie mam zamiaru jej przesłuchiwać, chciałbym się tylko dowiedzieć, czy...

Malika wskazała palcem na las.

– To ona, tam, w tym fotelu. Anna Becker.

Caradec przysłonił dłonią oczy, chroniąc wzrok przed oślepiającym światłem. Młoda, może dwudziestoparoletnia kobieta siedziała na inwalidzkim wózku elektrycznym i patrzyła w niebo. Na uszach miała słuchawki. Ubrana w sweter z golfem, twarz miała okrągłą, otoczoną jasnorudymi włosami spiętymi spinkami jak u małej dziewczynki. Za przyciemnionymi szkłami okularów widać było oczy patrzące nieruchomo w dal.

– To jej ulubione zajęcie, ciągle słucha audiobooków – powiedziała Malika.

– Żeby się oderwać od rzeczywistości?

– Żeby podróżować, uczyć się, marzyć... Słucha co najmniej jednego dziennie. Czy aresztuje mnie pan, jeśli powiem, że ściągam dla niej po piracku tony książek z internetu?

– Na co ona jest właściwie chora? – spytał Marc, sprawdzając zapiski w notesie. – Jakaś choroba Friedreicha, o ile dobrze zrozumiałem?

– Ataksja Friedreicha – poprawiła go Malika. – To choroba neurodegeneracyjna. Bardzo rzadka przypadłość genetyczna.

– Od dawna zna pani Annę?

– Tak, pracowałam dorywczo w ośrodku medyczno-eduka-
cyjnym przy rue Palatine, w którym ona przebywała do dzie-
więtnastego roku życia.

Caradec poczuł się nieswojo i zaczął grzebać w kieszeni kurtki w poszukiwaniu papierosów.

– W jakim była wieku, kiedy zdiagnozowano u niej chorobę?

– Bardzo wcześnie, wydaje mi się, że miała wówczas osiem
czy dziewięć lat...

– Czym ta choroba się objawia?

– Zaburzeniami równowagi i koordynacji ruchów... Do tego
dochodzą powikłania: wykrzywia się kręgosłup, deformują stopy.

– A ona jakie miała symptomy?

– Proszę mnie poczęstować papierosem.

Marc wręczył Malice papierosa i zbliżył się, żeby jej podać
ogień. Poczuł świeży zapach jej ciała: cytryna, konwalia, bazy-
lia... Zielona fala, niepokojąca, ekscytująca.

Malika podniosła papierosa do ust, zaciągnęła się i mówiła
dalej:

– Anna dość wcześnie przestała chodzić. Potem, kiedy miała
trzynaście lat, choroba się jakby zatrzymała. Musi pan zrozumieć, że ta choroba nie atakuje mózgu. Anna jest młodą inte-
ligentną osobą. Nie zrobiła studiów w sensie formalnym, ale
jeszcze do niedawna spędzała dnie przed komputerem, ucząc się
informatyki na kursie MOOC*.

– Ale choroba powróciła... – domyślił się Caradec.

Malika przytaknęła.

– Od pewnego momentu należy się głównie obawiać komplikacji ze strony układów krążenia i oddechowego, kardiomio-
patii, czyli uszkodzenia serca.

---

* MOOC – skrót od *Massive Open Online Course* – wykłady internetowe
dostępne dla wszystkich.

Caradec zaklął pod nosem i westchnął. Życie potrafiło być wyjątkowo podłe. Niektórym dostawały się marne karty skazujące z góry na przegraną. Ta niesprawiedliwość dobijała go. Nie żeby dopiero teraz się o tym przekonał, ale dzisiejszego ranka bardziej to odczuł, nie umiał powstrzymać wzburzenia. Tak było zawsze, kiedy angażował się w śledztwo. Wszystko – pragnienia, złość, gniew – odczuwał wówczas ze zdwojoną siłą. Był jak gotujący się wulkan.

Malika odgadła jego uczucie.

– Chociaż nie ma żadnego lekarstwa na tę chorobę, staramy się zapewnić pacjentom najlepszą jakość życia. Fizjoterapia, ergoterapia, ćwiczenia logopedyczne, psychoterapia... Na tym również polega moja praca.

Marc milczał. Stał nieruchomo, papieros wypalał mu się między palcami. Jak udało się tak zamienić tożsamość? Z pewnością z punktu widzenia zabezpieczenia danych on sam dobrze wiedział, że system ubezpieczeń społecznych był jednym wielkim sitem (dziesiątki milionów euro oszustw, legitymacja, którą można łatwo podrobić), ale nigdy jeszcze nie spotkał się z czymś takim.

– Teraz już naprawdę muszę iść – odezwała się Malika.

– Zostawię pani na wszelki wypadek numer mojej komórki... – Marc zapisał numer na kartce i zadał ostatnie pytanie: – Czy dużo osób ją odwiedza?

– Przede wszystkim Clotilde Blondel, jej ciotka, przychodzi co drugi dzień, i jest jeszcze ktoś... Młoda Mulatka, ma proste włosy i jest zawsze świetnie ubrana.

Caradec pokazał zdjęcie na swojej komórce.

– Tak, to ona – potwierdziła Malika. – Zna ją pan? Wie pan, jak ona się nazywa?

5

Mała Indianka i kowboje

Świat to wojna bez końca między jednym
wspomnieniem a drugim, które mu się
przeciwstawia

Haruki Murakami

1

Wysiadłem z taksówki na rogu boulevard Edgar Quinet i rue d'Odessa. Rzuciłem okiem na zegarek. Już wkrótce południe. Za dziesięć minut bataliony „ludu pracującego" tej dzielnicy wysypią się na zewnątrz i pozajmują wszystkie nasłonecznione miejsca w restauracjach. Ale jeszcze przez kilka chwil można było dostać taki uprzywilejowany stolik. Wypatrzyłem go na tarasie małej knajpki, Colombine et Arlequin.

Zamówiłem butelkę wody i ceviche z dorady. Często tu przychodziłem coś przegryźć albo popracować, większość kelnerów mnie znała. Przy wszystkich stolikach i na chodnikach królowało późne lato: okulary przeciwsłoneczne, krótkie rękawy, lekkie spódniczki. Tych kilka drzew na placyku nie mogło walczyć z upałem, który roztapiał asfalt. Na południu rozłożono by parasole, ale tu, w Paryżu, słońce było na wagę złota i tak się lękano, że to nie potrwa długo, iż każdy gotów był siedzieć w skwarze południa nawet za cenę porażenia słonecznego.

Zamknąłem oczy i też wystawiłem twarz na słońce. Tak jak-

73

by ten zastrzyk ciepła i światła miał w sobie moc porządkowania myśli.

Długo rozmawiałem przez telefon z Caradekiem. Wymieniliśmy się informacjami i postanowiliśmy się spotkać na podsumowanie. Czekając na niego, wyjąłem laptopa. Musiałem wszystko zanotować, wprowadzić daty i wyciągnąć wnioski „na papierze".

Teraz nie było już wątpliwości, że kobieta, którą kochałem, nie była osobą, za którą się podawała. Podążając dwoma różnymi tropami, obaj z Markiem odtworzyliśmy losy Anny – która nie nazywała się wcale Anna – od jesieni 2007 roku.

Włączyłem obróbkę tekstu i spróbowałem streścić najważniejsze z naszych odkryć.

Koniec października 2007: szesnastoletnia dziewczyna (przybyła ze Stanów?) zjawia się w Paryżu, ma przy sobie ponad 400 tysięcy euro gotówką. Stara się ukryć, znajduje schronienie w pokoiku na poddaszu, który wynajmuje, płaci gotówką przymykającemu oko na formalności meldunkowe właścicielowi. Dziewczyna jest w szoku po jakimś traumatycznym przeżyciu, ale na tyle sprytna, żeby zdobyć fałszywe dokumenty. Pierwsze są bardzo słabe, ale następne już dużo lepsze.

W grudniu dziewczyna pojawia się w katolickim Liceum Świętej Cecylii, gdzie udaje jej się wpisać na listę uczniów i zdać maturę. Występuje jako Anna Becker, siostrzenica dyrektorki szkoły, Clotilde Blondel.

Ta zamiana tożsamości to prawdziwy majstersztyk: prawdziwa Anna Becker, poruszająca się na wózku inwalidzkim, mieszka w ośrodku stałej opieki dla niepełnosprawnych, nie podróżuje, nie prowadzi samochodu, nie uczy się.

W roku 2008 fałszywa Anna przynosi do merostwa oświadczenie o zgubieniu czy też kradzieży dokumentów i wyrabia sobie nowy paszport i dowód osobisty. Od tej chwili złudzenie jest kompletne: Anna ma prawdziwe dokumenty, ze swoją własną fotografią, i korzysta w stu procentach z cudzej tożsamości. Mimo że posiada również numer ubezpieczenia społecznego, jest ostrożna i najwyraźniej zachowuje skrupulatnie pewne zasady: zawsze sama płaci za wizyty u lekarza i za lekarstwa, żeby fundusz ubezpieczeń społecznych się nią bliżej nie zainteresował.

Podniosłem głowę znad ekranu, kiedy kelner przyniósł mi zamówienie. Wypiłem łyk wody i zjadłem kawałek ryby. Dwie kobiety dzieliły tę samą tożsamość: fortel wprowadzony w życie przez Clotilde Blondel był śmiały, ale wystarczająco solidny, żeby przetrwać ponad dziesięć lat. Nasza praca nie poszła na marne, ale jak dotąd natykaliśmy się tylko na pytania bez odpowiedzi. Zanotowałem je więc:

- Kim naprawdę jest Anna?
- Gdzie mieszkała przed przyjazdem do Paryża?
- Skąd wzięło się 400 tysięcy euro, które u niej znaleźliśmy?
- Kim byli ci ludzie, których zwęglone ciała widziałem na zdjęciu? Dlaczego Anna oskarża się o spowodowanie śmierci tych osób?
- Dlaczego zniknęła akurat w tej chwili, gdy zaczęła odkrywać przede mną część prawdy?
- Gdzie teraz jest?

Machinalnie jeszcze raz wystukałem numer jej telefonu. Nie nastąpił żaden cud i znów musiałem wysłuchać co najmniej pięćdziesiąty raz tekstu automatycznej sekretarki.

Wtedy wpadłem na pewien pomysł.

2

Sześć lat wcześniej, kiedy przyjechałem do Nowego Jorku, żeby szukać tła dla nowej powieści, zgubiłem w taksówce komórkę. Wracałem do hotelu po kolacji w jakiejś knajpie i nie od razu to spostrzegłem. Zanim się zorientowałem i zadzwoniłem do korporacji taksówkowej, było za późno: jeden z klientów, których kierowca wziął po mnie, znalazł mój telefon i nie zgłosił tego do centrali. Zaryzykowałem i wysłałem mu SMS-a z telefonu mojej rzeczniczki prasowej. Godzinę potem zadzwonił do mnie ktoś słabo mówiący po angielsku, proponując zwrot telefonu za sumę stu dolarów. Idąc na łatwiznę, zgodziłem się. Spotkanie wyznaczone zostało w jednej z kafejek na Times Square, ale ledwo dotarłem na miejsce, szantażysta zadzwonił z wiadomością, że cena wzrosła. Obecnie żądał pięciuset dolarów, które miałem mu dostarczyć na pewien adres w Queensie. Wtedy zrobiłem to, co powinienem uczynić na samym początku, a mianowicie opowiedziałem wszystko dwóm napotkanym po drodze policjantom. W ciągu kilku minut namierzyli moją komórkę dzięki platformie geolokalizacyjnej, zatrzymali szantażystę i zwrócili mi telefon.

Dlaczego nie zrobić tego samego z komórką Anny?

Pewnie jest wyłączona albo ma wyczerpaną baterię...

Jednak spróbuj.

Wciąż siedziałem przed otwartym laptopem. Poprosiłem kelnera o kod Wi-Fi restauracji, po czym udałem się na *cloud computing* producenta. Pierwszy etap nie przedstawił żadnych trudności: wystarczyło wprowadzić swój login, czyli w tym przypadku adres e-mail. Wpisałem adres Anny, ale natknąłem się na przeszkodę: nie znałem hasła.

Nie traciłem czasu na próbowanie różnych koncepcji. To działa tylko w filmach kryminalnych i serialach telewizyjnych.

Kliknąłem na „Zapomniałeś hasła?", co otworzyło nową stronę, na której poproszono mnie o odpowiedź na dwa pytania bezpieczeństwa, które Anna wybrała, tworząc swój login.

+ Marka twojego pierwszego samochodu?
+ Pierwszy film, który obejrzałeś w kinie?

Odpowiedź na pierwsze pytanie była prosta. Anna miała w życiu tylko jeden samochód, był to mini w kolorze kandyzowanego kasztana, który kupiła okazyjnie przed dwoma laty. Chociaż nie jeździła dużo, uwielbiała swoje autko. Za każdym razem, gdy o nim mówiła, nie nazywała go „mini" ani „kabriolet", ale „mój mini cooper". Wiedziałem więc dobrze, co wpisać w tej rubryce. I byłem tego pewien.

Teraz pytanie drugie.

Nie zawsze zgadzaliśmy się, jeśli chodziło o kino. Ja lubiłem Tarantina, braci Cohen, Briana De Palmę, stare thrillery i specyficzne filmy klasy B. Anna wolała kino intelektualne, o którym pozytywnie pisała „Télérama", a więc reżyserów takich jak Michael Haneke, bracia Dardenne, Abdellatif Kechiche, Fatih Akın, Krzysztof Kieślowski.

Ta wiedza nie za bardzo mi się przydała: niewiele dzieci zaczyna inicjację filmową od *Białej wstążki* czy *Podwójnego życia Weroniki*.

Zastanowiłem się. Kiedy po raz pierwszy zabiera się dziecko do kina? Ja pamiętałem bardzo dobrze swój pierwszy raz: było to lato 1980 roku, film nosił tytuł *Bambi*, widziałem go w kinie Olympia przy rue d'Antibes w Cannes. Miałem sześć lat i udałem, że coś mi wpadło do oka, żeby usprawiedliwić łkanie, kiedy umarła mama sarenki. Walt Disney to łajdak.

Anna miała dziś dwadzieścia pięć lat. Jeśli swój pierwszy film zobaczyła w wieku lat sześciu, to musiało być w 1997 roku.

Sprawdziłem listę sukcesów filmowych tego roku w Wikipedii i rzucił mi się w oczy jeden film: *Titanic*. Sukces światowy. Sporo dziewczynek musiało wówczas nudzić rodziców, żeby móc obejrzeć Leonarda DiCaprio. Przekonany, że znalazłem, wystukałem tytuł filmu z szybkością światła, nacisnąłem potwierdzenie i...

Odpowiedzi, których udzieliłeś, nie zgadzają się z figurującymi na naszej liście. Proszę sprawdzić informacje osobiste i spróbować jeszcze raz.

Cholera! Zbytnio się pospieszyłem i teraz zostały mi już tylko dwie próby, zanim system się zablokuje.

Tylko spokojnie – pomyślałem. Zacząłem analizować sytuację bez poprzedniego pośpiechu. Anna i ja nie należeliśmy do tego samego pokolenia. Ona z pewnością była w kinie po raz pierwszy wcześniej niż ja, ale w takim razie kiedy?

Google. Wystukuję pytanie: „W jakim wieku najlepiej zabrać dziecko do kina po raz pierwszy?". Pojawiają się dziesiątki stron. Są to przeważnie fora poświęcone rodzinie i czasopisma kobiece. Przeglądam pierwsze strony. Wynika z nich, że dla dwulatka to za wcześnie, ale że można zaryzykować i wziąć do kina trzy- lub czterolatka.

Wracam do Wikipedii. Rok 1994. Anna ma trzy lata i rodzice zabierają ją do kina na... *Króla Lwa* – to największy przebój filmowy dla dzieci w tamtym roku.

Nowa próba i ... znów fiasko.

Cholera! Horyzont się zawężał. Już nie mam prawa do pomyłki. Wydawało mi się, że to będzie łatwe, a tymczasem jest zbyt dużo możliwości, zbyt dużo rzeczy trzeba wziąć pod uwagę. Nigdy nie odgadnę tego hasła.

Ostatnia próba, po prostu dla zasady. Rok 1995. Anna ma cztery lata. Zamykam oczy i staram się wyobrazić sobie, jak wyglądała w tym wieku. Widzę małą dziewczynkę o karnacji w kolorze kawy z mlekiem, delikatnych rysach, oczach jak szmaragdowa woda, nieśmiałym uśmiechu. Pierwszy raz idzie do kina. I rodzice zabierają ją na... Znów rzucam okiem na encyklopedię na ekranie. Tego roku na pierwszym miejscu box office'ów znajduje się genialne *Toy Story*. Wystukałem odpowiedź i już miałem nacisnąć klawisz potwierdzenia, ale zanim to zrobiłem, po raz ostatni zamknąłem oczy. Dziewczynka ciągle tu była. Czarne warkoczyki, dżinsowe ogrodniczki, kolorowa bluza od dresu, nieskalanie czyste buciki. Dziewczynka jest zadowolona. Dlaczego? Dlatego, że rodzice zabierają ją na *Toy Story*? Nie, to mi nie pasowało do Anny, którą znałem. Cofnąłem się w czasie. Boże Narodzenie 1995. Anna ma prawie pięć lat. Idzie do kina po raz pierwszy i to ona wybrała film. Bo jest już inteligentna i niezależna. Bo wie, czego chce. Śliczny rysunkowy film, z którego bohaterką będzie mogła się identyfikować, od której nauczy się różnych rzeczy. Znów spojrzałem na listę przebojów filmowych tego roku, wyobrażając sobie, że słyszę głos dziewczynki. *Pocahontas*. Dziewczynka ze szczepu Powatan, której rysownicy Disneya nadali rysy Naomi Campbell. Zadrżałem. Zanim jeszcze nacisnąłem klawisz, już wiedziałem, że znalazłem. Wpisałem dziesięć magicznych liter i pojawiła się strona, pozwalająca wpisać nowe hasło. *Yessss!* Tym razem udało się! Włączyłem aplikację geolokalizacji telefonu i po kilku sekundach zobaczyłem na ekranie migający punkt.

3

Ręce mi się trzęsły i serce waliło w piersi. Miałem rację, że się uparłem. Na ekranie pojawiła się informacja, że telefon Anny jest wyłączony, ale system przez dwadzieścia cztery godziny zachowa w pamięci jego ostatnią znaną pozycję na mapie.

Ach, uroki wszechobecnego monitorowania....

Wpatrzyłem się w świecący punkcik migający pośrodku departamentu Sekwana Saint Denis. Na pierwszy rzut oka wyglądało to na strefę przemysłową między Stains a Aulnay sous Bois.

Wysłałem SMS-a do Caradeca: Gdzie jesteś? – na który on od razu odpowiedział: Boulevard Saint Germain, czemu pytasz?

Pospiesz się, mam coś naprawdę istotnego!

Czekając na niego, zrobiłem zrzut ekranu i zanotowałem adres, który tam figurował, avenue du Plateau, Stains, Île-de--France. Potem włączyłem widok satelitarny i maksymalnie przybliżyłem świecący punkt. Z lotu ptaka budynek, który mnie interesował, wyglądał jak gigantyczny stos betonowych cegieł ułożony pośrodku pustkowia.

Paroma kliknięciami udało mi się zidentyfikować miejsce: była to przechowalnia mebli. Zagryzłem wargi. Odległe przedmieście, magazyny na pustkowiu... To nie wróżyło niczego dobrego.

Daleki, przeciągły dźwięk klaksonu, bardziej podobny do trąbienia słonia niż samochodu, zatrząsł tarasem.

Podniosłem wzrok, położyłem na stoliku dwa banknoty, pozbierałem swoje rzeczy i wskoczyłem do starego range rovera Caradeca, który właśnie wjechał spokojnie na rue Delambre.

6

Riding with the King

Życie bierze czasem ostre zakręty, a kiedy to robi,
to z piskiem opon

Stephen King

1

Jechaliśmy bez końca.

Najpierw les Invalides, most na Sekwanie, potem Champs Élysées i wreszcie porte Maillot. Potem obwodnica, autostrada, Stade de France, podmiejska szosa wijąca się między La Courneuve, Saint Denis i Stains.

Nawet w świetle słońca przedmieście wyglądało smutno, kolor nieba jakby się zmieniał, ciemniał, rozpływał i tracił blask, zrównując się nastrojem z tanim budownictwem socjalnym, blokami bez duszy, których sznury ciągnęły się wzdłuż ulic nazwanych na cześć dawno minionej ery komunizmu: rue Romain Rolland, Henri Barbusse, Paul Éluard, Jean Ferrat...

Caradec był wkurzony z powodu dużego ruchu. Nie zważając na linię ciągłą, wyprzedził wlokącą się furgonetkę, co się źle skończyło, gdyż nagle zobaczyliśmy pędzącą na nas ogromną wściekłą terenówkę. Błyszczący chromami mastodont o mało na nas nie wpadł. Caradec dosłownie w ostatniej chwili zdążył zjechać na swój pas, klnąc ostro.

Teraz był pewien, że musimy odnaleźć Annę. Widziałem, jak

prawie trzęsie się ze złości, był zawiedziony, zniecierpliwiony, podobnie jak ja zaskoczony kierunkiem, jaki przybrało nasze śledztwo. Podczas jazdy dzieliliśmy się informacjami. Mimo że każdy z nas czegoś się dowiedział, osoba Anny pozostała tak samo tajemnicza jak na początku. Nie wiedzieliśmy nawet, czy jest ofiarą, czy winną.

– Policja nie zrobiłaby tego lepiej! – pogratulował mi zlokalizowania komórki.

Czułem, że uwierzył w nowy trop. Prowadził szybko, ze wzrokiem utkwionym w drogę, żałował tylko, że nie ma jak za dawnych dobrych czasów syreny i świateł na dachu.

Ekran GPS-u wskazywał szybko mijające kilometry, które dzieliły nas od celu. Wpatrzony w ponury krajobraz rozciągający się za szybą range rovera mijałem betonowe płyty, prefabrykaty, zniszczone fasady budynków dopiero co zbudowanych, a już brudnych i pokrytych graffiti. Po rozwodzie rodziców opuściłem Lazurowe Wybrzeże i zamieszkaliśmy z matką na przedmieściach Paryża, gdzie dorastałem w podobnym smutnym blokowisku. Za każdym razem, gdy tam wracałem, miałem wrażenie, że nigdy stamtąd nie wyjechałem.

Zielone. Żółte. Czerwone. Caradec zignorował czerwony błysk i wpadł na rondo, z którego zjechał w ślepy zaułek kończący się monumentalnym czteropiętrowym blokiem z żelbetonu. Był to budynek BoxPopuli – „najlepsza przechowalnia mebli".

Zatrzymaliśmy się na prawie pustym parkingu, długim asfaltowym pasie, tuż przed polem spalonych przez słońce paproci.

– Jaki mamy plan? – spytałem, wysiadając z samochodu.

– Taki! – odpowiedział Caradec i wyciągnął ze schowka na rękawiczki polimerowego glocka 19.

Nie zwrócił policji ani swojej broni, ani odznaki. Nienawidziłem broni palnej i nawet teraz nie byłem gotów zmienić zdania.

– Marc, żartujesz chyba!

Caradec zatrzasnął drzwi samochodu i zrobił kilka kroków po rozgrzanym do maksimum asfalcie.

– Uwierz memu doświadczeniu, w takiej sytuacji najlepszy plan to nie mieć żadnego planu.

Wsunął broń za pasek spodni i zdecydowanym krokiem poszedł w kierunku betonowego bloku.

2

Balet podnośników i wózków paletowych. Uporczywy zapach palonego papieru unoszący się w powietrzu. Taniec dźwigów i kontenerów na kółkach. Cały parter był wielkim pomieszczeniem zakończonym pomostami do wyładowywania towaru, gdzie stały ciężarówki.

Caradec zastukał w szybę biura umieszczonego pod betonową rampą prowadzącą na piętra.

– Policja! – krzyknął, wymachując trójkolorową legitymacją.

– To dopiero! Jeszcze nie minęło dziesięć minut, kiedy po was zadzwoniłem! – wykrzyknął drobny ruchliwy mężczyzna siedzący za metalowym biurkiem.

Marc spojrzał na mnie. Jego spojrzenie mówiło: „Nic nie rozumiem, ale zostaw to mnie".

– Patrick Ayache, jestem tu kierownikiem – przedstawił się mężczyzna, który do nas podszedł.

Ayache miał bardzo wyraźny akcent repatriantów algierskich. Był przysadzisty, miał jowialną okrągłą twarz i gęstą czuprynę. Szeroko rozpięta koszula firmy Façonnable ukazywała złoty łańcuch na szyi. Gdybym umieścił go w swojej powieści, wyglądałby karykaturalnie.

Pozwoliłem więc działać Marcowi.

– Proszę nam wyjaśnić, co się stało.

Ayache gestem dłoni skierował nas do przejścia zarezerwowanego dla personelu, które prowadziło do wind. Odsunął się, przepuszczając nas przodem, nacisnął guzik ostatniego piętra i rzucił:

– Coś takiego zobaczyłem po raz pierwszy w życiu!

Kabina ruszyła z hałasem. Przez szybę widziałem rzędy drewnianych boksów i ciągnących się w nieskończoność zaplombowanych kontenerów.

– Naszą uwagę zwrócił hałas – ciągnął Ayache. – Jak karambol na drodze: seria mocnych zderzeń, trzask gniecionej blachy, jakby nad głowami przelatywała nam autostrada!

Winda otworzyła się na wykładany gresem podest.

– To piętro samoobsługowe – wyjaśnił Ayache, prowadząc nas za sobą. – Klienci mogą wynająć boks wielkości dużego garażu i mają tu wstęp w każdej chwili.

Kierownik magazynu szedł równie szybko, jak mówił. Jego kroki skrzypiały na linoleum, a my ledwo mogliśmy za nim nadążyć. Mijaliśmy jedną alejkę za drugą. Wszystkie były identyczne. Jakiś przerażający parking bez końca.

– O, proszę. To tu! – oznajmił wreszcie i wskazał na wielki boks, w którym po wyłamanych drzwiach ziała dziura.

Przed wejściem pełnił straż siwy Murzyn. Biała koszulka polo, kurtka khaki, kaszkiet Kangol.

– To jest Papież – przedstawił go nam Ayache.

Wyprzedziłem Caradeca, chcąc przyjrzeć się szkodom.

Niewiele zostało z dwóch skrzydeł drzwi brutalnie wyrwanych z zawiasów. Nawet podwójne pręty zbrojeniowe nie pomogły. Powierzchnia z galwanizowanej stali była powyginana, złożona we dwoje, wyrwana. Zerwane łańcuchy dwóch kłódek wisiały bezużytecznie na metalowych hakach.

– Co tu wjechało, czołg?

– Właśnie! – wykrzyknął Papież. – Dwadzieścia minut temu duża terenówka sforsowała wjazd do magazynu, podjechała tu rampą i tak długo atakowała drzwi boksu, aż puściły. Zupełnie jak lodołamacz.

– Wszystko zostało nagrane na kamerach przemysłowych – powiedział Ayache. – Zaraz wam pokażę.

Przez dziurę wszedłem do wewnątrz. Dwadzieścia metrów kwadratowych oświetlonych gołą żarówką. Pusto. Zobaczyłem jedynie solidne metalowe półki przyspawane do podłogi i dwa pojemniki po jakimś płynie w aerozolu rzucone na betonową posadzkę. Jeden był biały, drugi czarny. Wyglądały jak termosy, do których przyczepiono specjalną nasadkę. Wokół stalowego słupa okręcone były sznury, resztki taśmy klejącej i najwyraźniej niedawno przecięte plastikowe kable zaciskowe.

Kogoś tu więziono.

Annę.

– Czy czujesz ten zapach? – spytał mnie Marc.

Kiwnąłem głową. Była to faktycznie pierwsza rzecz, na którą zwróciłem uwagę. W powietrzu utrzymywał się jakiś silny zapach. Trudno było powiedzieć, co to – coś między świeżo zmieloną kawą a mokrą od deszczu ziemią.

Caradec przykląkł, żeby obejrzeć pojemniki po aerozolu.

– Wiesz, co to jest?

– Przedstawiam ci Ebony and Ivory – powiedział. Był wyraźnie zaniepokojony.

– Czarne i białe? Tak jak tytuł piosenki Paula McCartneya i Steviego Wondera?

Kiwnął głową.

– To jest zrobiona domowym sposobem mieszanka na bazie detergentów używanych w szpitalach. Ten melanż likwiduje kompletnie wszystkie ślady DNA obecne na miejscu zbrodni. Produkt profesjonalny. Zestaw używany tylko przez duchy.

– Dlaczego dwa spreje?

Marc wskazał na czarny aerozol.

– Ebony zawiera bardzo silny detergent, który niszczy dziewięćdziesiąt dziewięć procent śladów DNA.

Potem pokazał biały.

– Ivory to produkt maskujący, zdolny zmienić strukturę pozostałego jednego procenta. Słowem, masz przed sobą cudowny przepis pozwalający powiedzieć wszystkim laboratoriom kryminalistycznym: „Wypchajcie się!".

Wyszedłem z boksu.

– Kto wynajmuje to miejsce? – spytałem Ayache'a.

Kierownik rozłożył bezradnie ręce.

– Właśnie, nikt go nie wynajmuje! Stoi pusty od ośmiu miesięcy.

– Co jeszcze tu było? – spytał Caradec, podchodząc do nas.

– Nic! – szybko odpowiedział Papież.

Marc westchnął głęboko. Wyglądał na zmęczonego i zatroskanego. Podszedł do Ayache'a, otworzył usta i wyglądało, że się na niego wydrze, ale zamiast tego położył mu rękę na ramieniu dosłownie na sekundę, po czym dłoń jego przesunęła się wzdłuż szyi, kciuk ucisnął krtań, a palec wskazujący nacisnął kręg szyjny. Sparaliżowany uciskiem Ayache nie mógł oddychać. Chciałem interweniować, spanikowany tym nagłym aktem przemocy. Marc się zagalopował, obaj faceci raczej mówili prawdę. A przynajmniej tak myślałem do chwili, w której Ayache podniósł dłoń na znak kapitulacji. Marc rozluźnił ucisk na tyle, żeby facet mógł złapać oddech. W rozpaczliwej próbie odzyskania twarzy Ayache wydusił z siebie:

– Zapewniam was, niczego tam nie było, tylko dwa przedmioty, które zabezpieczyłem w specjalnym miejscu.

3

Specjalne miejsce Ayache'a było małym pokojem obwieszonym dziesiątką czarno-białych ekranów systemu kontroli wideo. Ayache usiadł za biurkiem i otworzył jedną z szuflad.

– Znaleźliśmy je wsunięte pod półkę – wyjaśnił, kładąc na stole oba trofea.

Pierwszy przedmiot to była komórka Anny. Od razu ją poznałem dzięki naklejce Czerwonego Krzyża. Ayache posunął grzeczność tak daleko, że pożyczył mi własną ładowarkę, ale nie dałem rady jej włączyć. Ekran był kompletnie potłuczony. Nie była to szkoda powstała w wyniku upadku komórki na beton. Żeby doprowadzić telefon do takiego stanu, ktoś musiał zgniatać go obcasem.

Drugi przedmiot przedstawiał większą wartość. Była to płaska błyszcząca torebka z jaszczurczej skóry ozdobiona różowymi kryształkami kwarcu. Był to jeden z pierwszych prezentów, jaki dałem Annie, i z pewnością miała przy sobie tę torebkę poprzedniego wieczoru, kiedy byliśmy razem w restauracji. Przeszukałem ją szybko. Portfel, brelok do kluczy, paczka papierowych chusteczek, pisak, okulary przeciwsłoneczne. Nic godnego uwagi.

– Proszę spojrzeć na wideo! Zobaczycie, co za masakra!

Ayache odzyskał ducha i ledwo mógł usiedzieć na krześle. Niczym bohater amerykańskiego serialu zachowywał się jak samozwańczy kapłan w świątyni obrazu, żonglując ekranami, zwalniając, przyspieszając lub cofając nagranie.

– Przestań wreszcie wymachiwać rękami i puść normalnie ten swój film! – zirytował się Marc.

Już pierwsze sceny nas zdumiały: samochód z czarnymi szybami i podwójną chromowaną atrapą wyglądał niczym umięśniony drapieżnik gotujący się do skoku.

Spojrzeliśmy na siebie wściekli: ta sama terenówka, która prawie nas rozjechała!

W pierwszych scenach wideo wielka terenówka sforsowała barierkę przy wjeździe na teren magazynu i wjechała na rampę prowadzącą na wyższe poziomy. Następnie została sfilmowana już na ostatnim piętrze.

– Stop! – wrzasnął Caradec.

Ayache zatrzymał film. Przyjrzawszy się dokładnie ogromnemu SUV-owi, rozpoznałem model: BMW X6, luksusowy crossover, łączący zalety samochodu terenowego z elegancją coupé. Jeden z moich przyjaciół, autor kryminałów, kiedy urodziło mu się drugie dziecko, kupił taki samochód i wychwalał mi jego „zalety”: waga co najmniej dwie tony, długi na pięć metrów, wysoki na ponad półtora. Model, który widziałem na ekranie, wyglądał jeszcze groźniej, bo miał wzmocnione zderzaki, przyciemnione szyby i zamaskowane numery rejestracyjne.

Marc nacisnął klawisz, żeby nagranie ruszyło.

Kierowca terenówki wiedział dokładnie, co ma robić. Bez wahania pojechał aż do ostatniego rzędu, zawrócił i zatrzymał samochód pod kamerą. Widać było tylko maskę i rząd boksów. Potem… Więcej już nic się nie nagrało.

– Przestawił kamerę, skurwysyn! – syknął Caradec przez zęby.

Co za pech! Mężczyzna – choć mogła to być równie dobrze kobieta, a w samochodzie mogło siedzieć więcej osób – najwyraźniej obrócił kamerę frontem do muru. Na ekranie widać było już tylko szary brudny śnieg.

Caradec z wściekłością walnął pięścią w stół, ale okazało się, że Ayache nie powiedział jeszcze ostatniego słowa.

– E, Papież! Pokaż mu swój telefon – rzucił w kierunku Murzyna.

Murzyn już trzymał komórkę w dłoni i uśmiechał się szeroko.

– A ja wszystko sfilmowałem! Stary Papież jest dużo bardziej cwany niż...

– Dawaj! – krzyknął Caradec i wyrwał mu telefon.

Ponaciskał klawisze i puścił film.

Pierwsze rozczarowanie: obraz był ciemny, prześwietlony, ziarnisty. Odważny, ale nie zuchwały, Papież trzymał się z daleka od całej operacji. Bardziej dało się odgadnąć, co się dzieje, niż zobaczyć całą akcję. Ale najważniejsze tam było: brutalne, gwałtowne, przerażające. W piekielnym hałasie SUV wjeżdżał w boks, aż go rozwalił. Potem facet w kominiarce wyskoczył z auta i wbiegł do garażu. Kiedy wyszedł po niecałej minucie, niósł na ramieniu Annę zgiętą wpół.

Dowodem, że nie był to rycerz na białym koniu, który przybył, by ją uwolnić, były szarpanina i krzyki Anny. Facet otworzył bagażnik i brutalnie ją do niego wrzucił. Potem na chwilę zniknął w samochodzie, wyszedł z dwoma pojemnikami z aerozolem i wbiegł do garażu, żeby zrobić porządek. Wideo kończyło się w momencie, gdy SUV ruszał z kopyta w kierunku wyjazdu.

Z nadzieją, że dostrzeże jakiś ważny szczegół, Marc jeszcze raz puścił wideo i podkręcił dźwięk.

Wszystko zaczęło się od nowa: szalony SUV, rozwalony boks i Anna jako więzień tego nieznajomego szaleńca.

Gdy facet wrzucał ją do bagażnika, nadstawiłem ucha i usłyszałem jej głos.

Krzyczała moje imię.

– Raphaël! Ratuj mnie! Raphaël! Ratuj mnie!

4

Trzask drzwi. Bieg wsteczny, jedynka, dwójka...

Caradec gwałtownie przyspieszył, zostawiając na asfalcie

ślady opon. Szarpnięcie wcisnęło mnie w siedzenie, zapiąłem pas, widząc w tylnym lusterku drgające odbicie wciąż malejącego betonowego bloku.

Gryzł mnie niepokój o Annę, byłem rozgorączkowany. Widziałem, jak mnie wołała, błagając o pomoc, i to mną wstrząsnęło. Trudno sobie wyobrazić, jak strasznie musiała się czuć. Ze wszystkich sił pragnąłem, by w swoim strachu wierzyła, że uda mi się ją odnaleźć. Marc pędził w kierunku szosy, a ja starałem się uporządkować myśli. Z początku osłupienie nie pozwoliło mi logicznie myśleć. Czułem się kompletnie zdezorientowany: od dzisiejszego ranka do teraz dowiedzieliśmy się wielu rzeczy, ale nie umiałem połączyć tych wydarzeń ani znaleźć w nich sensu.

Skupiłem się. Czy byłem czegoś absolutnie pewien? Nie widziałem niczego konkretnego, mimo że na pierwszy rzut oka kilka faktów nie podlegało dyskusji. Po naszej kłótni Anna na pewno wsiadła do samolotu na lotnisku w Nicei, żeby wrócić do Paryża. Przyleciała na Orly koło pierwszej w nocy. Jak dowodziła tego torba znajdująca się u niej w mieszkaniu, prawdopodobnie taksówką dojechała do Montrouge. A potem? Przypuszczałem raczej, niż byłem pewny, że musiała skontaktować się z kimś, by go uprzedzić, wyznać, iż pokazała mi zdjęcie trzech zwęglonych ciał. Kto to był i dlaczego się z nim porozumiewała, nie miałem najmniejszego pojęcia. Ale od tej chwili wszystko się załamało. Ktoś ją odwiedził w mieszkaniu. Rozmowa zmieniła się w kłótnię. Anna została porwana i przetrzymywano ją kilka godzin w przechowalni mebli na północnym przedmieściu Paryża. Aż do chwili, gdy jakiś inny nieznajomy rozwalił boks swoim wielkim SUV-em, nie po to, by ją uwolnić, ale by dalej więzić.

Przetarłem oczy i uchyliłem okno, żeby zaczerpnąć świeżego powietrza. Błądziłem po omacku. Częściowo z pewnością miałem rację, ale zbyt wiele fragmentów puzzli brakowało, by ułożyć w sensowną całość tę ponurą układankę.

– Nie masz zbyt wiele czasu na podjęcie decyzji... – Wyrwał mnie z zamyślenia głos Marca, który, wciskając gaz do dechy, zapalał papierosa.

– Co masz na myśli?

– Chcesz zawiadomić policję czy nie?

– Po tym, co zobaczyliśmy, nie możemy tego nie zgłosić, prawda?

Marc zaciągnął się głęboko, mrużąc oczy.

– Decyzja należy do ciebie.

– Mam wrażenie, że jesteś przeciw.

– Absolutnie nie, ale musisz sobie uświadomić jedno: policja jest jak plaster Kapitana Baryłki*. Z chwilą, gdy znajdziesz się w tej machinie, już się z niej nie wydostaniesz. Wdrożą śledztwo, będą prześwietlać twoje życie i życie Anny, wyciągną na wierzch wszystkie brudy. Najmniejszy szczegół stanie się własnością publiczną. Nie będziesz w stanie zapanować nad czymkolwiek i nie będziesz mógł się z tego wycofać.

– A konkretnie co się stanie, jeśli pójdziemy na policję?

Marc wyciągnął z kieszeni telefon Papieża.

– Dzięki temu wideo odwaliliśmy już za nich kawał roboty. Teraz, gdy istnieje konkretny dowód na to, że Anna znalazła się w niebezpieczeństwie, prokurator nie będzie mógł zrobić nic innego, jak tylko orzec, że chodzi o „zaginięcie wzbudzające niepokój" lub „porwanie".

– Co policja może zrobić więcej niż my?

Caradec wyrzucił niedopałek przez okno i zamyślił się.

– Przede wszystkim sprawdzą linię telefoniczną Anny, żeby skontrolować, z kim się ostatnio porozumiewała.

– Co więcej?

---

* Kapitan Baryłka (fr. *Capitaine Archibald Haddock*) – postać z komiksowej serii *Przygody Tintina* belgijskiego rysownika Hergégo. Baryłka to najlepszy przyjaciel Tintina.

– Postarają się rozpracować pochodzenie tych aerozoli Ebony and Ivory, z tym że tu daleko nie zajdą... Potem sprawdzą, do kogo należy ten SUV. Prawda, że tablice były zamaskowane, ale ponieważ to jest wyjątkowy model, raczej łatwo odkryją...

– ...że to kradziony wóz.

Marc pokiwał głową.

– No właśnie.

– To wszystko?

– Na razie nie widzę nic więcej.

Wziąłem głęboki wdech. Przed powiadomieniem policji powstrzymywał mnie głównie fakt, że Anna przez te wszystkie lata tak skrupulatnie ukrywała swoją tożsamość. Zdumiewające wydało mi się, że szesnastoletnia dziewczyna czuła aż taką konieczność zniknięcia. Zanim wydam jej tajemnicę, muszę wiedzieć, kim jest.

– Jeśli postanowię kontynuować śledztwo, mogę na ciebie liczyć?

– Tak, jestem z tobą, ale musisz być świadomy niebezpieczeństwa i ryzyka, na jakie nas narażasz.

– A co z policją z departamentu Sekwany Saint Denis, którą wezwał Ayache?

Caradec machnął ręką.

– Nie było widać, żeby się spieszyli. Wierz mi, nie będą zbyt skrupulatni. Na razie mają tylko zniszczony garaż, nic więcej. Bez nagrań wideo świadkowie niewiele znaczą. Nie ma żadnych odcisków palców, a my zabraliśmy jedyne przedmioty, które mogły doprowadzić ich do Anny, czyli jej komórkę i torebkę. À propos, jesteś pewien, że w tej torebce naprawdę nie ma niczego istotnego?

Dla świętego spokoju jeszcze raz sprawdziłem zawartość kopertówki z jaszczurczej skórki. Portfel, papierowe chusteczki, klucze, okulary przeciwsłoneczne, pisak.

Hm... Dziwny ten pisak. Plastikowy pręcik z nasadką, który na pierwszy rzut oka wydał mi się flamastrem, w istocie był... testem ciążowym. Spojrzałem na okienko z rezultatem. Dwie równoległe niebieskie kreseczki.

Poczułem, jak gwałtowne wzruszenie ściska mi gardło. Tysiąc lodowatych strzał przebiło moje ciało i poczułem się jak sparaliżowany. Wszystko wokół mnie znikło, w uszach szumiała krew. Chciałem przełknąć ślinę, nie mogłem.

Test był pozytywny.

Jesteś w ciąży.

Zamknąłem oczy. W mózgu jak części wybuchającego pocisku rozprysły mi się dziesiątki obrazów z naszego ostatniego wspólnego wieczoru, zanim zaczęliśmy się kłócić. Przypomniałem sobie wyraz twojej twarzy, zobaczyłem radość i światło emanujące z ciebie. Usłyszałem twój śmiech, zrozumiałem melodię słów... Twój wzrok, słowa, każdy gest nabrał nowego sensu. Chciałaś mi to powiedzieć wczorajszego wieczoru. Byłem tego pewien. Zanim wszystko zepsułem, chciałaś oznajmić mi, że spodziewasz się dziecka.

Otworzyłem oczy. Teraz śledztwo ukazało mi się w zupełnie innym świetle. Nie szukałem już tylko ukochanej kobiety, szukałem również naszego dziecka!

Przestało mi szumieć w uszach. Kiedy odwróciłem się i spojrzałem na Caradeca, rozmawiał przez telefon. Pod wpływem emocji nie usłyszałem nawet, że coś zadzwoniło.

Na obwodnicy paryskiej był korek, więc na porte d'Asnières Caradec zjechał na boulevards des Maréchaux i obecnie przemykaliśmy się przez rue de Tocqueville, unikając korków na boulevard Malesherbes.

Caradec przytrzymywał ramieniem komórkę i słuchał, najwyraźniej również zaszokowany.

– Kurwa, Vasseur!!! Jesteś pewien? Na sto procent?

Nie usłyszałem odpowiedzi jego rozmówcy.

– Okay... – wyszeptał Caradec, rozłączając się.

Przez kilka sekund milczał jak zaczarowany. Był blady jak ściana i miał dziwny wyraz twarzy. Nigdy go takim nie widziałem.

– Z kim rozmawiałeś? – spytałem.

– Z Jeanem-Christophem Vasseurem. Pracuje w kryminalnym, wysłałem mu zdjęcie odcisków palców Anny.

– I?

– Znalazł. Anna jest na liście FAED.

Poczułem na plecach gęsią skórkę.

– Więc kim ona naprawdę jest?

Caradec zapalił kolejnego papierosa.

– Anna nazywa się naprawdę Claire Carlyle.

Zapadła cisza. To nazwisko coś mi mówiło... Musiałem je kiedyś usłyszeć, bardzo dawno temu, ale kompletnie zapomniałem, w jakich okolicznościach.

– O co jest oskarżona?

Caradec potrząsnął głową, wydychając dym.

– O nic. Claire Carlyle od lat nie żyje.

Popatrzył na mnie i zobaczył, że nic nie rozumiem.

– Claire Carlyle to jedna z ofiar Heinza Kieffera – powiedział.

Zamarłem i wydało mi się, że spadam w przepaść.

DZIEŃ DRUGI

Sprawa Claire Carlyle

7

Sprawa Claire Carlyle

Było to podczas straszliwej ciemnej nocy
Jean Racine

1

Wstawał dzień.

Zabawki rozrzucone przez mojego synka po całym salonie skąpane były w różowym świetle. Koń na biegunach, puzzle, czarodziejskie drzewko, sterty książek, drewniana kolejka...

Trochę po szóstej noc ustąpiła miejsca niebu w kolorze ciemnego głębokiego błękitu. Passage d'Enfer. Ptaki zaczęły swoje trele, a na balkonie wzmógł się różany zapach pelargonii. Wstałem, żeby zgasić światło, i niechcący przydepnąłem plastikowego żółwia, który zaczął jęczeć jakąś dziecięcą wyliczankę i prawie minuta mi zeszła, zanim udało mi się go uciszyć. Na szczęście, kiedy Théo śpi, nie zbudziłaby go nawet kanonada fajerwerków. Najpierw przyblokowałem uchylone drzwi, żeby go usłyszeć, gdyby tylko się obudził, a potem otworzyłem okno, czekając niecierpliwie na wschód słońca, i zamarłem tak, oparty o balustradę, z nadzieją, że brzask wniesie w moje serce nieco otuchy.

Gdzie jesteś, Anno? Czy też może powinienem teraz nazywać cię Claire...

Zimne barwy opadły, odsłaniając ton fioletu, ocieplony po chwili nierealną jasnością, która zarzuciła pomarańczowy welon na dębowe deski parkietu. Jednak oczekiwana otucha nie nadeszła.

Zamknąłem okno i wyjąłem kilka stron z pojemnika drukarki. Potem przypiąłem je do korkowej tablicy, na której zwykle segregowałem dokumentację podczas pisania powieści.

Spędziłem noc na poszukiwaniu informacji w internecie. Prasa, księgarnie internetowe, przejrzałem setki artykułów, ściągnąłem kilka e-booków, wydrukowałem zdjęcia. Przejrzałem również materiały wszystkich programów radiowych i telewizyjnych zajmujących się skandalami obyczajowymi, które przygotowały program poświęcony tej sprawie (*L'Heure du crime, Faites entrer l'accusé, On the Case with Paula Zahn…*).

Rozumiem teraz, dlaczego chciałaś ukryć swoją przeszłość…

Żeby mieć choć niewielką szansę odnalezienia ciebie, musiałem w krótkim czasie zapoznać się z kilkusetstronicową dokumentacją dotyczącą twego zniknięcia.

Teraz nie było już mowy o zawiadomieniu policji. Było mi kompletnie obojętne, czy jesteś niewinną ofiarą, czy też makiaweliczną przestępczynią. Nie o to już chodziło. Byłaś po prostu kobietą, którą kochałem i która nosiła w sobie nasze dziecko. To wystarczało, żebym pragnął zachować twoją tajemnicę tak długo, jak tylko będę mógł. Tak jak tobie udało się to przez prawie dziesięć lat.

Wziąłem termos, który stał obok komputera, i wlałem resztki płynu do filiżanki, kończąc w ten sposób trzeci litr kawy tej nocy. Potem usiadłem w fotelu z podnóżkiem, naprzeciw korkowej tablicy.

Przyjrzałem się z pewnej odległości dziesiątkom zdjęć przypiętym pinezkami. Pierwsza fotografia, w lewym górnym rogu, była kopią zawiadomienia o twoim zaginięciu, podaną do publicznej wiadomości niedługo po twoim zniknięciu.

Dziwne zniknięcie osoby małoletniej:

Claire, lat 14

Zaginęła w Libourne 28 maja 2005 roku.

Wzrost: 160 cm, Mulatka, oczy zielone, krótko ostrzyżone czarne włosy, anglojęzyczna. Niebieskie dżinsy, biały T-shirt, sportowa żółta torba. W razie posiadania informacji na temat zaginionej proszę skontaktować się z żandarmerią w Libourne lub policją – komisariat w Bordeaux.

Twoje zdjęcie na tym ogłoszeniu jest bardzo dziwne: tak, to ty, ale jakby inna. Masz czternaście lat, ale wyglądasz na szesnaście lub siedemnaście. Rozpoznaję twoją bursztynową skórę, pełną blasku twarz, regularne rysy. Ale wszystko pozostałe wydaje mi się obce: ta fałszywa pewność siebie, prowokujące spojrzenie nieokiełznanej nastolatki, te krótkie falujące włosy obcięte prosto nad uszami, błyszczące wargi dziewczynki, która udaje dorosłą kobietę.

Kim jesteś, Claire Carlyle?

Zamknąłem oczy. Byłem potwornie wyczerpany, ale nie miałem zamiaru odpoczywać. Wprost przeciwnie. W głowie wyświetlał mi się film o wszystkim, czego dowiedziałem się w ciągu ostatnich godzin. Film, który prasa, radio i telewizja w tamtych czasach nazywały „Sprawą Claire Carlyle".

2

W sobotę, 28 maja 2005 roku, czternastoletnia mieszkanka Nowego Jorku, Claire Carlyle, przebywająca na obozie językowym w Akwitanii, spędza popołudnie w Bordeaux z grupą pięciu koleżanek. W południe dziewczęta jedzą jakąś sałatkę na place de la Bourse, potem spacerują nad rzeką, chrupią babeczki z kremem od Baillardrana i robią zakupy w dzielnicy Saint Pierre.

Pod wieczór, pięć po szóstej, Claire wsiada do pociągu na dworcu Saint Jean, żeby wrócić do Libourne, gdzie mieszka rodzina Larivière, która przyjęła ją w gościnę na czas trwania obozu językowego. Jest z nią Olivia Mendelshon, amerykańska uczennica z tej samej szkoły. Pociąg wjeżdża na peron w Libourne o szóstej trzydzieści cztery i w nagraniu z kamery przemysłowej dokładnie widać obie dziewczynki, jak wychodzą z dworca pięć minut później.

Robią razem kilka kroków po avenue Gallieni. Potem, dosłownie chwilę po tym, jak się rozstały, Olivia słyszy krzyk, odwraca się i zauważa jakiegoś mężczyznę, „mniej więcej trzydziestoletniego blondyna", wpychającego jej przyjaciółkę do szarej furgonetki, która natychmiast z piskiem opon odjeżdża i znika.

Olivia Mendelshon przytomnie zapisuje numer rejestracyjny furgonetki i natychmiast zawiadamia żandarmerię. Mimo że w tamtych czasach nie istniał jeszcze alert „Uwaga porwanie!" (który zostanie przetestowany po raz pierwszy pół roku później, przy poszukiwaniach sześcioletniej dziewczynki porwanej w departamencie Maine i Loara), od razu ustawiono zapory na drogach wylotowych z miast całego regionu. Wezwanie do udzielenia informacji i rysopis przypuszczalnego porywacza zostały szybko wydrukowane w prasie i podane przez radio i telewizję. Dzięki wskazówkom Olivii sporządzono portret pamięciowy, który przedstawiał mężczyznę o pociągłej twarzy, ostrzyżonego „pod garnek", z zapadniętymi oczami.

Blokady na wylotówkach nie pomogły schwytać porywacza. Szara furgonetka Peugeot Expert, której numery zgadzały się z tymi podanymi przez Olivię, została odnaleziona nazajutrz, spalona, w lesie między Angoulême i Périgueux. Poprzedniego dnia zgłoszono kradzież tego samochodu. Nad lasem przeleciały helikoptery, a chociaż teren poszukiwań był dość duży, został dokładnie przeczesany przez ekipy z psami tropiącymi. Technicy kryminalni wysłani na miejsce zdarzenia zdołali zebrać kilka odcisków palców i śladów genetycznych. Na ziemi, obok wypalonego wraku samochodu, znaleziono również ślady opon. Z pewnością było to auto, do którego przeniesiono Claire. Zrobiono odlewy tych śladów, ale deszcz, który spadł przedtem w nocy, rozmoczył grunt i możliwość jakiejkolwiek identyfikacji spadła do zera.

3

Czy porwanie Claire było aktem zaplanowanym, czy też porwał ją pod wpływem chwilowego impulsu jakiś psychopata?

Śledztwo powierzone brygadzie kryminalnej z Bordeaux okazało się skomplikowane. Ani pobrane próbki śladów genetycznych, ani odciski palców nie pozwoliły ustalić tożsamości podejrzanego. Wspomagani przez tłumaczy inspektorzy zaczęli przeprowadzać dokładne przesłuchania zarówno uczniów, jak i nauczycieli. Wszystkie te osoby były związane z Mother of Mercy High School, katolicką szkołą dla dziewcząt z Upper East Side, która współpracowała z Liceum Saint François de Sales w Bordeaux. Przesłuchano rodzinę, u której na stancji mieszkała Claire, państwa Larivière, bez większych rezultatów. Zaczęto systematyczną obserwację osób wcześniej skazanych za przestępstwa na nieletnich, przejrzano połączenia telefoniczne nawiązane podczas porwania Claire zarejestrowane przez antenę znajdującą się najbliżej dworca. Tak jak w przypadku każdego śledztwa pozostającego w zainteresowaniu mediów, komisariat został zasypany bezużytecznymi anonimowymi listami i był nękany równie bezsensownymi telefonami. Niestety, po miesiącu trzeba było spojrzeć prawdzie w oczy: śledztwo nie posunęło się ani o krok. Wydawało się, jakby tak naprawdę w ogóle się nie zaczęło...

4

Teoretycznie zniknięcie Claire Carlyle należało do spraw, które mogą spowodować wrzenie w środkach masowego przekazu. Tymczasem machina medialna nie rozkręciła się, tak jak to działo się zazwyczaj przy innych sprawach tego rodzaju. Nie potrafiłem tego zrozumieć, ale coś jakby zahamowało falę współczucia, na którą ten dramat zasługiwał. Czy to dlatego, że Claire była Amerykanką? Czy też fakt, że na zdjęciach wyglądała na starszą, niż była w rzeczywistości? Może dlatego, że w tym czasie w świecie mediów panował natłok innych interesujących wydarzeń?

Odnalazłem gazety z tego okresu. W prasie francuskiej nazajutrz po zniknięciu Claire przeważały tytuły dotyczące polityki wewnętrznej. Zwycięstwo „nie" w referendum dotyczącym przyjęcia konstytucji europejskiej zostało potraktowane niczym trzęsienie ziemi, osłabiło jednocześnie i prezydenta Chiraca, i jego opozycję, a w końcu spowodowało dymisję premiera i utworzenie nowego rządu.

Pierwsza depesza AFP wspominająca „sprawę Carlyle" była pełna nieścisłości. Bóg wie, dlaczego autor napisał, że rodzina Claire pochodziła z Brooklynu, gdy tymczasem wszyscy mieszkali od dawna w Harlemie. W artykule poprawiono ten błąd, ale zbyt późno – pomyłka rozprzestrzeniła się niczym wirus z artykułu na artykuł, zmieniając Claire Carlyle w „dziewczynę z Brooklynu".

Na początku sprawa ta odbiła się szerszym echem w Stanach Zjednoczonych niż we Francji. „New York Times" poświęcił jej długi artykuł, z którego jednak również nic konkretnego nie wynikało. Król tabloidów, „New York Post", sycił się tym porwaniem prawie przez tydzień. Znany ze swojej drobiazgowości i subtelności wysuwał hipotezy najbardziej szalone, przy czym, oddając się zwyczajowemu *French bashing*, zniechęcał czytelników do spędzania wakacji we Francji, jeśli nie chcą, żeby ich dziecko zostało porwane, zgwałcone i poddane torturom. A potem nagle, z dnia na dzień, gazeta znudziła się tym tematem i zaczęła się ekscytować innymi skandalami (procesem Michaela Jacksona), innymi plotkami (zaręczyny Toma Cruise'a) i innymi dramatami (w New Jersey w bagażniku samochodu znaleziono trójkę zaczadzonych dzieci).

Co do prasy francuskiej, najlepszy artykuł na ten temat znalazłem w prasie regionalnej. Napisała go Marlène Delatour, z dziennika „Sud-Ouest", który poświęcił rodzinie Carlyle rozkładówkę. Marlène Delatour przedstawiała w nim Claire w sposób, który zgadzał się z tym, jak sobie ją wyobrażałem. Młoda dziewczyna wychowana bez ojca, nieśmiała, pracowita, zakochana w książkach, uwielbiająca się uczyć, której celem przysłaniającym wszystko inne było zostanie adwokatem. Mimo że pochodziła ze skromnej rodziny, ta doskonała uczennica walczyła o zdobycie stypendium i o rok wcześniej niż inni dostała się do jednego z najbardziej prestiżowych liceów Nowego Jorku.

Artykuł został napisany z okazji przyjazdu do Francji matki Claire. W dniu 13 czerwca 2005 roku, zdenerwowana tym, że śledztwo utknęło w miejscu, Joyce Carlyle opuściła rodzinny Harlem i przyjechała do Bordeaux. Na stronie INA – Institut National de l'Audiovisuel – udało mi się obejrzeć nagranie apelu, z którym zwróciła się do mediów i który został nadany w wieczornych wiadomościach przez France 2. Błagała porywacza, aby nie robił jej córce krzywdy i uwolnił ją. Na tym nagraniu Joyce była bardzo podobna do amerykańskiej sprinterki Marion Jones: pleciony koczek, podłużna twarz, nos ostry i płaski zarazem, białe jak mleko zęby i hebanowy wzrok.

Matka, zagubiona, roztrzęsiona, w obcym kraju, musiała się zastanawiać, przez jaką ironię losu jej córka, która bezpiecznie przeżyła czternaście lat w Harlemie Wschodnim, mogła się znaleźć w śmiertelnym niebezpieczeństwie na głębokiej francuskiej prowincji.

5

Przez ponad dwa lata śledztwo stało w miejscu, zanim nastąpiło jego spektakularne wskrzeszenie prowadzące do szczególnie odrażającego zakończenia.

W dniu 26 października 2007 roku w domu wybudowanym na odludziu, w lesie niedaleko Saverne, na granicy Lotaryngii i Alzacji, wybuchł pożar. Miejscowy żandarm, Franck Muselier, jadąc na służbę, zauważył z drogi dym i jako pierwszy wszczął alarm.

Kiedy przyjechali strażacy, było już za późno. Płomienie kompletnie zniszczyły dom. Gdy wreszcie opanowano ogień, ratownicy weszli do zgliszcz i ich zdumionym oczom ukazała się przedziwna architektura. Styl z pozoru klasyczny ukrywał w rzeczywistości nowoczesny budynek, na wpół tkwiący pod ziemią. Zwarta forteca w kształcie śmigła, ustawiona wokół gigantycznych kręconych schodów, które zagłębiały się do podziemi i prowadziły do serii pomieszczeń leżących coraz głębiej.

Cele.

Lochy.

Na parterze znaleziono zwłoki mężczyzny, który zażył ogromną porcję środków nasennych i uspokajających. Policja ustaliła, że to właściciel domu: osobnik nazywał się Heinz Kieffer, był niemieckim architektem, miał trzydzieści siedem lat i osiedlił się w tym miejscu cztery lata wcześniej.

W każdym z trzech „pokoi", przypięte kajdankami do skomplikowanego systemu metalowych rur, znajdowało się ciało nastolatki. Trzeba było wielu dni, żeby na podstawie zębów i DNA móc ustalić tożsamość dziewcząt.

Louise Gauthier, lat czternaście w chwili zaginięcia, które miało miejsce 21 grudnia 2004 roku, kiedy spędzała wakacje u dziadków koło Saint Brieuc w regionie Côtes d'Armor. Camille Masson, lat szesnaście w chwili zaginięcia, 29 listopada 2006 roku, kiedy wracała pieszo do domu po treningu, w jakiejś mieścinie między Saint Chamond a Saint Étienne.

I wreszcie Chloé Deschanel, lat piętnaście w dniu zniknięcia, 6 kwietnia 2007 roku, w drodze do średniej szkoły muzycznej w Saint Avertin na przedmieściach Tours.

Trzy nastolatki porwane przez Kieffera na przestrzeni dwóch i pół roku, w trzech oddalonych od siebie regionach Francji. Trzy bezbronne ofiary, które wyrwał z ich życia i środowiska szkolnego, aby stworzyć sobie makabryczny harem. Trzy zniknięcia, które w czasie, gdy się zdarzyły, nie zostały nawet formalnie określone jako porwania. Louise Gauthier pokłóciła się z dziadkami, Camille Masson wcześniej regularnie uciekała z domu, a rodzice Chloé Deschanel nie spieszyli się specjalnie ze zgłoszeniem zniknięcia córki, przez co znacznie utrudnili śledczym dochodzenie. A ponieważ wszystkich trzech porwań dokonano w miejscach bardzo od siebie odległych, żaden z oficerów policji pracujących nad tymi sprawami nie pomyślał o powiązaniu ich z sobą.

Przez ostatnie dziesięć lat napisano wiele różnych tekstów, w których próbowano zrozumieć psychikę Heinza Kieffera – jeśli to w ogóle możliwe w przypadku umysłu zdolnego do tak potwornego okrucieństwa. Przezwany „niemieckim Dutroux" zbrodniarz pozostał zagadką, której nie potrafili rozwiązać ani kryminolodzy, ani lekarze, ani dziennikarze. Kieffer nie miał przeszłości kryminalnej, nie figurował w kartotekach policyjnych, nigdy nikt nie zgłosił jego zachowania jako podejrzanego.

Do końca roku 2001 pracował w Monachium w znanej firmie architektonicznej. Ci, którzy się z nim zetknęli, nie wspominali go źle, ale większość po prostu go nie pamiętała. Heinz Kieffer był samotnikiem, kimś niewidocznym i niedostępnym. Prawdziwy Mister Cellophane*.

Nikt nie wiedział, co tak naprawdę robił Kieffer ze swoimi ofiarami. Trzy zwęglone ciała były w zbyt złym stanie, żeby sekcja mogła dowieść seksualnego molestowania i tortur. Natomiast nie było wątpliwości co do natury pożaru. Wnętrze domu zostało spryskane benzyną. Zarówno w zwłokach oprawcy, jak i w ciałach trzech dziewcząt znaleziono ogromne dawki środków nasennych i uspokajających. Z nieznanego powodu Kieffer bowiem, jak się wydawało, postanowił popełnić samobójstwo w towarzystwie swoich trzech ofiar.

Niektórzy kryminolodzy badający osobowość Kieffera zwrócili się o pomoc do Izby Architektów. Po analizie rozkładu „strasznego pałacu" i jego dźwiękoszczelnych ścian architekci doszli do wniosku, że prawdopodobnie żadna z dziewcząt nie wiedziała o istnieniu pozostałych. Mimo że niesprawdzona, ta mrożąca krew w żyłach wersja została w rezultacie podjęta przez prasę.

6

Informacja o znalezieniu trzech zwęglonych ciał odbiła się w mediach szerokim echem. Służby wymiaru sprawiedliwości znalazły się pod ostrzałem prasy, która wytknęła im niewywiązanie się z obowiązków służbowych. Trzy młode Francuzki zostały

---

*Mister Cellophane – piosenka z musicalu Chicago o mężu Roxie Hart, człowieku „przezroczystym", którego nikt nie zauważa.

pozbawione życia, zamordowane przez demonicznego przestępcę po kilku latach uwięzienia i tortur. Kto zawinił? Wszyscy? Nikt? Policja i prokuratura obwiniały się wzajemnie.

Badanie miejsca zbrodni zajęło dwa dni. W rurach kanalizacyjnych budynku i w furgonetce Kieffera znaleziono włosy i świeże ślady DNA, nienależące ani do zbrodniarza, ani do jego trzech ofiar. Wyniki analiz podano do publicznej wiadomości dziesięć dni później: odkryto dwa genetyczne ślady, z których jeden był nieznany, drugi zaś należał do Claire Carlyle.

Gdy zdobyto tę informację, od razu ustalono, że w dniu porwania Claire Heinz Kieffer odwiedzał swoją matkę, która przebywała w domu opieki w Ribérac w Dordogne, niecałe sześćdziesiąt kilometrów od Libourne.

Zaczęto przeszukiwać teren wokół budynku i dalej. Znów zbadano stawy, sprowadzono koparki, helikoptery, które przelatywały nad lasem oraz zmobilizowano wszystkich ludzi dobrej woli do systematycznego przeczesywania terenu.

Czas mijał. Nadzieja na odkrycie czwartego ciała znikła, lecz mimo że nigdy go nie znaleziono, panowała absolutna pewność, że Claire Carlyle nie żyje. Kilka dni czy też kilka godzin przed zorganizowaniem swojej masowej zbrodni i samobójstwem Kieffer musiał zaprowadzić ją w jakieś ustronne miejsce, tam zabić i pozbyć się ciała.

Śledztwo toczyło się jeszcze przez dwa lata, lecz nie znaleziono żadnych nowych dowodów. Potem, pod koniec 2009 roku, sędzia podpisał akt zgonu Claire Carlyle. Na tym zakończyła się definitywnie sprawa „dziewczyny z Brooklynu".

8

Taniec duchów

Prawda jest jak słońce. Pozwala wszystko zobaczyć,
z wyjątkiem siebie.

Victor Hugo

1

– Pobudka!

Drgnąłem na dźwięk głosu Caradeca, otworzyłem oczy i aż podskoczyłem. Byłem zlany potem, serce waliło mi w piersi, a w ustach czułem smak popiołu.

– Kurwa, jak tu wszedłeś?!

– Cały czas mam twoje zapasowe klucze.

Caradec pod pachą ściskał chleb, a w ręku trzymał siatkę z zakupami. Najwyraźniej odwiedził narożny sklep spożywczy, w którym była też piekarnia. Pod powiekami czułem piasek i mdliło mnie. Dwie kolejne noce bez zmrużenia oka okazały się ponad moje siły. Zdusiłem dwa ziewnięcia i z trudnością zwlokłem się z fotela, żeby pójść do kuchni, w której czekał na mnie Caradec.

Rzuciłem okiem na zegar ścienny: prawie ósma. Cholera. Wyczerpanie zaatakowało mnie nagle i wyłączyło z akcji na ponad godzinę.

– Mam złą wiadomość – oznajmił Marc, włączając ekspres do kawy.

Po raz pierwszy od chwili, gdy wtargnął do mojego mieszkania, popatrzyłem mu prosto w oczy. Jego ponura mina nie zapowiadała nic dobrego.

– A może być jeszcze gorzej, niż jest?

– Chodzi o Clotilde Blondel.

– Tę dyrektorkę liceum?

Kiwnął głową.

– Wracam prosto ze Świętej Cecylii.

Nie wierzyłem własnym uszom.

– Poszedłeś tam beze mnie?

– Byłem u ciebie godzinę temu – zirytował się. – Spałeś jak zabity, więc postanowiłem pójść sam. Przez całą noc o tym myślałem: Blondel to właściwie nasz jedyny trop. Jeśli dobrze zrozumiałem, co mi opowiedziałeś, ona wie dużo więcej, niż ci powiedziała. Myślałem, że jak obejrzy wideo z napadu na jej protegowaną, to się przestraszy i zacznie mówić.

Marc ubił zmieloną kawę w papierowym filtrze.

– Ale kiedy dotarłem na rue de Grenelle, przed bramą szkoły aż kłębiło się od policji. Niektórych nawet poznałem... To byli inspektorzy z Trzeciego Departamentu Policji Kryminalnej. Cała ta banda Ludovica Cassagne'a. Zasłoniłem twarz, żeby mnie nie zauważyli, i siedziałem w samochodzie, dopóki nie odeszli.

Ogarnęły mnie złe przeczucia.

– Co policja robiła w liceum?

– Wezwał ich zastępca dyrektorki: Clotilde Blondel leżała nieprzytomna na dziedzińcu szkolnym.

Nagle jakbym się obudził. Nie byłem pewny, czy dobrze zrozumiałem.

– Udało mi się porozmawiać z ogrodnikiem – ciągnął Marc, wkładając do tostera kromki chleba – To on ją znalazł, kiedy przyszedł o szóstej rano do pracy. Policja myśli, że ktoś ją wyrzucił przez okno gabinetu. Upadek z trzeciego piętra.

– Ona… nie żyje?

Marc wydął usta sceptycznie.

– Ten facet powiedział, że kiedy ją znalazł, jeszcze oddychała, ale była w stanie krytycznym.

Wyjął z kieszeni dżinsów notes i włożył okulary, starając się odczytać, co zapisał.

– Pogotowie natychmiast przewiozło ją do Szpitala Cochina.

Wziąłem do ręki komórkę. Nie znałem nikogo w tym szpitalu, ale miałem kuzyna, Alexandre'a Lèques'a, który był ordynatorem oddziału kardiologii w Szpitalu Neckera. Zostawiłem mu wiadomość, by użył swoich koneksji i powiadomił mnie o stanie zdrowia Clotilde Blondel.

Potem opadłem na ławkę, ogarnięty paniką, przytłoczony wyrzutami sumienia. Wszystko to stało się z mojej winy. Przypierając Annę do muru, zmusiłem ją do wyjawienia czegoś, co powinno pozostać tajemnicą. Niechcący otworzyłem puszkę Pandory, wypuściłem złe duchy przeszłości i rozpętało się piekło.

2

– Jeść, tata, jeść!

Zaspany Théo wynurzył się z pokoju i dreptał teraz przede mną, aż weszliśmy do salonu. Uśmiechnięty złapał butelkę, którą mu przygotowałem, i usadowił się w swoim krzesełku.

Z błyszczącymi, wpatrzonymi nieruchomo w butelkę oczami ssał chciwie, jakby zależało od tego życie. Patrzyłem na jego śliczną buzię – blond loczki, zadarty nosek, przejrzyste spojrzenie koloru morskiego błękitu – usiłując zaczerpnąć z niej trochę siły i nadziei.

Marc, z filiżanką kawy w ręku, chodził tam i z powrotem przed moją korkową tablicą.

– To jest zdjęcie, które ci pokazała, prawda? – odgadł, wskazując na kolorowy wydruk z gazety przypięty do ściany.

Przytaknąłem. Zdjęcie przedstawiało zwęglone ciała trzech dziewcząt porwanych przez Kieffera. Dziś znaliśmy już imiona i nazwiska ofiar: Louise Gauthier, Camille Masson, Chloé Deschanel.

– Gdzie to znalazłeś? – spytał, nie spuszczając wzroku z fotografii.

– W jakimś dodatku do regionalnej prasy, „Wydarzenia Dnia", czy coś takiego, wydane wspólnie przez „La Voix du Nord" i „Le Républicain Lorrain". Zdjęcie było dołączone do artykułu na rozkładówce o Kiefferze i jego „straszliwej kryjówce". Dziwne zresztą, że naczelny pozwolił je wydrukować...

Marc westchnął i wypił łyk kawy. Przymrużył oczy i przez jakieś pięć minut czytał artykuły, które przypiąłem do tablicy w porządku chronologicznym.

– Co o tym wszystkim sądzisz?

Zamyślony otworzył okno, żeby zapalić, postawił filiżankę z kawą na parapecie i zaczął kreślić scenariusz:

– Maj dwa tysiące piątego roku: Claire Carlyle zostaje porwana przez Kieffera z dworca w Libourne. Pedofil zawozi ją samochodem do swojej kryjówki na wschodzie Francji, gdzie już przetrzymuje jedną ofiarę: małą Louise, którą porwał pół roku wcześniej w Bretanii. Przez kilka miesięcy dziewczęta cierpią prawdziwe piekło. Kieffer stara się powiększyć swój harem i pod koniec dwa tysiące szóstego roku porywa Camille Masson, a następnej wiosny Chloé Deschanel.

– Do tej chwili się zgadzamy.

– Październik dwa tysiące siódmego roku: Kieffer więzi Claire już dwa i pół roku. Żeby łatwiej móc wykorzystywać

111

swoje ofiary, faszeruje je środkami nasennymi i uspokajającymi. Ponieważ sam staje się coraz bardziej nerwowy, też zaczyna je brać. Któregoś dnia Claire korzysta z jego chwilowej nieuwagi i ucieka. Kieffer wpada w panikę. Boi się, że lada chwila w kryjówce zjawi się policja, postanawia więc zamordować swoje ofiary, podpalić kryjówkę, a samemu popełnić samobójstwo...

– Teraz już nie rozumiem.

– Czego nie rozumiesz?

Podszedłem do okna i przysiadłem na krawędzi stołu.

– Kryjówka Kieffera była jak kasa pancerna. Osobne cele, opancerzone drzwi, alarm zamykający automatycznie wszystkie zamki. Nie wydaje mi się, żeby Claire mogła tak łatwo stamtąd uciec!

Caradec machnął ręką lekceważąco.

– Z każdego więzienia można uciec.

– Dobrze, załóżmy... – ustąpiłem. – Claire udaje się wyjść z tego domu. – Wstałem, wziąłem do ręki pióro i wskazałem na tablicę, na wycinek mapy Michelina wydrukowany w formacie A3. – Widzisz, gdzie jest ten dom? W samym środku lasu w regionie Petite Pierre. Żeby pieszo dojść do pierwszych zabudowań, trzeba co najmniej kilku godzin. Nawet gdyby Kieffer został zaskoczony, miał mnóstwo czasu, żeby ją dogonić.

– Może Claire wzięła jego samochód.

– Nie. Furgonetka i motocykl stały przed wejściem. A według tego wszystkiego, co przeczytałem, Kieffer nie miał żadnego innego środka lokomocji.

– Kiedy uciekała, spotkała kogoś na drodze i ten ktoś podwiózł ją jako autostopowiczkę?

– Żartujesz chyba! Ta sprawa była tak głośna, że gdyby ktoś ją podwiózł, na pewno dałby o sobie znać. A jeśli Claire naprawdę uciekła, jak wytłumaczysz to, że nikogo nie ostrzegła o tym, co się dzieje? Chociażby po to, by uratować pozostałe dziewczyny? Jak wyjaśnisz jej zniknięcie? Dlaczego miałaby urządzać sobie nowe życie w Paryżu, podczas gdy jej matka, przyjaciele i szkoła są w Nowym Jorku?

– Właśnie tego nie rozumiem. – Caradec westchnął.

– No dobrze, może nie wiedziała, że tam były jeszcze inne dziewczyny. Ale forsa? Te czterysta czy pięćset tysięcy euro gotówką, które znalazły się w tej torbie?

– Ukradła je Kiefferowi... – rzucił na próbę Caradec.

Ale ta hipoteza też nie trzymała się kupy.

– Policja sprawdziła dokładnie jego konta: Heinz Kieffer zadłużył się na bardzo duże sumy, żeby zbudować ten dom. Nie miał już żadnych oszczędności. Wyciągał nawet pieniądze od matki, która co miesiąc przesyłała mu pięćset euro.

Marc zdusił papierosa w doniczce z pelargonią. Machnął z irytacją ręką, jakby odganiał od siebie jakąś niepewną myśl. Po chwili znów się ożywił.

– Posłuchaj, Raphaëlu: żeby odnaleźć Claire, musimy zacząć od samego początku i postawić sobie właściwe pytania. Pracowałeś nad tą sprawą całą noc, to ty powinieneś wiedzieć, czego dokładnie powinniśmy szukać.

Wziąłem do ręki flamaster i zdarłem ze starej papierowej tablicy pokreśloną kartkę. Miałem przed sobą czystą stronę, na której spisałem najważniejsze kwestie do rozpracowania:

Kto uwięził Claire w boksie na przedmieściu?
Kto ją stamtąd wydostał?
Dlaczego nie wypuszczono jej na wolność?

Marc zaczął od ostatniego punktu.

– Nie wypuszczają jej na wolność, bo była gotowa wszystko ci opowiedzieć. Anna zamierzała ci wyznać, że naprawdę nazywa się Claire Carlyle – orzekł.

– Przecież zawsze mi powtarzałeś, że w śledztwie grunt to ustalenie motywu zbrodni.

– Tak, masz rację. W naszej sprawie trzeba się zastanowić, komu zaszkodziłyby zwierzenia Claire. Kto by na tym stracił, gdyby nagle wyszło na jaw, że Anna Becker była w rzeczywistości małą Claire Carlyle, którą dziesięć lat wcześniej porwał Heinz Kieffer?

Słowa Marca jakby zawisły w powietrzu na kilka chwil, ale żaden z nas nie odezwał się, tak więc wrażenie, że posunęliśmy sprawę naprzód, nagle znikło. Znów umknęło nam najważniejsze.

3

Théo siedział na swoim krzesełku w śliniaczku zawiązanym wokół szyi i pożerał kanapkę z miodem. Marc siedział obok niego i wypiwszy mnóstwo kawy, pełen nowych pomysłów zastanawiał się nad kolejnymi hipotezami.

– Trzeba na nowo rozpracować portret psychologiczny Heinza Kieffera... – zaproponował. – Wrócić na miejsce zbrodni. Odkryć, co się działo w nocy poprzedzającej pożar.

Nie byłem tego taki pewien. Uświadomiłem sobie, że Marc widzi sytuację oczami policjanta, a ja – powieściopisarza.

– Pamiętasz nasze rozmowy o literaturze, Marc? Gdy zapytałeś mnie, jak konstruuję postaci bohaterów moich książek, odpowiedziałem, że nigdy nie zaczynam pisać, dopóki nie poznam dokładnie ich przeszłości.

– Mówiłeś, że sporządzasz w punktach życiorys każdej postaci?

– Tak, i wtedy powiedziałem ci o trupie w szafie.

– O czym?

– Trup w szafie albo duch – tak nazywają niektórzy nauczyciele kreatywnego pisania punkt zwrotny w dramaturgii utworu, kluczowy moment w przeszłości bohatera, którego konsekwencje musi on ponosić do dzisiaj.

– Taka jakby pięta achillesowa?

– W pewnym sensie. Dramatyczne wydarzenie, coś, co bohater ukrył przed samym sobą, jakiś sekret, który wyjaśnia jego osobowość, psychikę, wnętrze, tak jak i większość jego czynów.

Marc patrzył, jak wycieram lepką buzię Théo.

– O co ci właściwie chodzi?

– Muszę znaleźć trupa w szafie Claire Carlyle.

– Znajdziesz go, gdy dowiemy się, co się naprawdę stało w domu Kieffera w nocy poprzedzającej ten pożar.

– Niekoniecznie. Według mnie jest jeszcze coś innego. Jakaś inna prawda, która wyjaśniłaby, dlaczego Claire Carlyle nie zawiadomiła nikogo ani nie starała się wrócić do swojej rodziny, jeśli naprawdę udało jej się uciec Kiefferowi.

– Gdzie wobec tego szukać tej prawdy?

– Tam gdzie zawsze: w czasach dzieciństwa.

– A więc Harlem? – rzucił Marc znad filiżanki z kawą.

– Tak. Oto, co ci proponuję: ty będziesz kontynuował śledztwo we Francji, a ja pojadę do Stanów.

Marc, niczym bohater komiksu, prawie udławił się kawą. Kiedy wreszcie przestał kasłać, popatrzył na mnie sceptycznie.

– Mam nadzieję, że to żart.

4

Na rondzie na place d'Italie skręciliśmy w boulevard Vincent Auriol.

– Tata! Samochód! Pats, tata, samochód!

Théo, siedząc mi na kolanach w taksówce, był najszczęśliw-szym z dzieciaków. Oparł o szybę obie rączki i bawił się obserwacją paryskiego ruchu. Ja zaś, z nosem wetkniętym w jego pachnącą zbożem czuprynę, robiłem wszystko, żeby udzielił mi się jego optymizm.

Jechaliśmy na lotnisko. Udało mi się przekonać Marca. Kupiłem w internecie bilet do Nowego Jorku, wrzuciłem do walizki rzeczy swoje i Théo i zarezerwowałem hotel.

Poczułem wibrowanie komórki i ledwo zdążyłem wydobyć ją z kieszeni. Na ekranie widniał numer mojego kuzyna, kardiologa ze Szpitala Neckera.

– Witaj, Alexandrze, dzięki, że oddzwoniłeś.

– Cześć, kuzynie, jak leci?

– Są pewne komplikacje... A jak tam ty i Sonia? A dzieci?

– Dzieci rosną jak na drożdżach. Czy tam z tyłu to głosik Théo?

– Tak, siedzimy w taksówce.

– Ucałuj go ode mnie. Posłuchaj, zdobyłem trochę wiadomości o twojej znajomej, Clotilde Blondel.

– No i co?

– Przykro mi to mówić, ale jej stan jest zdecydowanie zły. Ma kilka złamanych żeber, strzaskaną nogę i miednicę, zwichnięte biodro, poważny uraz czaszki. Kiedy zadzwoniłem do mojego kumpla ze Szpitala Cochina, leżała jeszcze na stole operacyjnym.

– Jakie są rokowania?

– Na razie trudno powiedzieć. Wiesz, że w przypadku tak masywnych urazów wszystko może się zdarzyć.

– Krwiak mózgu?

– Krwiak mózgu i wszystkie urazy układu oddechowego: odma opłucnowa, krwiak opłucnej... nie wspominając nawet o ewentualnych uszkodzeniach kręgosłupa.

Podwójny bip przerwał naszą rozmowę. Numer zaczynający się od 02.

– Przepraszam cię, Alex, ale mam kogoś na drugiej linii. To ważne. Pilnuj tej sprawy i daj mi znać, gdyby zdarzyło się coś nowego, dobra?

– Tak jest, kuzynie!

Podziękowałem mu i odebrałem drugie połączenie. Tak jak miałem nadzieję, dzwoniła Marlène Delatour, dziennikarka z „Sud-Ouest", która zajmowała się kiedyś sprawą Carlyle. W nocy, przeczytawszy jej artykuł, przeszukałem internet i wytropiłem ją: teraz pracowała dla innej gazety, „Ouest France". Wysłałem do redakcji maila z wyjaśnieniem, że pracuję nad antologią zbrodni XXI wieku i chciałbym zapoznać się z jej odczuciami i wspomnieniami związanymi z tą sprawą.

– Wielkie dzięki, że pani oddzwoniła.

– Spotkaliśmy się kilka lat temu. Robiłam z panem wywiad podczas Salonu Zadziwiających Podróżników w dwa tysiące jedenastym roku.

– Ależ oczywiście, teraz sobie przypominam… – skłamałem.

– Więc zarzucił pan powieści na rzecz esejów?

– Rzeczywistość potrafi dostarczyć nam gorszych zbrodni niż te, które wymyślamy.

– Zgadzam się.

Zablokowałem telefon między uchem a ramieniem, w ten sposób miałem wolne ręce, żeby przypilnować synka, który stał teraz na siedzeniu, starając się wychylić, aby dostrzec wagony metra, które w swoim napowietrznym odcinku wjeżdżało na peron na pomoście rozciągniętym nad ulicą.

– Dobrze pani pamięta sprawę Carlyle? – zapytałem Marlène.

– Aż za dobrze! Jeśli mam powiedzieć prawdę, w tamtym okresie identyfikowałam się z Claire. Miałyśmy wiele punktów wspólnych: nieznany ojciec, obie zostałyśmy wychowane przez samotną matkę, pochodziłyśmy z ubogich rodzin, szkoła była dla nas dźwignią awansu społecznego... Ona wydawała mi się taką moją amerykańską siostrą.

– Jest pani pewna, że Claire nie znała swojego ojca?

– Według mnie nawet matka Claire nie wiedziała, że to przez niego zaszła w ciążę.

– Jest pani pewna?

Usłyszałem westchnienie.

– Praktycznie tak. W każdym razie tak mi dała do zrozumienia, kiedy ją o to zapytałam. Joyce Carlyle przyjechała do Paryża dwa tygodnie po porwaniu Claire, w czasie gdy śledztwo ugrzęzło w martwym punkcie. Nie napisałam tego w artykule, ale dowiedziałam się, że przed urodzeniem córki Joyce całe lata była narkomanką. Crack, heroina, LSD – próbowała wszystkiego. Pod koniec lat osiemdziesiątych przez dwa czy trzy lata puszczała się za dziesięć dolców, żeby zdobyć forsę na narkotyki.

Ta rewelacja wywołała we mnie mdłości. Po chwili wahania postanowiłem nie mówić, że jestem w drodze do Nowego Jorku. Marlène Delatour była dobrą dziennikarką. Jeśli zorientuje się, że jestem tak bardzo zaangażowany, wyczuje potencjalną sensację. Tak wiele trudu kosztowało mnie trzymanie policji z dala od tej sprawy, że nie będę sam właził w paszczę lwa i zwierzał się dziennikarce.

– Miała pani jeszcze później jakiś kontakt z Joyce? – spytałem, starając się przybrać obojętny ton.

Marlène przez chwilę milczała, jakby zaskoczona, po czym wyjaśniła:

– To byłoby raczej trudne: Joyce zmarła dwa tygodnie później.

Osłupiałem.

– Nigdzie o tym nie czytałem!

– Ja sama dowiedziałam się dużo później, w lecie dwa tysiące dziesiątego, kiedy byłam na wakacjach w Nowym Jorku. Spacerowałam po Harlemie i naszła mnie ochota, żeby rzucić okiem na dom, w którym Claire spędziła dzieciństwo. Pamiętałam dobrze adres: Bilberry Street sześć... Ulica Jagodowa... Dopiero na miejscu, kiedy rozmawiałam z właścicielami pobliskich sklepików, dowiedziałam się, że Joyce zmarła pod koniec czerwca dwa tysiące piątego. Zaledwie cztery tygodnie po tym, jak jej córka została porwana.

Jeśli ta informacja była prawdziwa, to zmieniało wiele rzeczy.

– Jak umarła?

– A jak pan sądzi? Przedawkowanie heroiny, w swoim mieszkaniu. Była „czysta" przez piętnaście lat, ale przez ten dramat wróciła do nałogu. A po tak długiej abstynencji nawet mała dawka może być śmiertelna.

Taksówka przemknęła przez pont de Bercy i teraz jechała nad Sekwaną. Z drugiej strony rzeki mijaliśmy kołyszącą się na wodzie Pływalnię Joséphine Baker, prostokątne bloki Biblioteki François Mitterranda, leniwe barki i niskie łuki pont de Tolbiac.

– Wie pani coś więcej na ten temat?

– Tak nagle trudno mi sobie coś przypomnieć, ale mogę zajrzeć do starych notatek.

– To byłoby naprawdę...

– Zaraz, zaraz! – przerwała mi. – Coś sobie przypominam. Podczas śledztwa bez przerwy mówiono, że Joyce zaangażowała prywatnego detektywa, chciała prowadzić poszukiwania na własną rękę.

– Skąd pani o tym wie?

– Bo wtedy spotykałam się z takim facetem, nazywał się Richard Angeli, był młodym policjantem z brygady kryminalnej w Bordeaux. Między nami – był kompletnym kretynem, ale miał wybujałe ambicje i czasem dzielił się ze mną poufnymi informacjami.

Gimnastykowałem się, jak mogłem, żeby wyciągnąć długopis z kieszeni, i w końcu zanotowałem nazwisko policjanta na jedynej kartce, którą miałem do dyspozycji, a była do ulubiona książeczka mojego synka, *Karolek się wygłupia*. Zabrałem ją, żeby go czymś zająć podczas podróży.

– Co on dokładnie robił?

– Do niego należało przygotowanie pisemnego protokołu ze wszystkich etapów śledztwa w grupie, która zajmowała się zniknięciem Claire Carlyle. Z tego, co mi mówił, jego koledzy i sędzia wściekali się, że ktoś z zewnątrz będzie im wchodził w paradę.

– A kto to był? Jakiś amerykański detektyw?

– Nie mam pojęcia. Starałam się dowiedzieć, ale mi się nie udało.

Zapadła cisza.

– Raphaëlu, jeśli się pan dowie czegoś nowego, powie mi pan? – Usłyszałem po chwili.

– Oczywiście.

Odgadłem po tonie jej głosu, wystarczyło kilka minut, żeby Marlène Delatour znów złapała bakcyla „sprawy Claire Carlyle".

Teraz taksówka przejeżdżała przez porte de Bercy i wjeżdżała na paryską obwodnicę. Mój synek się uspokoił. Ściskał w ramionach pluszowego pieska, wiernego Fifi.

– Przez cały czas śledztwa miałam wrażenie, że coś ważnego nam wszystkim umyka – podjęła młoda dziennikarka. – Wszyscy połamali sobie zęby na tej sprawie: i policja, i sędziowie śledczy, i prasa. Nawet po tym, jak znaleziono u Heinza Kieffera ślady DNA, cała historia wyglądała na niezakończoną.

Po raz pierwszy słyszałem, żeby ktoś zakwestionował oficjalne wyniki śledztwa.

– Co pani chce przez to powiedzieć? Kieffer okazał się taki sam jak na portrecie pamięciowym.

– To był portret pamięciowy opracowany na podstawie świadectwa jednej osoby.

– Tak, małej Olivii Mendelshon.

– Dziewczynki, której policja nie mogła przesłuchiwać dłużej niż kilka godzin, ponieważ rodzice zabrali ją do Nowego Jorku już następnego dnia.

– Teraz już nie rozumiem. Podważa pani ustalenia całego śledztwa...

– Nie, nie – przerwała. – Nie mam żadnej innej teorii, nie dysponuję żadnymi innymi dowodami, ale zawsze wydawało mi się to dziwne: tylko jeden świadek porwania, potem ślady DNA, ale brak ciała... Nie sądzi pan, że to podejrzane?

Teraz ja westchnąłem.

– Wy, dziennikarze, zawsze wszystkich podejrzewacie.

– A wy, pisarze, macie problem z rzeczywistością.

9
Ulica Jagodowa

Człowiek nazywa prawdą swoją prawdę,
czyli swój punkt widzenia.

Protagoras

1

Gdy tylko taksówka przejechała przez most Brookliński, rozpoznałem znajomy gąszcz architektury Manhattanu. Nie byłem tu od narodzin Théo i zdałem sobie sprawę, jak bardzo było mi brak tego stalowego nieba i magnetycznej atmosfery.

Znałem Nowy Jork od osiemnastego roku życia. Po maturze pod wpływem impulsu pojechałem do Nowego Jorku za pewną Dunką, w której się zakochałem. Trzy tygodnie później Kirstine – która pracowała jako opiekunka do dzieci w Upper East Side – nagle postanowiła zakończyć naszą idyllę. Nie spodziewałem się tego i byłem załamany, ale fascynacja nowo poznanym miastem szybko wyleczyła mnie z pierwszego miłosnego zawodu.

Zostałem w Nowym Jorku cały rok i zamieszkałem na Manhattanie. Na początku znalazłem pracę w dinerze na Madison Avenue, a potem byłem sprzedawcą lodów, kelnerem we francuskiej restauracji, obsługiwałem wypożyczalnie wideo, stoisko z książkami w dużym sklepie na East Side... To był jeden z najbardziej barwnych okresów mojego życia. Spotkałem wówczas ludzi, którzy wywarli na mnie ogromny wpływ, i przeżyłem sytuacje, które w dużej mierze zaważyły na moich późniejszych losach. Od tamtego czasu aż do narodzin Théo wracałem tutaj co najmniej dwa razy w roku, zawsze z takim samym entuzjazmem.

Skorzystałem z Wi-Fi w samolocie, żeby wymienić maile z personelem recepcji hotelu w TriBeCe, Bridge Club, w którym zatrzymywałem się od dziesięciu lat, gdzie, mimo nazwy, nie mieścił się żaden klub karciany. Zaproponowali mi usługi wykwalifikowanych opiekunek do dzieci i zatrudniłem od razu jedną z nich, żeby zajmowała się moim synkiem, podczas gdy ja będę pracował nad sprawą Carlyle. Poza tym wynająłem wózek dziecięcy i przygotowałem listę zakupów, które hotel obiecał dla mnie załatwić: dwie paczki pampersów 12–15 kg, papierowe chusteczki, wata, mleczko do ciała, komplet słoiczków z gotowym jedzeniem.

– Można powiedzieć, że pański synek ma zdrowe płuca i silny głos! – rzuciła w moim kierunku szefowa personelu pokładowego, gdy wysiadaliśmy. Był to oczywiście eufemizm: Théo zachowywał się nieznośnie przez cały lot i narobił mi wstydu. Zmęczony i podekscytowany wygłupiał się cały czas, ani sekundy nie usiedział na miejscu, przeszkadzał stewardesom i innym pasażerom biznes class. Zasnął dopiero w taksówce, która wiozła nas do hotelu.

Na miejscu nawet nie rozpakowałem walizek. Zmieniłem synkowi pieluszkę i zostawiłem go pod opieką Marieke, niemieckiej opiekunki, o której moja matka powiedziałaby, że jest za ładna, by była uczciwa.

Dochodziła piąta po południu, zbliżała się godzina szczytu. Zanurzyłem się w rozgorączkowanym mieście. Ulica, hałas, pośpiech. Bezlitosna walka o taksówkę. O tej porze metro było szybszym rozwiązaniem. Przy Chambers Street wsiadłem do pociągu linii A jadącego na północ i w niecałe pół godziny wchodziłem po schodach stacji przy Sto Dwudziestej Piątej Ulicy.

Nie znałem zbytnio Harlemu. W latach dziewięćdziesiątych, kiedy stawiałem pierwsze kroki w tym mieście, była to dzielnica ruder, zbyt niebezpieczna, żeby ktokolwiek chciał tu zamieszkać podczas wakacji. Tak jak inni turyści, wpadłem tu na chwilę, żeby napędzić sobie strachu, posłuchać mszy gospel i zrobić zdjęcie neonów Apollo Theater, ale nic więcej.

Zacząłem iść chodnikiem, ciekaw, jak bardzo się tu zmieniło. W samolocie przeczytałem artykuł o tej dzielnicy. Podobno deweloperzy lansowali nazwę „SOHA" (SOuth HArlem) z nadzieją, że skrót doda zakątkowi świeżości i nowoczesności. Faktycznie, nie zostało tu nic z dawnych slumsów i okolica wyglądała prawie tak, jak przedstawiano ją w przewodnikach turystycznych.

Na Sto Dwudziestej Piątej Ulicy – która nazywała się jednocześnie Martin Luther King Boulevard – znalazłem wszystko to, co uwielbiałem na Manhattanie. Elektryzujące powietrze, zawodzenie syren, masa kolorów, zapachów, różnorodność akcentów... Metalowe wózki sprzedawców precli i hot dogów, ogromne pomarańczowo-białe pachołki i wydobywające się spod nich chmury białego dymu, trajkotanie ulicznych nielegalnych sprzedawców, którzy, chroniąc się pod zniszczonymi parasolami, usiłują wcisnąć turystom różne breloczki... Słowem, doznałem upajającego wrażenia ogromnego – ale kontrolowanego – bałaganu.

Jak tylko odszedłem trochę dalej od tej szerokiej ulicy, znalazłem się w rejonie dużo spokojniejszym. Potrzebowałem kilku minut, żeby się zorientować, gdzie jestem, i znaleźć Bilberry Street: nietypową uliczkę, wciśniętą pomiędzy Sto Trzydziestą Pierwszą i Sto Trzydziestą Drugą, prostopadłą do Malcolm X Boulevard.

124

Było późne letnie popołudnie i na chodniki padało miękkie złote światło, którego promienie odbijały się migotliwie w szybach okiennych i drgały pośród listowia kasztanowców. Po obu stronach ulicy wznosiły się domy z czerwonej cegły z rzeźbionymi kolorowymi gankami z drewna, balustradami z kutego żelaza i schodkami prowadzącymi do małych ogródków. Tu również działała magia tego miasta, można było sobie pomyśleć: „Nie czuję się, jakbym był w Nowym Jorku".

Tamtego popołudnia, zagłębiając się w dzieciństwo Claire, nie byłem w Harlemie. Znalazłem się nagle na głębokim południu Ameryki, w Georgii czy w Karolinie Południowej, gdzieś niedaleko Savannah lub Charlestonu.

2

Mozela, autostrada A4.

Zjazd 44: Phalsbourg/Sarrebourg.

Czekając przed jedyną bramką bariery wjazdowej, Marc Caradec rzucił okiem na swojego starego speedmastera i przetarł oczy. Czuł suchość w gardle, źrenice miał rozszerzone. Wyjechał z Paryża trochę po jedenastej, przemierzył ponad czterysta kilometrów w ciągu czterech i pół godziny, zatrzymał się tylko raz, żeby nabrać benzyny na stacji koło Verdun.

Wyciągnął dłoń pełną drobnych ku pracownikowi SANEF* i zjechał na szosę prowadzącą do Phalsbourga.

Leżące na granicy Parku Narodowego Wogezów Północnych ufortyfikowane miasto było ostatnim miastem Lotaryngii przed wjazdem na teren Alzacji. Marc zaparkował range rovera na za-

---

* SANEF – *Société des autoroutes du Nord et de l'Est de la France* (fr.) – Towarzystwo Autostrad Wschodu i Północy Francji, jedno z francuskich przedsiębiorstw zarządzających autostradami.

lanym słońcem place d'Armes. Zapalił papierosa i zasłonił oczy dłonią przed rażącym światłem. Stare koszary z żółtobrązowego piaskowca i monumentalny posąg marszałka Georges'a Moutona z okresu Cesarstwa przypominały o bojowej historii miasta. Nie tak znów dawno po ulicach defilowały armie, dokonywano przeglądów wojsk i zabierano stąd młodych chłopaków, którzy kończyli na froncie jako mięso armatnie. Wspomniał swojego dziadka, który zginął w 1915 roku podczas wielkiej ofensywy pod La Main de Massiges w Szampanii. Dziś na szczęście panował tu spokój. O bruk nie uderzały podkute żołnierskie buty, nie intonowano pieśni wojskowych, a zamiast tego na tarasach kafejek siedzieli uśmiechnięci ludzie popijający pod kasztanowcami cappuccino.

Marc wykorzystał długą drogę z Paryża, żeby zebrać trochę informacji. Wystarczyło wykonać kilka telefonów, by odnaleźć ślad Francka Museliera, żandarma, który wszczął alarm i jako pierwszy zjawił się przy płonącym domu Heinza Kieffera. Franck Muselier był dziś komendantem miejscowej brygady żandarmerii. Marc porozumiał się z jego sekretarką i umówił się na spotkanie. Sekretarka powiadomiła go, że żandarmeria mieści się w tym samym lokalu co merostwo, spytał więc o drogę miejskiego ogrodnika, który przycinał gałęzie drzew, po czym przeszedł przez plac, wybrukowany szarym kamieniem i różowym granitem.

Odetchnął głęboko. Bardzo dawno już nie wyjeżdżał z Paryża i teraz cieszył się, że to dochodzenie wyciągnęło go daleko od stolicy. Przez chwilę uległ spokojowi panującemu w tym miejscu i przeniósł się w czasie do epoki Trzeciej Republiki: trójkolorowy sztandar łopoczący na wietrze na frontonie merostwa, dzwony kościoła wydzwaniające półgodzinę, znajomy rozgwar na boisku szkolnym...

Domy stojące wokół placu jeszcze pogłębiały wrażenie spokoju i bezpieczeństwa: fasady z piaskowca, spatynowane wiekiem drewniane belki, domy z wysokimi dwuspadowymi dachami, pokrytymi dachówką z terakoty.

Marc wszedł do merostwa, dawnej wartowni straży wojskowej, w której mieściły się również muzeum historyczne i poczta. Wewnątrz panował przyjemny chłód. Wysoki sufit powodował, że można się tu było poczuć jak w kościele, dodatkowo również z powodu marmurowych posągów i ciemnych boazerii. Zasięgnął informacji i dowiedział się, że interesujące go biura znajdują się na ostatnim piętrze. Wszedł po stromych dębowych schodach na korytarz, który kończył się szklanymi drzwiami.

Tu wystrój był nowocześniejszy, ale panował mały ruch. Poza młodą umundurowaną kobietą w sekretariacie nikogo nie było.

– W czym mogę panu pomóc?

– Nazywam się Marc Caradec i mam umówione spotkanie z Franckiem Muselierem.

– Solveig Maréchal – przedstawiła się sekretarka, odgarniając blond kosmyk za ucho. – To ze mną rozmawiał pan przez telefon.

– Bardzo mi miło.

Solveig podniosła słuchawkę telefonu.

– Uprzedzę o pańskim przybyciu.

Caradec rozpiął koszulę pod szyją. Na biura przerobiono całe poddasze i było tu piekielnie gorąco. Ściany wyłożone jasnym drewnem wyglądały jakby przypieczone słońcem.

– Podpułkownik przyjmie pana za dwie minuty. Może zechce się pan napić wody?

Marc chętnie się zgodził. Solveig podała mu szklankę z wodą i poczęstowała jakimś słodkim preclem z parzonego ciasta, które pożarł łapczywie.

– Pan jest policjantem, prawda?

– Czemu pani tak uważa, bo jem jak prosię?

Solveig zachichotała. Poczekała, aż Marc skończy jeść, i zaprowadziła go do gabinetu szefa.

3

Nowy Jork

Pod numerem szóstym przy Bilberry Street, tam gdzie Claire spędziła całe swoje dzieciństwo i gdzie zmarła jej matka, stał dom w kolorze śliwkowym, z białymi podwójnymi drzwiami zwieńczonymi przerywanym frontonem.

Stałem i przyglądałem się mu od kilku minut, gdy na ganku pojawiła się kobieta, bardzo ruda, bardzo blada, bardzo piegowata i zdecydowanie bardzo w ciąży.

– Jest pan z agencji nieruchomości? – spytała podejrzliwie.

– Nie, absolutnie nie, proszę pani. Nazywam się Raphaël Barthélémy.

– Ethel Faraday – powiedziała i wyciągnęła do mnie rękę w stylu europejskim. – Ma pan francuski akcent, przyjechał pan z Paryża?

– Tak, przyleciałem dziś rano.

– Ja jestem Angielką, ale moi rodzice już od kilku lat mieszkają we Francji.

– Coś takiego!

– Tak, w Luberon, w miasteczku na terenie Roussillon.

Wymieniliśmy kilka banałów na temat Francji oraz ciąży: że ten stan podczas tych wielkich upałów jest nie do zniesienia, że trzecie dziecko to może nie był najlepszy pomysł, kiedy się ma czterdzieści cztery lata, „zresztą nie mogę dłużej stać, pozwoli pan, że usiądę? Zrobiłam właśnie mrożoną herbatę, chciałby się pan napić?".

Najwyraźniej Ethel Faraday z nudów godziła się na każde towarzystwo. I gdy tak siedzieliśmy na zadaszonym ganku, popijając zimny napój, zwierzyłem się z celu mojej wizyty... przynajmniej w części.

– Jestem pisarzem i zainteresowałem się głębiej pewną młodą dziewczyną, która spędziła dzieciństwo w pani domu.

– Naprawdę? Kiedy? – spytała Ethel zdziwiona.

– Lata dziewięćdziesiąte i pierwsza dekada tego stulecia.

Ethel zmarszczyła brwi.

– Jest pan pewien, że to było tutaj?

– Tak myślę. Ten dom należał chyba do Joyce Carlyle, prawda?

Ethel kiwnęła głową.

– Ja i mój mąż kupiliśmy go od jej sióstr.

– Jej sióstr?

Ethel machnęła ręką w kierunku wschodnim.

– Angela i Gladys Carlyle. Mieszkają trochę dalej na tej samej ulicy, pod numerem dwieście dziewięćdziesiątym dziewiątym. Właściwie nie za bardzo je znam, żeby nie powiedzieć: wcale. Osobiście nie mam nic przeciwko nim, ale nie są to najsympatyczniejsze kobiety w tej dzielnicy.

– Kiedy siostry Carlyle sprzedały pani dom?

– W dwa tysiące siódmym roku, kiedy wróciliśmy z San Francisco. Byłam wtedy w ciąży, wkrótce miałam urodzić moje pierwsze dziecko.

– Czy wiedziała pani wówczas, że w tym domu ktoś zmarł z przedawkowania narkotyków?

Ethel wzruszyła ramionami.

– Potem się dowiedziałam, ale zbytnio się tym nie przejęłam. Nie wierzę w bzdury typu fatum czy nawiedzone domy. Gdzieś przecież trzeba umrzeć, prawda? – Wypiła łyk herbaty i wskazała ręką dokoła. – I w końcu, tak między nami, przecież to jest Harlem! Widzi pan te wszystkie śliczne domki, które teraz są marzeniem porządnych, idących za modą rodzin? W latach osiemdziesiątych, przed remontami, te domy były opuszczone, często zajęte na dziko przez dealerów lub zmienione w meliny. Niech pan spróbuje znaleźć choć jeden dom, w którym nie doszłoby do jakiejś gwałtownej śmierci!

– Czy pani wie, że Joyce Carlyle miała córkę?

– Nie, nie wiedziałam o tym.

– Trudno mi w to uwierzyć!

Ethel zdziwiła się.

– Dlaczego miałabym pana okłamywać?

– Serio, czy nigdy pani nie słyszała o dziewczynie, która w dwa tysiące piątym roku została porwana w zachodniej części Francji?

Ethel potrząsnęła głową.

– W dwa tysiące piątym roku mieszkaliśmy w Kalifornii, w Dolinie Krzemowej. – Przyłożyła szklankę z zimną herbatą do czoła, faktycznie, upał był nie do wytrzymania. – Chcę się upewnić, czy dobrze zrozumiałam... – ciągnęła. – Mówi pan, że córka poprzedniej właścicielki została porwana?

– Tak, przez pedofila psychopatę, Heinza Kieffera.

– A ona jak się nazywała?

– Claire. Claire Carlyle.

Podczas gdy ja już straciłem nadzieję, że wycisnę cokolwiek z tej kobiety, nagle już i tak blada twarz Ethel znieruchomiała i zbielała jeszcze bardziej.

– Ja...

Zaczęła i przerwała. Na kilka sekund jej oczy zaszły mgłą, a potem uciekła wzrokiem gdzieś w dal, w kierunku dawno zapomnianych chwil.

– Teraz, gdy się nad tym głębiej zastanawiam, wydaje mi się, że faktycznie było coś takiego... – podjęła po chwili. – To się wydarzyło w dniu, w którym oblewaliśmy kupno domu. Jakiś dziwny telefon... Dwudziestego piątego października dwa tysiące siódmego. Postanowiliśmy zaprosić przyjaciół właśnie tego dnia, w urodziny mego męża, kończył trzydzieści lat.

Znów zamilkła, najwyraźniej zbierając myśli. Zapadła cisza, która dla mnie trwała bez końca. Odezwałem się, żeby zachęcić ją do dalszego mówienia.

– A więc tego dnia ktoś do państwa zadzwonił...

– To było koło ósmej wieczorem. Zabawa trwała w najlepsze. Głośno grała muzyka, ludzie się przekrzykiwali. Byłam zajęta w kuchni, ustawiałam świeczki na torcie, kiedy zadzwonił telefon na ścianie. Odebrałam i zanim udało mi się cokolwiek powiedzieć, jakiś dziewczęcy głos wykrzyknął: „Mamo, mamo! To ja, Claire! Uciekłam, mamo, udało mi się uciec!!!".

Teraz z kolei ja zamarłem. Poczułem nagły dreszcz, jakby złapał mnie prąd. Między Francją a Wschodnim Wybrzeżem Stanów było sześć godzin różnicy czasu. Jeśli Ethel odebrała ten telefon koło ósmej wieczorem, to Claire dzwoniła około drugiej w nocy. A więc na wiele godzin przed pożarem. Tak jak domyśliliśmy się z Markiem, Claire udało się uwolnić ze szponów Kieffera, ale nastąpiło to nie tego samego poranka, tylko dzień wcześniej. To zmieniało wszystko...

Ethel natomiast się rozgadała.

– Spytałam, kto mówi, i wówczas, myślę, że gdy usłyszała mój głos, zrozumiała, że to nie matka odebrała telefon.

Coś nie dawało mi spokoju.

– Ale w jaki sposób Claire mogła wpaść na panią po tak długim czasie? Czy przy przeprowadzce nie zatrzymała pani swojego poprzedniego numeru?

– Właśnie nie. Ta linia nigdy nie została zamknięta, tylko zawieszona, i kiedy porozumieliśmy się z AT&T, zaproponowali nam, żebyśmy ją sobie wzięli. Wówczas taka procedura była bardzo popularna. To kosztowało dużo mniej niż założenie nowej linii, a ponieważ nie mieliśmy wtedy zbyt dużo pieniędzy...

– I co, nie zadzwoniła pani na policję?

Ethel wybałuszyła oczy, zirytowana.

– Czego pan ode mnie chce? Z jakiej niby przyczyny miałam zawiadamiać policję?! Nie znałam w ogóle tej historii i nie miałam pojęcia, kim była ta dziewczyna!

– I co pani odpowiedziała?

– Prawdę: powiedziałam, że Joyce Carlyle nie żyje.

4

Postawny, o chrapliwym głosie i nalanej twarzy, Franck Muselier podszedł do Marca i uścisnął mu dłoń.

– Dziękuję, że mnie pan przyjął. Marc Caradec, jestem...

– Wiem, kim pan jest, kapitanie! – przerwał mu żandarm, zapraszając gestem, by usiadł. – Jest pan asem BRB: gang Salwadorczyków, bandy z południowych przedmieść, samochody pancerne Dream Teamu... Pańska sława pana wyprzedza!

– Skoro pan tak mówi...

– W każdym razie odmienił pan nasze życie! Tu, w małych miasteczkach, nie ma szans na podobne przygody!

Muselier wyciągnął z kieszeni chusteczkę do nosa i wytarł nią czoło.

– Widzi pan, nawet klimatyzacja nie działa!

Poprosił Solveig o przyniesienie wody mineralnej i wlepił oczy w Marca, uśmiechając się łagodnie.

– Dobrze więc... Czemu zawdzięczam wizytę BRB?

Marc zdawał sobie sprawę, że rozmawia z żandarmem, wolał więc być ostrożny.

– Od razu pana uprzedzam, żeby nie było żadnych nieporozumień: jestem na emeryturze i pracuję na własne konto.

Muselier wzruszył ramionami.

– Jeśli tylko mogę panu pomóc, to dla mnie żaden problem.

– Interesuję się sprawą Carlyle.

– Nie znam tej sprawy – odrzekł Muselier, podciągając koszulę, żeby zakryć okrągły brzuch.

Marc zmarszczył brwi.

– Claire Carlyle! – powtórzył, tym razem bardziej stanowczym tonem. – Jedna z ofiar Heinza Kieffera. Ta nastolatka, której ciała nigdy nie odnaleziono.

Oczy Museliera zabłysły. Odpowiedział lekko zirytowany:

– Dobrze, teraz rozumiem. To z powodu młodego Boisseau, tak? To on pana zaangażował?

– Absolutnie nie. Kto to jest Boisseau?

– Nieważne... – zbył go żandarm, podczas gdy Solveig zamykała za sobą drzwi gabinetu, postawiwszy uprzednio na stole dwie butelki wody mineralnej.

Muselier otworzył swoją i przechylił ją do ust.

– Czego pan dokładnie chce się dowiedzieć o Kiefferze? – spytał, wycierając usta wierzchem dłoni. – Wie pan chyba, że nie ja prowadziłem śledztwo?

– Ale to pan jako pierwszy dotarł na miejsce. Chciałbym usłyszeć, jak to się stało.

Żandarm zaśmiał się nerwowo.

– A ja chciałbym powiedzieć, że to dzięki mojej intuicji, tymczasem był to przypadek. Gdyby uprzedził mnie pan, wygrzebałbym mój stary raport. Jeśli pan chce, znajdę go i przefaksuję panu.

– Zdecydowanie chcę, ale jeśli pan może, proszę mi opowiedzieć najważniejsze fakty.

Muselier podrapał się za uchem, prawie nadludzkim wysiłkiem wstał i podszedł do mapy plastycznej wiszącej na ścianie za biurkiem.

– Dobrze... Zna pan trochę te okolice? – i nie czekając na

odpowiedź, oznajmił: – Phalsbourg leży na granicy Lotaryngii i Alzacji, zgoda?

Chwycił linijkę, która leżała na biurku, i obwiódł nią wytłoczony fragment przedstawiający opisywany region, tak jak się to robiło kiedyś na lekcjach geografii w szkole.

– Ja mieszkam po stronie alzackiej, ale w czasie tej sprawy pracowałem na posterunku żandarmerii w Sarrebourg, w departamencie Mozeli. Co rano musiałem pokonywać ponad trzydzieści kilometrów...

– Nie gorzej niż przemieszczanie się paryskim metrem czy autobusami w godzinach szczytu! – zauważył Marc.

Muselier jakby nie usłyszał ostatniej uwagi.

– Tamtego dnia, w drodze do pracy, zauważyłem nad lasem czarny dym. Zaintrygowało mnie to i zawiadomiłem straż. To wszystko.

– O której godzinie?

– Około ósmej trzydzieści.

Marc podszedł do mapy.

– Gdzie znajdował się dom Kieffera?

– Gdzieś tu – powiedział żandarm i wskazał strefę pośrodku lasu.

– Więc jak co rano jechał pan na posterunek żandarmerii... – Caradec wyjął z kieszeni długopis, nie zdejmując skuwki, zakreślił na mapie trasę Museliera i ciągnął dalej: – ...i tu, koło wpół do dziewiątej, zauważył pan dym, który wydobywał się... stąd.

– Tak jest, kapitanie.

Marc zachował spokój.

– Zdarzyło mi się już jechać przełęczą Saverne. Szczerze mówiąc, nie wydaje mi się, żeby była stamtąd jakakolwiek widoczność na tę część lasu.

– Punkt dla pana! – odpowiedział żandarm. – Ale, tak jak napisałem w raporcie, nie jechałem główną drogą.

Znów użył linijki.

– Jechałem przecznicą D sto trzydzieści trzy, na tym poziomie. – Wskazał punkt na mapie.

– Z całym szacunkiem, podpułkowniku, co pan robił na tej leśnej dalekiej drodze tak wcześnie rano?

Muselier cały czas się uśmiechał.

– Czy pan, kapitanie, lubi polować? Bo ja uwielbiam, to moja pasja.

– A co tam można upolować?

– Sarny, dziki, jelenie, króliki… Jeśli ma pan szczęście, można trafić kuropatwę lub bażanta. Słowem, tamtego dnia – to był piątek rano w październiku – sezon polowań był już otwarty od kilku tygodni, ale we wszystkie poprzednie weekendy lało. – Wrócił na fotel i ciągnął: – Lało jak z cebra bez przerwy! A teraz wreszcie w prognozie zapowiedziano dwa dni pięknej pogody. Należę do Mozelskiego Kółka Myśliwych i zaplanowaliśmy z kumplami w pełni to wykorzystać. Znalazłem się na tej drodze, żeby obejrzeć teren przed następnym dniem. Sprawdzić stan ścieżek, ogrodzeń i tak dalej. Lubię patrzeć, jak po deszczu nad lasem wschodzi słońce, lubię zapach wilgotnego poszycia leśnego.

Jesteś żandarmem, stary, a nie leśniczym… – pomyślał sobie Caradec, ale nic nie powiedział. Muselier był jakiś lewy, nieszczery, coś tu najwyraźniej nie grało, ale Marc nie za bardzo wiedział, jak go podejść.

Westchnął dyskretnie i wrócił do przerwanego tematu:

– Więc zauważył pan z drogi dym…

– Właśnie. A ponieważ byłem służbowym samochodem – nawiasem mówiąc, bardzo fajną meganką – mogłem uprzedzić przez telefon kolegów i strażaków.

– I potem pojechał pan na miejsce pożaru?

– Tak. Chciałem skierować strażaków we właściwe miejsce

i upewnić się, że w okolicy nie szwenda się jakiś turysta czy myśliwy. Logiczne, prawda?

– Taa... Wykonał pan swój obowiązek.

– Miło, że pan to docenia.

Muselier uśmiechnął się i wytarł szkła ray-banów aviatorów połą koszuli. Marc nie ustępował.

– Jeśli pan pozwoli, zadam jeszcze jedno lub dwa pytania...

– Tylko proszę, niech się pan streszcza! – odrzekł żandarm, spoglądając na zegarek. – Ekipa czeka na mnie na rondzie przy zjeździe z autostrady A cztery. Od samego rana blokują ją rolnicy i...

– Przestudiowałem jeszcze raz gazety z tamtych czasów! – przerwał mu Caradec. – Praktycznie nigdzie nie pisano o samochodzie Kieffera, tym, w którym znaleziono DNA Claire Carlyle.

– Nie tylko jej... – zauważył żandarm. – Również innych ofiar. I wie pan dlaczego? Bo tym samochodem psychol wszystkie je transportował. Przyjrzałem się tej trumnie na kołach ze wszystkich stron, kiedy technicy kryminalistyczni przyszli zabezpieczyć ślady zbrodni. Kieffer zainstalował tam dźwiękoszczelną klatkę, to był wielki zamknięty na głucho grobowiec.

Caradec pogrzebał w kieszeniach i wyjął wycinek z gazety, który znalazł w mieszkaniu Raphaëla.

– To jedyne zdjęcie, jakie znalazłem – oznajmił, podając gazetę żandarmowi.

Muselier przyjrzał się mu. Fotografia była czarno-biała, gruboziarnista.

– Tak, to ten samochód, furgonetka Nissan Navara.

– A to z tyłu?

– Motocykl Kieffera. Crossówka. Stodwudziestkapiątka.

Motocykl stał przymocowany pasami w przyczepie samochodu.

– Co ten motocykl tam robił?

– A skąd ja mam wiedzieć?

– Jest pan żandarmem, musi pan umieć to wyjaśnić.

Muselier potrząsnął głową.

– Nigdy się nad tym nie zastanawiałem. Tak jak już powiedziałem, nie ja prowadziłem śledztwo. Słuchaj pan, tak między kolegami, może przejdziemy na „ty"?

– Oczywiście! – zgodził się natychmiast Marc. – Czy znałeś Kieffera przedtem?

– Absolutnie nie miałem pojęcia, że ktoś taki w ogóle istnieje.

– Ale przecież polowałeś niedaleko jego domu?

– To ogromny las! – odrzekł Muselier, wstając i chwytając kurtkę. – Dobra, teraz już naprawdę spadam.

– Jeszcze ostatnie pytanie, jeśli pozwolisz... – rzekł Marc, siedząc spokojnie na krześle. – Już dziesięć lat minęło od tej całej sprawy, jak to się dzieje, że tak dokładnie pamiętasz markę jego samochodu? Przecież to zdjęcie jest bardzo niewyraźne.

Żandarm nie dał się zbić z tropu.

– Właśnie z powodu sprawy Boisseau! Myślałem, że przyjechałeś tu w jego sprawie.

– Opowiedz mi, o co chodzi.

Po krótkim wahaniu żandarm z powrotem usiadł. Rozmowa zaczynała go bawić. To była gra w kotka i myszkę, a on miał wrażenie, że jest nie do pobicia.

– Czy znasz rodzinę Boisseau-Desprès?

Marc pokręcił głową.

– Cóż, nie ty jeden... Niewielu ludzi ich zna, nawet tutejszych. Tymczasem ich nazwisko figuruje na liście stu pięćdziesięciu największych fortun Francji. To ludzie bardzo dyskretni, stara rodzina przemysłowców z Nancy, którzy dziś stoją na czele imperium w dystrybucji materiałów budowlanych.

– Jaki to ma związek z moją sprawą?

Muselier był skrycie zadowolony z niecierpliwości rozmówcy.

– Wyobraź sobie, że jakieś pół roku temu widzę, że zjawia się u mnie jedno z dzieci z tej rodziny: Maxime Boisseau, drobny dwudziestolatek, rozgorączkowany, podekscytowany, zdenerwowany. Usiadł na tym samym krześle, na którym siedzisz teraz ty, i zaczął mi coś opowiadać zupełnie bez sensu, że niby jest na psychoanalizie i że to jego lekarka poradziła mu tu przyjść, aby w końcu został oficjalnie uznany za ofiarę...

Caradec stracił cierpliwość.

– Wersja krótka, proszę cię...

– No to zdecyduj się w końcu! A więc wysłuchałem go dokładnie i chodziło o to, że jakoby dwudziestego czwartego października dwa tysiące siódmego roku, kiedy miał dziesięć lat, w samym centrum Nancy porwał go jakiś facet.

– Dwudziestego czwartego października? Na dwa dni przed pożarem?

– Właśnie! Operacja błyskawica. Ledwo dwadzieścia cztery godziny między porwaniem a złożeniem okupu. Chłopak powiedział nam, że wówczas miał refleks, żeby zapamiętać numer tablicy rejestracyjnej porywacza. Dziewięć lat później podaje nam ten numer, wrzucamy go do kompa i zgadnij, co z niego wyskakuje?

– To był numer tablicy furgonetki Kieffera – zorientował się Marc.

– Bingo! Przyznaj, że to niesamowite. Na początku myśleliśmy, że młody zmyśla, ale sam powiedziałeś, że ta informacja nie dostała się do prasy.

– Co ci jeszcze powiedział Boisseau?

– Że jego stary zapłacił okup w tajemnicy, nie zawiadomił policji. Wymiana odbyła się w pobliskim lesie: pięćset tysięcy euro, przekazane Kiefferowi w torbie z żółtego płótna.

Kiedy to usłyszał, Marc poczuł uderzenie adrenaliny, ale nie dał po sobie niczego poznać. Nie miał zamiaru robić prezentów żandarmowi.

– Podał ci jakieś szczegóły? Kieffer go torturował?

– Nie, mówił, że Kieffer go nie tknął. Potem trochę się plątał w zeznaniach, raz mówił, że Kieffer miał wspólniczkę, a raz znowu co innego.

Wspólniczkę?

– Dlaczego w ogóle przyszedł do ciebie?

– Z tego samego powodu co ty. Zaczął szukać w internecie i kilkakrotnie wpadł na moje nazwisko w związku ze sprawą.

– A dlaczego jego rodzice nigdy nie zawiadomili policji?

– Nie chcieli rozgłosu. Właśnie to zarzuca im syn! Boisseau-Desprès uważają, że sami załatwili sprawę, a pół miliona w jedną czy w drugą stronę nie sprawiało im wielkiej różnicy. Milczenie jest złotem – w tym przypadku przysłowie ma naprawdę sens.

Do drzwi zapukała Solveig i nie czekając, weszła do pokoju.

– Panie podpułkowniku, Meyer pana szuka. Jeden ze strajkujących dewastuje traktorem pomnik na rondzie przy zjeździe na A cztery.

– Kurwa, ale chamy z tych chłopów! – wybuchł żandarm i podniósł się z krzesła.

Caradec również wstał.

– Możesz mi udostępnić zeznanie Maxime'a Boisseau?

– Nie spisałem go. Z punktu widzenia prawa karnego sprawa się przedawniła. Po wielu postępowaniach sądowych została umorzona. Kogo można dziś obarczyć winą i poszukiwać?

Caradec westchnął.

– Wiesz przynajmniej, gdzie on mieszka?

– Nie za bardzo. On jest skłócony z rodziną. Ostatnio pracował w Nancy, w wielkiej księgarni: Le Hall du livre.

– Znam ją.

Muselier wkładał kurtkę, gdy Solveig zwróciła się do Marca z pytaniem:

– Pracuję dla gazetki Żandarmerii Narodowej. Piszę artykuł o naszych wybitnych funkcjonariuszach. Może mogłabym przeprowadzić z panem wywiad?

– Powiem szczerze, zupełnie nie mam na to czasu.

– W takim razie tylko jedno pytanie: jaką trzeba mieć najważniejszą cechę charakteru, żeby stać się dobrym policjantem?

– Niewątpliwie należy rozwinąć w sobie umiejętność wykrywania kłamstw. To jest dla mnie najbardziej użyteczne w pracy: wiem, kiedy ktoś mnie okłamuje.

– A ja cię okłamałem? – spytał Muselier.

– Tak, okłamał mnie pan raz! – odrzekł Caradec, wracając do oficjalnej formy „pan".

Muselier zesztywniał.

– Ach tak? Ale jesteś bezczelny! Powiedz, kiedy nie powiedziałem ci prawdy?!

– To właśnie muszę odkryć.

– Ano właśnie. I jak odkryjesz, zapraszam z powrotem.

– Nie omieszkam skorzystać z zaproszenia.

10

Dwie siostry żyły razem w zgodzie...

Nie ma ludzi niewinnych. Ale istnieje kilka stopni odpowiedzialności.

Stieg Larsson

1

Droga z Phalsbourga do Nancy, szeroka i pusta, jest jakby zawieszona w czasie, bezpieczna.

Caradec siedział za kierownicą starej terenówki i doceniał tę odprężającą monotonię. Łąki, stada pasących się zwierząt, zapach nawozu, pole za polem, traktory w ślimaczym tempie posuwające się po asfalcie, nie chciało mu się nawet ich wyprzedzać...

Na tablicy rozdzielczej odbijały się kolorowo promienie słońca. Z radia rozbrzmiewał delikatny, oszczędny jazz trębacza Kenny'ego Wheelera. Od dziesięciu lat Marc słuchał wciąż tej samej płyty, ostatniego prezentu, który podarowała mu żona, zanim odeszła.

Zanim umarła.

W drodze Marc przez cały czas myślał o tym, czego dowiedział się od żandarma. Puszczał sobie w wyobraźni film z ich spotkania, tak jakby to nagrał. Analizował dialog. Przemyśliwał nad każdym wypowiedzianym słowem. Był zadowolony, że posłuchał instynktu. Od razu miał przeczucie, że Muselier jest najistotniejszym świadkiem i że inspektorzy, którzy wcześniej pracowali nad tą sprawą, nie docenili go. Wiedział, że żandarm go okłamał, ale dużo jeszcze brakowało do tego, aby mógł go przyprzeć do muru.

Gdy wjeżdżał między pierwsze zabudowania Nancy, zawahał się – wysłać wiadomość Raphaëlowi czy nie wysyłać. Zdecydował, że jest za wcześnie, musi zebrać więcej konkretnych informacji.

Gdy dojechał do centrum, chciał zatrzymać się na światłach awaryjnych i wpaść do tej księgarni, ale zrezygnował. Nie byłoby rozsądne narażać się na zgarnięcie samochodu przez policję. Znalazł miejsce na parkingu Saint Jean, niedaleko dworca i wielkiego supermarketu, ciężkiej, betonowej budowli z lat siedemdziesiątych.

Pieszo opuścił tę ponurą dzielnicę zeszpeconą jeszcze bardziej jakąś rozgrzebaną budową.

Szare, bezbarwne, ciemne, bez życia – tak negatywnie wspominał Nancy. Tymczasem to tu w 1978 roku spotkał swoją przyszłą żonę. Wówczas jako młody inspektor, świeżo po Akademii Policyjnej w Cannes-Écluse, niechętnie udał się na tygodniowy staż zorganizowany na terenie kolegium literatury i humanistyki Uniwersytetu w Nancy. Właśnie tam, w wielkiej auli, podczas przerwy w wykładach, spotkał Élise. Studiowała literaturę klasyczną, miała dwadzieścia lat i mieszkała w akademiku przy rue Notre Dame de Lourdes.

Marc pracował w Paryżu. Przez dwa lata, zanim Élise zrobiła magisterium, jeździł w kółko między tymi dwoma miastami. Pamiętał wieczory, kiedy pod wpływem nagłego impulsu jechał do niej z Paryża, beztrosko pędząc swoim renault 8 gordini. Oczy mu zwilgotniały. Takie chwile przeżywa się tylko raz, ale wówczas człowiek rzadko je docenia, dopiero gdy miną... To jeden z dramatów życia.

Cholera! Nie wolno wracać do wspomnień. Powinien zahamować ich napływ, stawić im czoło, nie ustępować, inaczej koniec z nim.

Zamrugał powiekami, ale Élise nie chciała zniknąć. Prawdziwa dziewczyna ze Wschodu. Twarz zdecydowana, oczy pełne melancholii, włosy w kolorze popielatego blondu, spojrzenie kryształowe. Na pierwszy rzut oka piękność zimna, odpychająca, prawie nietykalna, ale gdy ją poznał bliżej, kompletnie inna: wesoła, wzruszająca, pełna entuzjazmu.

To dzięki niej zainteresował się literaturą, malarstwem i muzyką klasyczną. Wymagająca, ale nie snobka, zawsze miała w ręku książkę: powieść, tomik poezji czy katalog aktualnej wystawy. Sztuka, wyobraźnia i fantazja były nieodłączną częścią jej świata. Élise otworzyła mu drzwi na ten inny wymiar, spowodowała, że się kompletnie zmienił. Dzięki niej odkrył nagle, że świat nie ogranicza się do ponurej rzeczywistości i śledztw, które prowadził. Świat był większy, bardziej nieuchwytny, znacznie bardziej ekscytujący.

Błądząc po mieście, Marc czuł, że przegrywa walkę. Otworzył przegródkę portfela przeznaczoną na drobne i wyciągnął stamtąd tabletkę lexomilu, którą złamał na pół. Jego ostatnia kula. Wsunął połówkę pod język. Chemia pomoże mu nie zatonąć. Pomoże opanować żal, że nie umiał kochać Élise mocniej. Że nie był w stanie jej zatrzymać.

Działanie leku dało się odczuć prawie natychmiast. Wizja Élise zaczęła odpływać w dal. Napięcie zmalało. Kiedy obraz żony znikał, Marc przypomniał sobie jej ulubioną maksymę Flauberta: *Każdy z nas ma w sercu królewską komnatę. Ja swoją zamurowałem, ale nie zniszczyłem.*

2

Tego popołudnia pod koniec lata ponura przeszłość Bilberry Street jakby w ogóle nie istniała. Lekki wiaterek szeleścił liśćmi w rytm delikatnej kołysanki pieszczącej uszy przechodniów. Słońce, niczym malarz impresjonista, kładło złote refleksy na ogrodzeniach, malowało obraz pełen melancholii i ciepła, jak na płótnach Normana Rockwella czy Edwarda Hoppera.

Pod numerem 299, na ganku domu, dwie ciemnoskóre kobiety chłodziły się, pilnując małej dziewczynki i trochę większego chłopca, którzy odrabiali lekcje przy ogrodowym stoliku.

– Czy pan czegoś szuka? – zaczepiła go starsza kobieta, pewnie Angela, starsza siostra Joyce Carlyle.

– Dzień dobry paniom, nazywam się Raphaël Barthélémy i chciałbym zadać kilka pytań dotyczących...

– Mam nadzieję, że nie jest pan dziennikarzem?

– Nie, jestem pisarzem.

Wciąż zdumiewało mnie, że większość ludzi nie cierpi dziennikarzy, podczas gdy pisarze są raczej dobrze widziani.

– Chciał pan zadać kilka pytań dotyczących...

– ...dotyczących pani siostry, Joyce.

Nerwowym, szybkim gestem uderzyła dłonią powietrze, jakby odganiała osę.

– Joyce nie żyje od dziesięciu lat! Kim pan jest, żeby zaburzać spokój jej pamięci?!

Angela mówiła silnym, niskim głosem. Przypominała aktorki z filmów blaxploitation. Uczesanie afro, włosy gęste, skręcone i sterczące. Taka Pam Grier ubrana w kolorowy T-shirt i w skórzaną kurtkę bez rękawów.

– Przykro mi powracać do tych bolesnych wspomnień, ale być może mam pewne informacje, które mogłyby panią zainteresować.

– Jakie informacje?

– Na temat pani siostrzenicy, Claire.

W oczach Angeli rozbłysł ogień. Zerwała się z bujanego fotela i wrzasnęła na mnie:

– Co to za szantaż, smarkaczu! Jeśli masz nam coś do powiedzenia, gadaj albo spadaj!

Młodsza, Gladys, pospieszyła mi z pomocą.

– Pozwól mu mówić, Angie, wygląda na uczciwego człowieka.

– Chcesz powiedzieć: na uczciwego darmozjada! – wrzasnęła Angie i znikła w czeluściach domu, zabierając z sobą dwójkę dzieci, jakby chciała je ochronić przed niebezpieczeństwem.

Porozmawiałem kilka minut z Gladys. Nie była podobna do siostry, wyglądała elegancko i w tym przypominała mi Claire: miała długie proste włosy, delikatne rysy, subtelny makijaż. Nosiła białą sukienkę z głębokim rozcięciem, przez które było wyraźnie widać jej gołe nogi; gdy tak na nią patrzyłem, przypomniała mi się okładka płyty *Four Seasons of Love*. Ten longplay Donny Summer figurował w zbiorze płyt moich rodziców i swego czasu przyniósł mi dużo radości.

Uprzejma i ciekawa, zgodziła się porozmawiać o swojej zmarłej siostrze. Nie musiałem długo czekać, żeby usłyszeć to samo, co powiedziała mi Marlène Delatour, dziennikarka z „Ouest France": Joyce Carlyle zmarła z przedawkowania narkotyku mniej więcej w miesiąc po porwaniu Claire.

– Po tak długim okresie abstynencji Joyce nagle wróciła do nałogu?

– Jak można było mieć o to do niej pretensję? Załamało ją porwanie córki.

– Ale przecież w momencie, gdy przedawkowała, była jeszcze nadzieja, że Claire zostanie uratowana.

– Zniszczył ją stres i wielki niepokój. Ma pan dzieci, panie Barthélémy?

Pokazałem jej zdjęcie Théo na ekranie komórki.

– Och, jaki radosny chłopczyk! – wykrzyknęła. – Bardzo jest do pana podobny.

To głupie, ale za każdym razem taka uwaga sprawiała mi dużą przyjemność. Kiedy jej dziękowałem, drzwi domu otworzyły się i pojawiła się w nich Angela z albumem pod pachą. Podeszła do nas. Uspokoiła się i dołączyła do rozmowy, której najwyraźniej słuchała z okna.

– Jeśli chce pan zrozumieć Joyce, musi pan pamiętać, że nasza siostra była egzaltowana, bardzo uczuciowa, wciąż zakochana... Ja nie mam takiego charakteru, ale szanowałam jej wybory.

Przypomniało mi się zdanie wypowiedziane przez Anatole'a France'a: *Zawsze wolałem szaleństwo pasji od mądrej obojętności*.

Zamyślona Angela zaczęła się wachlować przyniesionym z domu albumem.

– Gdy Joyce była młodsza, często robiła głupstwa... – powiedziała. – Ale kiedy urodziła się Claire, siostra się ustatkowała. Była kobietą o dużej wiedzy, dobrą matką, ale miała w sobie także ciemną stronę, gen samozniszczenia. Tak się czasem zdarza... Drugie ja, które nosi się w sobie latami, mając wrażenie, że się je oswoiło. Ale ono wciąż żyje i czeka tylko na iskrę, żeby zapłonąć.

– Niczego pani nie zauważyła? Myślę, że w tamtym okresie Joyce rzadko była sama...

Popatrzyła na mnie z nieskończonym smutkiem.

– To ja znalazłam ją na podłodze w łazience, ze strzykawką wbitą w ramię. I na pewno jestem częściowo odpowiedzialna za jej śmierć.

3

Nancy

Przeskakując z jednego chodnika na drugi, Caradec lawirował między przechodniami. W pełnym słońcu dawna stolica książąt Lotaryngii wydawała się znacznie barwniejsza niż w jego wspomnieniach. Piękna pogoda wszystko zmieniała, dodawała miastu wigoru, którego brakowało mu podczas pluchy. Dziś nawet małe budynki przy rue Claudion wyglądały jak aleje na Lazurowym Wybrzeżu. Rue Saint Jean, od niedawna przeznaczona tylko dla pieszych i tramwajów, pulsowała energią miasta.

Rue Saint Dizier. Le Hall du livre. Wielka księgarnia wyglądała dokładnie tak, jak ją Marc zapamiętał. Ten sam kamienny bruk parteru i wąskie przejścia na każdym piętrze, które sprawiały czasem wrażenie, jakby się było na statku.

Marc wszedł i od razu zapytał sprzedawcę, który układał kieszonkowe słowniki na krzykliwie udekorowanym stole, o Maxime'a Boisseau.

– Dział kryminalny, trzecie piętro. – Usłyszał w odpowiedzi.

Wbiegł, pokonując po dwa schody w górę, ale kiedy znalazł się przed stołem, na którym ułożone były thrillery i czarne kryminały, ujrzał jedynie młodą sprzedawczynię, która entuzjastycznie polecała jakiemuś klientowi bestseller Herberta Liebermana *Nécropolis*.

– Maxime? Jest początek roku szkolnego, poszedł pomóc ekipie z działu papierniczego.

Caradec zawrócił, klnąc pod nosem. Początek roku szkolnego... Ale niefart. Był piątek po południu, lekcje właśnie się skończyły i dział przyborów szkolnych oblegli uczniowie i ich rodzice.

Obaj sprzedawcy byli zajęci. Młodszy miał na czerwonej kamizelce przypiętą wizytówkę z nazwiskiem.

– Maxime Boisseau? Kapitan Caradec, BRB, mam kilka pytań do pana.

– Dobrze, ja... Ale nie tutaj! – wyjąkał.

Maxime Boisseau wyglądał dużo młodziej, niż Marc sobie wyobrażał. Miał ładną zmęczoną twarz, która zdradzała brak pewności siebie i dużą wrażliwość. Caradec pomyślał od razu o Montgomerym Clifcie w jego pierwszych rolach: *Rzeka Czerwona, Miejsce pod słońcem*...

– Idź na przerwę, poradzę sobie... – zapewnił Maxime'a kolega, który był kierownikiem działu. – Zawołam Mélanie.

Maxime zdjął kamizelkę w kolorach sklepu i poszedł za Caradekiem, który rozpychał się łokciami, torując sobie przejście przez tłum.

– Z powodu tego natłoku nie zjadłem nawet lunchu – poskarżył się księgarz. – Tam dalej jest sushi bar, odpowiada to panu?

– Wolałbym stek, ale dobra, może być.

Pięć minut później obaj mężczyźni siedzieli na stołkach w barze. Knajpka była zorganizowana w systemie *kaiten*, czyli wokół baru przesuwał się ruchomy pas, na którym stały porcje na talerzykach pod przezroczystymi kloszami. Było jeszcze stosunkowo wcześnie i pusto.

– Już wszystko opowiedziałem pułkownikowi Muselierowi – zaczął Boisseau, mieszając słomką wodę z miętą w szklance.

Caradec nie bawił się w uprzejmości.

– Zapomnij o tym durniu. Chyba już się zorientowałeś, że on ci w niczym nie pomoże.

Nawet jeśli ta szczerość spodobała się księgarzowi, stanął w obronie żandarma.

– Tak, ale Muselier ma rację, od tamtego czasu minęło już dziewięć lat i moje zeznanie nie ma teraz większego sensu.

Marc potrząsnął głową przecząco.

– Nie tylko ma sens, ale pomogłoby nam może w innej sprawie.

– Naprawdę?

– Pozwól mi najpierw zadać kilka pytań, a potem ci wszystko wyjaśnię, zgoda?

Chłopak kiwnął głową. Marc przedstawił mu z grubsza całą historię tak, jak mu ją opowiedział żandarm.

– Więc miałeś wtedy dziesięć lat...

– Dziesięć i pół. Zdałem właśnie do trzeciej klasy.

– Gdzie wtedy mieszkałeś?

– Z rodzicami, w willi przy place de la Carrière.

– To na starym mieście, prawda? Koło place Stanislas?

Boisseau kiwnął głową i ciągnął dalej:

– W każdą środę po południu nasz szofer zawoził mnie na lekcję religii.

– Dokąd?

– Do bazyliki Saint Epvre. Oszukiwałem ojca, żeby mieć trochę czasu dla siebie. Szofer zostawiał mnie na rue de Guise i co drugi raz zamiast iść do księży, biegłem do parku Orly. Był tam taki facet z domu kultury, który dawał dzieciom lekcje gry aktorskiej. Za darmo. Nie trzeba było się zapisywać, żadnych komplikacji... to było bardzo fajne.

Marc pociągnął łyk piwa z butelki i złapał z przesuwającego się pasa porcję sashimi. Maxime opowiadał dalej, głos mu drżał:

– Tamten facet złapał mnie, gdy wracałem. Zawsze szedłem skrótem koło głównego szpitala. W ogóle go nie zauważyłem i w kilka sekund znalazłem się zamknięty z tyłu jego terenówki.

– Wiedział, kim jesteś?

– No pewnie. Zresztą to była pierwsza rzecz, którą mi powiedział: „Wszystko będzie dobrze, twój ojciec wyciągnie cię stąd bardzo prędko!". Musiał chodzić za mną przez kilka tygodni.

149

– Ile czasu jechaliście tym autem?

– Około dwóch godzin. Kiedy dotarliśmy do niego, to było w środku lasu, padało i właśnie robiło się ciemno. Najpierw zamknął mnie w składziku na narzędzia koło domu. Chyba miałem gorączkę z powodu szoku. Majaczyłem i krzyczałem bez końca. Szczerze mówiąc, nawet zrobiłem pod siebie, rozumie pan? W sensie przenośnym i dosłownie. Uderzył mnie dwa albo trzy razy po twarzy, a potem postanowił wziąć mnie do domu. Najpierw zasłonił mi oczy, potem musiałem bardzo długo schodzić po schodach. Otworzył jedne drzwi, potem drugie. Na koniec powierzył mnie jakiejś dziewczynie. Ona miała bardzo łagodny głos i ślicznie pachniała wodą fiołkową, tak jak pachnie świeżo wyprasowana bielizna. Powiedziała, żebym nie zdejmował chustki z oczu i żebym się nie martwił. Umyła mnie myjką i nawet mnie ukołysała, żebym zasnął.

– Wiesz, jak się nazywała?

Boisseau kiwnął głową.

– Powiedziała mi, że nazywa się Louise.

Louise Gauthier, pierwsza ofiara Kieffera, została porwana w wieku lat czternastu pod koniec 2004 roku, kiedy była na wakacjach w Bretanii u swoich dziadków.

Teraz Maxime prawie płakał.

– I pomyśleć, że przez te wszystkie lata myślałem, że ona była jego wspólniczką! Dopiero niedawno, czytając w prasie o tym potworze, domyśliłem się prawdy. To była…

– Wiem, kto to był. – Uciął krótko Marc. – Czy widziałeś tam jakieś inne dziewczęta?

– Nie, tylko Louise. W ogóle nie domyślałem się, że tam są jeszcze jakieś inne dziewczęta.

Maxime patrzył w dal nieruchomym wzrokiem. Milczał.

– Ile czasu zajęło twoim rodzicom zebranie okupu? – zapytał Caradec.

– Zaledwie kilka godzin. Kieffer rozsądnie nie zażądał nie-botycznej sumy. Pięćset tysięcy euro w małych nieznaczonych banknotach. Pewnie pan wie, że moi rodzice mają kolosalne pie-niądze. Dla ojca to w ogóle nie stanowiło problemu.

– Gdzie się odbyło przekazanie okupu?

– W lesie, niedaleko Laneuveville aux Bois, to wieś niedaleko Lunéville.

– Jak to możliwe, że tak dobrze pamiętasz te szczegóły?

– Następnego dnia, kiedy wychodziliśmy na zewnątrz – wyjaśnił Boisseau – skrępował mnie, ale tym razem nie zasłonił mi oczu i siedziałem obok niego na siedzeniu pasażera. W połowie drogi zatrzymał się, żeby zadzwonić z przydrożnej budki telefonicznej do mojego ojca i podać mu miejsce, w którym mieliśmy się spotkać.

– Jak się wówczas zachowywał?

– Był cholernie podekscytowany, chaotyczny... Zupełny paranoik. Jak w ogóle mógł posadzić mnie z przodu! Nawet na bocznych drogach mógł się znaleźć ktoś, kto by mnie zauważył. Założył maskę, mówił sam do siebie, był bardzo pobudzony. Tak jakby się czegoś nałykał.

– Lekarstw? Narkotyków?

– Tak, tak, z pewnością!

– W którym momencie spostrzegłeś tablicę rejestracyjną samochodu?

– Zobaczyłem ją w świetle reflektorów, kiedy szedłem do ojca.

– A więc to było w lesie? Oba samochody stały naprzeciw siebie?

– Tak, tak, zupełnie jak w *Klanie Sycylijczyków*. Ojciec rzucił przed siebie walizkę pełną forsy, Kieffer sprawdził zawartość, a potem mnie puścił. Koniec historii.

– Zaczekaj, zaczekaj... Jaką walizkę? Przecież twój ojciec włożył pieniądze do torby?

– Nie, to była taka płaska walizka, jaką noszą biznesmeni.

– Muselier powiedział, że mówiłeś o torbie z żółtego płótna.

– W żadnym wypadku! – zdenerwował się Boisseau. – Sztywny neseser, Samsonite, ojciec miał kilka takich. Potem może Kieffer przełożył pieniądze do torby. To by mnie zresztą nie zdziwiło, on był bardzo nieufny. Mógł pomyśleć, że to pułapka, że gdzieś tam jest schowany nadajnik czy coś takiego.

Caradec opuścił głowę i zauważył oparte na barze dłonie Boisseau – paznokcie były obgryzione do krwi. Chłopak cierpiał, cały czas musiał mieć się na baczności. Jego anielską twarz wykrzywiał nerwowy grymas.

– Co się potem wydarzyło, kiedy wróciłeś do rodziców?

– No właśnie, nic. Żadnej rozmowy ani wyjaśnień. Dla nich wszystko to stało się z mojej winy. Dwa dni później wyekspediowali mnie do szkoły z internatem. Najpierw do Szwajcarii, potem do Stanów. Nigdy więcej nie rozmawialiśmy już o tej sprawie, a z czasem i ja o niej właściwie zapomniałem.

Marc zmarszczył brwi.

– Czy mam rozumieć, że nigdy nie skojarzyłeś swojego porwania z historią ofiar Kieffera?

– Nie. Mieszkałem w Chicago, z dala od tego wszystkiego. Dopiero jakieś pół roku temu usłyszałem po raz pierwszy to nazwisko.

– Co naprowadziło cię na ślad? Muselier mówił coś o psychoterapii...

– Tak. Chciałem zostać w Stanach i studiować aktorstwo na Broadwayu, ale po maturze ze względów zdrowotnych musiałem wrócić do Francji. Naprawdę nie czułem się dobrze. Zawsze właściwie wszystkiego się bałem, ale z czasem napady paniki się nasiliły. Miałem myśli samobójcze, halucynacje i omamy. Byłem właściwie na skraju załamania nerwowego. Sześć miesięcy spędziłem w szpitalu, w specjalistycznym ośrodku w Sarreguemines. Powoli wróciłem do siebie, najpierw dzięki lekarstwom, a potem zacząłem psychoterapię.

– I podczas sesji terapeutycznych na powierzchnię wypłynęło wspomnienie porwania…

– Tak. Załamałem się, kiedy uświadomiłem sobie, że to Kieffer właśnie był moim porywaczem i że kilka godzin później podpalił dom. Mogłem przecież uratować te dziewczyny, rozumie pan?

– Noo… To nie jest takie pewne.

Boisseau zaczął krzyczeć.

– Kurwa, przecież zapamiętałem numer rejestracyjny jego samochodu! Gdybyśmy poszli od razu na policję, złapaliby go, zanim je wszystkie pozabijał!

Marc położył mu rękę na ramieniu.

– To wina twoich rodziców, nie twoja… – powiedział, starając się go uspokoić.

– Moi rodzice to idioci! Tak się bali, żeby ich nazwisko nie dostało się do gazet, że pozwolili uciec mordercy pedofilowi. Jak o tym pomyślę, dostaję szału!

– Powiedziałeś to rodzicom?

– Nie rozmawiam z nimi od czasu, gdy zrozumiałem, co zrobili. Zrzekłem się spadku. Nie chcę im niczego zawdzięczać. Dziadkowie zapłacili za moje leczenie.

Marc westchnął.

– Przecież ty w ogóle nie jesteś odpowiedzialny za to, co się stało! Miałeś wtedy tylko dziesięć lat!

– To żadne usprawiedliwienie.

– A właśnie, że tak! Wiele osób zamieszanych w tę historię może mieć sobie dużo do zarzucenia, ale uwierz mi, ty do nich nie należysz.

Maxime złapał się za głowę. Nawet nie tknął swojego sushi. Caradec westchnął. Podobał mu się ten chłopak: prawy, wrażliwy, delikatny, uczciwy... Naprawdę miał ochotę mu pomóc.

– Posłuchaj, wiem, że łatwiej powiedzieć, niż zrobić, ale musisz znaleźć sposób, żeby o tym zapomnieć, okay? A zresztą, co ty tu w ogóle jeszcze robisz?

– Gdzie?

– W Nancy. Uciekaj stąd, masz zbyt dużo złych wspomnień, które związane są z tym miastem i w ogóle z tym regionem. Weź pieniądze od rodziców, jedź do Nowego Jorku, zapisz się na te kursy sztuki dramatycznej. Życie jest tylko jedno i mija bardzo szybko.

– Nie mogę tego zrobić.

– Dlaczego?

– Mówiłem już panu, jestem chory. Mam problemy psychiczne. Mój lekarz jest tu i poza tym...

– Zaczekaj! – przerwał mu policjant, unosząc rękę.

Wziął z baru wizytówkę restauracji i napisał na niej nazwisko i numer telefonu, po czym wręczył karteczkę Boisseau.

– Esther Haziel... – przeczytał na głos Maxime. – Kto to jest?

– Psychiatra, która kiedyś pracowała w szpitalu Sainte Anne. Amerykanka o francuskich korzeniach. Dziś pracuje w szpitalu na Manhattanie, ale prowadzi również prywatną praktykę. Jeśli będziesz miał tam problemy, idź do niej i powołaj się na mnie.

– A skąd pan ją zna?

– Ja też kiedyś potrzebowałem pomocy. Depresja, halucynacje, napady paniki, lęk przed innymi i przed samym sobą... Brama piekła, jak to nazwałeś. Przeszedłem przez nią.

Maxime'a jakby zamurowało.

– Nie widać tego po panu. A teraz jest pan zdrowy?

Caradec pokręcił głową.

– Niezupełnie, te rzeczy zostają w człowieku. To jest zła wiadomość.

– A dobra?

– Że można nauczyć się z nimi żyć.

4

Bilberry Street

Angela Carlyle położyła na stoliku na ganku stary album w okładce z materiału. Albumy, te księgi wspomnień, które ludzie niegdyś tworzyli, zamiast setek zdjęć w telefonach, które się zbiera i o których się zapomina...

Z czułością dotykając stron, Gladys i Angela zaczęły je przewracać i na moich oczach przywoływać wspomnienia. Śluzy nostalgii puściły i dzięki tym zdjęciom Joyce ożyła. Bolesne, ale zbawienne.

Lata przesuwały się przed ich oczami: 1988, 1989, 1990... Tymczasem zdjęcia nie wywoływały reakcji, której oczekiwałem. W tamtych czasach Joyce nie była tą naćpaną zombie, jak przedstawiła mi ją Marlène Delatour. Była młodą, pełną życia kobietą, radosną, śliczną! Czyżby dawna redaktorka z „Sud-Ouest" myliła się? Czy też pozwoliła sobie na te skróty, z których prasa jest słynna? Ponieważ siedziałem w towarzystwie sióstr Joyce, zachowywałem się ostrożnie, wolałem na razie nie poruszać tematu prostytucji.

– Jakaś francuska dziennikarka powiedziała mi, że kiedy Claire przyszła na świat, Joyce była uzależniona od cracku i heroiny.

– Bzdury! – oburzyła się Angela. – Joyce nie tykała cracku. Miała problemy z heroiną, to prawda, ale dużo wcześniej! Claire urodziła się w tysiąc dziewięćset dziewięćdziesiątym. W tym czasie Joyce miała dawno za sobą problemy z narkotykami. Wróciła i zamieszkała u naszych rodziców w Filadelfii. Znalazła pracę w bibliotece i nawet zgłosiła się jako ochotniczka do pracy w miejskim centrum pomocy społecznej.

Zanotowałem w myśli tę informację, oglądając równocześnie inne zdjęcia: Claire jako mała dziewczynka z matką, ciotkami i z babcią. Wzruszenie ścisnęło mi gardło. Czułem się zmieszany i jednocześnie był to dla mnie szok ujrzeć ukochaną kobietę, gdy miała sześć czy siedem lat. Pomyślałem o tym nowym życiu, które rosło w jej brzuchu. Może to też dziewczynka, podobna do niej? Jeśli uda mi się ją odnaleźć...

Ale nadal wszystko to nie miało nic wspólnego z tymi żałosnymi artykułami, którymi prasa przez długi czas karmiła czytelników. Siostry Carlyle były kobietami wykształconymi i raczej dobrze sytuowanymi. Ich matka, Yvonne, była prawniczką, pracowała całe życie w biurze burmistrza Filadelfii.

– Nie ma tu zdjęć waszego ojca? – zdziwiłem się.

– Trudno zrobić zdjęcie duchowi – odpowiedziała Gladys.

– Czy też raczej trudno zrobić zdjęcie przeciągowi – poprawiła ją Angela. – Przeciąg z przypiętym do pasa fiutkiem.

Siostry roześmiały się wbrew sobie, nerwowo, i ja również nie mogłem się powstrzymać od uśmiechu.

– A Claire? Kto jest jej ojcem?

– Nie wiemy... – Gladys wzruszyła ramionami.

– Joyce nigdy o tym nie mówiła, a my nie ciągnęłyśmy jej za język.

– Trudno mi w to uwierzyć! Przecież kiedy wasza siostrzenica była dzieckiem, musiała się o to dopytywać!

Angela zmarszczyła brwi i przysunęła swoją twarz do mojej.

– Widzi pan zdjęcia mężczyzn w tym albumie?! – warknęła.

– Nie.

– Widzi pan jakichś mężczyzn w tym domu?

– Nie, właśnie nie widzę.

– Bo mężczyzn tu nie ma, nigdy nie było i nigdy nie będzie. Takie już jesteśmy, my, Carlyle! Żyjemy bez mężczyzn. Jesteśmy Amazonkami.

– Nie jestem pewien, czy to najlepsze porównanie.

– Dlaczego?

– W mitologii greckiej napisano, że Amazonki łamały ręce i nogi swoim męskim potomkom. Aby uczynić z nich niewolników, wypalały im oczy.

– Dobrze pan rozumie, o co mi chodzi. Nie spodziewamy się po facetach niczego dobrego. Taką mamy filozofię, czy się to panu podoba, czy nie.

– Nie trzeba wszystkich mężczyzn oceniać tak samo.

– Właśnie że trzeba: wszyscy mężczyźni są tacy sami: nieuczciwi, niestali, tchórzliwi, kłamliwi i zarozumiali. Nie można na was polegać. Myślicie, że jesteście prawdziwymi wojownikami, ale ulegacie każdej pokusie. Myślicie, że z was tacy twardziele, a jesteście zwykłymi szmaciarzami.

Wciągnąłem się w tę grę i opowiedziałem im moją przygodę z Natalie, która porzuciła mnie miesiąc po urodzeniu dziecka. Ale to nie wystarczyło, żeby wzbudzić w nich współczucie.

– To tylko wyjątek, który potwierdza regułę! – skwitowała Angela.

Słońce powoli zachodziło. Upał zelżał. Mój poczciwy wygląd grał wciąż na moją korzyść, ponieważ siostry zaczęły się zwierzać, choć nie wiedziały jeszcze, kim naprawdę jestem. Angela przestała się pilnować. Wbrew temu, co utrzymywała, czułem, że poruszyła ją moja historia.

Zamknęła album. Chmury zasłoniły na chwilę słońce, ale zaraz się rozproszyły.

– Dlaczego powiedziała pani, że czujecie się po części odpowiedzialne za śmierć Joyce? – spytałem.

– Wina spoczywa na wszystkich – stwierdziła Gladys.

Angela westchnęła.

– Prawdą jest, że nawet nas tu nie było, gdy to się wydarzyło. Byłyśmy u matki w Filadelfii. Joyce nie chciała jechać z nami. Bałam się, że znów zaczęła ćpać, chociaż utrzymywała, że nie.

Gladys postanowiła nakreślić sytuację dokładniej.

– Zrobiłyśmy szybkie tam i z powrotem, bo mama była po operacji biodra i nie za bardzo mogła się ruszać. Ona też umierała z niepokoju po porwaniu Claire, ale tak naprawdę nie wiem, czy gdybyśmy nie wyjechały, zmieniłoby to sytuację.

– Jak to się dokładnie stało?

– Znalazłam Joyce w niedzielę wieczorem po naszym powrocie. Leżała martwa w łazience... – Angela przejęła pałeczkę. – Miała strzykawkę wbitą w ramię. Najwyraźniej upadła i rozbiła sobie głowę o umywalkę.

– Nie było śledztwa?

– Było, było... – zapewniła mnie Gladys. – A ponieważ chodziło o nagłą śmierć, koroner zarządził sekcję zwłok.

– Policja uzasadniła to dodatkowym dziwnym wydarzeniem – dodała Angela. – Otóż dostali jakiś anonimowy telefon o napadzie na Joyce w dniu, w którym umarła.

Przeszył mnie dreszcz od stóp do głów. Znałem dobrze to uczucie. Podczas pisania powieści zawsze nadchodzi moment, gdy zaskakują was wasi bohaterowie. Albo zaczynają zachowywać się tak, jak tego dla nich w ogóle nie planowaliście, albo rzucają podczas dialogu jakiś bardzo ważny szczegół, a wy „z rozbiegu" go notujecie. Można zawsze wcisnąć klawisz Delete i założyć, że nic takiego nie miało miejsca. Ale najczęściej nie wybieracie tej opcji, ponieważ niespodzianka jest również jednym z bardziej ekscytujących momentów w pisaniu. To właśnie pcha waszą powieść na nieznane tory. I tak też odebrałem zaskakujące informacje Angeli.

– Policjanci przeanalizowali ostatnie telefony z komórki Joyce. Zatrzymali i aresztowali jej dealera, drobnego miejscowego łobuza. Facet przyznał, że dostarczył Joyce dużą porcję na weekendowy „odjazd", ale miał solidne alibi na popołudnie, w którym Joyce zmarła, i go wypuścili.

Spoważniałem.

– Czy ktoś miał najmniejszy powód, żeby zamordować waszą siostrę? – spytałem.

Gladys posmutniała.

– Nie wydaje mi się – westchnęła. – Ale jak zaczynasz ćpać, chcąc nie chcąc obracasz się wśród najgorszych mętów.

– Tak czy inaczej, sekcja wykazała, że przyczyną śmierci było przedawkowanie – dorzuciła Angela. – Ranę na głowie zrobiła sobie sama, uderzając głową o umywalkę, kiedy upadała.

– A ten anonimowy telefon?

– W tamtych czasach smarkacze często drażnili się z policją dla zabawy.

– Nie wydaje się wam, że coś tu za dużo dziwnych zbiegów okoliczności?

– Tak, dlatego zatrudniłyśmy adwokata, żeby pokazał nam niektóre materiały śledcze.

– I co?

Oczy Angeli zasnuły się mgłą. Miałem wrażenie, jakby zaczęła żałować, że za dużo powiedziała. Jakby uświadomiła sobie, że przecież nic o mnie nie wie... Jakby przypomniała sobie nagle to, co powiedziałem pół godziny temu, że jakoby mam informacje na temat ich siostrzenicy.

– O jakich informacjach mówił pan na początku? – Usłyszałem. – Co pan chciał nam powiedzieć na temat Claire?

Wiedziałem, że ta chwila nadejdzie i nie będzie to przyjemny moment. Moja komórka wciąż leżała na stole. Otworzyłem zdjęcia i zacząłem szukać tego jednego, selfie sprzed dwóch dni, zrobionego byle jak, kiedy szliśmy do restauracji w porcie w Antibes. W tle za nami widać było fort carré.

Wręczyłem komórkę Angeli.

Oczywiście zdjęcia można sobie interpretować różnie, ale to zdjęcie raczej nie kłamało.

– Claire żyje – powiedziałem po prostu.

Angela patrzyła dość długo na fotkę, a potem z całych sił cisnęła moją komórką o chodnik.

– Spadaj stąd! Ty oszuście! – wrzasnęła, po czym się rozpłakała.

11

Kobiety, które nie lubiły mężczyzn

Ta krew na nieskalanie białym śniegu, ta czerwień
i biel, to było bardzo piękne

Jean Giono

1

– Daj, tata, daj! Théo sam! Théo sam!

Usadowiony wygodnie na wysokim krzesełku smarkacz wyrwał mi z rąk plastikową łyżkę, żeby samemu dokończyć purée z szynką. Sprawdziłem, czy śliniak jest porządnie założony, z braku kubełka z popcornem wziąłem swoją caipirinhę, i tak jakbym był w kinie, zacząłem patrzeć na odgrywającą się przed moimi oczami masakrę. Ruchy Théo były jeszcze niepewne, miałem wrażenie, że purée ląduje mu na nosie, na brodzie, we włosach, na podłodze, na krześle, wszędzie, tylko nie w buzi. Ale wydawał się dobrze bawić, a ja śmiałem się razem z nim.

W powietrzu wisiał zapach słonecznych Włoch. Znajdowaliśmy się pod arkadami patio Bridge Clubu. Była to przystań zieleni i spokoju w samym centrum Nowego Jorku. Ucieczka w sielankę, w inny czas, która już sama w sobie uzasadniała horrendalną cenę tego hotelu.

– Fsendzie... – powiedział Théo.

– No tak, mój stary, wszędzie, wszędzie purée. Zababrałeś wszystko, nie ma się czym chwalić. Chcesz jeszcze jogurt?

– Nie, schodzimy!

– Nie usłyszałem: „Proszę, tato!".

– Plosę, tato, schodzimy.

Ach, jogurt zje najwyżej później! Obtarłem mu buzię serwetką, nie było to łatwe zadanie, Théo wiercił się we wszystkie strony i odwracał ode mnie twarz. Potem zdjąłem mu śliniak, wyjąłem z krzesełka i pozwoliłem brykać po tym idyllicznym miejscu, pośród palm, egzotycznych roślin i pnącego się po murze epipremnum.

Pośrodku patio znajdowały się marmurowy posąg zmęczonego anioła i imponująca dwupoziomowa fontanna otoczona żywopłotem i kwiatami. Patrzyłem, jak synek wślizguje się pomiędzy starannie podstrzyżone krzaczki, zasadzone geometrycznie w formie labiryntu. Przed oczami pojawił mi się na chwilę obraz z filmu *Lśnienie*. Zadrżałem.

– Nie odbiegaj za daleko, Théo, dobrze?

Odwrócił się i przesłał mi uroczy uśmiech, któremu towarzyszyło machnięcie rączką.

Wziąłem do ręki komórkę i dopiero teraz zobaczyłem, jakie szkody wyrządziła jej Angela. Szklany ekran był spękany, ale obudowa okazała się na tyle solidna, że aparat działał. Podłączyłem się do hotelowego Wi-Fi i przez dziesięć minut próbowałem na próżno odnaleźć ślad Olivii Mendelshon, przyjaciółki Claire, jedynego świadka porwania. Wiedziałem, że ponad dziesięć lat później raczej nie dowiem się niczego istotnego, ale był to jeden z nielicznych tropów, jakie mi zostały. Byłem porządnie podłamany, cały czas myślałem o Claire i o tym, że została porwana drugi raz w życiu.

Usłyszałem nad sobą głos kelnerki.

– Ktoś o pana pyta, panie Barthélémy.

Spojrzałem w kierunku wyjścia znajdującego się obok baru koktajlowego. To była Gladys, młodsza z sióstr Carlyle. Nie miała już na sobie białej sukienki, tylko skórzaną kurtkę, kolorową obcisłą sukienkę w psychodeliczny wzór i parę niezwykle wysokich szpilek. Obserwowałem ją, gdy szła w moim kierunku, niczym pantera przemykając się oświetloną dyskretnie ścieżką wyłożoną glinianymi kafelkami, które przecinały trawnik.

Ulżyło mi, gdy ją zobaczyłem. Zanim wyszedłem od nich, nabazgrałem na wizytówce adres hotelu i wsunąłem ją pod kieliszek stojący na stoliku na ganku.

– Dobry wieczór, Gladys, dziękuję, że pani przyszła.

Usiadła na rattanowym fotelu naprzeciw mnie, ale milczała.

– Bardzo dobrze rozumiem reakcję pani siostry.

– Angela myśli, że pan jest oszustem, który chce wyciągnąć od nas forsę.

– Nie chcę żadnych pieniędzy.

– Wiem. Wyszukałam pana nazwisko w internecie. Myślę, że zarabia pan wystarczająco dużo.

Podeszła kelnerka. Gladys zamówiła zieloną herbatę z miętą.

– Niech mi pan pokaże jeszcze raz to zdjęcie – poprosiła.

Wyciągnąłem w jej kierunku komórkę. Przewinęła zdjęcia Claire. Patrzyła na nie jak zahipnotyzowana, aż oczy zaszły jej łzami.

– Jeśli nie chce pan pieniędzy, to czego pan właściwie chce?

– Chcę waszej pomocy, żeby odnaleźć ukochaną kobietę.

Cały czas kątem oka obserwowałem Théo, który był zafascynowany pręgowanym hotelowym kotem, więc wyłożenie Gladys, o co mi dokładnie chodzi, zajęło mi ponad kwadrans. Opowiedziałem jej prawie wszystko, od momentu, gdy poznałem Claire, do naszej kłótni na południu Francji, aż do chwili, gdy znalazłem się w Nowym Jorku. Przemilczałem tylko ciążę Claire.

Gladys wsłuchiwała się w to z zapartym tchem, w połowie z niedowierzaniem, w połowie z fascynacją. Zastanowiła się przez chwilę, zanim rzekła:

– Jeśli wszystko to, co mi pan tu opowiada, jest prawdą, dlaczego nie poszedł pan na policję?

– Bo Claire z pewnością by tego nie chciała.

– Skąd pan może to wiedzieć?

– Niech się pani zastanowi! Przez prawie dziesięć lat robiła wszystko, żeby tego uniknąć! Szanuję jej tajemnicę, jakakolwiek by ona była, jak również i to, że tak dużo trudu włożyła w jej zachowanie.

– Z narażeniem własnego życia?! – wykrzyknęła Gladys.

Na to nie miałem odpowiedzi. Wybrałem to, co wydawało mi się mniejszym złem. Teraz zaś byłem zdecydowany ponieść wszystkie konsekwencje tego wyboru.

– Robię wszystko, co mogę, żeby ją odnaleźć... – wyjaśniłem.

– Tu, w Harlemie?

– Myślę, że część tajemnicy jej zniknięcia wzięła swój początek właśnie tu. W przeszłości.

– Ale pan jest powieściopisarzem, nie detektywem.

Powstrzymałem się, żeby nie powiedzieć, że dla mnie to praktycznie to samo. Chciałem ją uspokoić.

– Marc Caradec, jeden z moich przyjaciół, doświadczony policjant, prowadzi równolegle poszukiwania we Francji.

Poszukałem wzrokiem synka. Starał się wdrapać na gliniany dzban dwa razy tak duży jak on.

– Uważaj, Théo!

Gadaj sobie, tato...

Gladys przymknęła oczy. Najwyraźniej zastanawiała się nad tym wszystkim. Miarowy plusk wody w fontannie przypominał mi relaksującą muzykę, którą puszczał w poczekalni mój akupunkturzysta.

– W głębi duszy nigdy nie straciłam nadziei, że Claire żyje – wyznała Gladys. – Kiedy ją porwano, miałam dwadzieścia cztery lata. Pamiętam dobrze, że przez długi czas po tym często miałam wrażenie... – Gladys szukała odpowiednich słów. – Często miałam wrażenie, że ktoś mnie śledzi. Nie dysponowałam żadnymi konkretnymi dowodami, ale jestem pewna, że ktoś za mną chodził. – Nie przerywałem jej. – Nawet gdy znaleziono ślad jej DNA w domu tego pedofila, byłam pewna, że w tej układance brakuje zbyt wielu elementów.

Uderzające było, że wszyscy bliżej zaangażowani w tamto śledztwo odczuwali to samo!

– Naprawdę pani nie wie, kto jest ojcem Claire?

– Nie, i myślę, że to nie jest ważne. Joyce miała wielu kochanków, ale nie przywiązywała się do nikogo. Zrozumiał pan już chyba, że w naszej rodzinie kobiety są wyzwolone w szlachetnym tego słowa znaczeniu.

– Ale skąd się wzięła nienawiść do mężczyzn?

– To nie jest nienawiść. Raczej świadoma decyzja, żeby nie stać się ofiarą.

– Ofiarą czego?

– Raphaëlu, jest pan przecież wykształconym człowiekiem, więc nie będę panu tłumaczyć, że w każdej ludzkiej społeczności na przestrzeni dziejów mężczyźni dominują nad kobietami. Założenie tej wyższości jest tak głęboko zakodowane w umysłach, że wszystkim wydaje się to naturalne i oczywiste. A jeśli pan doda jeszcze, że my jesteśmy czarne...

– Ale nie wszyscy mężczyźni są tacy.

Gladys spojrzała na mnie, jakbym nic nie rozumiał.

– To nie jest sprawa indywidualna... – powiedziała najwyraźniej zirytowana. – Raczej kwestia zasad społecznych... Ach, nie ma o czym mówić. Mam nadzieję, że jest pan lepszym detektywem niż socjologiem.

Wypiła łyk herbaty i otworzyła jaskrawoczerwoną torebkę z wężowej skóry.

– Nie wiem dokładnie, czego pan tu u nas szuka, ale zrobiłam dla pana kserokopię... – oznajmiła, wręczając mi kartonową kopertę.

Przerzuciłem pierwsze strony... To były dowody zebrane w śledztwie, które Angela zdobyła kiedyś dzięki dochodzeniu prywatnego adwokata.

– To nie są wszystkie dokumenty policyjne, ale pan będzie na to patrzył w inny sposób. Może uda się panu odkryć jakiś szczegół, który my przegapiłyśmy... – Gladys popatrzyła na mnie jakoś dziwnie. Po chwili jakby podjęła decyzję. Miała dla mnie jeszcze coś. – No i jeśli będzie pan nadal bawił się w śledztwo, może pan tam pójść... – poradziła, wręczając mi kluczyk wiszący na jakimś reklamowym breloczku.

– Co to jest?

– Klucz do przechowalni mebli, w której znajduje się część rzeczy Joyce i Claire. Może znajdzie pan coś interesującego.

– Dlaczego pani tak myśli?

– Kilka tygodni po śmierci Joyce wynajęłyśmy boks, żeby złożyć w nim część jej rzeczy. W dniu, kiedy tam pojechałyśmy, zarezerwowany przez nas boks nie był jeszcze wolny, bo poprzedni właściciele spóźniali się z przeprowadzką. Wytargowałyśmy, że za mniejszą sumę dostaniemy tymczasowo inny składzik.

Gladys mówiła tak szybko, że ledwo za nią nadążałem, ale zakończenie jej historii okazało się interesujące.

– I niech pan sobie wyobrazi, następnego dnia ten boks, który miałyśmy dostać, ale do którego nie zdążyłyśmy przenieść rzeczy, spłonął doszczętnie. To jest dużo zbiegów okoliczności, prawda?

– Co tam mogło być kompromitującego i dla kogo?

– To pańskie zadanie, panie pisarzu.

Popatrzyłem na nią przez chwilę w milczeniu. Było to dla

mnie przyjemne, bo jej mimika częściowo przypominała mi mimikę Claire.

Przez nią jeszcze silniej czuję, jak bardzo mi ciebie brak...

– Dziękuję, że zaufała mi pani.

Gladys wykrzywiła usta sceptycznie i spojrzała mi prosto w oczy.

– Zaufałam panu, bo nie mam wyjścia, mimo że wciąż nie jestem stuprocentowo pewna, czy dziewczyna, o której mi pan opowiada, to faktycznie Claire. Ale uprzedzam, trzeba było wielu lat, żebyśmy z Angelą przestały cierpieć z powodu śmierci siostry. Dziś obie mamy dzieci i nie pozwolę, żeby jakiś manipulant zniszczył spokój naszej rodziny.

– Nie jestem żadnym manipulantem... – zacząłem się bronić.

– Jest pan pisarzem. Manipuluje pan ludźmi, opowiadając im bajki.

– Widać, że pani nie przeczytała żadnej z moich powieści.

– Jeśli Claire żyje, niech pan ją odnajdzie, to jedno, o co pana proszę...

2

Odkąd Marc wyjechał z Nancy, cały czas lało.

No i z powrotem to samo: półtorej godziny drogi na wschód, ale tym razem warunki jazdy dużo gorsze niż po południu, bo jechało mnóstwo ciężarówek i było ślisko.

Na posterunku żandarmerii w Phalsbourgu, tak jak Marc się obawiał, Museliera nie było, ale Solveig pracowała w nadgodzinach. Siedziała przed ekranem komputera, sprawdzając nowe posty na Facebooku.

– No więc, kapitanie, zdecydował się pan spędzić noc w naszych pięknych okolicach?

Caradec nie miał nastroju do żartów.

– Gdzie jest Muselier?

– Myślę, że poszedł do domu.

– A gdzie on mieszka?

Solveig wyjęła z drukarki kartkę i nakreśliła skrótowy plan.

– Pułkownik mieszka tutaj... – narysowała krzyżyk na planie. – W Kirschatt, to taka zapadła dziura między Steinbourgiem i Hattmattem.

Marc oparł się łokciami o kontuar w sekretariacie i zaczął sobie masować skronie, żeby pozbyć się początków migreny. Wszystkie te prawie identyczne nazwy o alzackim brzmieniu zaczęły go porządnie irytować.

Wsadził plan do kieszeni, podziękował Solveig i ruszył z powrotem w drogę, w strugach deszczu. Zanim przejechał trzydzieści kilometrów, prawie zapadła noc. W ciemności zapalił się wskaźnik oleju! Co za pech! Już od miesięcy range rover miał drobny wyciek, ale Marc zrobił przegląd na własną rękę, zanim wyjechał z Paryża... Skrzyżował palce dłoni. Oby tylko się nie pogorszyło... Po kilku kilometrach wskaźnik zgasł. Fałszywy alarm! Jego samochód był tak jak on zmęczony, lekko zdezelowany, od czasu do czasu padał ofiarą nagłego oklapnięcia, ale w rezultacie – stanowił egzemplarz nie do zdarcia.

Zgodnie ze wskazówkami Solveig zjechał z drogi D6 na wąski bity trakt biegnący w głąb lasu. Kiedy wydało mu się w końcu, że się pomylił, droga wypadła na małą polanę, pośrodku której stał alzacki dom z muru pruskiego. A raczej stara wiejska chata, bliżej ruiny niż ilustracji z eleganckiego magazynu „Art & Décoration".

Przestało padać. Marc zaparkował, wysiadł z samochodu i zrobił kilka kroków po błotnistym gruncie. Franck Muselier siedział na niskim stołku przed wejściem, popijając piwo. Koło niego stała paczka z puszkami. W górze świeciła naga żarówka.

– Czekałem na ciebie, kapitanie. Wiedziałem, że wrócisz... – powiedział i rzucił puszkę piwa w kierunku Marca.

Marc złapał ją w locie.

– Siadaj! – zaproponował mu Franck Muselier, wskazując na cedrowy fotel, który stał obok niego.

Caradec nie skorzystał z zaproszenia. Zapalił papierosa. Żandarm wybuchł nerwowym śmiechem.

– Oczywiście, żółta torba! Na tym wpadłem, jak jakiś żółtodziób!

Marc nawet nie mrugnął. Tak jak podczas wielogodzinnego przesłuchania podejrzanego, aresztant długo upierał się przy swojej wersji, a potem nagle pękał. Nie było potrzeby zadawania dalszych pytań, wystarczyło słuchać „spowiedzi". Żandarm zaczął się tłumaczyć:

– Musisz sobie wyobrazić mnie w tamtych czasach. Nie byłem tym opitym grubasem, którego masz teraz przed oczami. Byłem żonaty, miałem syna, byłem dobrym policjantem i miałem duże ambicje. Możesz poczęstować mnie papierosem?

Marc podał mu paczkę papierosów i zapalniczkę. Muselier zapalił i z wyraźną przyjemnością zaciągnął się głęboko, żeby po dłuższej chwili wydmuchać dym.

– Chciałbyś się dowiedzieć, co naprawdę stało się tamtego słynnego wieczoru, prawda? To był dziwny dzień. Czwartek, dwudziestego piątego października dwa tysiące siódmego roku. Spędziłem całe popołudnie w Metzu, w mieszkaniu mojej kochanki, Julie, sprzedawczyni z Galeries Lafayette. Znasz ten wierszyk: „Bo największy jest ambaras, żeby dwoje chciało naraz"? On doskonale streszczał relacje między nami. Znów się pokłóciliśmy, tym razem przesadziliśmy z alkoholem i koksem. Koło północy wsiadłem do samochodu, byłem zalany i na haju. Początek mego upadku... – Znów zaciągnął się głęboko, wypił łyk piwa i ciągnął dalej: – Jechałem już przeszło godzinę, kiedy to się stało. Byłem tak pijany, że pomyliłem drogę i szukałem wyjazdu na szosę. Wtedy nagle ona pojawiła się przed moim autem, wyskoczyła nie wiadomo skąd i stanęła jak przestraszona sarna w światłach reflektorów.

– Claire Carlyle... – domyślił się Marc.

– Jak ona się nazywała, dowiedziałem się dużo później. Była tak blada, że aż przezroczysta, na sobie miała tylko dół od dresu i T-shirt. To było straszne, a jednocześnie piękne! Wcisnąłem hamulec do dechy, ale potrąciłem ją i upadła. – Zamilkł i wytarł cieknący nos rękawem, jak dziecko. – Nie miałem pojęcia, co robić. Wyszedłem z samochodu i nachyliłem się nad nią. To była nastolatka, ładna Mulatka, bardzo chuda. Mogła mieć piętnaście, może szesnaście lat. Obok niej na ziemi leżała torba z żółtego płótna. Na początku myślałem, że zabiłem dziewczynę, ale zbliżając twarz do jej twarzy, poczułem, że oddycha. Była trochę potłuczona, ale nie widziałem żadnej wyraźnej rany.

– I co zrobiłeś?

– Skłamałbym, gdybym ci powiedział, że nie myślałem o ucieczce. Gdybym zadzwonił po strażaków i karetkę, przyjechałaby żandarmeria. Musiałbym dmuchać w alkomat i kazano by mi zrobić test śliny. Żandarm z dwoma gramami czystego alkoholu we krwi i do tego naćpany... Sprawa nie wyglądałaby dla mnie dobrze. Poza tym musiałbym tłumaczyć się żonie, której powiedziałem, że mam nocny dyżur.

– Więc co?

– Spanikowałem. Podniosłem dziewczynę z ziemi i położyłem ją na tylnym siedzeniu. Wziąłem jej torbę i ruszyłem w kierunku Saverne, wciąż nie podjąwszy żadnej decyzji. W drodze zajrzałem do torby, szukając jakiegoś dowodu tożsamości, a tymczasem... Kurwa! Nigdy w życiu nie widziałem takiej kupy pieniędzy! Dziesiątki pakietów! Setki tysięcy euro...

– Okup za małego Boisseau...

Muselier kiwnął głową.

– Zatkało mnie. To wszystko nie miało żadnego sensu. Skąd wzięła się tam dziewczyna i ta cała forsa? Wolałem o tym nie myśleć. Miałem ważniejszą sprawę do załatwienia. I śmieszne, wiesz, że w drodze nabrałem nadziei. Pomyślałem, że uda mi się wszystko jakoś zaaranżować. Moja szwagierka była pielęgniarką w rejonowym szpitalu w Saverne. Wahałem się, dzwonić do niej czy nie. W końcu wybrałem inne rozwiązanie: żeby mnie nie zauważono, położyłem dziewczynę razem z jej torbą na tyłach szpitala, tam gdzie jest pralnia. I odjechałem. Zadzwoniłem do nich dopiero wtedy, gdy przejechałem kilka kilometrów, z numeru zastrzeżonego. Powiedziałem, że na tyłach szpitala leży ranna w wypadku dziewczyna i natychmiast się rozłączyłem. – Żandarm wypił łyk piwa z puszki, wyglądało to, jakby dolewał paliwa do baku. Jego napuchnięta twarz była zlana potem. Błękitna koszula od munduru rozpięta aż do pępka odsłaniała siwe włosy na klacie. – Wczesnym rankiem wróciłem do szpitala i pod pretekstem, że prowadzę śledztwo w sprawie leków znikających już od miesięcy z rezerw niektórych aptek, zacząłem wypytywać personel. Szybko zrozumiałem, że dziewczyny u nich nie ma. Zażądałem od szwagierki, by przysięgła dochować tajemnicy, i wypytałem ją. Potwierdziła, że na izbie przyjęć odebrano anonimowy telefon, ale nikogo nie znaleziono w miejscu, które podałem. Nie do uwierzenia! Smarkata musiała odzyskać przytomność i zwiała. Na szczęście mój telefon uznano za szczeniacki dowcip, co się niekiedy wtedy zdarzało, i nie wpisano go do rejestru zdarzeń na dyżurze.

Znów zaczęło padać. Liście szeleściły od padających kropli i w ciemnościach las wokół zaczął wydawać się niepokojący, wręcz groźny. Był jak fortyfikacje z roślinności, gęste, ale niedoskonałe, niezdolne przeszkodzić ewentualnemu wrogowi przemknąć się aż pod dom. Na twarz i ramiona Marca padały grube krople, ale tak niecierpliwie czekał końca opowieści, że jakby tego nie czuł.

– Taki obrót sprawy przerósł mnie. Ze strachu wróciłem na drogę, tam gdzie potrąciłem dziewczynę, i wtedy zauważyłem pasmo dymu unoszące się nad lasem... – Żandarm wydawał się przeżywać jeszcze raz wszystkie wydarzenia, był rozgorączkowany, zdenerwowany. – Gdy tylko okazało się, co się stało w tym domu, zrozumiałem, że dziewczyna była ofiarą Kieffera i że udało jej się uciec! Z powodu długiego oczekiwania na wyniki analiz DNA prawie ponad dwa tygodnie minęły, zanim ustalono nazwisko: Claire Carlyle. Wszyscy myśleli, że ona nie żyje, tylko ja wiedziałem, że to nieprawda! Zawsze się zastanawiałem, co się z nią stało i jak udało jej się przedostać przez sito policyjnego śledztwa. Nie rozumiałem, dlaczego nikt nigdy nie wspomniał o tej astronomicznej sumie gotówki, którą Kieffer miał w domu i którą ona najwyraźniej mu zwinęła. Odpowiedź, skąd się wzięła ta forsa, przyszła w końcu dziewięć lat później, od Maxime'a Boisseau...

Marc z nieruchomą twarzą spokojnie postawił następne pytanie:

– Czy w torbie było jeszcze coś oprócz pieniędzy?

– Hm...

– Zastanów się.

Muselier z trudem wracał do rzeczywistości.

– E... tak, karta telefoniczna i... i taki gruby zeszyt w niebieskiej tekturowej oprawie.

– Przeczytałeś, co tam było w środku?

– Nie, wyobraź sobie, że miałem inne rzeczy do roboty!

Coraz bardziej lało. Caradec stwierdził, że dowiedział się już dość. Podniósł kołnierz kurtki i ruszył do samochodu.

Muselier poszedł za nim, grzęznąc w błocie i jęcząc:

– Czy ta dziewczyna żyje? Jestem pewien, kapitanie, że ty wiesz. Powiedz mi... Między nami policjantami...

Marc wskoczył do swojego range rovera, nie obejrzawszy się nawet na żandarma.

– Ta historia mnie wykończyła! – krzyknął Muselier, gdy Marc uruchamiał silnik. – Gdybym wezwał pomoc, wtedy gdy ją potrąciłem, przesłuchano by ją i uratowano te inne dziewczęta! Kurwa! Skąd mogłem wiedzieć?! – Terenówka była już dość daleko, ale Muselier wciąż krzyczał. – Skąd mogłem wiedzieć!? Skąd mogłem wiedzieć!?

Przekrwione oczy miał pełne łez.

3

Mimo że zapadające ciemności i komary wygnały nas z patio, nie straciliśmy na zamianie. Salon Bridge Clubu był przytulnym kokonem z przyćmionymi światłami, bogato wyłożonym drewnianymi boazeriami i cennymi starymi dywanami, aż prosiło się zapaść w jedną z głębokich kanap. Za każdym razem, kiedy tu wchodziłem, w to miejsce udekorowane mnóstwem dziwacznych bibelotów, miałem wrażenie, że jestem gościem angielskiego badacza, który właśnie wrócił ze swojej kolejnej ekspedycji. Pomieszczenie to było czymś pomiędzy tak drogim sercom bohaterów *Przygód Blake'a i Mortimera* Klubem Centaura a biblioteką profesora Higginsa z *My Fair Lady*.

Théo podszedł do kominka i chwycił za pogrzebacz.

– Kochanie, odłóż to natychmiast! To nie dla dzieci!

Podbiegłem do niego i zanim zdążył się zranić, chwyciłem go i posadziłem obok siebie. Przeglądałem dokumenty od Gladys. Już wcześniej rzuciłem na nie okiem, ale zniechęciła mnie duża liczba skserowanych kartek. Prawie nieczytelne strony, pełne technicznych terminów po angielsku.

Tym razem sięgnąłem prosto do fragmentu, który wzbudził

moją ciekawość. Był to powtórny zapis połączenia z numerem alarmowym policji, 911. W dniu 25 czerwca 2005 roku o trzeciej po południu jakiś kobiecy głos zawiadomił o „brutalnym napadzie" pod numerem szóstym Bilberry Street, czyli w domu Joyce. „Przyjeżdżajcie natychmiast! Ktoś ją morduje!" – błagał głos. Poszukałem strony, na której było sprawozdanie z sekcji Joyce. Czas śmierci ustalono na czwartą po południu, z minimum dwugodzinnym marginesem błędu.

– Tata! Wypuść mnie! Plosę!

Théo zostawił mnie w spokoju na mniej więcej dwie i pół minuty, czyli z jego punktu widzenia całą wieczność. Uwolniłem go i wróciłem do lektury.

Pod adres Joyce wysłano radiowóz. O piętnastej dziesięć dwóch oficerów, Powell i Gomez, znaleźli się na miejscu. Najwyraźniej dom był pusty. Obejrzeli wszystko dokoła i nie zauważyli niczego podejrzanego. Zajrzeli przez okno do salonu, kuchni, łazienki i do sypialni na parterze, nic nie wzbudziło ich niepokoju. Żadnych śladów włamania, napadu czy krwi. Pomyśleli więc, że ktoś zrobił im kawał. Tego typu telefonów policja dostawała wówczas dziesiątki, zwłaszcza w Harlemie. Polityka „zero tolerancji" wprowadzona przez burmistrza Rudolpha Giulianiego i kontynuowana przez jego następcę miała swoje minusy: kontrole „na oko", nadgorliwość, wyrabianie planu, których pierwszymi ofiarami byli Afroamerykanie i Latynosi. Zaledwie początek tego, co później miało się zdarzyć w Ferguson. Zdesperowani wskutek napastliwości policji niektórzy mieszkańcy dzielnicy postanowili odegrać się i utrudniać pracę służb porządkowych, telefonując z fałszywymi alarmami. To nie trwało długo, ale w tamtym okresie osiągnęło apogeum.

Niemniej połączenie zostało zlokalizowane – dzwoniono z budki telefonicznej w Lower East Side, na rogu Bowery i Bond Street. A więc dobre piętnaście kilometrów od Harlemu...

Jaki można stąd wyciągnąć wniosek? Że telefon był kawałem? Jeśli nie, oznaczało to, że kobieta, która zadzwoniła pod numer 911 w żadnym razie nie mogła być świadkiem napadu na Joyce, o którym zawiadamiała. W jaki sposób w ogóle się o tym dowiedziała? Może Joyce zadzwoniła do niej po ratunek? W takim razie, dlaczego sama nie wezwała policji? I dlaczego przybyli na miejsce policjanci nie zauważyli niczego podejrzanego? Błędne koło. Najwyraźniej ktoś tu nie mówił całej prawdy lub też zdecydowanie kłamał.

Podniosłem głowę znad papierów. Mój syn odstawiał swój popisowy uwodzicielski numer przed śliczną rudą dziewczyną, która przy kominku piła martini, a teraz kiwała do mnie zapraszająco dłonią. Uśmiechnąłem się grzecznie i pomyślałem o T., moim przyjacielu pisarzu, rozwiedzionym babiarzu, który mawiał, że jego dwuletni synek jest prawdziwym magnesem na kobiety, dlatego zawsze brał go z sobą, wyruszając na łowy.

Wróciłem do lektury. Policjantka, której przydzielono śledztwo w sprawie śmierci Joyce, była pochodzenia koreańskiego. Detektyw inspektor May Soo-yun. Zażądała billingów z telefonu stacjonarnego i z komórki Joyce. Rejestry te wykazały, że rankiem w dniu poprzedzającym jej śmierć Joyce dzwoniła do niejakiego Marvina Thomasa, lat dwadzieścia siedem, wielokrotnie skazywanego za handel narkotykami, kradzieże i rozbój. Telefon dealera pojawiał się trzy razy pośród numerów wybranych przez Joyce w ciągu dwóch ostatnich tygodni jej życia. May Soo-yun kazała go aresztować już w poniedziałek po śmierci Joyce.

Teoretycznie Marvin Thomas był idealnym winnym: miał długi rejestr karny i znany był ze skłonności do przemocy. W areszcie potwierdził, że sprzedał Joyce Carlyle duże ilości heroiny, ale gdy doszło do zarzutu o ewentualny napad i zabójstwo, został wyeliminowany z listy podejrzanych, miał bowiem alibi nie do podważenia: w momencie śmierci Joyce przebywał w towarzystwie dwóch kumpli w Atlantic City w stanie New Jersey. Kilka kamer przemysłowych sfilmowało sylwetkę tego pyskatego łobuza: monitoring w jednym z hoteli, kamery w SPA i w kasynie. Wypuszczono go więc na wolność.

Końcowy protokół sekcji zwłok potwierdził śmierć z powodu przedawkowania, a wobec braku dowodów wskazujących na udział osób trzecich inspektor May Soo-yun umorzyła sprawę. Przetarłem czoło. Byłem wykończony i zawiedziony. Zebrałem sporo informacji, ale nie posunęło to moich poszukiwań ani trochę naprzód. Co dalej? Znaleźć tego dealera? Wycisnąć więcej z policjantów, Powella i Gomeza? Porozumieć się z May Soo-yun? Nie byłem przekonany do żadnej z tych dróg. Od tamtych wydarzeń minęło już jedenaście lat i śledztwo szybko umorzono. Szanse, żeby któryś z jego uczestników pamiętał szczegóły sprawy, były niewielkie. Poza tym brakowało mi czasu i nie miałem żadnych znajomych w środowisku NYPD.

– Tata, smocek, smocek!

Młody wreszcie się zmęczył i postanowił wrócić do tatusia. Przecierał senne oczy. Zacząłem przeszukiwać kieszenie, żeby znaleźć smoczek, i nagle poczułem pod palcami klucz do przechowalni mebli, który dostałem od Gladys.

Było już dość późno, ale znajdowaliśmy się w mieście, które nigdy nie śpi, a na kluczu było napisane: „Coogan's Bluff Self Storage – Czynne 24/7".

Problem w tym, że wysłałem już do domu śliczną Marieke i nie miałem pod ręką innej niani. Nachyliłem się więc nad Théo i wyszeptałem mu do ucha:

– Wiesz co, stary? Pojedziesz razem z tatą na mały spacerek…

12
Nocny Harlem

Nadejdzie śmierć i będzie miała twoje oczy.

Cesare Pavese

1

Francka Museliera ogarnęło nagle zimno. Zostawił puszki z piwem na starej podłodze wyłożonej glinianymi kaflami i wszedł do środka.

Salon jego mieszkania wyglądał tak samo jak on: zniszczony, zmęczony, żałosny. Było to pomieszczenie niskie, zagracone, z popękanymi boazeriami i ozdobione starymi zakurzonymi trofeami myśliwskimi: wypchanym łbem dzika, porożem jelenia, wypchanym jarząbkiem.

Franck rozpalił w kominku i wypił łyk rieslinga, ale to nie wystarczyło, żeby się rozgrzać i zapomnieć o tragicznej historii Claire Carlyle. W schowku miał jeszcze tylko trochę shitu i dwie czy trzy tabletki ecstasy. Nie wystarczy na dziś wieczór. Wysłał SMS-a do swojego dostawcy, Laurenta Escauta, licealisty, drobnego cwaniaczka, który kazał się nazywać Escobar.

Nie mówiono o tym w codziennych wiadomościach, ale na prowincję także dotarli handlarze narkotyków. Pomiędzy sprawami, którymi zajmował się Muselier (rabunki, napady, porachunki gangów) zawsze gdzieś blisko były dragi. Nawet w tych malowniczych i ukwieconych miasteczkach, liczących

177

góra 300 tysięcy mieszkańców, można było pod płatkami róż znaleźć biały proszek.

Okay, dwa gramy – odpowiedział dealer, zanim jeszcze minęła minuta. W oczekiwaniu na niego Franck opadł na kanapę. Wciąż się nad sobą użalał, ale złe samopoczucie nie wystarczało, żeby wywołać w sobie impuls do jakiejkolwiek zmiany życia. Walczyły w nim skrajne tendencje: siła woli z siłą bezwładu, i zawsze wygrywała ta ostatnia. Rozpiął koszulę, pomasował sobie kark. Oddychał z trudem i było mu zimno. Potrzebował pokrzepiającego ciepła i zapachu swojego psa, ale stary Mistoufle odszedł zeszłej wiosny.

Linia graniczna. Winny czy niewinny? Ponieważ nie był w stanie zdecydować co do samego siebie, wyobraził sobie, że stoi przed wyimaginowanym sądem i broni się. Fakty, liczą się tylko fakty: dziewięć lat wcześniej potrącił samochodem nastolatkę, która nie miała nic do roboty na tej drodze w środku nocy. Podwiózł ją pod szpital i zawiadomił izbę przyjęć. Prawda, że był pijany, naćpany do granic możliwości, ale zrobił najważniejsze. A jeśli smarkata wolała uciec, dobra, w takim razie była tak samo winna jak on.

Usłyszał dźwięk nadjeżdżającego samochodu.

Escobar najwyraźniej się sprężył.

Muselier, niewolnik koksu, szybko wstał.

Otworzył drzwi i wyszedł na taras. W strugach deszczu ktoś powoli się zbliżał, nie widział wyraźnie, kto taki, ale to nie był Escobar.

Kiedy sylwetka zrobiła się wyraźniejsza, żandarm ujrzał wycelowaną w siebie broń.

Zdumiony otworzył usta, ale nie był w stanie nic powiedzieć.

Linia graniczna. Winien, nie winien? Najwyraźniej ktoś inny zdecydował za niego. Pochylił głowę w geście poddania.

W końcu może to lepiej... – pomyślał, zanim eksplodowała mu czaszka.

2

Harlem. Dziewiąta wieczór

Taksówkarz wysadził nas przy stacji metra na Edgecombe Avenue. Coogan's Bluff Self Storage, przechowalnia mebli, o której mówiła Gladys, znajdowała się na terenie Polo Grounds Towers, budynków z czerwonej cegły, w których mieściły się lokale socjalne. Stały tam wieżowce w kształcie krzyża, które robiły wrażenie, jakby się powtarzały w nieskończoność na dużym trójkątnym terenie między rzeką, Harlem River Drive i Sto Pięćdziesiątą Piątą Ulicą.

Na dworze mimo nocnej pory panował wilgotny upał, świeciła się co trzecia latarnia, niemniej wielu miejscowych wyszło na zewnątrz, siedzieli w grupkach na murkach i trawnikach.

Atmosfera była napięta, ale niezbyt się różniła od atmosfery panującej w niektórych miejscach w Essonne, gdzie dorastałem. Tyle że tu wszyscy byli czarni. Poczułem się, jakbym znalazł się w jakimś filmie Spike'a Lee. Z czasów, gdy Spike Lee robił jeszcze dobre filmy.

Rozłożyłem wózek Théo i wsadziłem go do środka. Żeby rozbawić dzieciaka, zacząłem pchać wózek, naśladując warkot silnika samochodu Formuły 1. Ludzie obserwowali nas z zainteresowaniem, ale nikt nie zaczepił.

Po kilku długich minutach wędrówki zdyszany dotarłem przed budynek, którego szukałem. Wszedłem i przedstawiłem się. O tej porze dyżurował tu jakiś nerd uderzający w klawisze macbooka. Był wysoki i jego niezdarna sylwetka tonęła w bluzie od dresu ze znakami uniwersytetu Columbia. Miał pełno krost na surowej twarzy ozdobionej fryzurą afro na jeża i zbyt dużymi okularami w grubej oprawie, znad której widać było gęste brwi.

– To nie jest odpowiednie miejsce dla dzieci... – powiedział, robiąc ksero mojego dowodu. – Powinien już być w łóżku.

– Ma wakacje. Jutro nie ma żłobka.

Chłopak rzucił mi spojrzenie z gatunku „Co ty powiesz, stary?". I zresztą miał rację.

Mimo naszego dyskretnego pojedynku słownego pokazał mi na planie, gdzie znajduje się boks, którego szukałem.

Podziękowałem mu i znów pokonałem hangar, naśladując warkot silnika samochodu wyścigowego.

– Tata, sybciej! Sybciej! Sybciej! – dopingował mnie Théo.

Dobiegając do boksu, udałem, że wpadłem w poślizg, zanim zatrzymałem wyścigówkę. Potem wyjąłem Théo z wózka i podciągnąłem w górę aluminiowe rolety.

Rzecz jasna, wszystko było bardzo zakurzone, ale mniej, niż się spodziewałem. Wziąłem na ręce Théo, który ściskał w ramionach ukochanego Fifi, włączyłem światło i weszliśmy do środka.

Głosy z przeszłości...

Musiałem pamiętać o kontekście, o sytuacji, w jakiej zostały tu zebrane wszystkie te przedmioty. Angela i Gladys wstawiły tu rzeczy Joyce po jej śmierci w 2005 roku. Dwa lata przedtem, zanim znaleziono ślady DNA Claire w domu Heinza Kieffera. W owym czasie siostry musiały jeszcze mieć choćby niewielką nadzieję, że Claire się znajdzie i pewnego dnia wejdzie w posiadanie rzeczy po matce.

Boks był spory, ale zagracony. Weszliśmy z synkiem do tej stajni Augiasza jak do gęstego lasu czy do jaskini Ali Baby. Théo uwielbiał przygody, więc podobało mu się tu wszystko: meble z kolorowego drewna, rower, hulajnoga, ubrania, przybory kuchenne..

– Tata, tata, puść mnie!

Postawiłem go na posadzce. Niech się pobawi. I tak po powrocie do hotelu będziemy musieli urządzić porządną kąpiel.

Ja natomiast zabrałem się do roboty. Być może znajdowało się tutaj coś wystarczająco kompromitującego czy niebezpiecznego, żeby znalazł się ktoś, kto zaryzykowałby podpalenie. DVD, CD, gazety, książki. Dużo książek, i to nie byle jakich: były tam *Ludowa historia Stanów Zjednoczonych* Howarda Zinna, *Fabryka konsensusu* Noama Chomsky'ego, *Dżungla* Uptona Sinclaira, *Mieszkańcy otchłani* Jacka Londona czy *No Logo* Naomi Klein. Były tam również biografie Lucy Stone, Anne Braden, Billa Clintona, Malcolma X, Dziewiątki z Little Rock, Césara Cháveza. Znalazłem nawet angielskie wydanie *Męskiej dominacji* Pierre'a Bourdieu. Tak jak jej siostry, Joyce Carlyle również była wykształconą feministką sympatyzującą ze skrajną lewicą, czego w Stanach nie spotykało się zbyt często.

Znalazłem ubranka dziewczęce, z pewnością Claire, a także jej podręczniki szkolne. Poruszony przewracałem kartki zeszytów szkolnych wypełnione starannym pismem. Zaciekawiła mnie praca pod tytułem „Dlaczego chcę zostać adwokatem". Esej został bogato udokumentowany, Claire przytaczała słowa Ralpha Nadera, ale również Atticusa Fincha (to było w roku 2005, na długo przed tym, zanim Ameryka odkryła, jaki z niego łajdak). Przebiegając wzrokiem tekst, przypomniałem sobie, że Marlène Delatour mówiła przecież, że Claire chciała zostać adwokatem. W czasie gdy znikła, pomysł ten najwyraźniej dojrzewał i zaczął przybierać konkretne formy. Co w końcu sprawiło, że zdecydowała się na medycynę? Z pewnością fakt, że została porwana. Chęć pomocy innym w sposób być może bardziej konkretny. Odsunąłem tę informację chwilowo na bok, nie zapominając jednak o niej, i kontynuowałem poszukiwania.

Po trzech kwadransach Théo był już wykończony. Powycierał ubraniem wszystkie kąty pomieszczenia i ubrudził się jak małe prosię. Ustawiłem jego siedzisko horyzontalnie i położyłem go w wózku. Potem udowodniłem, że potrafię być jeszcze bardziej beznadziejnym ojcem, i puściłem mu film animowany na jego zniszczonym iPhonie, żeby tylko go szybko uśpić.

Spędzę tu noc, ale nie ma mowy, żebym wyszedł z pustymi rękami. Miałem mnóstwo roboty: było tu pełno dokumentów, różnych rachunków, wyciągów bankowych, pasków z wypłatami itd. Na szczęście Joyce była zorganizowana i powkładała te wszystkie papiery w kartonowe koperty.

Synek spał snem sprawiedliwego, a ja usiadłem po turecku na gołej posadzce i zacząłem przeglądać dokumenty. Nic nie zwróciło mojej szczególnej uwagi. Joyce od lat pracowała jako sekretarka w pobliskim liceum. Matka, właścicielka domu, odnajmowała go jej za pół darmo. Jedynym źródłem stałego dochodu Joyce była praca w szkole, wydawała więc niewiele... W pewnym momencie zwróciłem uwagę na serię artykułów wyciętych z „New York Heralda", które Joyce przechowała w plastikowej kopercie. Przebiegłem wzrokiem tytuły: *Nadmierne zadłużenie klas średnich*, *Nierówności społeczne sięgają szczytów w Ameryce*, *Dostęp do aborcji wciąż utrudniony*, *Połowa członków Kongresu to milionerzy*, *Wall Street kontra Main Street*. Czy artykuły te miały jakiś inny punkt wspólny poza ich postępowym charakterem? Przejrzałem je jeszcze raz pod tym względem i nie znalazłem nic.

Wstałem i przeciągnąłem się. Trudno było się nie zniechęcić. Może Marc znalazł coś ciekawego? Spróbowałem do niego zadzwonić, ale znajdowałem się w podziemiu i nie miałem tutaj zasięgu.

Wróciłem do dokumentów. Instrukcja złożenia szafy z Ikei, sposoby użycia różnych przyrządów i gwarancje: piec, komórka, pralka, ekspres do kawy... Stop! Cofnąłem się. Moją uwagę zwrócił rachunek za telefon na kartę. Paragon, który wciąż był przypięty do rachunku, nosił datę 30 maja 2005 roku. Dwa dni po porwaniu Claire!

Wstałem skrajnie podekscytowany. W dokumentacji ze śledztwa, którą powierzyła mi Gladys, zauważyłem, że policjanci sprawdzili billingi z telefonu stacjonarnego i „oficjalnej" komórki Joyce. A tu najwyraźniej okazuje się, że Joyce posiadała jeszcze inny telefon. Na kartę, dużo trudniejszy do zlokalizowania. Najbardziej niepokojący był nie fakt, że Joyce posiadała taki telefon, ale że nabyła go zaledwie kilkanaście godzin po porwaniu Claire. Wpadłem na tysiąc pomysłów naraz, ale starałem się zachować spokój. Ogarnięty nagłym entuzjazmem wróciłem do pracy. Szczęście idzie za szczęściem!

Ubrania.

Ważne wydarzenie w okresie, kiedy dorastałem, nastąpiło z powodu garnituru. Moja matka, która bała się, że ojciec ją zdradza, wypracowała strategię kontroli (mówię tu o prehistorycznych czasach, kiedy nie było jeszcze ani internetu, ani Facebooka, ani aplikacji szpiegowskich czy portali randkowych). Ojciec był bardzo ostrożny, ale wystarczył jeden raz. Zawsze wystarczy jeden raz. Rachunek z hotelu zostawiony przez zapomnienie w kieszeni garnituru. Matka znalazła go, kiedy oddawała garnitur do pralni. Ponieważ nie umiała żyć w kłamstwie, opuściła męża i zrezygnowała z wygodnego domu i dostatniego życia, które wiedliśmy w Antibes. Wróciła do Paryża – czy też raczej na jego przedmieście. A ja z nią. Wbrew woli, zmuszony, opuściłem przyjaciół, stare spokojne Liceum Roustana, możliwość codziennego oglądania morza, spacerów między sosnami czy wycieczek na wały obronne... Pojechałem za nią w szarość i beton Essonne. Szlachetna część mnie podziwiała ją, ale ta druga, samolubna, nienawidziła jej.

Zastosowałem tę samą taktykę do ubrań Joyce i sprawdziłem kieszenie wszystkich sukienek, kurtek, marynarek, koszuli i spodni. Znalazłem bilet metra, pióro, drobne pieniądze, rachunki z zakupów, bony redukcyjne, jeden tampon, fiolkę aspiryny, jakąś wizytówkę...

Na wizytówce widniało tylko czyjeś nazwisko i numer telefonu. Przyjrzałem się jej z uwagą.

Florence Gallo
(212) 132 5278

Skądś znałem to nazwisko. Z pewnością już gdzieś je widziałem albo ktoś je wspomniał w jakiejś rozmowie ostatnio. Byłem wykończony. W nogach i rękach czułem mrówki, oczy mnie piekły od kurzu, ale serce biło mocno z podekscytowania. Było to bardzo przyjemne uczucie, wiedzieć, że wytropiłem wreszcie coś ważnego, i mieć pewność, że w końcu dowiem się, co to jest. Rozumiałem pasję Caradeca do jego dawnej roboty.

Ochłodziło się. Przykryłem synka marynarką i wyszedłem z magazynu, wsuwając pod wózek najwięcej, jak się dało, kartonowych kopert z dokumentami, żeby móc dalej je przeglądać w hotelu. Na moment zatrzymałem się w holu składu meblowego – patrzył na mnie wciąż mało serdecznie krostowaty mądrala – aby zamówić prywatną taksówkę z aplikacji na komórce. Gdy czekałem na samochód, znów spróbowałem złapać Marca, ale mimo że telefon dzwonił długo, nikt nie odebrał. Z rozbiegu wystukałem numer Florence Gallo: „Numer nieaktualny". – Usłyszałem. Potem SMS uprzedził mnie o przybyciu taksówki. Wyszedłem z Grounds Towers i wsiadłem do czekającego auta. Uprzejmy szofer pomógł mi złożyć wózek i załadować go razem z dokumentami do bagażnika.

Usiadłem na tylnym siedzeniu, trzymając Théo na rękach i uważając, żeby go nie obudzić. Wnętrze całe w skórze, muzyka klasyczna, butelka wody mineralnej... Samochód mknął przez miasto w ciemnościach nocy. Spanish Harlem. Upper East Side. Central Park. Teraz z kolei ja przymknąłem oczy. Czułem ukochany oddech synka na szyi. Kiedy zaczęła mnie ogarniać słodka niemoc, nagle wybił mnie ze snu obraz, który ukazał mi się przed oczami.

– Stop! Proszę się zatrzymać! – zawołałem.

Kierowca włączył kierunkowskaz i stanął w drugim rzędzie samochodów zaparkowanych wzdłuż chodnika, włączając światła awaryjne.

– Może pan otworzyć bagażnik?

Wysiadłem z samochodu, gimnastykując się z synkiem na rękach, który, zaniepokojony, otworzył jedno oko.

– Gdzie jest Fifi?

– Tutaj, nie martw się – odrzekłem i dałem mu pluszowego psa. – Masz, przytul go.

Zacząłem grzebać w bagażniku i wolną ręką chwyciłem za kopertę z artykułami prasowymi. Wiedziałem już, kim była Florence Gallo: dziennikarką, autorką artykułów w „New York Heraldzie", tych wyciętych przez Joyce. Spojrzałem na daty: wszystkie teksty zostały napisane między czternastym a dwudziestym czerwca 2005 roku. Był to więc następny tydzień po przyjeździe Joyce do Francji. Przypomniałem sobie wiadomości telewizyjne, podczas których widziałem ją tak załamaną. Szalona hipoteza przebiegła mi przez głowę: a gdyby sprawa Claire Carlyle była tragicznym skutkiem sprawy Joyce Carlyle? Gdyby przekleństwo ciążące nad rodziną Carlyle nie zaczęło się od porwania Claire, ale od jakiegoś innego, dawniejszego wydarzenia, związanego bezpośrednio z jej matką? W każdym razie jedno było pewne: moje śledztwo było jak te rosyjskie matrioszki, po otwarciu jednej ukazywała się druga, w tej drugiej trzecia i tak dalej.

Wróciłem do samochodu. Tej nocy dowiedziałem się wielu nowych rzeczy: po pierwsze, zaledwie dwa dni po porwaniu córki Joyce kupiła telefon, którego nie można było namierzyć.

Po drugie, w tygodniu, który nastąpił po jej powrocie z Francji, nawiązała kontakt z dziennikarką śledczą, niewątpliwie po to, żeby powierzyć jej coś ważnego.

Kilka dni później zmarła.

Samochód ruszył. Plecy przeszył mi dreszcz.

Nie miałem żadnego dowodu, ale byłem pewien, że Joyce Carlyle została zamordowana.

3

Jazda autostradą usypiała Caradeca jak nudny film, więc postanowił wracać do Paryża drogami przecinającymi miasta. Zatrzymał się na stacji benzynowej przy wyjeździe z Vitry-le--François, bo od kilku kilometrów już migał mu wskaźnik oleju. Stację właśnie zamykano, ale młody chłopak, który blokował dystrybutory paliwa, zgodził się go obsłużyć. Marc wręczył mu banknot.

– Dolej mi oleju, a resztę kanistra włóż do bagażnika.

W sklepie kupił ostatnią kanapkę. Przemysłowy szwedzki chleb z łososiem nafaszerowanym konserwantami. Wyszedł na zewnątrz i ugryzł kawałek, sprawdzając komórkę. Znalazł SMS-a od Maliki Ferchichi, asystentki medyczno-psychologicznej w zakładzie Sainte Barbe. Wiadomość była zaskakująca i lakoniczna:

Jeśli chce Pan zaprosić mnie na kolację, mam czas pod koniec tygodnia. M.F.

Natychmiast przypomniał mu się zmysłowy zapach ciała młodej kobiety, woń mandarynki, gruszki i konwalii... Światło w ciemnej nocy, jaka panowała w jego duszy.

Zakłopotany tym głosem natury, który nagle się w nim odezwał, postanowił na razie nie odpowiadać na SMS-a, zadzwonił
natomiast do Raphaëla. Odezwała się automatyczna sekretarka.
Nagrał wiadomość: „Mam dużo nowego, i to poważnego! Zadzwoń i powiedz, co u ciebie, może też coś znalazłeś?".

Kawa, papieros, kilka żartów wymienionych z pracownikiem stacji benzynowej... Znów zaczął padać deszcz.

Caradec uciekł przed nim do range rovera, uruchomił silnik
i sprawdził wskaźniki na tablicy rozdzielczej. Ruszył, zwalniając przy wyjeździe ze stacji. Zapalił kolejnego papierosa. Wciąż
jeszcze myśli miał zajęte wiadomością od Maliki, kiedy to, co
zobaczył, zmroziło mu krew w żyłach.

Kurwa! Kurwa! Kurwa!

Dosłownie przed jego nosem śmignęło pędzące z maksymal-
ną prędkością czarne bmw X6. Rozpoznał przyciemnione szyby i podwójną chromowaną atrapę z przodu. Dałby sobie rękę
uciąć, że to był samochód, w którym została porwana Claire!

Przejeżdżając na drugą stronę drogi, żeby zawrócić, Caradec
ruszył za terenówką. To nie mógł być przypadek. Co robił ten
SUV w zabitej dechami dziurze? Dogonił go, ale trzymał się na
rozsądny dystans. Miał nadzieję, że dowie się wreszcie czegoś
ciekawego. Grunt to nie dać się zauważyć.

Włączył klimatyzację i przetarł zaparowaną szybę rękawem.
Wiatr się wzmógł, rzęsisty deszcz zacinał w szyby.

Tuż za niebezpiecznym zakrętem bmw, nie sygnalizując ma-
newru kierunkowskazem, wjechało na wiejską nieoznakowaną
drogę. Caradec bez wahania ruszył za nim.

Droga robiła się coraz gorsza, wąska, po bokach krzaki
i skały. Widoczność: góra dziesięć metrów. Mimo że terenówka
przecierała szlak, Marc z trudem przebijał się przez ciemność.
Dopiero gdy zauważył, że na tej drodze nie da rady zawrócić,
zrozumiał, że wpadł w pułapkę.

I rzeczywiście, bmw gwałtownie zahamowało.

Z samochodu wyłonił się człowiek w ciemnym płaszczu uzbrojony w strzelbę i ruszył w kierunku Caradeca. W świetle reflektorów Marc rozpoznał jego twarz. Ożeż w mordę!

Wstrzymał oddech. Przed oczami przewinęły mu się twarze czterech kobiet: Élise, jego córki, Maliki, Claire.

Napastnik uniósł strzelbę.

Nie, to zbyt głupie. Nie może teraz umrzeć!

Nie tak blisko celu.

Tak blisko rozwiązania sprawy Claire.

Range roverem wstrząsnął wybuch. Przednia szyba rozsypała się na tysiąc drobnych kawałków.

13

W oczach innych

Nieszczęście [...] to lodowate bagno, czarne błoto,
bolesna gangrena, która zmusza nas do dokonania
wyboru: albo jej ulec, albo ją pokonać.

Boris Cyrulnik

1

Nazywam się Claire Carlyle.

Mam piętnaście, może szesnaście lat. Wszystko zależy właściwie od liczby dni, jakie spędziłam zamknięta w tym więzieniu. Dwieście dni? Trzysta? Sześćset? Nie sposób się doliczyć.

Z małego pomieszczenia, w którym siedzę, nie widzę światła dziennego. Nie mam dostępu ani do zegara, ani do gazet, ani do telewizji. Większość czasu mija mi we mgle wywołanej środkami uspokajającymi. Nawet zresztą niedawno, tuż przed wyjściem – myślę, że wyszedł, bo ubrany był w grubą kurtkę i miał na szyi szalik – przyszedł zrobić mi zastrzyk w ramię. Przedtem dawał mi tabletki, ale zauważył, że nie zawsze je łykałam.

Zastrzyk mnie zabolał, bo on był pobudzony. Pocił się, przeklinał, bez przerwy nerwowo mrugał. Twarz miał zapadłą, wzrok szalony. Krzyknęłam, kiedy poczułam nagły ból, a on natychmiast dał mi w twarz i uderzył pięścią w klatkę piersiową. Najwyraźniej półprzytomny, nazwał mnie „brudną małą dziwką", wyciągnął igłę i poszedł sobie, trzaskając drzwiami. Nie zapięł łańcucha, więc mogłam zwinąć się w kącie celi, przykryta brudnym kocem.

Jest strasznie zimno. Bolą mnie kości, z nosa mi ciéknie, głowa pęka. Mimo zainstalowanego tu systemu wygłuszeniowego, wydaje mi się, że słyszę deszcz, ale to przecież niemożliwe, więc może pada tylko w mojej głowie. Leżę na podłodze i czekam, żeby zasnąć, ale sen nie przychodzi. To przez tę piosenkę, która cały czas dźwięczy mi w uszach, *Freedom* Arethy Franklin. Naprawdę próbowałam o niej zapomnieć, ale na próżno. Coś jest nie tak, nie wiem co, i znów mija wieczność, zanim pojmuję, że on zapomniał zamknąć drzwi!

Zrywam się na równe nogi. Odkąd jestem tu zamknięta, przeoczył to tylko dwa razy: pierwszy raz jego niedopatrzenie nie przydało się na nic. Z jednej strony, ponieważ byłam w kajdankach, z drugiej, ponieważ bardzo szybko się zorientował. Drugim razem udało mi się wyjść na korytarz i wejść po schodach z woskowanego betonu, które prowadziły do drzwi chronionych zamkiem szyfrowym. Zawróciłam, bo był jeszcze na miejscu i bałam się, że mnie usłyszy. Ale teraz przecież szykował się do wyjazdu!

Otwieram drzwi, idę korytarzem i wbiegam po schodach. Przykładam ucho do drzwi. Jego tam nie ma, jestem pewna. Patrzę na świecący w ciemnościach alarm, który zaprasza do wbicia kodu. Serce wali mi w piersiach. Muszę go odgadnąć! Patrząc na maleńki prostokątny ekran i cyfry, które wyświetlają się, gdy nacisnąć guzik, dochodzę do wniosku, że kod jest najwyżej czterocyfrowy. Tak jak kod pin w komórce. Wybieram cyfry przypadkowo: 0000 Enter, 6666 Enter, 9999 Enter itd. Potem przychodzi mi do głowy, że cztery cyfry to akurat dla oznaczenia daty. Przypominam sobie, co on mi kiedyś powiedział, że „Nasze spotkanie było najpiękniejszym dniem mojego życia". Miałam ochotę zwymiotować. Dniem naszego spotkania on nazywa dzień, w którym mnie porwał, 28 maja 2005 roku. Trochę bez przekonania wbijam 0528 Enter, a potem przypominam sobie, że w Europie daty zapisuje się odwrotnie, najpierw dzień, potem miesiąc: 2805 Enter.

Jednak nie.

Nic w tym dziwnego. Najpiękniejszy dzień w życiu psychopaty to ten, który odnosi się wyłącznie do niego samego. Dzień, który jest poświęcony wyłącznie jemu. A jeśli, tak jak mały chłopczyk, wybrał po prostu dzień swoich urodzin? Przychodzi mi do głowy wspomnienie, kiedy któregoś wieczoru, kilka tygodni po moim porwaniu, wpadł do mojej celi z ciastkiem: czekoladowe ciastko z gorzkiej czekolady, suche, spalone, z obrzydliwym kremem na wierzchu. Zmusił mnie, żebym je zjadła, aż zaczęłam wymiotować. Potem rozpiął rozporek i zażądał swojego „prezentu urodzinowego". Kiedy klęczałam, zauważyłam datę na tarczy jego zegarka: 13 lipca. I znów zwymiotowałam.

Wciskam te cztery cyfry, 1307, naciskam enter i oto drzwi się otwierają! Tym razem serce prawie mi przestaje bić ze strachu. Nie wierzę! Wchodzę do ciemnego pomieszczenia, nie mam odwagi zapalić światła. Wszystkie okiennice są zamknięte, okna również. Nie słyszę żadnego dźwięku, tylko deszcz uderza w dach i szyby. Nawet nie próbuję krzyczeć – nie mam pojęcia, gdzie jestem. To miejsce na pustkowiu, oczywiście (kilka razy pozwolił mi zrobić parę kroków na ogrodzonej łączce z tyłu budynku), gdzieś we Francji, ale gdzie dokładnie? W pobliżu jakiego miasta?

Nawet nie mam czasu, żeby przeszukać to pomieszczenie, bo już słyszę warkot silnika. Co dziwne, jestem bardzo spokojna, chociaż uświadamiam sobie, że taka szczęśliwa sytuacja już się nie powtórzy. Członki mam zdrętwiałe i umysł ociężały z powodu lekarstw, ale nie załamuję się. Przynajmniej jeszcze nie teraz. Adrenalina i strach blokują działanie środków uspokajających.

Mój wzrok pada na pierwszy przedmiot, który zauważyłam, kiedy tu weszłam: jest to ciężka lampa z brązu. Zdejmuję abażur i odrywam sznur elektryczny. Staję za drzwiami dokładnie w tej chwili, gdy słyszę jego kroki. Moje zmysły działają z podwójną siłą, odgaduję, że on biegnie, ale słyszę również odgłos pracującego silnika. Dlaczego? Bo spanikował. Musiał sobie uzmysłowić, że nie zamknął drzwi. A ja wiem, że to tchórz. Nerwus. Słaby charakter.

Drzwi otwierają się. Jestem spokojna. Już się nie boję. Czekałam na tę chwilę od tak dawna. Doskonale wiem, że mam prawo tylko do jednego ciosu. Wóz albo przewóz. Dłonie mam spocone, ale mocno trzymam podstawę lampy w wyciągniętych do góry rękach. Z całych sił uderzam go w głowę, w chwili gdy spogląda w górę. Widzę ten cios jakby w zwolnionym tempie: najpierw, gdy jego twarz wykrzywia się w grymasie zaskoczenia, potem, gdy ostra podstawa lampy przecina mu kość nosową i paroksyzm bólu wyrywa z niego głośny krzyk. Zatacza się, traci równowagę. Wypuszczam z dłoni moją broń, która nagle znów waży tonę, i przeskakuję przez jego ciało.

2

Jestem na zewnątrz.

Noc, ulewa, uczucie upojenia. Strach.

Biegnę przed siebie bez zastanowienia. Jestem boso – przez cały ten długi czas nigdy nie dał mi żadnych butów – mam na sobie tylko ciasne spodnie od dresu i stary T-shirt.

Ziemia. Błoto. Furgonetka stoi pośrodku drogi, światła ma zapalone. Robię błąd i odwracam się. Kieffer jest tuż-tuż. Krew ścina mi się w żyłach. Otwieram drzwi, zamykam, mija wieczność, zanim udaje mi się odblokować zamek centralny. Ulewa spływa po przedniej szybie. Nagłe uderzenie. Kieffer wali w szybę, twarz ma wykrzywioną nienawiścią, szalony wzrok. Staram się nie myśleć o tym. Patrzę na deskę rozdzielczą, na biegi. Nigdy w życiu nie prowadziłam samochodu, ale wiem, co to jest automatyczna skrzynia biegów. W Nowym Jorku nieraz widziałam kobiety w dwunastocentymetrowych szpilkach od Jimmy'ego Choo i długimi paznokciami za kierownicami ogromnych porsche cayenne. Przecież nie jestem głupsza od...

Tym razem siła ciosu powoduje, że wrzeszczę na całe gardło. Szyba rozbija się na tysiąc drobin. Serce mi staje. Kieffer trzyma żelazny łom i unosi go, żeby zadać nowy cios. Przysuwam się do przodu i naciskam pedał gazu. Furgonetka rusza. Włączam wycieraczki. Jestem na jakiejś leśnej drodze. Wokół mnie ciemności. Niepokojąco wyglądające krzewy, brudne niebo, groźne drzewa. Jestem ostrożna. Nie wolno mi się pomylić. Po stu metrach błotnista droga robi się trochę szersza. W prawo czy w lewo? Skręcam tam, gdzie teren opada, i przyspieszam. Kilka dobrze wziętych zakrętów i robię się spokojniejsza. Zapalam lampkę podsufitki i widzę torbę na siedzeniu pasażera. Moja torba z żółtego płótna! Ta, którą miałam z sobą, kiedy mnie porwał. Nie mam czasu się zastanawiać, co moja torba tu robi, bo słyszę z tyłu warkot silnika. Poprawiam lusterko wsteczne i widzę, że Kieffer jedzie za mną na swoim motocyklu. Przyspieszam, staram się zwiększyć dystans między nami, ale on niebezpiecznie się zbliża. Droga jest śliska. Przyspieszam jeszcze bardziej. Zakręt. Tym razem samochód wypada z drogi i uderza o skałę. Próbuję wrzucić tylny bieg, ale koła tylko buksują.

Ogarnia mnie przerażenie. Chwytam torbę i wysiadam z samochodu. Stopy grzęzną mi w błocie. Motocykl jest o kilka metrów ode mnie i on zaraz mnie dogoni. Nie wolno mi zostać na tej drodze. Wbiegam do lasu. Biegnę, biegnę, gałęzie tną mnie po twarzy, kolce rozcinają skórę, kamienie ranią mi stopy, ale wszystko to powoduje, że biegnę jeszcze szybciej. Przez kilka sekund jestem wolna, jestem żywa i na całym świecie nie ma niczego wspanialszego! Wciąż biegnę. Ja i przyroda, która mnie otacza, zlewamy się w jedno. Jestem deszczem, który mnie przenika, jestem lasem, który mnie chroni i który mnie pochłania zarazem, jestem krwią, która pulsuje w moich żyłach. Biegnę. Jestem wysiłkiem, który mnie wyczerpuje, jestem zranioną zwierzyną, która nie chce się poddać.

Nagle ziemia ucieka mi spod nóg i spadam z kilku metrów, przyciskając wciąż torbę do piersi. Ląduję na asfaltowej drodze. W nieprzeniknionej ciemności. Nie mam czasu odetchnąć, a już słyszę odgłos motocykla, który odnalazł mój ślad. Odwracam się, żeby pobiec w przeciwną stronę... Zakręt. I nagle dwa oślepiające reflektory, pisk wciskanego gwałtownie klaksonu. Zderzenie.

Wszędzie ciemność.

Już nie biegnę.

3

Pisk opon.

Słabnący warkot silnika.

Otwieram oczy.

Wciąż jest noc, wokół latarni ulicznych błyszczy żółtawa aureola. Leżę w rogu jakiegoś parkingu na świeżym powietrzu. Rwą mnie plecy, potwornie boli mnie pokrwawiona głowa, mam poobijane biodra. Obok mnie leży torba z grubego żółtego płótna.

Co ja tu robię?

Czuję, że po policzkach cieką mi łzy. Może to sen. Może umarłam. Podpieram się rękami, żeby wstać. Nie, nie, jestem żywa.

Podnoszę torbę i zaglądam do niej. Mam chyba halucynacje, gdyż wypełniona jest całkowicie pakietami banknotów. Tysiące euro, z pewnością co najmniej kilkadziesiąt tysięcy. Tak mi się wszystko miesza w głowie, że nawet się nie zastanawiam, dlaczego ten szaleniec przewoził tyle forsy furgonetką. W jednej z bocznych kieszeni znajduję również gruby niebieski zeszyt w tekturowej oprawie i kartę telefoniczną. W tym momencie to wydaje mi się prawdziwym skarbem, a nie szmal. Robię kilka kroków po asfalcie. Jestem gdzieś pośrodku budowli w kształcie litery U. Pierwszy budynek jest dość stary, z brązowej cegły i z dachówką z łupku. Drugi budynek jest nowoczesnym równoległościanem z betonu i szkła.

Warkot silnika, niebieskie migające światło, na parking wjeżdża karetka. Strach ściska mi trzewia. W każdej chwili może się tu przecież zjawić Kieffer. Muszę uciekać. Ale dokąd? Przemykam się między samochodami i nagle widzę świecącą tablicę: Szpital w Salerne. Zasadniczo więc jestem na terenie szpitala. Kto mnie tu przywiózł? Dlaczego zostawił mnie na tyłach, na parkingu? Ile czasu upłynęło, odkąd straciłam przytomność?

Przez moment waham się – może wejść do szpitala, ale w końcu rezygnuję. Muszę zadzwonić do mamy. Ufam tylko jej. Będzie wiedziała, jak mną pokierować, i powie mi, co mam robić.

Opuszczam teren szpitala i ruszam przed siebie dwukierunkową drogą, przy której stoją podmiejskie wille. Jakaś tablica informuje, że jestem niedaleko centrum. Idę naprzód. Deszcz przestał padać i jest dość ciepło. Wciąż nie wiem, która godzina ani jaki mamy dzień. Przechodząc koło jakiegoś domu, spostrzegam, że na ganku przed drzwiami wejściowymi cała rodzina zostawiła do wyschnięcia zmoczone kurtki i zabłocone buty. Przeskakuję przez płot i chwytam jedną z peleryn i adidasy, które muszą należeć do matki. Prawie mój rozmiar, myślę sobie, wsuwając stopę do buta i wciskając pod wycieraczkę dwa banknoty pięćdziesięciodolarowe, które wyjęłam z płóciennej torby.

Idę przed siebie w stanie kompletnego oszołomienia. Wciąż nie mogę uwierzyć, że jestem wolna! Boję się, że za chwilę się obudzę. Krok za krokiem posuwam się coraz dalej, jak lunatyczka. Psychotropy, które mi wstrzyknął, osłabiają mi nogi i otumaniają mnie. Jeden krok i następny, i następny... Wkrótce docieram do Saverne, staję przed dworcem. Jest ciemna noc, na zegarze za pięć druga. Widzę drogowskaz: „Strasbourg 54 km". Jestem więc na wschodzie Francji. Nie kojarzy mi się to absolutnie z niczym. Równie dobrze mogłaby to być Lozanna czy Brest... Wszystko wydaje mi się takie nierealne...

Plac przed dworcem jest pusty, tylko dwóch bezdomnych śpi pod witryną sklepową. Przy wejściu na perony stoi budka telefoniczna. Wchodzę do niej, ale nie zamykam drzwi. Powietrze wewnątrz skażone jest gęstym, duszącym odorem moczu. Drżącymi dłońmi wsuwam do otworu kartę telefoniczną. Sprawdzam, że mam jeszcze trochę kredytu, i staram się odcyfrować wskazówki na instrukcji osłoniętej plastikiem, jak zadzwonić za granicę. Czytam i nic nie mogę zrozumieć, gdyż tekst został pomazany kretyńskimi napisami: „To jest właśnie Francja!", „Nelly lubi ssać stare kutasy", „Gewurztraminer rządzi!", „Anne-Marie wybierze daty – Anne-Marie nie kocha taty", „Jestem poetą"...

Po pięciu minutach i wielu próbach w końcu słyszę sygnał. Sześć dzwonków ciągnie się w nieskończoność, zanim wreszcie moja mama odbiera telefon.

– Mamo, to ja, Claire! Uciekłam, mamo! Uciekłam! – wołam triumfalnie.

Ale z drugiej strony nie ma mamy. Jakaś pani mówi spokojnym tonem, że moja mama umarła dwa lata temu.

Najpierw mam wrażenie, że nie rozumiem tej informacji. Mój mózg odmawia przyswojenia jej. W uszach mi szumi i czuję ból, jakby w bębenki wbijano mi gwoździe. Odór uryny wypełnia mi usta. Klękam, żeby zwymiotować, ale nie mam siły. I odpływam.

4

Kiedy odzyskałam przytomność, była szósta rano. Jak zombie weszłam na dworzec i wsiadłam do pociągu do Paryża.

Opadłam na fotel bez sił, oparłam twarz o szybę i przysnęłam aż do chwili, gdy obudził mnie konduktor. Ponieważ nie miałam biletu, wykupiłam bilet u niego, wraz z mandatem, i wszystko uiściłam gotówką. Konduktor nawet nie mrugnął, myślę, że też nie był zbyt przytomny. Potem natychmiast znów zasnęłam. Spałam źle, miałam bardzo dziwne sny. Pamiętam tylko tyle, że gdy minęliśmy Reims, pociąg zatrzymał się na pustkowiu i stał tak ponad półtorej godziny. Pasażerowie zrzędzili. Ich przekleństwa przypominały mi te okropne napisy w budce telefonicznej: „Gówniany kraj!", „Nawet nikt nie przyjdzie, żeby nas poinformować, cholera!", „Jeszcze jeden ten ich kurewski strajk!", „Niech ich wreszcie sprywatyzują, będzie spokój!"…

Potem pociąg ruszył i z powodu opóźnienia byliśmy w Paryżu o wpół do jedenastej.

Co teraz?

Przez całą drugą część podróży myślałam o Candice Chamberlain.

Candice była młodą, bardzo miłą i ładną dziewczyną, która mieszkała sto metrów ode mnie w Harlemie. Była ode mnie starsza, ale często rozmawiałyśmy, wracając ze szkoły. Była dobrą uczennicą, porządną osobą, chciała coś zrobić ze swoim życiem. Pożyczała mi książki, dawała rozsądne rady i rozwiała wiele moich złudzeń.

Niemniej jednak któregoś dnia, niedługo po jej szesnastych urodzinach, nagle poszła za bandą chuliganów, którzy mieszkali w osiedlu socjalnym Baumer Apartments za Sto Pięćdziesiątą Ulicą. Nie mam pojęcia, dlaczego ona, zwykle tak rozsądna i ostrożna, zrobiła coś tak głupiego, i nie wiem, jak to się naprawdę odbyło. Jedno, co wiem, to że te typy zamknęły ją w nieużywanym zsypie w podziemiu jednego z budynków. Gwałcili ją wszyscy po kolei przez wiele dni, a policja potrzebowała aż dwóch tygodni, żeby ją odnaleźć i uwolnić.

Po kilku dniach spędzonych w szpitalu Candice wróciła do rodziców na Sto Trzydziestą Czwartą Ulicę, niedaleko kościoła episkopalnego. Od tego momentu prasa i telewizja się rozszalały. Reporterzy i paparazzi dzień i noc oblegali dom Chamberlainów. Każdego ranka, idąc do szkoły, widziałam dziennikarzy i kamerzystów kręcących na żywo reportaże spod ich domu dla lokalnych i krajowych stacji telewizyjnych.

Wiele razy ojciec Candice prosił przedstawicieli mediów, żeby uszanowali cierpienie jego córki i zostawili ich w spokoju, ale nikt go nie słuchał. Candice była czarna, jeden z gwałcicieli biały. Społeczności lokalne i politycy starali się wykorzystać dramat, który moim zdaniem świadczył bardziej o barbarzyństwie niż o jakichkolwiek problemach rasowych.

Miałam wtedy jedenaście czy dwanaście lat i z powodu tamtego zdarzenia przeżyłam potworny szok. Co robili ci wszyscy dorośli przed domem Candice? Przecież ci ludzie byli wykształceni. Czego oczekiwało to agresywne stado tłoczące się przed wejściem na teren należący do rodziny Candice? Co chcieli znaleźć, przeszukując śmietniki przeszłości? Mieli nadzieję na wypowiedź sąsiada, sąsiadki, przyjaciół z dzieciństwa? W jakim celu deformowali ich słowa, wyjmując je z kontekstu, w nieskończoność przerabiając, delektując się mdłą oliwą, której jeszcze dolewali do ognia?

„Mamy wolność dostępu do informacji" – odpowiedział mi jeden z reporterów, któremu postawiłam to pytanie któregoś wieczoru, wracając ze szkoły. Ale o czym oni chcieli informować? Młoda dziewczyna przeżyła piekło, jej rodzina cierpiała wraz z nią. Czy jeszcze trzeba było dorzucać do tego agresywne wypytywanie, podglądanie? Czy naprawdę trzeba było publikować te obrazy? Tylko po to, żeby ludzie mieli o czym gadać przy kawie, żeby zwiększyć oglądalność i sprzedać więcej debilnych reklam?

Wreszcie zdarzyło się, co się musiało zdarzyć. Któregoś ranka pani Chamberlain znalazła ciało swojej córki w wannie wypełnionej wodą koloru krwi. Candice w nocy podcięła sobie żyły. O ile wiem, moja przyjaciółka nie zostawiła żadnego listu, ale zawsze myślałam, że zdecydowała się na ten dramatyczny krok, uświadomiwszy sobie, iż nigdy nie będzie już miała normalnego życia. W oczach innych ludzi zostanie na zawsze tą dziewczyną, która dała się zgwałcić na śmietniku Baumer Apartments.

Jej ojciec, Darius Chamberlain, oszalały z bólu, chwycił swoją strzelbę i wyszedł na taras. Z wielkim spokojem nabił broń i nie spiesząc się, wymierzył w tłum przed domem. Strzelał kilkakrotnie i ranił poważnie dziennikarza, tego samego, który wyjaśniał mi zasadę „wolności dostępu do informacji", oraz zabił kamerzystę, który miał dwoje dzieci.

Od tamtego dnia nie mam już żadnych złudzeń. W domu tego psychola Kieffera były książki. Na tę jedyną rozrywkę mi pozwalał: mała biblioteka, którą urządził w mojej celi. Stare książki z dziedziny filozofii i psychologii, które należały do jego matki. Przez dwa lata, poza zeszytami, w których trochę pisałam i które Kieffer mi konfiskował, gdy były pełne, nie miałam innego zajęcia, tylko lekturę. Niektóre książki czytałam tyle razy, że znałam na pamięć całe akapity. *Człowiek nie jest wca-*

le tą poczciwą istotą z sercem pragnącym miłości – pisał Freud w *Chorobie cywilizacji.* – *Nie, człowiek jest swoim najgorszym wrogiem. Człowiek prowadzi wojnę z sobą samym. W swojej największej głębi człowiek jest brutalny, agresywny, ma w sobie popęd śmierci, pragnienie dominacji bliźniego i podporządkowania go sobie przez upokorzenie.*

5

Gare de l'Est. Schody ruchome nie działają. Wdrapuję się na stopnie, walcząc z tłumem, który napiera i unosi mnie jak fala. Gdy czuję, że już nie daję rady, w ostatniej chwili wpadam do nijakiej kafejki należącej do sieci restauracyjnej. Ponieważ tu też jest tłoczno, muszę usiąść przy barze. W brzuchu mi burczy. Połykam filiżankę czekolady i zjadam dwa rogaliki. Po policzkach spływają mi łzy, ale próbuję je powstrzymać, by kelner nie zwrócił na mnie nadmiernej uwagi. Już wystarczy, że jestem tak dziwnie ubrana...

I co teraz?

Nie chcę skończyć tak jak Candice, ale wiem, że ja również nie będę miała normalnego życia. Ludzie zawsze będą mnie postrzegali jako tę dziewczynę, która została porwana i była gwałcona przez psychopatę ponad dwa lata. Dostanę taką etykietkę, nie do wymazania. Będę wzbudzającą niezdrową ciekawość bidulką. Co ten potwór pani robił? Ile razy? Jak? Policja będzie chciała wszystko wiedzieć. Sędzia też. Dziennikarze. Ja będę odpowiadać, ale każda odpowiedź wywoła kolejne pytanie. Ludzie będą chcieli wciąż wiedzieć więcej i więcej. A ja mam opowiadać, jeszcze i jeszcze.

Może któregoś dnia się zakocham. Spotkam mężczyznę, który mnie pokocha, który będzie umiał mnie rozśmieszyć, który będzie szanował i moją niezależność, i to, że przecież potrzebuję opieki. Lubię o tym myśleć. Wyobrażać sobie nasze spotkanie, tak jak na filmie. To nastąpi oczywiście w najbardziej nieoczekiwanym momencie. A przynajmniej tak o tym myślę. I przyjdzie chwila, w której on dowie się, kim jestem, że jestem dziewczyną porwaną przez Kieffera. Ta etykietka na zawsze do mnie przylgnie, przeważy wszystko. I może potem on będzie mnie jeszcze kochał, ale już nie tak jak przedtem. W jego miłości będzie więcej współczucia, więcej litości. A ja tego nie chcę. Nie chcę być w oczach innych tą ofiarą.

Drżę, jest mi zimno. Nie odczuwam już ucieczki jako zwycięstwa, uwolnienia się. Jestem silna, podniosę się z każdej klęski. Wytrzymałam dwa lata piekła. Nie chcę znów stać się zaszczutym zwierzęciem. Byłam ofiarą psychopaty, nie ma mowy, żebym zmieniła tamto piekło na inne.

Powieki mi opadają, jestem wyczerpana. Reakcja fizyczna i psychiczna na przeżycia tych ostatnich godzin. Siedzę na krześle i walczę, żeby z niego nie spaść. Widzę moją mamę i znów zaczynam bezgłośnie płakać. Nie znam okoliczności jej śmierci, ale wiem, że w pewnym sensie to ja ją zabiłam.

Czas się rozpłynął. Nie mam już punktów odniesienia. Niektóre rzeczy widzę jasno, ale inne są kompletnie zamazane.

Nagle na ekranie telewizora zawieszonego w rogu kafejki zauważam sceny, które wydają mi się surrealistyczne. Chyba mam halucynacje... Przecieram oczy i nadstawiam uszu, żeby usłyszeć komentarz redaktora:

„Makabryczne odkrycie w Alzacji, gdzie dziś wczesnym rankiem wybuchł wielki pożar w domu stojącym na odludziu, w okolicy Petite Pierre niedaleko miasta Saverne. Strażacy powiadomieni przez przedstawiciela żandarmerii bardzo szybko przyjechali ugasić płomienie podchodzące już na skraj lasu. Śledztwo ma wykazać przyczyny pożaru, ponieważ po interwencji strażacy odkryli co najmniej cztery ciała w domu, który należał do Heinza Kieffera, niemieckiego architekta, który...".

Serce przestało mi bić. Gardło mam ściśnięte z bólu. Nie mogę złapać oddechu.

Uciec.

Kładę banknot na barze i wstaję, nie czekając na resztę. Chwytam torbę i wychodzę z kawiarni.

Claire Carlyle przestaje istnieć.

Od tej chwili jestem kimś innym.

DZIEŃ TRZECI, RANO

Sprawa Joyce Carlyle

14
Angel Falls

Ten, kto boi się wody, niech zostanie na brzegu.

Pierre de Marbeuf

1

Noc była krótka.

Sen miałem przerywany, niespokojny, pełen bezładnych myśli, i obudziłem się już koło szóstej rano. Wstałem, wziąłem prysznic, po którym poczułem się trochę lepiej, zasunąłem drzwi oddzielające sypialnię – w której wciąż spał mój synek – od małego saloniku z wykuszowym oknem wychodzącym na jeszcze ciemne wody rzeki Hudson. Przygotowałem sobie małą kawę i włączyłem laptopa, sprawdzając wiadomości w telefonie. Cholera! Dlaczego Marc nie odpowiada? Nie tyle byłem niespokojny, ile zawiedziony. Caradec nie lubił używać komórki. Jak go znałem, kiedy wyjeżdżał na poszukiwania do wschodniej części Francji, mógł zapomnieć ładowarki.

Połknąłem jednym haustem resztkę kawy i wziąłem aspirynę. W uszach mi szumiało, jakby dziesiątki pytań, które dręczyły mnie w nocy, odbijały się teraz od mojej czaszki jak piłki tenisowe.

Siedząc przed laptopem w świetle poranka, miałem nadzieję znaleźć część odpowiedzi w internecie. Google. Pierwsze wyszukiwanie: „May Soo-yun". Policjantka z NYPD, która prowadziła śledztwo w sprawie śmierci Joyce. Po kilku kliknięciach zorientowałem się, że May Soo-yun już nie pracuje w policji, odeszła stamtąd na początku 2010 roku. Obecnie była rzecznikiem prasowym Transparency Project, organizacji non profit, znanej ze swego programu pomocy prawnej przeznaczonej dla ofiar pomyłek sądowych.

Na stronie internetowej Transparency Project bez trudu znalazłem adres mailowy i wysłałem list z prośbą o spotkanie. Żeby przypomnieć jej sprawę, o którą mi chodziło, nakreśliłem z grubsza historię śmierci Joyce Carlyle, którą zajmowała się dziewięć lat wcześniej. Nie liczyłem na szybką odpowiedź – najprawdopodobniej w ogóle jej nie dostanę – ale uważałem za swój obowiązek zacząć od tego.

Drugie wyszukiwanie: „New York Herald Tribune" – gazeta, dla której pracowała Florence Gallo, dziennikarka, która prawdopodobnie skontaktowała się z Joyce kilka dni przed porwaniem Claire. I tu druga niespodzianka: dziennik już nie istniał. Zniknął z kiosków w 2009 roku w rezultacie kryzysu na rynku prasy papierowej. Osiągnąwszy swój złoty okres w latach siedemdziesiątych, dziennik zaczął kumulować długi. Mimo wielu restrukturyzacji nie dotrzymał kroku konkurencji i wreszcie wykończył go kryzys finansowy.

Zainteresowałem się tą kwestią dokładniej i zauważyłem, że strona internetowa dziennika ciągle istnieje, możliwy był wgląd w archiwa, ale nie pojawiały się już żadne nowe artykuły. Dawny naczelny, Alan Bridges, wraz z małą grupą dziennikarzy stworzyli stronę z informacjami *pure play*. Opłacany przez użytkowników abonamentowych #WinterSun był magazynem opinii specjalizującym się w politycznym dziennikarstwie śledczym. Przypomniałem sobie, że słyszałem już o Alanie Bridgesie i o jego stronie internetowej, kiedy w czasie afery Snowdena #WinterSun opublikował dokumenty dostarczone przez innych politycznych demaskatorów na temat masowych podsłuchów elektronicznych zorganizowanych przez NSA*.

Wprowadziłem do wyszukiwarki Heralda hasło „Florence Gallo", żeby sprawdzić, jakie śledztwa prowadziła od czasu artykułów zebranych przez Joyce.

Wynik wyszukiwania zmroził mi krew w żyłach.

Dziennikarka nie żyła.

2

To niemożliwe...

Nie mogłem usiedzieć spokojnie. W internetowych archiwach „Heralda" znalazłem zawiadomienie o śmierci Florence, krótki tekst. Zginęła 27 czerwca 2005 roku.

Z ogromnym smutkiem zawiadamiamy o nagłej śmierci naszej przyjaciółki i koleżanki, Florence Gallo. Zginęła w wypadku podczas uprawiania base jumpingu.

Florence miała dwadzieścia dziewięć lat. Jej największą pasją było dziennikarstwo.

Będziemy zawsze pamiętać jej entuzjazm, dobry humor, silny charakter, intuicję i determinację, która czyniła z niej wyjątkową kobietę i dziennikarkę.

Wiadomość o śmierci Florence pogrążyła wszystkich członków redakcji „New York Herald Tribune" w głębokim smutku.

Składamy wyrazy szczerego współczucia rodzinie i wszystkim tym, którym była droga.

---

* NSA – *National Security Agency* – amerykańska wewnętrzna agencja wywiadowcza koordynująca m.in. zadania wywiadu elektronicznego.

Przy artykule znalazło się przedziwne zdjęcie. Florence, z jasnymi włosami, emanująca młodością, w długich za kolana butach muszkieterkach i skórzanych szortach, pozowała na swoim motocyklu. Prawie doskonała kopia zdjęcia Brigitte Bardot z końca lat sześćdziesiątych, z okresu *Harleya Davidsona* i Rogera Viviera.

Ja również byłem w szoku. Już myślałem, że wreszcie znalazłem kogoś, kto mógłby mi pomóc, i oto dowiaduję się, że ta osoba nie żyje.

Zrobiłem sobie drugą kawę. W głowie kłębiły mi się pytania. Usiadłem przed ekranem i otworzyłem jednocześnie wiele okien w przeglądarce, chciałem porównywać wyniki poszukiwań. Wiedziałem, że od kluczowej informacji może mnie dzielić jedno kliknięcie.

Najpierw zebrałem jak najwięcej informacji o Florence.

Była Szwajcarką, bardzo wcześnie trafiła do środowiska dziennikarskiego. Jej ojciec był reporterem sportowym w „Matin", a matka przez długi czas prowadziła program kulturalny w radiu RTS. Florence zrobiła maturę w Genewie, a potem w wieku lat dziewiętnastu zaczęła odbywać staże w różnych redakcjach, między innymi w redakcji „24 heures", dziennika wydawanego w kantonie Vaud. Równolegle studiowała w CRFJ, centrum szkolenia dziennikarzy w Szwajcarii francuskiej. W 2002 roku pracowała przez rok w Londynie dla kanału ekonomicznego „Bloomberg TV", potem przeskoczyła przez Atlantyk, zamieszkała w Nowym Jorku, gdzie najpierw pisała artykuły dla francuskojęzycznego magazynu wychodzącego w Stanach, „France-Amérique", a potem, w 2004 roku, dołączyła do ekipy redakcyjnej „New York Herald Tribune".

Drugie okno. Google images. Wszystkie fotografie Florence w internecie pokazywały śliczną dziewczynę, wysportowaną, zdrową, wciąż w ruchu, uśmiechniętą. Piękność dostępna, wywołująca sympatię, żadnej arogancji. Młoda kobieta na obraz i podobieństwo artykułów, które pisała. Pobrałem z sieci kilkadziesiąt tekstów jej autorstwa, dużo portretów, esejów na tematy zasadnicze i notatek z dochodzeń na tematy polityczne, społeczne, społecznościowe. Żadnej przesady, wypowiedzi lapidarne, trafiające w punkt. Jej styl był zwięzły i stonowany. Życzliwy, bez pochlebstw. Bez ustępstw, ale i bez cynizmu. W sumie jej artykuły kreśliły obraz Nowego Jorku różnorodnego, ciągle się zmieniającego. A przede wszystkim było oczywiste, że Florence lubiła ludzi. Żywiła empatię dla bohaterów swoich artykułów, tak jak niektórzy pisarze odczuwają ją dla bohaterów swoich powieści.

Czytając te artykuły, starałem się ustalić, co wiązało ją z Joyce. W jaki sposób się poznały? Czy to Florence szukała kontaktu z Joyce, czy odwrotnie? Intuicja wskazywała mi na drugą możliwość. Po jakimś czasie od porwania córki Joyce zdała sobie sprawę, że szanse, aby odnaleźć Claire żywą, wciąż maleją, dlatego postanowiła poszukać pomocy dziennikarzy. Co miała dokładnie w planach? Nie wiedziałem jeszcze, ale gotów byłem się założyć, że po prostu skontaktowała się z osobą, której artykuły ceniła.

Nowa strona. Na sam koniec zachowałem to, co przecież natychmiast rzuciło mi się w oczy. Najbardziej niepokojący fakt: data śmierci Florence, tak bliska dacie śmierci Joyce, że trudno było uwierzyć w przypadek. Zacząłem szukać dokładniejszych informacji, już bojąc się, co mogę odkryć. Teraz badałem już nie tylko sprawę zniknięcia czy porwania ukochanej kobiety. Temat się rozszerzył: być może odkryję prawdę na temat zbrodni do tej pory nieukaranych: zabójstwa Joyce, Florence i kto wie, może jeszcze innych osób...

Po długich poszukiwaniach udało mi się znaleźć coś więcej na temat śmierci Florence Gallo. Była to notatka, która się ukazała w lokalnej gazecie w Wirginii, „Lafayette Tribune":

KRONIKA WYPADKÓW

26 czerwca rano w sektorze Silver River Bridge Park (Wirginia Zachodnia) znaleziono martwą młodą kobietę.

Według dyrekcji parku ofiara – Florence Gallo, nowojorska dziennikarka – najprawdopodobniej zginęła na skutek błędu przy wykonywaniu base jump, ekstremalnego sportu, który polega na skakaniu ze spadochronem z obiektów nieruchomych.

Ciało dziennikarki znaleźli turyści niedaleko brzegu rzeki. Florence Gallo znała bardzo dobrze te okolice i była doświadczonym skoczkiem. Odbyła wiele skoków ze stalowego mostu, zwłaszcza podczas pokazów base jump organizowanych podczas uroczystości Bridge Day.

Tym razem był to skok bez świadków i poza miejscami dozwolonymi do uprawiania tego sportu. Śledztwo zostało powierzone Biuru Szeryfa hrabstwa Fayette. Na razie miejscowa policja skłania się ku hipotezie nieszczęśliwego wypadku. Pierwsze badania wykazały, że z powodów, których jeszcze nie wyjaśniono, nie otworzył się spadochron panny Gallo.

Przyjrzałem się kilku zdjęciom tego mostu. Silver River Bridge był dobrze znany zwolennikom sportów ekstremalnych. Robiąca duże wrażenie konstrukcja ze stali w Appalachach, rozpięta nad rzeką na wysokości trzystu metrów. Myśl o rzuceniu się z tak wysokiego mostu ze spadochronem wywołała we mnie nieprzyjemny dreszcz.

Przez długi czas ten most był dumą regionu, ale w latach dziewięćdziesiątych, po wielu alarmowych sytuacjach, zamknięto go dla ruchu drogowego ze względu na niebezpieczeństwo zawalenia się. Był jednak wciąż konserwowany i otwarty dla spacerowiczów i turystów odwiedzających Silver River Park. Dozwolone było skakanie z niego ze spadochronem, ale tylko pod ścisłą kontrolą i przy zachowaniu restrykcyjnych środków ostrożności, czego najwyraźniej nie dopilnowała Florence Gallo.

Zacząłem przeglądać archiwa dziennika, żeby dowiedzieć się, jak potoczyło się dalej śledztwo, ale więcej żadnych materiałów nie znalazłem.

Nowa strona internetowa – tym razem #WinterSun. Wypełniwszy formularz, można było wysłać mail do redaktora naczelnego, Alana Bridgesa. Nie spodziewałem się po tym niczego szczególnego, ale tu również zaryzykowałem i poprosiłem o spotkanie, żeby móc z nim porozmawiać na temat Florence Gallo.

Ledwo kliknąłem na ikonę „Wyślij", zadzwoniła moja komórka. Alexandre. W Nowym Jorku była teraz dziewiąta trzydzieści, czyli piętnasta trzydzieści we Francji.

– Cześć, Alex.

– Cześć, kuzynie! Korzystam z przerwy, żeby do ciebie zadzwonić.

– Dziękuję, że pamiętałeś. Masz jakieś dobre nowiny?

Z drugiej strony usłyszałem westchnienie.

– Niestety, nie. Stało się to, czego się obawialiśmy. Nad ranem ostatniej nocy zdiagnozowano u Clotilde Blondel krwiaka.

– Cholera!

– Została natychmiast zoperowana, wylew krwi był głęboki i trudno dostępny. Sama operacja poszła dobrze, ale twoja znajoma ma niewydolność oddechową. Na razie jest wciąż nieprzytomna.

– Pilnujesz sytuacji?

– Możesz na mnie liczyć.

Ledwo się rozłączyłem, gdy odkryłem w mojej skrzynce dwa maile, które przyszły prawie jednocześnie. May Soo-Yun i Alan Bridges jakby się zmówili: wbrew temu, czego się spodziewałem, zgadzali się ze mną spotkać w terminie wybranym przeze mnie. Zorganizowałem więc te dwa spotkania jedno po drugim dzisiejszego dnia, zdziwiony, jak szybko i szczerze odpowiedzieli. A przecież żadna z tych publicznych osób nie miała powodu, żeby mi pomagać. Jedynym wyjaśnieniem mogło być, że oboje chcieli wybadać, co ja wiedziałem o tej sprawie...

Dziewiąta trzydzieści. Najwyraźniej Théo już się wyspał. Szczęśliwy i zadowolony, słuchałem dobiegającego zza przepierzenia gaworzenia synka, który wydawał z siebie dość przekonujące, angielsko brzmiące dźwięki, mające naśladować *Get Back* Beatlesów, od dwóch tygodni jego ulubioną piosenkę. Rozsunąłem drzwi i uśmiechając się do niego porozumiewawczo, rozmawiałem z agencją opiekunek dla dzieci, żeby kogoś zarezerwować. Théo był w wielkiej formie, po *Get Back* nastąpiła jego wersja *Papaoutai*. Przez następne pół godziny zajmowałem się tylko nim: zrobiłem mu kąpiel – namydliłem go całego, wypucowałem i wytarłem, założyłem pampersa, śpiochy i czyste, pachnące lawendą ubranka.

– Oreo! Oreo!

Ledwo wstał ten żołądek na dwóch nóżkach, już spoglądał w kierunku paczki ciasteczek Oreo, które zauważył w koszyczku obok minibarku.

– Nie, nie teraz. Teraz butelka. No, już! Schodzimy na dół.

– No, juz! – powtórzył za mną.

Wziąłem torbę z wszystkimi naszymi przyborami i przed zamknięciem drzwi jeszcze powtórzyłem w myślach listę rzeczy, o których absolutnie nie wolno mi było zapomnieć: Fifi – check! Butelka – check! Śliniak – check! Książka *Karolek się wygłupia* – check! Samochodzik – check! Zapasowe pieluchy – check! Chusteczki higieniczne – check! Ołówki Crayola – check! Zeszyt do kolorowania – check!

Uspokojony wyszedłem na klatkę. Ledwo wsiedliśmy do windy, słyszę:

– Tata, smocek! – Cholera, zapomniałem znowu o tym durnym smoczku.

– Nie mogłeś przypomnieć sobie wcześniej?!

Krokodyle łzy zamiast odpowiedzi ze strony Théo, z mojej strony zaś całkowity brak skruchy.

– Oj, przestań się wygłupiać, nie umiesz udawać!

Powrót do pokoju, pięć minut na znalezienie smoczka (oczywiście był pod łóżkiem, tam gdzie najwięcej kurzu), mycie smoczka, czuję jakiś dziwny zapach, sprawdzam, stwierdzam katastrofę, głęboko wzdycham, kolejna zmiana pieluchy, dzieciak coraz bardziej głodny, dramat, ojcowskie poczucie winy, negocjacje. Monstrualna strata czasu! Winda *again*. Patrzę w lustro i przyczesuję włosy. Sobie, potem jemu. Uśmiech i już wszystko dobrze. Z nim i ze mną.

Minęła już dziesiąta, kiedy zjechaliśmy na dół. W tym samym momencie z drugiej strony holu otworzyły się ciężkie drzwi i stanęła w nich masywna postać. Twarzyczka Théo rozświetliła się.

– Maak! Maak! – krzyknął, wskazując palcem na mężczyznę stojącego pośrodku holu.

Odwróciłem się i zmarszczyłem brwi. Nie wierzyłem własnym oczom, ale poczułem ogromną ulgę. Oto Marc Caradec przyjechał do mnie do Nowego Jorku!

3

– Lało jak z cebra. Samochód utknął pośrodku zarośniętej trawą ścieżki. Z terenówki przede mną ktoś wyskoczył i szedł w moim kierunku. Zobaczyłem, że ma strzelbę.

Siedzieliśmy przy stoliku w patio hotelowym z Markiem już od pół godziny i gadaliśmy. Wymieniliśmy wszystkie informacje i znów znaleźliśmy wiele punktów wspólnych, które powoli budowały coraz dokładniejszą historię Claire i jej matki, wzbogacając ją również w coraz bardziej dramatyczne wydarzenia.

– Facet wymierzył do mnie – ciągnął Marc. – W świetle reflektorów widziałem go dokładnie. Wyglądał nietypowo, był krępy, masywny, miał długie rude włosy i gęstą brodę. Stał jakieś trzy metry ode mnie, z palcem na spuście.

Wsłuchiwałem się w opowieść Marca, który przerwał, żeby wytrzeć buzię Théo. Synek siedział w wysokim krzesełku i również wyglądał na zasłuchanego, z tym że równocześnie pochłaniał kanapkę z ricottą.

– Facet wystrzelił i przednia szyba dosłownie wybuchła – ciągnął Marc. – Poczułem świst kuli o milimetry od skroni.

– No i?

Siedziałem skulony w fotelu, zdumiony nagłym zwrotem, który przybrało nasze śledztwo.

Marc wzruszył ramionami, wypijając łyk cappuccino.

– No i nie myślisz chyba, że czekałem, aż strzeli drugi raz! Ze strachu zsunąłem się pod kierownicę. Pod wpływem strzału schowek na rękawiczki otworzył się i mój pistolet leżał teraz na podłodze. Chwyciłem go i wystrzeliłem. Tylko jeden z nas mógł wyjść z tego cało: on albo ja, i tym razem ja miałem szczęście.

Przebiegł mnie dreszcz. Marc nie wydawał się w ogóle przejęty tą przygodą. Ale przecież znałem go na tyle, by wiedzieć, że pod kamienną twarzą kryje się człowiek wrażliwy i zestresowany, który rozumie, jak cenną rzeczą jest życie.

– Kalolek! Kalolek!

Z buzią całą umazaną ricottą Théo dopominał się o swoją książeczkę.

Wygrzebałem ją z torby i dałem mu. Kolejne słowa Marca mnie zamurowały.

– Znałem skądś tego faceta. Był z policji. Kiedyś nasze ścieżki się przecięły. Pracował wtedy w wydziale do spraw nieletnich, wszyscy przezywali go Drwal, ale naprawdę nazywał się Stéphane Lacoste.

Gardło mi się ścisnęło. Nie mogłem uwierzyć, że Marc zabił człowieka. Byłem zaszokowany i przerażony tym, do czego doprowadziłem. A wszystko zaczęło się od zwykłej kłótni... Kłótni, którą ja sprowokowałem, bo byłem podejrzliwy i zazdrosny o przeszłość kobiety, którą zamierzałem poślubić...

Marc sprowadził mnie na ziemię.

– Przeszukałem tę terenówkę i faceta, ale niczego nie znalazłem. Żadnego śladu Claire. Żadnych znaków. Lacoste musiał się bardzo pilnować, bo nawet nie miał komórki.

– O kurwa! Policja do ciebie dotrze, Marc!

Marc potrząsnął głową.

– Nie, nie wydaje mi się. Po pierwsze, nie znajdą kuli z mojej broni. A po drugie, i przede wszystkim, posadziłem zwłoki Lacoste'a za kierownicą i podpaliłem auto. Jestem pewien, że to wóz kradziony. Wszystko, co znajdzie policja, to zwęglone zwłoki Stéphane'a Lacoste'a. Zanim go zidentyfikują, będą musieli przeszukać wiele kartotek dentystycznych, a to zabierze im mnóstwo czasu.

– A twój samochód?

– Masz rację, to sprawa bardziej delikatna. Nie mogłem długo jechać z wybitą szybą. Przejechałem ostrożnie dziesięć kilometrów do Châlons en Champagne. Tam ukradłem wóz, zrobiłem to po staremu, pocierając dwa kable. Jakaś ruina, supercinq z dziewięćdziesiątego czwartego... Wiedziałeś, że one jeszcze jeżdżą po drogach? Ile to może być warte na giełdzie? Dwieście euro?

– Ale znajdą twojego range rovera.

– Nie bój się. Poprosiłem kumpla, który ma warsztat, żeby po niego przyjechał. Dziś pewnie przechodzi poważny lifting w Paryżu.

Zamknąłem oczy. Musiałem sobie wszystko uporządkować.

– Ten gliniarz, Lacoste... twoim zdaniem, co on ma wspólnego z porwaniem Claire?

Marc wyjął z kieszeni notes i przewrócił kilka stron.

– Powiem ci, że nie mam pojęcia. Z lotniska zadzwoniłem w kilka miejsc, żeby dowiedzieć się o nim czegoś więcej. Pierwsze kroki w policji robił w wydziale do spraw gangów w Orleanie, później pracował w wydziale do spraw nieletnich i w policji sądowej w Wersalu. Kręcił się przy nim zawsze inny policjant, kapitan Richard Angeli. Według tego, co powiedział mi jeden z moich dawnych kolegów, Angeli próbował zabrać z sobą Lacoste'a do Dowództwa Sił Interwencyjnych w Paryżu, pod trzydziestkąszóstką*, ale Lacoste odpadł na egzaminach wstępnych.

Poruszyłem się w fotelu.

– Zaczekaj! Znam to nazwisko, Richard Angeli! Obiło mi się o uszy całkiem niedawno!

Wysiliłem pamięć, ale bez skutku.

– Przy jakiej okazji?

– Właśnie nie wiem... Ale zaraz mi się przypomni. Tobie się ono z niczym nie kojarzy?

---

*36, quai des Orfèvres – siedziba Komendy Regionalnej Policji Sądowej Paryskiej Prefektury Policji. Pod adresem tym znajdują się wydział kryminalny i Dowództwo Sił Interwencyjnych (do walki z przestępczością zorganizowaną).

– Nie, usłyszałem je teraz po raz pierwszy. Ale z tego, co zrozumiałem, ten facet zrobił błyskawiczną karierę. Ma ledwo czterdzieści lat i już wspaniałe dokonania. To musi być superglina. Nie zostaje się kapitanem w wydziale do spraw gangów przypadkiem. Zwłaszcza gdy się weźmie pod uwagę jego...

Skoczyłem na równe nogi i pod wpływem emocji wyrwałem książeczkę z rąk synka.

Zaskoczony Théo wybuchł płaczem i znalazł pociechę w ramionach Marca. Gorączkowo przewracałem strony, aż znalazłem to, co zanotowałem w taksówce w drodze na lotnisko.

– Wiem, kim jest Richard Angeli! – wykrzyknąłem, pokazując książeczkę Marcowi. – To był chłopak Marlène Delatour. Młody oficer z policji kryminalnej w Bordeaux, ten, który prowadził śledztwo w sprawie Carlyle w dwa tysiące piątym roku.

Caradec zamyślił się, po czym powiedział:

– A jeśli to był on?

– On?

– Ten detektyw, którego potajemnie zaangażowała Joyce. Kto może być lepszy od francuskiego gliny prowadzącego wówczas śledztwo, żeby zdobyć wszystkie informacje i zacząć dodatkowe poszukiwania?

Scenariusz nie był wcale absurdalny. Spróbowałem wyobrazić sobie Joyce, która w największej tajemnicy zatrudnia tego młodego obiecującego oficera policji. Ale kto pomógł jej go znaleźć? Poza tym w sytuacji, gdy w swoim czasie śledztwo niczego nie wyjaśniło, dlaczego obecnie wracały tu cienie Angelego i jego porucznika, Stéphane'a Lacoste'a?

– *Hello, Théo, how are you, adorable young boy?*

Uniosłem głowę. Do patio weszła opiekunka mojego synka,

Marieke. Jak zwykle wystrojona, miała na sobie obcisłą sukienkę z kretonu w afrykańskie etniczne wzory i koronki, co wyglądało, jakby – ponieważ był właśnie *Fashion Week* – przed chwilą zeszła z wybiegu dla modelek.

Théo szybko się rozchmurzył. Uśmiechnął się zalotnie do ślicznej Niemki i zaczął swoje popisy.

Ja spojrzałem na zegarek i wstałem. Nadeszła pora, żebym pojechał na spotkanie z Alanem Bridgesem.

15

Sprawa Joyce Carlyle

Kochaj mnie bardziej, bo jestem smutna...
George Sand

1

Siedziba #WinterSun zajmowała ostatnie piętro Flatiron Building, słynnego wieżowca nowojorskiego o charakterystycznej trójkątnej formie żelazka. W słońcu późnego poranka ozdobne kolumny kamiennej fasady nadawały budynkowi majestat greckiej świątyni.

Wewnątrz biura #WinterSun przypominały biura start-upu, który zarobił wystarczająco dużo pieniędzy, żeby zatrudnić modnego dekoratora. Wszystkie ścianki działowe znikły, biura zaaranżowano w otwartej przestrzeni, zorganizowanej wokół miejsc dla nieformalnych zebrań. Parkiet z jasnego, prawie białego drewna biegł między drewnianymi stołami, taboretami, niskimi kanapami i wielokolorowymi krzesłami Eamesów.

Pośrodku pomieszczenia, za kontuarem, stał barista, który przygotowywał cappuccino ze smakowitą pianką. Nieco dalej pracownicy rozgrywali partię ping-ponga i grali w piłkarzyki. Średnia ich wieku nie przekraczała dwudziestu pięciu lat. Niektórzy wyglądali wręcz na tegorocznych maturzystów. Jeśli chodzi o styl, było wszystkiego po trochu. Od brodatych hipsterów, klonów Zuckerberga, wśród chłopców, po młodzieżowe mundurki, czyli kurtka Perfecto plus wiosenna sukienka w kwiatki wygrzebana w second-handzie w Williamsburgu wśród dziewcząt, a były i stroje bardziej wyrafinowane, wzorujące się na zdjęciach prezentowanych przez blogerki modowe.

Cały ten uroczy światek, z komórkami przyklejonymi do dłoni, z laptopami na kolanach, wciąż uderzał w klawisze, sięgając co chwila do wielkich salaterek ustawionych na stołach, pełnych różnych kiełków i chipsów z jarmużu. Zawsze mnie zaskakiwało, jak często rzeczywistość przebija swoje karykatury.

– Proszę mi wybaczyć spóźnienie, od trzech dni mamy tu prawdziwy wyścig z czasem.

Alan Bridges powitał nas prawie doskonałą francuszczyzną.

Przywitałem się z nim i przedstawiłem Caradeca jako byłego oficera policji, który pomaga mi w prowadzonym przeze mnie prywatnie śledztwie.

– Bardzo lubię Francję! – oznajmił Alan Bridges. – Kiedy miałem dwadzieścia lat, spędziłem rok na studiach w Aix en Provence. Od tego czasu minęła wieczność! To było wtedy, gdy Giscard został prezydentem, wyobrażacie sobie, panowie?

Naczelny redaktor #WinterSun, energiczny sześćdziesięciolatek, ubrany był w białą koszulę, popelinowe jasne spodnie, marynarkę z cienkiego tweedu i skórzane adidasy. Był wysoki, miał ciepły głos i ewidentną charyzmę, w sumie prezentował się jak noszący takie samo nazwisko aktor, Jeff Bridges. Było to dość śmieszne, ponieważ czytałem w internecie, że naprawdę nazywał się Alan Kowalkowski i że zmienił nazwisko w wieku lat siedemnastu, kiedy zaczął pisać do gazety studenckiej na swoim wydziale.

– Chodźmy! – zaprosił nas, kierując się do jedynego zamykanego pomieszczenia na całym piętrze.

Odkąd zacząłem przyjeżdżać do Nowego Jorku, zawsze gdy przechodziłem przed tym zadziwiającym budynkiem, zastanawiałem się, jak też może on wyglądać w środku. Wcale się nie zawiodłem. Biuro Bridgesa mieściło się w trójkątnym, długim pomieszczeniu, a z jego okien roztaczał się spektakularny widok na Broadway, Piątą Aleję i Madison Square Park.

– Proszę, rozgośćcie się – poprosił. – Jeszcze tylko jeden telefon i jestem do panów dyspozycji. Ta konwencja wszystko przyspieszyła...

Trudno było tego nie zauważyć – mająca początkowo odbyć się w Minneapolis prawyborcza konwencja republikanów z powodu dużego ryzyka nadejścia huraganu w Minnesocie została w pośpiechu przeniesiona do Nowego Jorku. Zaczęła się dwa dni wcześniej na Madison Square Garden, a miała zakończyć tego wieczoru przemówieniem Tada Copelanda, który wygrał prawybory swojej partii.

Na trzech płaskich ekranach przyczepionych do ściany włączone były bezdźwięcznie kanały informacyjne i można było na nich zobaczyć wizerunki przeróżnych „tenorów" partyjnych: Jeba Busha, Carly Fiorinę, Teda Cruza, Chrisa Christiego, Tada Copelanda.

Rzuciwszy okiem na biurko Bridgesa, którym okazały się stare spatynowane drzwi z masywnego drewna położone na dwóch prymitywnych stojakach, ujrzałem ksero mojego zdjęcia w Wikipedii. Po bokach kartki były adnotacje – dziennikarz najwyraźniej nie pozwalał działać przypadkowi.

Bridges starał się wynegocjować z kandydatem republikańskim wywiad na prawach wyłączności, a ja pozwoliłem sobie na krótką przechadzkę po jego gabinecie.

Inspirowany buddyzmem i taoizmem gabinet był bardzo oryginalny. Urządzony surowo, w duchu pokory, podkreślono w nim niedoskonałości wynikłe z przemijania czasu. Dało się odczuć, że dekoratora prowadziły zasady wabi-sabi.

Na surowej drewnianej półce stało zdjęcie w prostej ramce,

przedstawiające Alana Bridgesa i Florence Gallo trzymających się za rękę w Battery Park. Było to jedyne zdjęcie w pokoju. I nagle oświeciło mnie: Gallo i Bridges mieli romans! Wyłącznie z tej przyczyny redaktor naczelny zgodził się ze mną spotkać! Tak jak świadczyła o tym fotografia, Florence była jego utraconą miłością, o której być może nie potrafił zapomnieć.

Było to mocne zdjęcie, które przypomniało mi, jak przez długie lata nienawidziłem aparatów fotograficznych, tych okrutnych maszyn – źródeł nostalgii. Tysiące zdradliwych kliknięć utrwalało na zawsze chwilę i tak już nieistniejącej spontaniczności. Gorzej, tak jak bomba z opóźnionym zapłonem, często raziły ofiarę dopiero lata później, ale zawsze trafiały prosto w serce, gdyż często w życiu człowieka nie ma nic, co wygrałoby z przeszłością, utraconą niewinnością i tłamszonym uczuciem. Nic bardziej nas nie szarpie niż wspomnienie przegapionych okazji i zapach szczęścia, któremu pozwoliliśmy umknąć.

Również z tego samego powodu wpadłem w zachwyt, gdy zostałem ojcem. Posiadanie dziecka jest lekarstwem na nostalgię i przywiędłe wspomnienia. Posiadanie dziecka zmusza cię do wyrzucenia za burtę balastu zbyt ciężkiej przeszłości, byś mógł energicznie spojrzeć w jutro. Posiadanie dziecka oznacza, że jego przyszłość staje się ważniejsza od twojej przeszłości. Posiadanie dziecka zmienia w pewnik założenie, że nigdy już przeszłość nie wygra z przyszłością.

2

– Jestem do panów dyspozycji – oznajmił Bridges, kończąc rozmowę telefoniczną. – Panie Barthélémy, przeczytałem pański mail z ciekawością, ale nie rozumiem zbyt dobrze, czemu interesuje pana osoba Florence Gallo.

Postanowiłem zyskać na czasie i niczego nie ukrywać.

– Czy nigdy panu nie przyszło do głowy, że śmierć Florence mogła nie być wynikiem wypadku?

Dziennikarz zmarszczył brwi, a Caradec wbił gwóźdź jeszcze głębiej.

– Czy nigdy nie przyszło panu do głowy, że Florence została zamordowana?

Zdumiony Bridges potrząsnął głową.

– Ani przez chwilę nie przyszło mi to na myśl – stwierdził kategorycznie. – O ile wiem, śledztwo niedwuznacznie wskazało na wypadek. Florence często skakała z tego mostu, kiedy miała chandrę i chciała wyczyścić głowę z nachodzących ją niedobrych myśli. Jej samochód stał w parku, kilka metrów od mostu.

– Ten spadochron, który się nie otworzył, to dlatego, że po prostu miała pecha?

– Och, przestańcie wygadywać głupstwa! Nie jestem specjalistą od base jumpingu, ale w takich ekstremalnych sportach zdarzają się wypadki. A poza tym, jeśli już chcą panowie kogoś zamordować, są inne, łatwiejsze metody, niż zrzucić ofiarę z mostu w zabitej dechami dziurze gdzieś w Wirginii, prawda?

– Czy Florence miała jakichś wrogów?

– Takich, którzy chcieliby ją zabić? Nie znam nikogo.

– Pamięta pan, nad czym pracowała Florence, kiedy to się wydarzyło?

– Nie za bardzo, ale z pewnością nad niczym skandalicznym.

– Czy nie szukała sensacyjnych materiałów?

– Raczej nie. Można powiedzieć, że ona sama była sensacyjnym materiałem, w tym sensie, że łączyła w sobie siłę perswazji z wyrozumiałością. Florence była kimś wyjątkowym. Genialna dziewczyna. Inteligentna, niezależna, obdarzona zdolnością prawdziwej empatii, etyka dziennikarska naprawdę była dla niej ważna. Odznaczała się rzadko spotykaną w tym zawodzie elegancją, w dawnym dobrym stylu.

Zamilkł i popatrzył na zdjęcie. Oczy mu błyszczały. Kiedy zdał sobie sprawę, że wyczuliśmy jego zakłopotanie, postanowił nie ukrywać dłużej swoich uczuć.

– Będę z panami szczery, a zresztą to nie jest tajemnica. W tamtym czasie spotykaliśmy się. Łączyła nas miłość. – Westchnął i jakby się skurczył. W sekundę postarzał się o dziesięć lat. – Był to dla mnie bardzo ciężki okres – rzekł. – Byłem żonaty z Carrie, mieliśmy już czteroletnie dziecko, a żona była w ósmym miesiącu ciąży. Możecie nazwać mnie draniem, kimkolwiek zresztą chcecie, ale tak to wyglądało. Tak, kochałem Florence, i tak, zamierzałem dla niej rozwieść się z moją ciężarną żoną. Florence była tą kobietą, na którą czekałem całe życie. Wreszcie spotkałem kogoś właściwego. Niestety, to nie był najlepszy moment...

Słuchając Bridgesa, poczułem do niego natychmiastową sympatię. Po chwili załamania w jego oczach zaświeciła znów iskra. Wspomnienie Florence było tak żywe, że błyskawicznie odżyło.

– A więc, panie Barthélémy, dlaczego się pan nią interesuje? – powtórzył pytanie.

Otworzyłem już usta, gdy Caradec rzucił mi ostrzegawcze spojrzenie. Nie mylił się zresztą: Bridges był starym dziennikarskim wygą, miał armię współpracowników, którzy prowadzili dla niego poszukiwania. Jedno słowo za dużo i tajemnica Claire wyjdzie na jaw. Postanowiłem więc pomyśleć chwilę nad odpowiedzią.

– Mamy poważne podstawy, by przypuszczać, że śmierć Florence została sprowokowana.

Alan Bridges westchnął.

– Panowie, myślę, że dość już tej zabawy. W tym zawodzie

informacje się wymienia. Ja byłem z wami szczery. Teraz kolej na was. Co tam chowacie w rękawie?

– Mogę powiedzieć panu, nad czym pracowała Florence w momencie śmierci.

Prawie bezwiednie naczelny zacisnął pięści, wbił sobie paznokcie w skórę. Ta informacja zainteresowała go tak bardzo, że trudno mu było ukryć ciekawość. Marc poczuł, że ta próba sił może zadziałać na naszą korzyść.

– Proszę pana, gramy w jednej drużynie – zapewnił go. – Wszyscy szukamy prawdy.

– Ale o jakiej prawdzie mówicie, do cholery?!

– Dojdziemy i do tego, ale najpierw pozwoli pan, że zadam jeszcze jedno pytanie. Powiedział pan przed chwilą, że Florence często skakała ze spadochronem, kiedy miała chandrę.

– Tak jest.

– Dlaczego uważa pan, że w tamten weekend była w złym nastroju?

Kolejne westchnienie. Tym razem wspomnienia były nie tylko kłopotliwe, ale również bolesne.

– Dwa dni przed śmiercią Florence – w piątek – żona odkryła, że mam romans. Wczesnym popołudniem Carrie, z ogromnym brzuchem, wpadła do redakcji wściekła. Zaczęła na mnie wrzeszczeć przy wszystkich. Powiedziała, że ją upokorzyłem, że zaraz, tu, przede mną, otworzy sobie żyły. Kiedy zauważyła Florence, najpierw rzuciła się na nią, potem wpadła do jej gabinetu i poprzewracała wszystko do góry nogami, a komputerem rzuciła o ścianę. Było to tak gwałtowne, że w końcu zasłabła, i trzeba było ją odwieźć do szpitala, gdzie przedwcześnie zaczęła rodzić.

Zatkało mnie. Każdy z nas prędzej czy później narażony jest na takie trzęsienie ziemi, w chwili gdy uczucia zmieniają się w zapałki krzesane w lesie pełnym suchych drzew. To początek pożaru, który może zniszczyć do cna fundamenty dotychczasowego życia, a nas zepchnąć w przepaść. Albo też możemy się odrodzić jak Feniks z popiołów.

– Kiedy ostatni raz rozmawiał pan z Florence?

Caradec nie tracił głowy. Rozmowa przypominała mu przesłuchania, które uwielbiał, i rozgryzł już częściowo Bridgesa.

– Następnego dnia zostawiła wiadomość na automatycznej sekretarce. Wysłuchałem jej dopiero wieczorem.

– I co mówiła?

Bridges zastanowił się chwilę.

– „Alan, wysłałam do ciebie maila. Zrób ksero załącznika. Nie uwierzysz własnym uszom. Oddzwoń".

Marc spojrzał na mnie. Wreszcie coś mamy!

– Jak już wam mówiłem, całe tamto popołudnie spędziłem w klinice, gdzie żona rodziła. Wyobrażacie sobie, w jakim stanie byliśmy oboje. Mimo to sprawdziłem pocztę, ale nie znalazłem maila od Florence. Niczego nie było ani w mojej poczcie służbowej, ani w prywatnej. Nic nie wpadło do spamu. Jej wiadomość była jednak bardzo tajemnicza, nie wiedziałem, czy chodzi o nas, czy o pracę.

– A więc zaintrygowało to pana?

– Oczywiście. Wieczorem wymknąłem się ze szpitala i poszedłem do mieszkania Florence w Lower East Side, ale nie zastałem jej. Sprawdziłem w ślepej uliczce za domem, gdzie zwykle parkowała samochód. Jej małego lexusa nie było.

Rudowłosa dziennikarka zapukała w oszklone drzwi i weszła do gabinetu.

– Tad Copeland zgodził się na wywiad! – wykrzyknęła, pokazując Bridgesowi ekran laptopa, który trzymała w ręku. Mamy wyłączność od samego początku: tylko pan i on, jutro rano, na boisku do koszykówki niedaleko Columbus Park. Super, ale nie boi się pan, że to będzie wyglądało, jakbyśmy się podlizywali?

– Nie martw się, Cross, zadam mu właściwe pytania! – odparł redaktor naczelny.

Zaczekał, aż rudowłosa wyjdzie, i dalej snuł wspomnienia:

– Wiadomość o śmierci Florence była jak tsunami. Ja w końcu i tak rozwiodłem się z żoną, która wypowiedziała mi wojnę i zostawiła bez jednej koszuli na grzbiecie, pozbawiając możliwości regularnego kontaktu z dziećmi, widuję je bardzo rzadko. W pracy miałem piekło: nie byłem już dziennikarzem, moja praca ograniczała się do zwalniania ludzi, aż wreszcie, co było do przewidzenia, w dwa tysiące dziewiątym roku ogłosiliśmy upadłość. Był to jeden z najczarniejszych okresów mojego życia.

– Nie starał się pan znaleźć maila od Florence jakimiś innymi sposobami? – Marc ciągnął uparcie swój wątek.

– Przez pewien czas w ogóle o tym nie myślałem. Potem postanowiłem sprawdzić służbową pocztę Florence, ale tam też niczego nie znalazłem. W tamtym czasie nasza gazeta wciąż padała ofiarą piractwa informatycznego. Nawet moje prywatne konto było kilkakrotnie hakowane. Panował totalny chaos.

– Nie wzbudziło to w panu żadnych podejrzeń?

– Szczerze mówiąc, groźby, piractwo, to zdarzało się nam bez przerwy. „New York Herald" był postępową gazetą – mówimy o okresie dwóch ostatnich lat rządów George'a W. Busha. Bez przerwy czepialiśmy się kłamstw tej administracji. Więc...

– Czy naprawdę pan myśli, że to piractwo informatyczne zorganizował ktoś z obozu władzy?

– Niekoniecznie. Mieliśmy mnóstwo wrogów: organizacje opowiadające się za prawem do powszechnego posiadania broni, przeciwnicy aborcji, małżeństw gejowskich, imigracji, anarchiści... Prawie połowa Stanów chciała naszej zguby.

– A w komputerze Florence też pan niczego nie znalazł?

– Nie wiedziałem, jakiego komputera używała, bo żona zniszczyła jej komputer służbowy.

– Na jaki adres Florence do pana pisała?

– Ponieważ byliśmy parą, pisała na mój adres prywatny. Zresztą ciągle aktualny.

Wyjął z kieszeni marynarki wizytówkę i obok danych służbowych zapisał piórem inny adres: alan.kowalkowski@att.net.

– Bridges to pseudonim, bo kiedy zaczynałem pisać, tak lepiej brzmiało. A poza tym podobało się dziewczynom...

Zamyślił się nad minioną młodością, ale po chwili wrócił do rzeczywistości.

– A co do tej sprawy, z którą panowie przyszli... Więc nad czym pracowała Florence w chwili śmierci?

Tym razem odezwałem się ja.

– Kilka dni przed śmiercią Florence skontaktowała się z Joyce Carlyle.

Bridges zapisał to nazwisko w notesie, który leżał przed nim na biurku.

– Z matką dziewczyny porwanej przez pedofila we Francji, nic to panu nie mówi? – ciągnąłem.

Bridges potrząsnął głową z zawiedzioną miną.

– W każdym razie nic, co bym zapamiętał. Ale nie rozumiem, co to ponure wydarzenie może mieć wspólnego z...

– Joyce Carlyle zmarła kilka godzin przed Florence – przerwałem mu.

Oczy mu zabłysły.

– Co było przyczyną jej śmierci?

– Oficjalnie przedawkowanie narkotyków, ale myślę, że została zamordowana.

– Dlaczego pan tak uważa?

– Powiem panu, gdy dowiem się więcej na ten temat.

Bridges skrzyżował ręce i kciukami przetarł powieki.

– Postaram się zebrać informacje na temat Joyce Carlyle.

Wstał i wskazał na brzęczący ul za szybą gabinetu.

– Ci smarkacze, których widzicie, wyglądają niewinnie, ale to najlepsi *muckrackers**, jakich znam. Jeśli jest coś do znalezienia na temat tej kobiety, na pewno to wytropią.

Wyjąłem z kieszeni klucze, które dała mi Gladys.

– Jeśli będzie pan miał chwilę, proszę pójść sprawdzić tam.

– A co to za klucze? – spytał Bridges, biorąc do ręki pęk kluczy.

– Od przechowalni mebli, w której siostry Joyce złożyły wszystkie jej rzeczy.

– Na pewno to sprawdzimy! – obiecał.

Odprowadził nas do windy, a ja nagle odniosłem dziwne wrażenie niedopowiedzenia. Czegoś takiego doznawałem czasem pod koniec pisania rozdziału. Dobry rozdział musi mieć początek, rozwinięcie i zakończenie. Teraz miałem wrażenie, że nie poruszyłem właściwego tematu. Krążyłem wokoło i nie dotarłem do najważniejszego. Czego nie zauważyłem? Jakie pytanie zapomniałem zadać?

Bridges *vel* Kowalkowski uścisnął nam dłonie i gdy już zamykały się za nami drzwi windy, w ostatnim momencie zablokowałem je dłonią.

– Gdzie mieszkała Florence? – spytałem Alana Bridgesa.

Odwrócił się do mnie.

– Mówiłem już panu, w Lower East Side.

– Ale pod jakim adresem?

– Mieszkała w takim małym budynku na rogu Bowery i Bond Street.

Popatrzyłem na Marca podminowany. Dokładnie z tego miejsca zadzwonił anonimowy rozmówca, który zawiadamiał o napadzie na Joyce!

---

* *Muckrackers* (ang.), czyli demaskatorzy, łowcy skandali – tu: dziennikarze śledczy.

3

Wyszliśmy z Flatirona i ruszyliśmy na południe miasta osłonecznionymi chodnikami Broadwayu i University Place, aż dotarliśmy do Greenwich Village. Manhattan był zatłoczony do maksimum. Konwencja republikańska przyciągnęła tłumy, bo i dziennikarze, i działacze, i przedstawiciele, i zwolennicy... Tu, gdzie szliśmy, było spokojniej, ale wokół Madison Square Garden zamknięto wiele ulic, wpuszczano tylko autobusy przewożące uczestników z hoteli na uroczystości.

Tymczasem Manhattan normalnie nie był wcale bastionem republikanów. Przyjechałem tu jesienią 2004 roku, żeby rozejrzeć się i zebrać materiały do następnej powieści. Pamiętałem nieprzyjemną atmosferę, jaka tu panowała, bo przyjaciele George'a W. Busha wybrali wówczas Nowy Jork na miejsce swojej konwencji, chcieli skorzystać z nastrojów wywołanych 11 września. W tamtym okresie Nowy Jork nienawidził republikanów. Pod egidą między innymi Michaela Moore'a zjechały się tu tysiące demonstrujących przeciw Bushowi w wyrazie protestu przeciw kłamliwej polityce i nieuzasadnionej wojnie prowadzonej w Iraku. Manhattan wyglądał jak oblężony. Demonstracje wymknęły się spod kontroli i zamieniły w zamieszki, doszło do bijatyk i rozbojów, setki ludzi trafiły do aresztu. Zdjęcia republikanów zebranych na Madison Square Garden, zabarykadowanych blokami cementu i chronionych przez setki policjantów, obiegły cały świat. Nie przeszkodziło to Bushowi w wygraniu wyborów powtórnie, ale Old Party wyszła z tej konfrontacji z osłabionym morale.

Od tego czasu minęło dwanaście lat i wiele się zmieniło. W to sobotnie popołudnie, choć wszędzie widziało się mnóstwo policji, atmosfera była zadziwiająco spokojna. Trzeba powiedzieć, że przynajmniej tym razem republikanie wybrali kandydata młodego i umiarkowanego w poglądach, wyglądał, jakby wyszedł prosto z serialu telewizyjnego Shondy Rhimes. Nazywał się Tad Copeland, był gubernatorem Pensylwanii i w sondażach szedł ramię w ramię z Hillary Clinton.

Opowiadał się za prawem do aborcji, był ekologiem, uważał, że należy ograniczyć prawo do posiadania broni, apelował o poszanowanie praw osób homoseksualnych. Członkowie jego własnej partii byli zdezorientowani, niektórzy wręcz rozzłoszczeni. Ale podczas bezwzględnych starć w prawyborach niespodziewanie zwyciężył Donalda Trumpa i Teda Cruza, skrajnych konserwatystów z Partii Republikańskiej.

Obecnie dynamika kampanii wyborczej koncentrowała się wokół niego, białego Baracka Obamy, jak nazwała go prasa. Podobnie jak Obama, Copeland zaczynał karierę jako pracownik społeczny, zanim został profesorem prawa konstytucyjnego na uniwersytecie w Filadelfii. Pochodził z rodziny robotniczej, dobiegał pięćdziesiątki, dobrze wyglądał. Ośmieszał kandydatkę demokratów i zabierał w ten sposób część jej głosów, starszej i postrzeganej jako członkini klanu skorumpowanych polityków.

Spojrzałem na zegarek. Przyszliśmy dużo przed czasem i zauważyłem, że Marc powłóczy nogami.

– Może gdzieś wejdziemy na porcję ostryg? – zaproponowałem.

– Nie powiem nie – odrzekł Marc. – Jestem trochę zmęczony. To ta różnica czasu...

– ...no i szok, przecież zabiłeś człowieka.

Popatrzył na mnie bez zmrużenia oczu.

– Nie licz na to, żebym go żałował!

Podniosłem głowę, żeby się zorientować, gdzie dokładnie jesteśmy.

– Chodźmy! – powiedziałem po chwili.

Znałem tu niedaleko pewne miejsce – bar z owocami morza na rogu Cornelia Street i Bleecker, do którego wielokrotnie zabierał mnie mój kumpel, Arthur Costello, nowojorski pisarz, którego wydawało we Francji to samo wydawnictwo co mnie.

Caradec poszedł za mną. Zaprowadziłem go na małą wąską uliczkę obudowaną domami z żółtej cegły, przed którymi rosły kolorowe drzewa.

– *Hello, guys, join us anywhere at the bar!*

Za każdym razem, gdy popychałem drzwi Oyster Bar, z ulgą stwierdzałem, że nie ma tam turystów.

– Fajnie tutaj – stwierdził Marc, siadając na stołku przy barze.

– Wiedziałem, że ci się tu spodoba.

W Oyster Bar czas zatrzymał się gdzieś na początku lat sześćdziesiątych. Byliśmy w portowej knajpce w Nowej Anglii, w której kelnerka, stawiając porcję krakersów na stole, zwracała się do was *Darling*. Radio nadawało piosenki Ritchiego Valensa, Johnny'ego Mathisa i Chubby'ego Checkera. Szef nosił ołówek zatknięty za uchem. Truskawki miały smak truskawek. Wyglądało na to, że nikt tu nie wie o istnieniu internetu i Kim Kardashian.

Zamówiliśmy porcję *spéciales* i butelkę białego sancerre. Sytuacja była poważna, ale nie przeszkodziło to nam stuknąć się kieliszkami i kiedy podnosiliśmy je do góry, ogarnęło mnie silne uczucie wdzięczności. Marc był zawsze gotów do pomocy, od początku wspierał mnie i mojego syna. I nawet dziś nie zawahał się wsiąść do samolotu i przylecieć do Nowego Jorku. Przeze mnie o mało nie został zabity i sam musiał zabić człowieka.

Uświadomiłem sobie jasno, że poza Claire i nim nie miałem w życiu nikogo bliższego. Z siostrą nigdy nie mogliśmy się porozumieć, matka zaś, która obecnie mieszkała w Hiszpanii, odwiedziła swojego wnuka może dwa razy, odkąd się urodził. Ojciec natomiast cały czas mieszkał na południu Francji, a niedawno ożenił się z dwudziestopięcioletnią dziewczyną. Oficjalnie nie byłem z nikim skłócony, ale moje stosunki z nimi wszystkimi były powierzchowne, a właściwie nie istniały. Smutna rodzina.

– Dzięki ci, że tu jesteś, Marc... I bardzo mi przykro, że wciągnąłem cię w tę makabrę.

Spojrzeliśmy na siebie. Mrugnięcie okiem, głębokie wzajemne zrozumienie.

– Nie przejmuj się. Uratujemy twoją Claire Carlyle.

– Mówisz tak, żeby mnie pocieszyć.

– Nie, naprawdę tak myślę. Idziemy do przodu... Tworzymy zgraną ekipę.

– Naprawdę?

– Naprawdę, naprawdę... Jesteś niezłym śledczym!

Wizyta u Alana Bridgesa dodała nam skrzydeł. Zdobyliśmy nowe informacje, ale wciąż miałem wrażenie, że przede mną leży ogromny splątany kłębek wełny, który trzeba rozplątać.

Marc włożył okulary i wyjął z kieszeni plan, który musiał znaleźć w recepcji hotelu.

– Dobrze, pokaż mi, gdzie się wszystko rozegrało w dniu śmierci Joyce.

Korzystając z moich wskazówek, narysował krzyżyk w miejscu, w którym mieszkała Joyce w Harlemie, potem drugi w miejscu zamieszkania Florence Gallo na Lower East Side, piętnaście kilometrów niżej.

– Co o tym myślisz? – spytał, dolewając sobie wina.

Zacząłem zastanawiać się na głos.

– Przypomnij sobie, co mówił Alan: że Florence, tuż po wysłaniu maila, którego rzekomo nie dostał, zostawiła mu wiadomość na automatycznej sekretarce o treści: „Nie uwierzysz własnym uszom”.

– Hm...

– Nie napisała: „Nie uwierzysz!" ani: „Nie uwierzysz własnym oczom!". Powiedziała: „Nie uwierzysz własnym uszom!". Tak więc według mnie to jasne, że wysłała mu plik dźwiękowy.

– Zgoda, ale jaki plik?

– Nagrała rozmowę ze swojej komórki.

Caradec wydął wargi: może tak, może nie... Ale nie udało mu się zarazić mnie swoimi wątpliwościami.

– Dobrze, więc posłuchaj: przede wszystkim Florence nie nagrała Joyce bez jej wiedzy!

– Na jakiej podstawie tak twierdzisz?

– Po pierwsze, to nie leżało w jej charakterze, a po drugie, zawsze mi się wydawało, że to Joyce skontaktowała się pierwsza z Florence, żeby opowiedzieć swoją historię.

– Więc uważasz, że się porozumiały i postanowiły nagrać jakąś trzecią osobę?

– Tak, kogoś, komu Joyce wyznaczyła spotkanie u siebie w domu. Tak widzę ten plan: Joyce podpuszcza swojego gościa, żeby zaczął mówić, jednocześnie dyskretnie nawiązuje połączenie telefonem na kartę. Z drugiej strony Florence słucha i nagrywa rozmowę, gdy nagle...

– ...rozmowa zmienia się w kłótnię... – dokończył Marc, wciągając się w grę. – Może ta osoba spostrzega, że jest nagrywana. W każdym razie wyprowadzona z równowagi rzuca się na Joyce, a ta zaczyna krzyczeć.

– W tym momencie Florence wpada w panikę. Zbiega na dół do budki telefonicznej i zawiadamia policję o napadzie. Dokładnie tak było w dokumentach, które dostałem od Gladys.

Przyniesiono nam półmisek ostryg, a ja wyciągnąłem z teczki kserokopie i wręczyłem je Marcowi. Znów musiał włożyć okulary, żeby odczytać zapis rozmowy telefonicznej nagranej pod numerem alarmowym 911.

Data: sobota, 25 czerwca 2005. Godzina: 15.00.

„Zgłaszam brutalny napad, adres: Bilberry Street sześć, w mieszkaniu Joyce Carlyle. Przyjeżdżajcie natychmiast! Ktoś ją morduje!".

Do tego momentu wszystko się cudownie zgadzało, z tym że stróże prawa, którzy faktycznie dotarli pod ten adres sześć minut później, nie zauważyli niczego podejrzanego. Zajrzałem Marcowi przez ramię i zakreśliłem piórem fragment, w którym było napisane, że obaj policjanci wyraźnie widzieli wnętrze domu, również łazienki, i nie zauważyli jakichkolwiek śladów włamania, walki czy krwi.

– A przecież to tam znaleziono ciało Joyce... – wyszeptał Caradec.

– Tak, następnego dnia. Jej siostra Angela znalazła ją na podłodze koło umywalki. Sama mi powiedziała, że w całym pomieszczeniu było pełno krwi.

– To wygląda rzeczywiście niepokojąco! – zgodził się Marc. – Poza tym burzy naszą piękną konstrukcję.

Westchnąłem i zacisnąłem zęby. Potem wściekły uderzyłem pięścią w kontuar.

16

Cold case*

*Tempus tantum nostrum est***.

Seneka

1

W Oyster Bar nie wypadało się awanturować, więc kilku stałych klientów rzuciło mi spojrzenia pełne dezaprobaty. Opanowałem się.

– To pewne, że tych dwóch z patrolu, Powell i Gomez, skłamało!

– Nie byłbym tego taki pewien... – odrzekł Marc, rozsmarowując masło na kromce ciemnego chleba.

– Jak to?

Wzruszył ramionami.

– Dlaczego policjanci mieliby kłamać? W jakim celu?

– Może w ogóle tam nie poszli... W tamtych czasach ludzie zasypywali policję fałszywymi alarmami telefonicznymi.

Marc podniósł rękę w proteście.

– Alert nadany przez Florence brzmiał wystarczająco wiarygodnie, żeby potraktować go poważnie. Procedura interwencji w razie zgłoszenia brutalnego napadu jest standardowa i nie-

---

* *Cold case* (ang.) – dosłownie: „zimna sprawa", niewyjaśniony przypadek morderstwa.
** Tylko czas należy do nas.

odwoływalna, więc nie można zignorować takiego zgłoszenia. A nawet jeśli gliniarze nie przyłożyliby się do inspekcji miejsca napadu, powiedzieliby raczej, że zasłony w oknach były zaciągnięte. To byłoby znacznie mniej ryzykowne niż deklaracja, którą złożyli, bo z jej powodu można by ich pociągnąć do odpowiedzialności. Nie byłem zupełnie przekonany. Musiałem to przeanalizować.

– Więc jak to wytłumaczysz? – spytałem.

– Niestety, nie wiem... – odrzekł Marc, kończąc kromkę chleba.

Potem zabrał się do małży, cały czas studiując wyciągi z raportów policyjnych, które dała mi Gladys. Nieźle radził sobie z angielskim, jednak musiałem mu tłumaczyć terminy techniczne i bardziej skomplikowane sformułowania.

Dwukrotnie wracał do szczegółu, który mi umknął, a raczej, którego wagi nie doceniłem. Isaac Landis, kierownik sklepu monopolowego mieszczącego się pod numerem 2 Sto Trzydziestej Drugiej Wschodniej, zeznał, że tamtej soboty, 25 czerwca, o godzinie czternastej czterdzieści pięć, sprzedał Joyce Carlyle butelkę wódki.

– Wiemy więc na pewno, że Joyce była w tej dzielnicy i o tej godzinie jeszcze żyła, nic poza tym – powiedziałem.

Gestem dłoni Caradec poprosił, abym umiejscowił na planie miasta ten konkretny sklep. Było to w odległości około siedmiuset metrów od Bilberry Street 6, domu Joyce.

– Trudno mi sobie to miejsce wyobrazić – przyznał Marc, ocknąwszy się z zamyślenia. – Wiesz, że nigdy w życiu nie byłem w Harlemie?

– Naprawdę? Kiedy ostatni raz byłeś w Nowym Jorku?

Marc gwizdnął przez zęby.

– To było z Élise i z małą, na Wielkanoc dwa tysiące pierwszego roku... Kilka miesięcy przed zamachami.

Wręczyłem mu telefon, na którym miałem wszystkie zdjęcia, które zrobiłem po południu poprzedniego dnia, idąc na spotkanie z Ethel Faraday i obiema siostrami Carlyle. Obejrzał je dokładnie, powiększając fragmenty na ekranie dotykowym i wypytując mnie bez przerwy.

– A to jest gdzie?

Wskazał na szyld jednego ze sklepów. „Discount Wine and Liquor – since 1971".

– Przy skrzyżowaniu Lenox i Bilberry Street.

– Więc bardzo blisko domu Joyce, prawda?

– Tak, ze dwadzieścia metrów stamtąd.

Oczy Marca zabłysły. Był pewien, że znalazł coś ważnego, chociaż ja nie miałem pojęcia co. Dotknął mojego przedramienia.

– Jeśli Joyce rzeczywiście chciała sobie golnąć kielicha, po co miałaby pokonywać prawie kilometr pieszo, jeśli sklep z alkoholem był praktycznie pod domem?

Według mnie była to błahostka.

– Może ten sklep był zamknięty... – rzuciłem.

Marc wzniósł oczy do nieba.

– W sobotę po południu? Chyba żartujesz! To Ameryka, nie Francja. Nie musieli czekać na prawo Macrona, żeby otworzyć sklepy w weekend.

– Mhm... – Wciąż nie byłem przekonany.

Marc nie ustępował.

Patrzyłem na plan miasta przymocowany do kontuaru i nagle przypomniały mi się słowa Angeli Carlyle. Tego feralnego weekendu były z Gladys w Filadelfii w odwiedzinach u matki. Więc u nich w domu nikogo nie było. Przeszedł mnie dreszcz ekscytacji.

– Wiem! – wykrzyknąłem.

Marc spojrzał na mnie zaskoczony. Zacząłem mu tłumaczyć:

z powodu, którego jeszcze nie znamy, Joyce wolała przyjąć swego gościa w domu sióstr raczej niż u siebie, ale nie widziała potrzeby, żeby poinformować o tym Florence. To tłumaczyłoby wszystko: i to, że poszła kupić wódkę tak daleko od swojego mieszkania, i to, że policja nie zauważyła u niej w domu niczego podejrzanego. Po prostu dziennikarka podała im nieświadomie niewłaściwy adres!

Pod wpływem podniecenia machnąłem nieuważnie ręką i wylałem zawartość kieliszka na kontuar baru.

– Ależ ze mnie gapa!

Nóżka kieliszka stłukła się. Alkohol mnie opryskał, powstała brzydka plama na przodzie koszuli.

Przetarłem ją papierową chusteczką, ale wciąż roztaczałem woń sancerre.

– Zaraz wracam. – Zeskoczyłem ze stołka.

Przeszedłem przez całą salę aż do toalety, ale była zajęta. Czekałem przed drzwiami. W tym momencie zadzwoniła moja komórka. To była Marieke, spanikowana, bo Théo upadł i nabił sobie guza.

– Wolę pana zawiadomić! – krzyknęła, przerzucając w moje dłonie ten gorący kartofel.

Słyszałem gdzieś z tyłu jęczenie Théo. Poprosiłem, żeby mi go dała do telefonu i w sekundę zorientowałem się, że nic mu się nie stało.

– Koniec tej komedii, stary! Mnie nie nabierzesz…

Ten mały Machiavelli starał się tylko zwrócić na siebie uwagę, chciał wycyganić od Marieke buziaka. Już zapomniał o wszystkim i opowiadał mi dokładnie, co zjadł, a ja tymczasem obserwowałem Caradeca. Trzeba mu było oddać, że umiał wzbudzać w ludziach zaufanie. W tej chwili dyskutował wesoło z gościem z sąsiedniego stolika, zapewne studentem akademii sztuk pięknych, nerdem w okularach w grubej szylkretowej oprawie, który szkicował w swoim notesie przez cały posiłek. Wyglądali, jakby byli starymi przyjaciółmi. Przymrużyłem oczy. Marc pożyczył od niego komórkę... Tak, mówił mi, że jego stara Nokia nie działa w Stanach. Ale nigdzie nie dzwonił, tylko surfował po internecie. Czego szukał?

Otworzyły się drzwi do toalety. Wszedłem, by naprawić szkody za pomocą mydła w płynie, letniej wody i ciepłego nawiewu z suszarki do rąk. Kiedy wyszedłem, pachniałem wetiwerią z Jawy i trochę mniej przypominałem pijaka, który oblał się cienkim winem.

Ale Marca już nie było przy barze.

– Gdzie się podział mężczyzna, z którym tu byłem? – spytałem studenta.

– Nie wiedziałem, że jesteście razem.

Kretyn! – zirytowałem się na niego w myślach.

– Gdzie on jest?

– Przed chwilą wyszedł – odpowiedział okularnik.

– Co?

Chłopak wskazał wielką szklaną witrynę Oyster Bar. Skamieniałem.

– Zostawił coś dla pana – powiedział okularnik, wkładając kurtkę.

Podsunął suwak i wręczył mi plan Nowego Jorku. Z tyłu Marc nabazgrał ciasno kilka zdań.

Raph,
wybacz, że Cię zostawiam, ale muszę coś sprawdzić. Może to kompletny absurd. Jeśli tak, lepiej, żebym poszedł tam sam.
Pracuj dalej nad swoją hipotezą. Znalazłeś metodę: badaj tak, jakbyś pisał. Szukaj dalej trupa w szafie rodziny Carlyle.

Myślę, że miałeś rację: prawda zawsze ma korzenie w ziemi dzieciństwa.

Jak tylko coś znajdę, zaraz się odzywam. Ucałuj ode mnie mojego kumpla, Théo.

Marc

Nie do wiary! Złapałem odchodzącego studenta za rękaw.

– Po co był mu twój telefon?

Chłopak wyciągnął z kieszeni komórkę.

– Niech pan sam sprawdzi.

Włączyłem internet, który otworzył się na stronie *White Pages*. Amerykańska książka telefoniczna.

Marc szukał więc jakiegoś telefonu lub adresu. Ale wyszukiwarka nie zachowała w pamięci, czego szukał.

Oddałem komórkę właścicielowi i przez chwilę stałem oszołomiony, nieszczęśliwy jak zawiedzione dziecko. Poczułem się porzucony.

Dlaczego wszyscy ludzie, którzy byli dla mnie ważni, prędzej czy później oddalali się ode mnie?

2

Była inspektor May Soo-yun wyznaczyła mi spotkanie w siedzibie Transparency Project znajdującej się na terenie Wydziału Prawa Manhattan University School of Law, w historycznej dzielnicy Washington Square.

Biuro, a właściwie szklany boks, w którym na prośbę jej asystenta miałem na nią zaczekać, znajdowało się nad czytelnią uniwersytecką. Było wczesne popołudnie, biblioteka pękała w szwach. Zajęcia rozpoczęły się tydzień wcześniej i studenci, siedząc nad książkami i przed ekranami komputerów, pracowali w skupieniu.

Mając przed oczami to miejsce tak sprzyjające nauce, wspomniałem moją okropną uczelnię, w której zrobiłem magisterium. Zawsze przepełniona aula, nudne wykłady, rozpolitykowani profesorowie mający wszystko w nosie, brzydkie i obskurne budynki z lat siedemdziesiątych, brak jakichkolwiek wyzwań intelektualnych, atmosfera beznadziei, wysokie wskaźniki bezrobocia i brak perspektyw na dobrą pracę w przyszłości. Z pewnością trudno tu było o porównanie, amerykańscy studenci z pewnością płacili bardzo drogo za swoje studia, ale niewątpliwie była to cena zasłużona. To jedna z rzeczy, która najbardziej oburzała mnie we Francji: jak od tylu dziesiątek lat społeczeństwo mogło zadowolić się tak mało stymulującym i sztywnym systemem nauczania, wbrew obiegowej opinii wcale nie egalitarnym?

Odpędziłem te ponure myśli, wiedziałem, że spowodowane były również zachowaniem Caradeca. Skorzystałem z wolnej chwili, by przejrzeć na ekranie komórki całą dokumentację, którą ściągnąłem podczas moich porannych poszukiwań.

Transparency Project została założona w latach dziewięćdziesiątych przez Ethana i Joan Dixonów, parę adwokatów, zagorzałych przeciwników kary śmierci zaangażowanych w pomoc prawną dla ofiar pomyłek sądowych.

Organizacja założona w celu prowadzenia własnych dochodzeń kontrolnych nawiązała współpracę z wydziałami prawa wielu krajowych uniwersytetów. Pod egidą doświadczonych prawników studenci zaczęli przeglądać akta dawno zakończonych procesów kryminalnych, w których zapadły niesprawiedliwe wyroki. Ofiarami pomyłek często byli ludzie najubożsi, a przyczyną – niestarannie prowadzone dochodzenia policyjne i przepracowanie sędziów, którzy orzekali szybko i według sztywnego schematu.

Z biegiem lat upowszechnienie dowodów z użyciem analizy

DNA, również w sprawach, które już zostały zamknięte, wyjawiło przerażającą liczbę pomyłek sądowych. Obywatele amerykańscy odkryli wówczas, że wymiar sprawiedliwości jest nie tylko niesprawiedliwy, ale że jeszcze stał się machiną do masowego skazywania niewinnych. Nie dziesiątki, ale setki lub nawet tysiące obywateli dostawało się za kratki z wyrokiem dożywotnim lub nawet kary śmierci na podstawie zeznań czasem tylko jednego świadka.

DNA nie było oczywiście Świętym Graalem, ale dzięki takim organizacjom, jak Transparency Project, wiele niesłusznie skazanych osób nocowało obecnie u siebie w domu, a nie w celi więziennej.

– Dzień dobry, panie Barthélémy.

May Soo-yun zamknęła za sobą drzwi. Mogła mieć około czterdziestki, sprawiała wrażenie nieco sztywnej i wyniosłej, co kontrastowało z jej swobodnym strojem – miała na sobie jasne dżinsy, aksamitną turkusową marynarkę z wyhaftowanym na kieszonce herbem uczelni oraz znoszone adidasy Superstar. Ale i tak najpierw zauważało się lśniące czarne włosy. Zamotane wokół turkusowej pałeczki tworzyły koczek, który dodawał jej patrycjuszowskiej godności.

– Bardzo dziękuję, że zgodziła się pani tak szybko ze mną spotkać.

Usiadła przede mną i położyła na stole stertę papierów, które przyniosła pod pachą, a także jedną z moich powieści, przetłumaczoną na koreański.

– To egzemplarz mojej szwagierki – powiedziała, wręczając mi książkę. – Pańskie powieści cieszą się w Korei wielkim powodzeniem. Szwagierka będzie zachwycona, jeśli go pan jej zadedykuje. Nazywa się Lee Hyo-jung.

Zabrałem się do pisania dedykacji, a May Soo-yun powiedziała:

– Bardzo dobrze pamiętam sprawę Carlyle z tego prostego powodu, że jest jedną z ostatnich, którymi się zajmowałam, zanim opuściłam szeregi policji.

– Właśnie, dlaczego przeszła pani na drugą stronę? – spytałem, oddając książkę.

Na jej ładnej twarzy, starannie umalowanej, zadrżała brew.

– Na drugą stronę? To wyrażenie jest jednocześnie prawdziwe i nieprawdziwe. Zasadniczo wykonuję ten sam zawód: prowadzę dochodzenie, analizuję raporty z przesłuchań, odwiedzam miejsca zbrodni, odnajduję świadków...

– Tyle że teraz stara się pani wyciągnąć ludzi z więzienia, a przedtem ich pani zamykała.

– Wciąż tak samo się staram, żeby sprawiedliwości stało się zadość.

Czułem, że May Soo-yun pilnowała się i dla własnego bezpieczeństwa posługiwała się utartymi zwrotami. Zanim więc poruszyłem drażliwy temat, zrobiłem swoją najbardziej ujmującą minę i zadałem kolejne pytanie dotyczące jej obecnego zajęcia, ale ona dała mi do zrozumienia, że jej czas jest cenny.

– Czego chciałby się pan dowiedzieć na temat sprawy Carlyle?

Pokazałem dokumenty, które dostałem od Gladys.

– Jak pan zdobył te akta?! – wykrzyknęła, przewracając strony.

– Najuczciwiej na świecie. To dokumenty, które rodzina ofiary otrzymała na skutek zabałaganionego śledztwa.

– Śledztwo nie było zabałaganione... – odrzekła May Soo-yun urażona.

– Ma pani rację, powiedzmy więc, że wskutek niedopatrzenia na początkowym etapie, między informacjami otrzymanymi z numeru alarmowego i raportem pierwszych policjantów przybyłych na miejsce.

– Tak, pamiętam ten moment.

Spochmurniała i zaczęła przerzucać strony, najwyraźniej w poszukiwaniu dokumentów, których tam nie było.

– Rodzina otrzymała tylko fragmenty dokumentacji.

– Właśnie widzę.

Zajęło mi dziesięć minut opowiedzenie o moich ostatnich odkryciach: że Joyce kilka dni przed śmiercią kupiła telefon na kartę i że znała Florence Gallo, dziennikarkę mieszkającą w rejonie, z którego dzwoniono na policję. Zwierzyłem się też z mojej hipotezy, że Joyce prawdopodobnie zamordowano w domu jej sióstr, a dopiero potem przeniesiono, już martwą, do łazienki u niej w domu.

May Soo-yun cały czas milczała, ale w miarę jak mówiłem, twarz jej wyrażała coraz większy niepokój.

– Jeśli to, co pan mówi, jest prawdą, to znaczy, że sprawa została zamknięta zbyt szybko, ale w tamtym okresie nie dysponowaliśmy tymi wszystkimi informacjami – przyznała, kiedy umilkłem. Po chwili, jakby biorąc mnie na świadka, zmrużyła oczy i dodała: – Sam koroner stwierdził przedawkowanie narkotyków, mimo dziwnego anonimowego telefonu...

Blada jak prześcieradło wpatrywała się w kartki, które leżały rozłożone przed nią. Wówczas coś mi podszepnęło, żeby spytać:

– Czy w tych dokumentach przypadkiem nie brakuje czegoś ważnego?

May Soo-yun popatrzyła w okno i z nieobecnym wzrokiem spytała mnie:

– Dlaczego zainteresował się pan sprawą, która wydarzyła się ponad dziesięć lat temu?

– Tego nie mogę pani powiedzieć.

– A więc ja nie mogę panu pomóc.

Ogarnęła mnie wściekłość, przysunąłem twarz do jej twarzy i podniosłem głos:

– Nie tylko mi pani pomoże, ale jeszcze zrobi to pani natychmiast! Bo to pani dziesięć lat temu spartaczyła śledztwo! A teraz obnosi się pani z tym, jak bardzo zależy jej na prostowaniu pomyłek sądowych!

3

May Soo-yun, przestraszona, odsunęła się, patrząc na mnie, jakbym był niezrównoważony psychicznie, ale przynajmniej atmosfera zrobiła się mniej oficjalna. Na kilka sekund ekspolicjantka przymknęła oczy, a ja zacząłem się martwić o to, jaki kierunek przybierze nasze spotkanie. Czy może pani Soo-yun wyjmie z torby *hwando** i utnie mi głowę? Ale nie, nie zrobiła tego, zauważyła natomiast:

– Pańska teoria nie mówi nam nic o tym, kto miałby zamordować Joyce.

– Dlatego właśnie potrzebuję pani pomocy.

– Kogo pan podejrzewa? Którąś z jej sióstr?

– Nie mam pojęcia. Chciałbym się tylko dowiedzieć, czy było w tych dokumentach coś ważnego.

– Nic, co mogło zostać wykorzystane przed sądem – zapewniła mnie.

– Nie odpowiedziała pani na moje pytanie.

– Opowiem panu historię, panie Barthélémy. Jest pan pisarzem, z pewnością pana zainteresuje.

W pokoju stała maszyna z napojami, May Soo-yun podniosła się, wyjęła z kieszeni dżinsów drobne i kupiła puszkę herbaty matcha.

– Właściwie jestem naukowcem – powiedziała, opierając się

---

* Koreański miecz.

o dystrybutor. – Ale zawsze chciałam pracować w terenie, ingerować w życie ludzi tam, gdzie mogę bezpośrednio pomóc. Po zrobieniu doktoratu z biologii zdałam więc egzamin konkursowy do New York City Police Department. Na początku podobał mi się ten zawód i miałam osiągnięcia, ale wszystko się zepsuło w dwa tysiące czwartym roku. – Napiła się zielonej herbaty. – Pracowałam wówczas w komisariacie Dystryktu Pięćdziesiątego Drugiego – ciągnęła. – Bedford Park w Bronxie. Zdarzyło się, że jedna po drugiej spadły na mnie sprawy podobne jak dwie krople wody. Mężczyzna włamywał się do mieszkań młodych kobiet, gwałcił je, torturował i zabijał. Dwie ponure sprawy kryminalne, ale pozornie łatwe do rozwiązania, bo morderca zostawił bardzo dużo śladów genetycznych: gumę do żucia, niedopałki papierosów, włosy, złamany paznokieć... A jeszcze na dodatek był na liście CODIS, bazy genetycznych danych FBI.

– Więc złapała pani mordercę.

Kiwnęła głową.

– Tak, od razu, jak tylko dostaliśmy pierwsze rezultaty analiz. Nazywał się Eugene Jackson. Młody Murzyn, dwadzieścia dwa lata, student w szkole designu. Homoseksualista, nieśmiały, inteligentny. Znalazł się na tej liście po tym, jak został skazany za ekshibicjonizm trzy lata wcześniej. Założył się z kolegami, no i zabawa wymknęła się spod kontroli – tłumaczył się w sądzie. Nie było to nic strasznego, ale został wówczas skierowany na dłuższą obserwację psychiatryczną. Podczas przesłuchania nie przyznał się ani do gwałtów, ani do morderstw, ale jego alibi było słabe, a o winie przesądziły ślady DNA. To był wrażliwy chłopak. W pierwszym tygodniu pobytu w więzieniu, w Rikers, współwięźniowie ciężko go pobili. Trafił do szpitala więziennego i jeszcze zanim doszło do procesu, powiesił się. – Zapadła cisza. May Soo-yun westchnęła i wróciła na krzesło naprzeciw mnie. Widząc jej ponurą minę, zrozumiałem, że najgorsze jeszcze przede mną. Niektóre wspomnienia są jak rak: poprawa nie zawsze oznacza wyzdrowienie. – Rok później nie pracowałam już w Bronxie, ale wiem, że znów wydarzyły się podobne zbrodnie: młode kobiety były gwałcone i torturowane, a następnie zabijane. Za każdym razem morderca znajdował się na liście FBI, za każdym razem zostawiał ślady genetyczne. Śledczy, który mnie zastąpił, doszedł do wniosku, że coś tu nie gra, i oczywiście miał rację. Potwór, który chował się za tymi wszystkimi zbrodniami, nazywał się André de Valatte.

– Nigdy o nim nie słyszałem.

– Kryminolodzy i prasa nazwali go „złodziejem DNA". To był kanadyjski pielęgniarz, który pracował w szpitalu dla przestępców seksualnych. Zbierał metodycznie DNA pacjentów i podrzucał je w miejscach swoich zbrodni. André de Valatte to jedyny w swoim rodzaju seryjny morderca. Jego ofiarami były nie tylko te nieszczęsne młode kobiety, które mordował, ale również ludzie, na których konto je popełniał i którym łamał życie. To sprawiało mu największą satysfakcję.

Siedziałem zasłuchany w opowieść byłej policjantki. Ta historia nadawała się na kryminalny scenariusz, ale nie rozumiałem, co mogła mieć wspólnego z zabójstwem Joyce.

– To przeze mnie Eugene popełnił samobójstwo! – jęknęła May. – Już dwanaście lat żyję z jego śmiercią na sumieniu. Nie mogę znieść myśli, że wpadłam w pułapkę zastawioną przez Valatte'a.

– Co chce mi pani powiedzieć, May?

– DNA bywa przydatne w śledztwie, ale również może okazać się zwodnicze. I wbrew temu, co się powszechnie sądzi, samo w sobie nie jest żadnym dowodem.

– Co to ma wspólnego z Joyce?

– Na miejscu zbrodni znaleziono ślady DNA – przyznała, patrząc mi w oczy.

Przez chwilę czas się zatrzymał.

– Ślady inne niż DNA Joyce i jej sióstr, czy tak?

– Tak.

– W takim razie czyje?

– Nie wiem.

– Jak może pani nie wiedzieć? Dlaczego nie użyła ich pani wówczas?

– Bo to było tuż po historii z Valatte'em. Znalazłam się w nadzwyczaj trudnej sytuacji, żaden sędzia nie wydałby wyroku na podstawie tego jedynego dowodu.

– Dlaczego?

Czegoś tu nie rozumiałem. May Soo-yun kręciła, wciąż coś ukrywała.

– Żeby to zrozumieć, musiałby pan przeczytać kompletną dokumentację z tego śledztwa.

– Jak mogę ją zdobyć?

– Nie może pan. A poza tym dziesięć lat już minęło i wszystkie zapieczętowane dowody w tej sprawie zostały zniszczone.

– Zapieczętowane dowody może tak, ale dokumenty wciąż istnieją gdzieś w archiwach NYPD, prawda?

Kiwnęła głową.

– Niech mi pani pomoże je zdobyć. Czytałem artykuły o Transparency Project. Wiem, że nawet w policji, nawet pomiędzy wysokimi oficerami macie informatorów, którzy zawiadamiają was o sytuacjach wymykających się spod kontroli.

May Soo-yun potrząsnęła głową.

– Sam pan nie wie, co pan wygaduje.

Postanowiłem zablefować.

– Pomagają wam policjanci, którzy wstydzą się, że pracują w instytucji, do której obywatele nie mają zaufania. Instytucji zrzeszającej brutali, którzy wyładowują nerwy na słabszych. Instytucji, która, aby wyrobić normy, atakuje wciąż te same mniejszości. Instytucji, która ma na rękach krew, ale działa całkowicie bezkarnie. Instytucji, która...

May przerwała moją płomienną przemowę.

– Zgoda! Zgoda! Spróbuję porozumieć się z kimś, kto znajdzie dla pana ten raport.

– Dziękuję pani!

– Proszę mi nie dziękować, a zwłaszcza nie cieszyć się przedwcześnie. Gdy pan zrozumie, dlaczego miałam wówczas związane ręce, uświadomi pan sobie własną stratę czasu i pozostanie panu tylko gorycz.

17

Florence Gallo

A ty, serce moje, czemu bijesz?
Melancholijny tropiciel, obserwuję noc,
obserwuję śmierć.

Guillaume Apollinaire

1

Sobota, 25 czerwca 2005

Nazywam się Florence Gallo.

Mam dwadzieścia dziewięć lat i jestem dziennikarką.

Za osiem godzin umrę, ale jeszcze o tym nie wiem.

Na razie siedzę na sedesie, starając się oddać mocz na płytkę testu ciążowego. Tych kilka kropli spada strasznie wolno, tak bardzo jestem zestresowana.

Kiedy wreszcie skończyłam, wstaję i kładę plastikową płytkę na brzegu umywalki. Za trzy minuty wszystko się okaże.

Wychodzę z łazienki, uzbrajam się w cierpliwość i wyjmuję z lodówki butelkę wody. Robię kilka kroków w pokoju, oddycham głęboko, żeby się uspokoić. Siadam na parapecie i wystawiam twarz na słońce. Jest piękna sobota, początek lata. Z jasnoniebieskim niebem i lekką bryzą miasto pulsuje pozytywną energią. Obserwuję zabieganych nowojorczyków sunących ulicą, słyszę jednak przede wszystkim krzyki bawiących się dzieci dochodzące do mnie z zewnątrz, i to napełnia mnie taką radością, jakbym słuchała Mozarta.

Strasznie chcę być w ciąży. Pragnę mieć dziecko, chociaż obawiam się reakcji Alana. Część mnie szaleje ze szczęścia! Jestem zakochana! W końcu! Spotkałam wreszcie człowieka, na którego czekałam. Intensywnie przeżywam każdą naszą wspólną chwilę i jestem gotowa na wszystko, byle to dalej trwało. Ale w tle tej euforii czai się poczucie winy, które podcina mi skrzydła. Nienawidzę tego, że stałam się kochanką. Kobietą, która odbiera męża innej. Nigdy nie myślałam, że przyjdzie mi grać rolę, która boleśnie przypomina mi moją własną historię. Miałam sześć lat, gdy ojciec nas opuścił i założył drugą rodzinę z koleżanką z pracy. Była młodsza, świeższa od mojej matki. Znienawidziłam ją od razu, tak jak teraz nienawidzę tej świadomości, że kradnę szczęście przynależne komuś innemu.

Dzwonek telefonu odgania nagle te wspomnienia. To wesoła melodia, której nie rozpoznaję od razu. Nic dziwnego, bo przydzieliłam ją przedpłaconemu numerowi Joyce Carlyle, a telefonu od niej spodziewałam się nie wcześniej niż za godzinę.

Odbieram, ale nie mam czasu się odezwać.

– Florence? – słyszę. – Tu Joyce. On zmienił godzinę spotkania.

– Jak to? Przecież...

– Zaraz tu będzie! Nie mogę dłużej rozmawiać!

Czuję, że jest w panice, i staram się ją uspokoić.

– Joyce, proszę robić wszystko dokładnie według planu, który razem ułożyłyśmy! Niech pani przyczepi taśmą klejącą komórkę pod blatem stołu w jadalni, dobrze?

– Spróbuję...

– Nie, Joyce, nie ma co próbować, proszę to zrobić i już!

Mnie również ogarnia panika. Też nie mam planu B. Zamykam okno, żeby nie słyszeć hałasu ulicy, i włączam głośnik telefonu. Siadam na brzegu blatu małej kuchni i otwieram komputer, który pożyczył mi mój młodszy brat, Edgar, przebywający w Nowym Jorku od trzech tygodni. Po trzech latach studiów w słynnej francuskiej szkole kucharskiej Grégoire'a Ferrandiego zaczął pracować w Café Boulud i teraz chwilowo mieszka ze mną, czekając na swoją pierwszą wypłatę.

Jestem niezręczna: nigdy nie umiałam obsługiwać PC, ale Carrie, żona Alana, zniszczyła mojego maca – wczoraj po południu rzuciła nim o ścianę biura. Otwieram aplikację i włączam mikrofon, żeby móc nagrać tę rozmowę.

Przez minutę nic się nie dzieje. Myślę nawet, że połączenie się zerwało, ale w pewnej chwili słyszę męski głos, mocny, zirytowany. Następują chwile naładowane elektrycznością. Jestem osłupiała z powodu tego, co słyszę. Potem rozmowa wpada w poślizg – argumenty zamieniają się w groźby, krzyki, łzy. I nagle rozumiem, że zaczyna się dziać coś strasznego, nieodwracalnego: życie wypadło z szyn, nadchodzi śmierć.

Słyszę rozdzierający krzyk Joyce. Joyce wzywa pomocy, Joyce woła na pomoc mnie!

Mam mokre dłonie. Duszę się.

Przez chwilę siedzę jak skamieniała, nogi mam jak z waty. Potem wyskakuję z mieszkania. Zbiegam po schodach. Chodnik. Tłum przechodniów. Krew pulsuje mi w żyłach. Budka telefoniczna naprzeciw Starbucksa. Przejście dla pieszych. Przepycham się przez tłum przechodniów. Drżącymi palcami wybieram numer 911 i krzyczę do słuchawki: „Zgłaszam brutalny napad, adres: Bilberry Street sześć, w mieszkaniu Joyce Carlyle. Przyjeżdżajcie natychmiast! Ktoś ją morduje!".

2

Moje serce bije, jakby miało wyskoczyć z piersi.

Winda nie działa. Schody. Wracam do siebie, przytykam do ucha komórkę na kartę, ale z drugiej strony nikt nie odbiera. Staram się skontaktować z Joyce, ale aparat dzwoni w pustkę. Cholera! Co się tam stało? Cała drżę. Nie wiem, co mam robić. Iść tam? Nie, jeszcze nie. Nagle uświadamiam sobie, że boję się nie tylko o Joyce, ale również o siebie. Mam wrażenie, że zewsząd czyha niebezpieczeństwo. Znam dobrze to uczucie. Intuicja, szósty zmysł, co ma ogromne znaczenie w moim zawodzie. Chwytam laptopa brata i schodzę na dół, na Bowery. Nie mogę być sama. Użyję tłumu jako tarczy.

Wchodzę do Starbucksa i zamawiam kawę. Znajduję wolne miejsce na sali, siadam i otwieram laptopa. Ze słuchawkami od iPoda na uszach przesłuchuję to, co się nagrało. Jestem przerażona. Spanikowana! Kompresuję nagranie i przekształcam je w plik MP3.

Łyk macchiato. Na rachunku znajduję kod Wi-Fi kawiarni. Internet. Poczta internetowa. Cholera! Oczywiście otwiera się poczta brata, a moich kontaktów tu nie ma. Trudno. Uderzam w klawisze. Ściągam nagranie, dołączam je jako plik i szybko wbijam adres Alana: alan.kowalkowsky@att.net.

No, mail poszedł. Oddycham z ulgą i dzwonię do Alana na komórkę. Trzy dzwonki. Odbierz, błagam! Sekretarka. Nagrywam się: „Wysłałam ci mail, Alan. Zrób kopię załącznika. Nie uwierzysz własnym uszom. Czekam na twój telefon. Kocham cię".

Nie mogę tu dłużej zostać. Pójdę po samochód, który stoi w ślepej uliczce za dawnym budynkiem CBGB i pojadę do Harlemu, żeby sprawdzić osobiście, co się tam stało. Wracam do mieszkania, żeby wziąć kluczyki do auta. W korytarzu z daleka wydaje mi się, że widzę nastolatkę czekającą przed moimi drzwiami. Niska, wąskie ciemne dżinsy, koszula w kratkę Vichy, różowe conversy, płócienny plecak i kurtka Levi'sa, wcięta, taka, jaką ja nosiłam w liceum. Gdy się odwraca, widzę, że to ktoś inny, dorosła kobieta w moim wieku. Gładka twarz, której cała uroda zakryta jest ciemną grzywką i okularami Wayfarer.

Znam tę kobietę i podziwiam ją. Nazywa się Zorah Zorkin. Czytałam jej książki, słuchałam wykładów, z dziesięć razy starałam się zrobić z nią wywiad, ale zawsze odmawiała. A dziś wiem, po co tu przyszła.

Albo przynajmniej wydaje mi się, że wiem. Ale się mylę. Zorkin nie przyszła tu na rozmowę. Podchodzi do mnie wolnym krokiem, a im jest bliżej, tym bardziej hipnotyzuje mnie jej wężowe spojrzenie trudnych do określenia, zielonych, a może brązowych oczu. Teraz stoi niecałe dwa metry przede mną, a ja potrafię tylko z siebie wydusić:

– Szybko pani przyszła.

Ona sięga do kieszeni kurtki i wyciąga z niej taser, którym celuje we mnie ze słowami:

– Jest pani naprawdę piękna!

Sytuacja jest tak surrealistyczna, że zamieram. Mój mózg nie potrafi odebrać tego jako rzeczywistości. A tymczasem Zorah Zorkin naciska spust i dwie strzały paralizatora wbijają się w moją szyję, uwalniając piorunującą dawkę prądu, która powala mnie na posadzkę. Otwiera się przede mną czarna przepaść.

3

Kiedy odzyskuję przytomność, jestem oszołomiona, czuję się jak w kamizelce utkanej z hipnotycznych nitek. Mam gorączkę, mdli mnie i moim ciałem wstrząsają dreszcze. W ustach czuję pustynię, język jest sztywny i spuchnięty. Staram się poruszyć, w plecach mi strzyka, kręgosłup mam jak połamany.

Ręce spięto mi z tyłu kajdankami, stopy ściśnięto razem kablem zaciskowym. Jestem zakneblowana wieloma warstwami mocnej taśmy samoklejącej, która wrzyna mi się w usta. Staram się przełknąć ślinę mimo knebla. Panicznie się boję.

Znajduję się na tylnym siedzeniu prawdziwego mastodonta – to cadillac escalade z przyciemnionymi szybami – który z wysokości swoich dwóch metrów dominuje nad drogą i robi wrażenie, jakby frunął nad asfaltem. Tylne siedzenie jest oddzielone od przedniego szybą z pleksiglasu. Z przyczyn, których jeszcze nie znam, mam na sobie swój kompletny kombinezon do skoków. Na głowie mam kask, a łydki i ramiona spętane uprzężą, mam też plecak ze zwiniętym spadochronem.

Za plastikowym przepierzeniem widzę kierowcę: wygląda na wojskowego, ma wygolony kark, szpakowate włosy ostrzyżone na jeża. Obok niego siedzi Zorah Zorkin wpatrzona w ekran swojej komórki. Chroniona kaskiem uderzam z całych sił głową w przepierzenie. Zorkin rzuca na mnie szybkie spojrzenie, patrzy, nie widząc mnie, i wraca do ekranu komórki. Mrużąc oczy, zauważam zegarek na tablicy rozdzielczej. Jest po dziesiątej wieczorem.

Nie rozumiem, co się dzieje. Jaki to wszystko ma sens? Jak to się stało, że wszystko potoczyło się tak prędko?

Przeczołguję się na tył auta, żeby wyjrzeć przez szybę. Jedziemy w noc jakąś kompletnie pustą drogą. Wszędzie świerki, których czubki poruszane wiatrem odcinają się od atramentowego nieba.

Mijają kilometry i powoli dociera do mnie, gdzie jesteśmy. Jeśli jedziemy już sześć lub siedem godzin, to musieliśmy przejechać przez Pensylwanię, Maryland i Wirginię Zachodnią. Jesteśmy w Appalachach, niedaleko Silver River Bridge.

Na krótko budzi się we mnie nadzieja, gdy zauważam, że za nami jedzie jakiś samochód. Uderzam w tylną szybę, żeby zwrócić na siebie uwagę, a potem nagle rozpoznaję mojego małego lexusa w kolorze czerwony metalik, i rozumiem, że jedzie za nami.

Nagle uświadamiam sobie, jaki mają plan, i zaczynam płakać.

4

Miałam rację: od dwudziestu minut, z moim samochodem z tyłu, ogromna terenówka wjeżdża na skaliste drogi Silver River Park. Oba samochody wkrótce zatrzymują się i stają obok siebie na pustym występie ponad doliną, można stąd zejść na rampę prowadzącą na stary most.

Po wyłączeniu silników wszystko następuje po sobie bardzo prędko. Wojskowy – którego Zorah nazywa Bluntem – otwiera tylne drzwi SUV-a i chwyta mnie w pasie, z nadludzką siłą podrzucając sobie na ramię, po czym zanosi na most. Zorah Zorkin rozgląda się cały czas, idąc kilka kroków za nami. Próbuję krzyczeć, ale jak tylko otwieram usta, taśma rozcina mi ich kąciki. I tak zresztą wszystko na nic – w przestrzeni nikt nie usłyszy mojego krzyku. O tej porze Silver River Park jest przestrzenią.

Do ostatniego momentu nie wierzę w to, co się ma stać. Może chcą mnie tylko przestraszyć? Ale nie jedzie się sześćset kilometrów, żeby komuś napędzić strachu.

Jak w ogóle na to wpadli? Skąd wiedzieli o tym miejscu, o tym, że uprawiam ten sport? Łatwe. Po prostu przeszukali moje mieszkanie, znaleźli ekwipunek, zdjęcia i mapy z notatkami.

Gdy docieramy do środka stalowego mostu, Blunt rzuca mnie na ziemię. Próbuję uciec, ale jestem związana i zaraz się przewracam.

Wstaję. Słyszę Silver River trzysta metrów w dole. Noc jest wspaniała, bardzo jasna. Niebo bez chmur, suche zimno, księżyc prawie w pełni, ciężki, ogromny.

Zorah Zorkin staje naprzeciw mnie. Ręce trzyma w kieszeniach bawełnianej wojskowanej kurtki Barbour, na głowie ma czapkę baseballową NYU, uniwersytetu, na którym studiowała.

Czytam w jej oczach stuprocentową determinację. Dla niej w tej chwili nie jestem już człowiekiem. Tylko problemem, który trzeba jak najprędzej usunąć.

Duszę się, pocę, siusiam pod siebie. Straszna wizja rozrywa mi mózg. Krew mi zastyga w żyłach. To, co się ze mną dzieje, jest trudne do wyobrażenia, etap następny po panice. Ciało mam zesztywniałe, jestem jak sparaliżowana. Taśma klejąca puszcza i ostatkiem sił rzucam się na ziemię przed Zorah. Krzyczę, błagam ją, płaczę.

Jest zimna, obojętna jak lód.

– No, to do roboty! – rzuca Blunt, nachyla się ku mnie i przecina linkę spadochronu.

Nie mogę niczego zrobić, Blunt jest wielki, wygląda jak kamienny pomnik, kolos, który również chce jak najprędzej z tym skończyć.

I nagle dzieje się coś trudnego do wyobrażenia. Zanim kat wykona swoją powinność, w oczach Zorah pojawia się błysk.

– Nie wiem, czy już o tym wiesz, Florence – mówi. – Jeśli nie, to pewnie chciałabyś wiedzieć. – Nie rozumiem jej aluzji aż do chwili, gdy na poparcie swoich słów Zorah wyjmuje z kieszeni mój test ciążowy. – Jest pozytywny. Florence, jesteś w ciąży. Gratulacje.

Przez sekundę zamieram, zaskoczona. Nie należę już do świata żywych, jestem już gdzieś indziej.

Potem, prawie jednym ruchem, Blunt rozcina więzy, którymi byłam spętana, łapie mnie za nogi i przerzuca przez barierę mostu.

Spadam.

Nawet nie myślę o krzyku.

Najpierw strach przeszkadza mi myśleć.

Potem te kilka sekund lotu jakby się wydłużyło.

I robię się coraz lżejsza.

Strach zmienia się w tęsknotę. Życie nie przewija mi się przed oczami w przyspieszonym tempie, nie! Myślę tylko o tym, co kochałam: o jasnym niebie, o pięknym świetle, o sile wiatru. A przede wszystkim myślę o moim dziecku.

Dziecku, które noszę w sobie i które zginie wraz ze mną.

Żeby nie płakać, zaczynam szukać dla niego imienia.

Ziemia się zbliża, a ja stanowię jedno z niebem, z górami, z sosnami. Nigdy nie wierzyłam w Boga, ale teraz, w tym ostatnim momencie, wydaje mi się, że On jest wszędzie. Albo raczej że przyroda to Bóg.

Pół sekundy przed uderzeniem oświeca mnie.

Moje dziecko to dziewczynka.

Będzie się nazywać Rebecca.

Nie wiem jeszcze, dokąd idę, ale wiem, że razem z nią.

I strach trochę się zmniejsza.

DZIEŃ TRZECI, POPOŁUDNIE
Smoki nocy

18

Droga na zachód

Obiekt miłości to zawsze tylko duch.

Paul Valéry

1

Słońce. Kurz. Asfalt.

Upalny dzień końca lata. W radiu słychać Johna Coltrane'a. Zgięty łokieć wystawiony na zewnątrz przez otwarte okno, włosy potargane. To Marc Caradec mknie autem przez amerykańską prowincję. W szkłach jego okularów przeciwsłonecznych odbija się mijany pejzaż: hodowle, pastwiska, traktory, silosy. Wieś amerykańska, zastygła, niezmienna od lat. Jak okiem sięgnąć, wszędzie rozciągają się pola. Monotonne płaskie prostokąty w kolorach pszenicy, kukurydzy, soi, tytoniu.

Marc do tej pory nigdy jeszcze nie postawił stopy na terenach Midwestu. Od razu przypomniały mu się lekcje geografii, które powtarzał z córką, kiedy była w gimnazjum. Te mapy kolorowane kredkami, przedstawiające wielkie obszary amerykańskich gruntów rolnych: *Corn Belt*, *Fruit Belt*, *Wheat Belt*, *Dairy Belt*... Odrabianie nudnych lekcji, zupełnie abstrakcyjnych, kiedy ma się czternaście lat i nigdzie się jeszcze nie było, ale teraz powracających z przenikającym do głębi realizmem.

Caradec wyprostował ramię, żeby uniknąć skurczu, i spojrzał na zegarek. Minęła piąta po południu. Cztery godziny minęły od chwili, gdy zostawił Raphaëla w Oyster Bar. Dziwne przeczucie pchnęło go na lotnisko JFK, gdzie kupił bilet do Ohio. Niecałe dwie godziny później lądował w Columbus. Na lotnisku wynajął dodge'a. Na początku podróży starał się włączyć GPS, ale potem zrezygnował. Skierował się na północny zachód, zadowalając się drogowskazami kierującymi go do Fort Wayne.

Minionej nocy spał niewiele, a dwóch poprzednich jeszcze mniej. Ze zmianą strefy czasowej i środkami uspokajającymi powinien zapaść w niedźwiedzi sen, tymczasem działo się odwrotnie: był pełen energii. Adrenalina krążąca w jego organizmie utrzymywała go w stanie pogotowia, wszystkie zmysły miał napięte. Na dobre i złe...

Najdziwniejsze, że myślał niezwykle precyzyjnie. Myśli łączyły się, biegły, przyspieszały, zderzały się w mózgu w płodnym chaosie, który aż do teraz pchał go do podejmowania samych najlepszych decyzji. Ciemną stroną obecnej sytuacji było to, że i wspomnienia dołączały do tej grupy: Élise, córka, straszliwa nieodwracalność zdarzeń.

Czasem niespodziewanie ciepła łza spływała mu po policzku. Duchy krążyły nieopodal i tylko lekarstwa pomagały mu trzymać je na dystans. Przypomniał sobie, co mówił Aragon, że być człowiekiem oznacza bez przerwy upadać. On upadał już prawie dwanaście lat. Ostatnio ból się jakby obudził i Marc wiedział, że w końcu go pokona. Przyjdzie dzień, kiedy cierpienie spuści psy ze smyczy i one pożrą wszystko. Ten dzień zbliżał się, ale to jeszcze nie stanie się dzisiaj.

Marc odetchnął głęboko. W tym momencie, na tej pustej drodze, czuł się, jakby posiadł dar jasnowidzenia. Miał nawet wrażenie, że stąpa po wodzie. Od czasu, gdy zabił gliniarza, tego idiotę, Stéphane'a Lacoste'a, pchało go coś, co go przerastało. Gdy kula świsnęła mu koło skroni, nagle zniknął gdzieś strach. Przypomniał sobie dalszy ciąg wydarzeń, które teraz odgrywały się w jego umyśle jak film puszczony w zwolnionym tempie. Chwycił za broń, wyprostował się i wypalił. Odebrał komuś życie, ale jakoś tak czysto i z wdziękiem. Jakby to nie on naciskał spust.

Uderzyła go ta oczywistość.

Musi odnaleźć Claire, to jego misja.

Musi odnaleźć Claire, bo taki jest porządek rzeczy.

Podczas dochodzenia policyjnego porządkiem rzeczy określa się szczególną chwilę, w której już nie ty szukasz prawdy, ale prawda szuka ciebie.

Sprawa Carlyle, która zaczęła się ponad dziesięć lat temu, rozrosła się w sposób nagły i niespodziewany. Okazała się gigantyczną kaskadą kostek domina przerzuconą przez Atlantyk. W głowie Marca odbijały się echem padające jedna za drugą kostki: Clotilde Blondel, Franck Muselier, Maxime Boisseau, Heinz Kieffer, Joyce Carlyle, Florence Gallo, Alan Bridges...

Zniknięcie czy śmierć dziecka nie dotykają nigdy tylko rodziców – ranią wszystkich, którzy znajdą się na ich drodze, niszczą, łamią ludzi, obciążają winą, odsyłają każdego do jego najgorszych słabości i koszmarów.

Marc dojechał do skrzyżowania dróg, ale nawet nie zwolnił, nie patrząc ani na mapę, ani na drogowskazy, skręcił w prawo. Nie był pewien, dokąd doprowadzi go ta droga, wiedział jednak jedno: pociąg ruszył. W pewnym układzie planet nagle pojawiała się prawda, domagając się swoich praw. Wypływała na powierzchnię, wytryskiwała jak gejzer, ochlapując wszystko z siłą, jakiej niektórzy użyli, aby ją utrzymać na dnie. Nieunikniony niszczycielski proces.

A on, Marc Caradec, był tylko narzędziem w ręku prawdy.

2

Po spotkaniu z May Soo-yun przeszedłem przez hotel, żeby zobaczyć synka. Nastąpiła walka, żeby go zmusić do poobiedniej drzemki. Niestety, przegrałem. Jak zwykle konflikt zakończył się przed ekranem komputera, na oglądaniu starego filmu z Louisem de Funèsem. Z wybiciem trzeciej po południu synek zasnął w końcu przed filmem *Sławna restauracja*, a ja, niechcący, razem z nim.

Zbudził mnie cichy sygnał SMS-a. Otworzyłem oczy. Byłem zlany potem. Théo mruczał coś tam pod nosem z drugiej strony łóżka, leżąc na plecach, z nogami do góry, bawił się pluszowym Fifi. Popatrzyłem na zegarek: było po szóstej.

– Cholera jasna! – wykrzyknąłem, zrywając się na równe nogi.

– Cholela jasna – powtórzył mój synek wesoło.

Wziąłem głęboki wdech, starając się nie roześmiać.

– Nie, Théo, to brzydkie słowo, nie powtarzaj!

Synek w doskonałym nastroju zastanawiał się: powtórzyć brzydkie słowo, czy nie, a ja spojrzałem na telefon. SMS był od May Soo-yun: Ma pan spotkanie za 20 minut. Perlman's Knish Bakery.

Połączyłem się z Marieke z telefonu stacjonarnego w sypialni. Opiekunka Théo piła drinka z koleżankami w bistro U Raoula, w SoHo. Rezerwując prywatną taksówkę z komórki, wynegocjowałem z nią, że przyjdzie i przypilnuje malca przez resztę wieczoru. Mogła być na miejscu za kwadrans, ale jak prawdziwa kapitalistka skorzystała z mojej słabości, żeby wynegocjować skandaliczną stawkę, na którą oczywiście musiałem przystać.

Zjawiłem się więc na spotkaniu z prawie półgodzinnym opóźnieniem. Perlman's Knish Bakery był to sklepik przy Essex Street, usytuowany dwa kroki od komisariatu Dystryktu 7 Lower East Side.

Wnętrze było puste, tylko para Japończyków robiła sobie zdjęcia przed ladą. Za wielką szklaną gablotą jakiś starszy pan sprzedawał specjały kuchni żydowskiej. W głębi sklepiku stało kilka stolików z żywicy melaminowej, a wokół nich ławki pokryte czerwonym skajem.

Zdziwiony, że nie widzę May, usiadłem na miejscu znajdującym się najbliżej wejścia i zamówiłem butelkę wody. Poprzedni klient zostawił dzisiejszego „New York Timesa". Byłem zirytowany i wściekły, że zaspałem. Machinalnie przeglądałem gazetę, patrząc na drzwi wejściowe. Było bardzo parno. Stary wentylator miesił nieświeże powietrze, przesiąknięte zapachami czosnku, pietruszki i smażonej cebuli. Zawibrowała moja komórka. Tym razem był to SMS od Alana.

Niech pan jak najszybciej do mnie przyjdzie, AB.

Co się dzieje? – spytałem z rozpędu.

Mam wiadomości na temat Joyce Carlyle.

Niech mi pan powie...

Nie przez telefon.

Przyjdę najszybciej, jak będę mógł.

Kiedy uderzałem w ekran palcami, jakiś facet pchnął drzwi piekarni. W moim wieku, krępy, brunet, trzydniowy zarost. Twarz miał zmęczoną, rozluźnił krawat i podwinął rękawy koszuli. Gdy tylko mnie spostrzegł, podszedł zdecydowanym krokiem do stolika i usiadł naprzeciw.

– Detektyw Baresi – przedstawił się. – Kiedyś pracowałem w ekipie z May. Razem prowadziliśmy dochodzenie w sprawie śmierci Joyce Carlyle.

– Raphaël Barthélémy.

Detektyw wytarł czoło papierową serwetką.

– May poprosiła mnie, żebym się z panem spotkał. Uprzedzam, że nie mam zbyt dużo czasu. Przez ten zjazd republikanów pracujemy jak wariaci od trzech dni.

Baresi musiał być tu stałym klientem, bo właściciel natychmiast przyniósł mu coś do zjedzenia.

– Knysze są prosto z pieca, Ignazio! – zapewnił szef, stawiając przed policjantem półmisek z ciepłymi bułeczkami nadziewanymi ziemniakami, sałatką z kapusty i korniszonami.

Nie mogłem się powstrzymać i od razu spytałem:

– Czy odnalazł pan raporty ze śledztwa?

Baresi nalał sobie szklankę wody i potrząsnął głową.

– Od tych wydarzeń minęło już ponad dziesięć lat! Taki raport, jeśli istnieje, znajduje się w archiwum Dystryktu Pięćdziesiątego Drugiego. Konkretnie oznacza to, że jest przechowywany w magazynach na Brooklynie lub w Queensie. Nie wiem, co obiecała panu May, ale nie możemy, ot tak, wyciągnąć z archiwum starych dokumentów. Trzeba mieć pozwolenie. To skomplikowana procedura, a przede wszystkim strasznie czasochłonna.

Postarałem się nie okazać, jak bardzo jestem rozczarowany.

– May mówiła, że na miejscu zbrodni znaleziono ślady genetyczne.

Baresi skrzywił się.

– Może trochę przesadziła... Miejsce zbrodni było absolutnie czyste, właśnie o to chodziło. Jedyną rzeczą, jaką znaleziono, był komar.

– Komar?

Myślałem, że to jakaś policyjna grypsera, tymczasem chodziło rzeczywiście o owada.

– Taa... Rozgnieciony komar, opity krwią, na kafelkach łazienki w domu ofiary. Jak zwykle May chciała się popisać, pomyślała, że może komar ukąsił mordercę, napił się jego krwi i dzięki temu znajdziemy DNA zbrodniarza. Wbiła sobie do głowy, że musi tę krew zbadać.

– Pan był temu przeciwny?

Baresi zjadł jedną ziemniaczaną bułeczkę.

– Oczywiście, że byłem przeciwny, bo nawet gdybyśmy mieli szczęście, czy to dowiodłoby morderstwa? Absolutnie nie! Sąd również nie uznałby tego jako dowodu. Więc analiza krwi pobranej z rozgniecionego komara do niczego nie prowadziła. W tym okresie May była nie do wytrzymania, miała przerośniętą ambicję, to było naprawdę chore. Miała nadzieję, że zdobędzie sławę, dokonując czegoś, czego nikt przedtem w Nowym Jorku jeszcze nie dokonał.

Baresi zamilkł i zaczął przeżuwać bułeczki. Po jakimś czasie odezwał się znów:

– Mimo wszystko technicy kryminalni zajęli się tym komarem. Udało im się zdobyć próbkę krwi, którą przekazali do laboratorium. W laboratorium udało się z kolei wyodrębnić DNA i ustalić profil genetyczny.

– I?

Policjant wzruszył ramionami.

– Potem wszystko poszło swoim torem, tak jak pan to może zobaczyć w serialach telewizyjnych. Laboratorium wprowadziło nowy profil do bazy danych i porównało go z istniejącymi już profilami.

– Co z tego wynikło?

– Nic, *nada…* – oznajmił Baresi i dał mi kartkę papieru. – To kopia raportu z laboratorium kryminalistycznego. Odnalazłem ich mail na serwerze. Jak pan widzi, nie pasuje do żadnego profilu z bazy danych. – Ugryzł kawałek korniszona i ciągnął z pełnymi ustami: – Tak czy inaczej, laboratorium tak długo zwlekało z poinformowaniem nas o wynikach, że tymczasem sprawa została umorzona.

Spojrzałem na raport. Profil genetyczny przedstawiony był w formie kodu kreskowego czy histogramu, przedstawiającego trzynaście segmentów DNA, trzynaście miejsc koniecznych do bezwarunkowej identyfikacji określonego człowieka. Było to frustrujące: morderca znajdował się tu, przed moimi oczami, ale ja nie miałem żadnej możliwości zidentyfikowania go.

– Ile osób było na tej liście w owym czasie?

Baresi wzruszył ramionami.

– Na liście CODIS? Zaraz po roku dwutysięcznym? Dokładnie nie wiem. Może dwa miliony...

– A dziś?

– Ponad dziesięć milionów. Ale widzę już, o co panu chodzi. Nie ma mowy o ponownym sprawdzaniu!

– Dlaczego?

Baresi, zirytowany, wymierzył we mnie oskarżycielsko palec.

– Powiem panu szczerze: w policji wciąż brak ludzi. Nasza praca to analiza zbrodni i przestępstw w momencie, gdy mają one miejsce. Nie dziesięć lat później! Sprawa, w której dochodzenie ciągnie się w nieskończoność, to patologia. Dla mnie *cold cases* są zabawą dla jajogłowych i nie mam żadnego szacunku dla kolegów, którzy maczają w tym palce.

Byłem zaskoczony.

– Znam wielu policjantów i zapewniam pana, żaden nie myśli tak jak pan.

Baresi westchnął i podniósł ton, stał się opryskliwy.

– Pańska sprawa z daleka śmierdzi gównem, okay? Więc niech się pan od niej odczepi! Nie ma pan niczego innego do roboty, jak opłakiwać jakąś narkomankę?!

Wkurzyłem się i już mu miałem coś odpowiedzieć, gdy nagle zrozumiałem: Baresi nie mówił tego, co naprawdę myślał. Jeśli starał się mnie odwieść od nowego śledztwa, to dlatego, że wiedział, kto jest mordercą.

3

Słońce zaczynało opadać nad polami Midwestu. Złote światło zalewało kolby kukurydzy, przemykało się między krzaczkami soi, omiatając od tyłu wielkie silosy i hangary farm mlecznych. Marc Caradec za kierownicą swego monospace'a mknął wciąż na zachód.

Dla wielu ludzi krajobrazy Ohio były niesłychanie nudne. On, przeciwnie, odbierał je zupełnie inaczej, z zadowoleniem oglądał te żywe kolory, tysiące rodzajów światła i mnóstwo szczegółów, które spostrzegał wzdłuż przemierzanych szos: surrealistyczny wygląd jakiegoś pordzewiałego kombajnu czy stado spokojnie przeżuwających krów, czy też rząd wielkich wiatraków wirujących na tle szafranowego nieba.

Mijał drogowskazy z nazwami jak z westernów: Wapakoneta, Rockford, Huntington, Coldwater... Miejsce, którego szukał, znajdowało się gdzieś przed Fortem Wayne, na granicy Ohio z Indianą. Jeszcze kilka kilometrów i dowie się, czy miał genialne przeczucie, czy też po prostu tracił cenny czas.

Zauważył w oddali sklep wielobranżowy. Rzucił okiem na wskaźnik benzyny. Jeszcze trochę zostało, ale postanowił już teraz pozbyć się problemu szukania stacji benzynowej.

Włączył kierunkowskaz i zredukował biegi. Chmura kurzu. Zatrzymał się przed jedynym dystrybutorem paliwa, niedaleko starej furgonetki, jakby wyjętej z powieści Jima Harrisona.

– Do pełna, proszę pana?

Gdzieś zza jego pleców wyskoczył mały chłopak. Ubrany był w za duży kombinezon, a na głowie nosił czapkę Cincinnati Reds. Miał śmiejącą się twarz. Góra trzynaście lat, ale tu najwyraźniej zatrudnianie dzieci nie było problemem.

– *Yes, please...* – odpowiedział, wręczając mu kluczyki do SUV-a.

Pchnął drzwi dinera przylegającego do sklepu i zrobił kilka kroków po zniszczonej podłodze posypanej trocinami. Cząsteczki kurzu tańczące w promieniach słońca rozchodziły się, przepuszczając go. Marc popatrzył na salę. Wieczór był wczesny i lokal zbudowany z prefabrykatów pogrążony był jeszcze w letargu. Przy barze siedziało kilku stałych klientów, pili piwo z litrowych kufli i wstrzykiwali sobie cholesterol prosto do żył, pochłaniając hamburgery z bekonem, *BBQ ribs* i skąpane w tłuszczu *Fish and chips*. Pod sufitem zmęczony minionymi latami telewizor nadawał relację ze zjazdu republikanów, ale dźwięk był wyłączony i nikt na to nie patrzył. Z radia stojącego na jednej z półek rozbrzmiewał stary przebój Vana Morrisona.

Marc wdrapał się na stołek barowy i zamówił budweisera. Wypił, zaglądając do swoich notatek. Na kartkach hipoteza, którą wybrał, nie wyglądała przekonująco, ale on się uparł jak osioł. Jeśli dobrze pamiętał lekcje łaciny, pojęcie intuicji pochodziło od określenia oznaczającego „obraz odbity w lustrze".

Obraz... Obrazy... To właśnie zwróciło jego uwagę: film, który wyświetlił mu się w myślach, kiedy postawił się na miejscu Florence Gallo. Tej metody nauczył go na początku kariery pewien stary inspektor z BRB, pasjonat jogi, sofrologii i hipnozy. Trzeba było próbować wywołać w sobie głęboką empatię dla ofiary. Intuicyjnie postawić się na jej miejscu, doznać tych samych uczuć, przez krótki moment stać się nią.

Marc odnosił się sceptycznie do umiejętności nawiązania mentalnego porozumienia z ofiarą, ale był przekonany, że dedukcja i logiczne myślenie dawały wyniki dopiero wtedy, gdy włączyło się w to parametry psychologiczne. Dla niego rozmowa, jaką odbył z Alanem Bridgesem – którego prawdziwe nazwisko brzmiało Alan Kowalkowski – była bardzo ważna. Dała mu materiał umożliwiający „wejście do głowy" Florence.

Raphaël miał rację. Florence faktycznie wysłała do Alana

plik audio – było to nagranie rozmowy, którą zarejestrowała swoim telefonem między Joyce Carlyle a mordercą. Zrobiła to od razu po telefonie alarmowym na policję, żeby zgłosić napad na matkę Claire. Działała pod wpływem emocji, w maksymalnym stresie. W dodatku musiała wysłać maila z cudzego komputera, ponieważ żona Alana poprzedniego dnia zdemolowała jej gabinet z wszystkimi urządzeniami elektronicznymi, które tam się znajdowały. Pracowała na laptopie, którego nie umiała obsługiwać, z pocztą, w której nie było jej kontaktów.

Zamknąwszy oczy, Marc prawie widział Florence: pośpiech, strach, pocenie się, palce biegnące po klawiszach, wystukujące adres Alana. Między stronami swojego notesu Marc znalazł wizytówkę, którą dostał od redaktora naczelnego #WinterSun i na której zapisano jego prywatny adres e-mail: alan.kowalkowski@att.net.

Z tym że to niedokładnie ten adres wystukała Florence w pośpiechu. Takie było założenie Marca: Florence wystukała alan.kowalkowsky@att.net.

Litera „y" zamiast „i". Kowalkowsky zamiast Kowalkowski. Dlaczego? Bo z pewnością napisała tak odruchowo. Po pierwsze, był to popularny błąd w tego typu końcówkach. A po drugie, Florence mieszkała w Nowym Jorku już od dawna, a Amerykanie wolą pisać „y" w nazwiskach pochodzenia rosyjskiego. Amerykanie piszą Tchaikovsky, Dostoyevsky, Stanislavsky tam, gdzie Francuzi wybiorą Tchaïkovski, Dostoïevski i Stanislavski. Z tym że Kowalkowski było nazwiskiem polskim, nie rosyjskim.

4

– Czy wie pan, kto zamordował Joyce?

W Perlman's Knish Bakery panowała wilgoć, cisza i w powietrzu wisiał zapach cebuli, mięty i szczypiorku.

– Nie – odpowiedział policjant z nieruchomą twarzą.

Zadałem pytanie w inny sposób.

– Detektywie Baresi, nie zaczekał pan, aż o to poproszę, żeby przejrzeć listę profilów DNA, prawda?

Policjant westchnął.

– Tak, dlatego się spóźniłem – przyznał. – May opowiedziała mi pańską wersję historii i muszę przyznać, że mnie to poruszyło.

Odwrócił wzrok. Zapadła cisza. Nie mogłem usiedzieć na krześle. W końcu dowiem się prawdy.

– Dziesięć lat temu cała praca została wykonana przez laboratorium kryminalistyczne – wyjaśnił, machając mi przed oczami dokumentem z kodem genetycznym. – Wystarczyło, żebym połączył się z listą CODIS i wprowadził dane.

– I tym razem znalazł pan odpowiednik!

Na ekranie komórki pojawił mi się kolejny SMS od Alana, ale nie zwróciłem na niego uwagi. Baresi wyjął z kieszeni koszuli złożoną we czworo kartkę.

– Oto nasz podejrzany.

Rozłożyłem kartkę i zobaczyłem zdjęcie mężczyzny o szerokiej kwadratowej twarzy. Ostrzyżone na jeża włosy zdobiły głowę buldoga. Trochę mi przypominał Ernesta Borgnine'a w *Parszywej dwunastce*.

– Nazywa się Blunt Liebowitz – powiedział Baresi. – Urodzony trzynastego kwietnia tysiąc dziewięćset sześćdziesiątego czwartego roku w Astorii w Queensie. Zaciągnął się do wojska w osiemdziesiątym szóstym i służył do dwa tysiące drugiego, nigdy nie przeskoczył bariery stopnia porucznika. Brał udział w pierwszej wojnie w Iraku i operacjach specjalnych w Somalii.

– A po tym, jak opuścił armię?

– Nie sprawdzałem tego dokładniej, ale kiedy został zatrzymany cztery lata temu, mówił, że jest szefem małej prywatnej firmy ochroniarskiej.

– Jego nazwisko nigdy się nie pojawiło w śledztwie.

– Nie, ani z bliska, ani z daleka.

– Dlaczego jest na liście?

– Za drobiazg. Policja drogowa zatrzymała go w Los Angeles w dwa tysiące dwunastym za prowadzenie pod wpływem alkoholu. Podczas zatrzymania wywiązała się scysja i Liebowitz zaczął wygrażać policjantowi, który go sprawdzał. Spędził noc w celi, ale nie został aresztowany.

– Nie miał żadnego innego wyroku?

– O ile wiem, nie.

Baresi położył banknot na stoliku i wytarł usta, a wstając, ostrzegł mnie:

– Niech mnie pan uważnie posłucha. Z pewnością ma pan swoje powody do rozgrzebywania tej sprawy, ale ja nie chcę ich znać. Dałem panu te informacje, bo zrobiłem to dla May. Jestem jej winien przysługę. Teraz ta sprawa mnie już nie dotyczy. Niech pan sobie sam daje radę i nie stara się ze mną więcej kontaktować, zrozumiał pan?

Nie czekając na moją odpowiedź, odwrócił się i ruszył do wyjścia.

– Nie interesuje pana, co się naprawdę stało?! – zawołałem za nim.

Odpowiedział, nie odwracając się:

– Ja wiem, co się naprawdę stało. A gdyby pan nie był tak zaślepiony, zrozumiałby pan, że prawda jest przed pańskimi oczami!

Kiedy wychodził, przez chwilę zastanowiłem się nad jego słowami. Co dokładnie miało znaczyć, że „prawda jest przed moimi oczami"?

Opuściłem głowę i jeszcze raz przeczytałem uważnie wszystkie informacje, które mi zostawił na temat Blunta Liebowitza. Wściekłość mnie ogarniała na myśl, że ten zarozumiały i nieprzyjemny typ uważa mnie za głupka.

Potem nagle wzrok mój padł na zwiniętą na stole gazetę. I zrozumiałem.

Tak jak wszystkie dzienniki, tak i „New York Times" pierwszą stronę poświęcił konwencji republikańskiej. Na zdjęciu zajmującym prawie całą stronę widać było Tada Copelanda, kandydata partii w wyborach prezydenckich, z żoną, jak przebijali się przez tłum. Z tyłu za nimi, ze słuchawką w uchu, widać było faceta, który musiał być jego ochroniarzem.

Był to Blunt Liebowitz.

19

Biopic[*]

Wikipedia
(Fragmenty)

TAD COPELAND

Zobacz też: inne osoby o takim samym imieniu i nazwisku.

Thaddeus David „Tad" Copeland (urodzony 20 marca 1960 roku w Lancaster, Pensylwania, USA), polityk amerykański, członek Partii Republikańskiej. W latach 2000–2004 burmistrz Filadelfii, od stycznia 2005 gubernator Pensylwanii.

Wykształcenie i działalność zawodowa

Tad Copeland urodził się w niezamożnej rodzinie, ojciec prowadził warsztat samochodowy, matka była pracownikiem socjalnym. Ukończył Wydział Prawa w Temple Law School w Filadelfii w roku 1985.

Po studiach pracował w znanej kancelarii adwokackiej Wise & Ivory. Tam spotkał swoją przyszłą żonę, Carolyn Ivory, córkę Daniela Ivory'ego, jednego ze wspólników kancelarii. Po ślubie w roku 1988 Tad Copeland zrezygnował z pracy w kancelarii teścia, został wykładowcą prawa konstytucyjnego najpierw w Cornell Law School w Ithace, potem na prestiżowym Uniwersytecie Pensylwanii w Filadelfii.

---

[*] *Biopic* (ang.) – film biograficzny.

Jednocześnie założył organizację dobroczynną Take Back Your (TBY) działającą na rzecz poprawy warunków życia osób wykluczonych w dzielnicy Northeast w Filadelfii.

Copeland prowadził głośne akcje w dziedzinie edukacji, mieszkań socjalnych i walki z narkomanią. Udało mu się nakłonić władze miasta do uruchomienia szeroko zakrojonej społecznej akcji uświadamiającej, która miała zapobiegać niechcianym ciążom wśród nastolatek oraz zachęcać młodzież do wpisywania się na listy wyborcze.

Burmistrz Filadelfii

W 1995 roku został wybrany do Rady Miejskiej z okręgu Northeast jako jeden z nielicznych przedstawicieli republikanów w radzie od dawna zdominowanej przez demokratów.

Dzięki swej popularności w pewnych dzielnicach zawiązywał sojusze, które ku powszechnemu zdumieniu przyczyniły się do wybrania go na stanowisko burmistrza Filadelfii w 2000 roku.

Podczas pierwszej kadencji udało mu się uporządkować finanse, obniżyć lokalne podatki i zmodernizować miejscowe placówki edukacyjne. Doprowadził też do uruchomienia partnerstwa pomiędzy gminą a sektorem prywatnym, co pozwoliło na realizację kompleksowego planu rewitalizacji centrum miasta. Na wzór wypróbowanego w Nowym Jorku modelu „Zero tolerancji" wprowadził reformy w policji, które spektakularnie ograniczyły przestępczość. Stał również za projektem Rail Parku, ponad pięciokilometrowego ekologicznego pasa zieleni założonego w miejscu nieczynnej linii kolejowej.

Zamach

W 2003 roku, podczas kampanii o drugą kadencję na stanowisko burmistrza, Copeland padł ofiarą próby zamachu, gdy

278

wychodził ze sztabu wyborczego. Pięćdziesięciotrzyletni niezrównoważony psychicznie Hamid Kumar otworzył ogień i wystrzelił trzy razy w kierunku polityka. Dwie z kul trafiły burmistrza. Jedna przebiła mu płuco, druga brzuch. Przewieziony do szpitala w ciężkim stanie Copeland przez wiele miesięcy wracał do zdrowia, co przeszkodziło mu w ubieganiu się o drugą kadencję, ale przyniosło gwałtowny wzrost poparcia. Copeland, zwolennik programu kontroli dostępu do broni, po wypadku jeszcze utwierdził się w tym przekonaniu.

Gubernator Pensylwanii

W listopadzie 2004 roku na fali wielkiej popularności Copeland pokonał kończącego kadencję demokratę i został wybrany na stanowisko gubernatora Pensylwanii. Rozpoczął kadencję w styczniu 2005 roku od programu stabilizacji finansów publicznych. Zredukował niektóre wydatki, a zaoszczędzone w ten sposób pieniądze przeznaczył na edukację, domy spokojnej starości, a zwłaszcza na reformę ubezpieczenia zdrowotnego, dzięki której mieszkańcy Pensylwanii mogą korzystać z jednego z najlepiej zarządzanych funduszów ubezpieczeń zdrowotnych w Stanach Zjednoczonych.

Bez wysiłku został ponownie wybrany w listopadzie 2008 i znowu w 2012. W kolejnych kadencjach utrwalił swój wizerunek reformatora i pragmatycznego polityka. Dał się też poznać jako zaangażowany ekolog, propagując reformę prawa ochrony środowiska, w tym projekt ustawy o ochronie dziedzictwa przyrodniczego.

W grudniu 2014 roku Copeland zajął szóste miejsce w krajowym rankingu najbardziej popularnych gubernatorów, ze współczynnikiem zaufania przekraczającym 65%.

Ambicje prezydenckie

Mimo dużej popularności Copelanda we własnym okręgu jego nazwisko nigdy się nie pojawiało w rankingach polityków typowanych jako kandydaci Partii Republikańskiej w wyborach prezydenckich.

Opowiadając się za prawem do aborcji, za małżeństwami przedstawicieli tej samej płci i za ściślejszą kontrolą przyznawania praw do posiadania broni, prezentował linię polityczną zbyt umiarkowaną, by otrzymać szerokie poparcie swojej partii.

Niektórzy analitycy podkreślają jednak, że jego popularność wśród elektoratu tradycyjnie mało przychylnemu republikanom – Latynosów, kobiet i młodzieży – czyniłaby go dobrym kandydatem w drugiej turze nadchodzących wyborów prezydenckich.

W latach 2014 i 2015 we wszystkich sondażach dotyczących prawyborów w Partii Republikańskiej zamiaru głosowania na Copelanda nie wyraziło nigdy więcej niż 3% badanych.

Te wyniki nie ostudziły jego ambicji: 1 września 2015 roku oficjalnie zgłosił swoją kandydaturę do wyborów prezydenckich w 2016 roku.

[...]

Życie prywatne

Żona Carolyn Ivory pochodzi ze starej rodziny pensylwańskiej, od zawsze opowiadającej się po stronie demokratów. Pracowała jako adwokat, obecnie jest pierwszą asystentką prokuratora federalnego zachodniego dystryktu Pensylwanii.

Pobrali się 3 maja 1988 roku, mają syna Petera, studenta medycyny na Uniwersytecie Johnsa Hopkinsa, i córkę Natashę, studentkę Royal College of Art w Londynie.

20

Alan i *muckrackers*

Każdy człowiek ma trzy życia. Jedno publiczne,
drugie prywatne, a trzecie sekretne.

Gabriel García Márquez

1

Midwest

Zanim Marc wyszedł z dinera i ruszył dalej, uregulował rachunek za pełen bak i zamówił jeszcze jedno piwo. W radiu Van Morrison ustąpił miejsca Bobowi Dylanowi, który śpiewał piosenkę *Sara*, jedną z jego ulubionych. Pamiętał, jak w dawnych czasach kupił ten longplay, *Desire* – było to w latach siedemdziesiątych tuż przed rozwodem piosenkarza ze słynną Sarą z piosenki. Dylan wspominał, zamieniając nostalgiczne chwile w poemat: były tam wydmy, niebo, dzieci bawiące się na plaży, ukochana kobieta, którą przyrównywał do błyszczącego klejnotu... Koniec piosenki był trochę bardziej mroczny: próba pogodzenia się zawiodła. Na pustej plaży została tylko przerdzewiała łódka.

Historia jego losu.

Historia losów wszystkich ludzi.

– Nie chce pan spróbować dania dnia? – spytała kelnerka, stawiając przed Markiem butelkę zamówionego piwa.

Była to kobieta już nie taka młoda, którą bywalcy nazywali

Ginger. Miała krótkie, farbowane na czerwono włosy i na ramionach tatuaże, jakie noszą członkowie gangów motocyklowych.

– Co pani proponuje? – spytał tak dla formy.

– Pierś kurczaka w ziołach i *mash potatoes* z czosnkiem.

– Nie, dziękuję bardzo, ale nie.

– Ma pan *sexy* akcent, skąd pan jest? – zaciekawiła się.

– Z Paryża.

– Ach, mam koleżankę, która pojechała tam w podróż poślubną właśnie wtedy, jak były te zamachy! – wykrzyknęła Ginger. – Strach tam teraz jechać...

Caradec nie podjął tematu. Za każdym razem, kiedy ktoś poruszał przy nim sprawę zamachów, miał ochotę zacytować Hemingwaya: *Paryż zawsze wart był trudu, zawsze odwdzięczał się za to, co się mu dało.*

– Co pana sprowadza do Fort Wayne, do Indiany? – Nie dawała za wygraną Ginger.

– Stare śledztwo... Jestem policjantem.

– Czego pan szuka?

– Szukam pewnego człowieka, nazywa się Alan Kowalkowsky. Myślę, że mieszka na farmie niedaleko stąd.

Ginger kiwnęła głową.

– Taa, znam tego frajera Alana. Chodziliśmy razem do szkoły. Czego pan od niego chce?

– Chcę mu zadać kilka pytań.

– Nie będzie to proste.

– Dlaczego?

– Bo Alan od dziesięciu lat nie żyje... – rzuciła flegmatycznie Ginger.

Marc nie dał po sobie niczego poznać. Chciał wyciągnąć od Ginger trochę więcej informacji, ale tymczasem upomnieli się o nią inni klienci.

Cholera.

Wiadomość o tej śmierci komplikowała jego teorię, ale jej nie niszczyła. Marc zawsze był przekonany, że mail wysłany przez Florence Gallo wylądował w istniejącej poczcie internetowej. Może nie był specem od komputerów, ale miał mnóstwo zdrowego rozsądku. Kiedy byli w Oyster Bar, wpadł na pomysł, żeby sprawdzić internetową książkę telefoniczną, i uderzył go pewien szczegół. Poza listą telefonów zastrzeżonych, na całym terytorium USA istniały setki Kowalkowskich, ale tylko czterech Kowalkowskych. A jeden z nich nazywał się Alan i mieszkał tu, na granicy Ohio i Indiany!

Od chwili, gdy dokonał tego odkrycia, w mózgu rozbrzmiewał mu refren: a jeśli wiadomość wysłana przez Florence wpadła do skrzynki tego faceta? Dwa lata wcześniej jemu również zdarzył się podobny wypadek: któregoś ranka znalazł w swojej poczcie dość śmiałe zdjęcia i raczej nieprzyzwoity tekst wysłany przez młodą kobietę podpisującą się Marie do kogoś o nazwisku brzmiącym prawie tak jak jego: Marc Karadec, który mieszkał w Tuluzie i miał tego samego dostawcę usług internetowych co on.

Wypił łyk zimnego piwa dla rozjaśnienia myśli. Następne pytanie: jeśli ten Alan Kowalkowsky nie żyje, jak to się dzieje, że jego adres mailowy wciąż działa?

Zrobił znak do Ginger, ale ona wolała towarzystwo jakiegoś młodego faceta, który zezował w jej dekolt. Marc westchnął, wyjął banknot dwudziestodolarowy i pomachał nim w jej kierunku.

– Jeśli ci się wydaje, że możesz mnie kupić… – rzuciła Ginger, idąc w jego kierunku szybkim krokiem.

Caradec poczuł lekki zawrót głowy. Zamrugał i wziął głęboki wdech. Nagle wszystko w tym lokalu zaczęło go brzydzić: zapach smażonego oleju, wulgarność, prymitywni klienci przyrośnięci do kontuaru barowego, który wydawał się ich jedynym horyzontem.

– Powiedz mi coś o Alanie – poprosił Ginger. – Czy to był farmer?

– Tak, miał małe gospodarstwo, które prowadził wraz z żoną, Helen.

– Wiesz, jak umarł?

– Popełnił samobójstwo. Coś okropnego, nie chcę o tym rozmawiać.

Marc zmrużył oczy, żeby odczytać tatuaż, który kelnerka zrobiła sobie z tyłu na szyi u nasady karku, a który brzmiał: *We live with the scars we choose*. Niezupełnie prawda, ale też nie takie proste, jak by się wydawało... Potem wyjął następny banknot, który Ginger natychmiast wsunęła do kieszeni dżinsów.

– Alan miał w życiu jedyną pasję, było nią polowanie na jelenie, oddawał się jej przy byle okazji. Najczęściej prosił syna, żeby mu towarzyszył, mimo że dzieciak tego nie cierpiał. Tim... Wspaniały chłopak! Kiedy się go poznało, brał żal, że się nie ma dzieci... – Spojrzenie Ginger przez chwilę zawisło w pustce, ale zaraz podjęła przerwany wątek. – Któregoś ranka, dziesięć lat temu, Tim nie chciał towarzyszyć ojcu, ale Alan jak zwykle naciskał, mówił, że polowanie zrobi z niego prawdziwego mężczyznę, i tak dalej, i tak dalej, no, wie pan...

Marc przytaknął.

– Kłócili się jeszcze w lesie, aż wreszcie obaj przesadzili i Tim powiedział ojcu, co o nim myśli, po czym zdecydował się wrócić na skróty przez pola na farmę. Alan został, bo od kilku godzin tropił już swoją zdobycz. W pewnej chwili wydało mu się, że słyszy jelenia za krzakami i wystrzelił na ślepo. Chyba się pan domyśla reszty...

Marc, tknięty okropnym przeczuciem, wybełkotał:

– Trafił w... trafił w syna?

– Tak. Kula trafiła chłopca w pierś na wysokości serca. Tim zginął prawie na miejscu. Miał czternaście lat. Alan tego nie wytrzymał. Następnego dnia po pogrzebie zabił się własną strzelbą.

Marc westchnął głośno.

– Kurewska historia... A jego żona?

– Helen? Helen wciąż mieszka na farmie. Już przed tym nieszczęściem była to bardzo dziwna dziewczyna, samotna, mól książkowy. A teraz to już zupełnie zgłupiała. Nic nie robi, żyje w brudzie, farma upadła, a ona pije od rana do wieczora...

– A z czego żyje?

Ginger wypluła gumę do żucia prosto do kosza na śmieci.

– Chce pan wiedzieć prawdę?

– Doszliśmy już tak daleko...

– Przez kilka lat prostytuowała się. Dla miejscowych facetów, którzy mieli ochotę na szybki numerek, wdowa po Kowalkowskym była rozwiązaniem praktycznym.

Marc popatrzył na drzwi. Miał już dosyć. Musi stąd natychmiast wyjść!

– Jeśli chce pan wiedzieć, co ja myślę – ciągnęła Ginger – ona chyba już nie pracuje. Nawet faceci wyjątkowo napaleni nie są gotowi na rżnięcie trupa.

2

Nowy Jork

Alan Bridges był zirytowany.

– Co pan wyrabia, Raphaëlu?! Czekam tu już ponad godzinę!

– Bardzo mi przykro, zaraz panu wszystko wyjaśnię!

Biuro Alana na ostatnim piętrze Flatirona zmieniło się w kwaterę główną sztabu kryzysowego. Na korkowej tablicy przypięto pinezkami stare zdjęcia, na tablicy papierowej zapisano najważniejsze daty, rozpakowano pudła z książkami. Na ścianach przymocowano trzy ekrany, podłączone przez Wi-Fi do laptopów dwóch młodych dziennikarzy #WinterSun. Alan przedstawił mnie oficjalnie swoim asystentom, których spotkałem już dzisiejszego ranka.

– Christopher Harris i Erika Cross. Wszyscy ich tu nazywają Chris & Cross.

Cross była bardzo ładną rudą dziewczyną, której falujące włosy opadały na ramiona, Chris był wątły, milczący, wyglądał bezpłciowo, miał uciekające spojrzenie. Za szklaną ścianą ekipa *muckrackers* znacznie się zmniejszyła, większość dziennikarzy udała się na Madison Square Garden, na końcówkę zjazdu republikanów.

Alan odezwał się poważnym tonem:

– Byłem sceptycznie nastawiony do pańskiej opowieści, ale okazuje się, że się myliłem.

Wskazał na pudła na podłodze.

– Poszliśmy za pańskimi radami: przeszukaliśmy boks Joyce Carlyle w przechowalni mebli i naszą uwagę przyciągnęło coś bardzo dziwnego.

Wziął do ręki książkę, która leżała u niego na biurku, i wręczył mi ją. Była zatytułowana *Niezwykły kandydat*.

– Ta polityczna biografia Copelanda pojawiła się pod koniec roku dziewięćdziesiątego dziewiątego, podczas jego pierwszej kampanii wyborczej, kiedy ubiegał się o stanowisko burmistrza Filadelfii – wyjaśnił Alan. – Książka została wydrukowana na koszt autora, skromnie, w nakładzie pięciuset egzemplarzy. To rodzaj banalnej hagiografii, pozycja sprzedawana przeważnie na dyżurach kandydatów oraz podczas meetingów.

Przeczytałem nazwisko autora.

– Pepe Lombardi?

– To były dziennikarz i fotograf „Philadelphia Investigator", takiej lokalnej gazetki. Facet towarzyszył Copelandowi od samego początku jego kariery w polityce, kiedy Copeland był jeszcze radnym.

Przerzuciłem kilka stron, potem otworzyłem książkę pośrodku, gdzie były zdjęcia, w miejscu zaznaczonym samoprzylepną karteczką.

– Poznaje pan?

Oba zdjęcia pochodziły z końca lat osiemdziesiątych (odpowiednio z grudnia 1988 i marca 1989, jeśli wierzyć podpisom). Na zdjęciach widać było Joyce i Tada w lokalu Take Back Your Philadelphia, organizacji stworzonej przez Copelanda, zanim pojawił się na scenie politycznej. W tym okresie matka Claire wyglądała doskonale, była młoda, tryskała energią. Szczupła sylwetka, rysy delikatne, regularne, śnieżnobiałe zęby, wielkie zielone oczy w kształcie migdałów. Wyraźnie widać było, jak bardzo Claire jest do niej podobna.

Oba zdjęcia zdradzały ewidentną bliskość obojga, ale ja nie ufam zdjęciom.

– Zrobiliśmy odpowiednie poszukiwania – ciągnął Alan. – Joyce pracowała dla TBY przez prawie rok, najpierw za darmo, a potem zaczęła pobierać pensję.

– Co pan o tym myśli?

– Jest pan ślepy, czy co?! Sypiał z nią albo miał taki zamiar – rzuciła Cross bez ceregieli. – To przypomina zdjęcia Billa Clintona i Moniki Lewinsky. Z daleka widać, że seks wisiał w powietrzu.

– To tylko zdjęcia – odrzekłem. – I wy, dziennikarze, dobrze wiecie, jak można nimi manipulować...

– Niech pan słucha dalej – kontynuowała ruda. – Znaleźliśmy Pepe Lombardiego w Domu Rencisty w Maine. Ma dziś dziewięćdziesiąt lat, ale w głowie wszystko po kolei. Zadzwoniłam do niego godzinę temu. Powiedział, że w dziewięćdziesiątym dziewiątym, dziesięć dni po ukazaniu się tej książki na rynku, Zorah Zorkin, szefowa sztabu wyborczego Copelanda, wykupiła od niego cały nakład, jak również negatywy wszystkich fotografii.

287

– Pod jakim pretekstem?

Teraz znów włączył się Alan:

– Oficjalnie kandydatowi tak bardzo podobała się książka, że życzył sobie wydania nowego nakładu z przedmową, którą miałby niby sam napisać.

– Ale książka już się nigdy nie ukazała powtórnie.

– Przeciwnie, ukazała się! Nawet wiele razy, ale we wszystkich nowych wydaniach oba zdjęcia Joyce znikły.

– Mogło być po temu milion powodów... – zacząłem z pozycji adwokata diabła. – Sami powiedzieliście: jeśli zdjęcia są dwuznaczne, to zupełnie normalne, że sam kandydat nie chce, żeby figurowały w jego biografii. Tym bardziej że był żonaty.

– Tak, ale to jeszcze nie koniec! – oznajmił Alan, spoglądając na Chrisa & Cross.

Ognistoruda wyjaśniła:

– Trochę pogrzebaliśmy w sieci, przeszukaliśmy zwłaszcza strony sprzedające stare książki. Za każdym razem, kiedy pokazuje się gdzieś egzemplarz oryginalny, na przykład na Amazonie lub na eBayu, prawie natychmiast jest wykupywany za dużą sumę.

– Przez kogo?

– Trudno powiedzieć – ruda wzruszyła ramionami. – Nie ma pewności, ale chyba można się domyślić.

Po raz pierwszy zabrał głos bezpłciowy Chris.

– Jest jeszcze coś innego. W tamtych czasach niektóre mediateki czy biblioteki miejskie w Pensylwanii nabyły tę biografię. Udało mi się porozumieć z niektórymi z nich. W ich katalogach internetowych ta pozycja figuruje, ale nigdy nie ma jej na półkach. Tłumaczą, że albo ją zgubiono, albo ktoś wypożyczył i nie oddał.

Alan kiwnięciem głowy polecił asystentom, żeby wyszli. Zaczekał, aż będziemy zupełnie sami, żeby szczerze mi coś wyjaśnić.

– Dobrze, Raphaëlu, nie ma co owijać w bawełnę. Jeśli Copeland zadał sobie tyle trudu, żeby te zdjęcia znikły, to nie tylko dlatego, że miał romans z Joyce Carlyle, ale przede wszystkim dlatego, że to on musi być ojcem Claire. Wszystko się zgadza: daty jego przypuszczalnego związku z Joyce, fakt, że Claire jest Mulatką...

– Oczywiście, myślałem o tym. Istnieje taka możliwość.

– Natomiast dziwi mnie to, co mi pan powiedział, że na krótko przed śmiercią Florence interesowała się związkiem Joyce i Copelanda.

– Dlaczego?

– Florence i ja mieliśmy podobny stosunek do życia prywatnego działaczy politycznych: było ono nam kompletnie obojętne. Uważaliśmy, że to właśnie dlatego aktualne dziennikarstwo upada, przez pełne hipokryzji podglądactwo. Mam w nosie, czy przyszły prezydent Stanów Zjednoczonych miał pozamałżeński romans ponad dwadzieścia lat temu. To wcale nie dyskwalifikuje go w moich oczach jako przywódcy państwa.

– Zaraz, Alanie, nie chodzi o to... ja myślę, że sama Joyce miała wówczas zamiar wyjawić, że Copeland, nowy gubernator Pensylwanii, jest ojcem jej córki.

– Jeśli tak pragnęła reklamy, dlaczego tak długo z tym zwlekała?

– Bo jej córka została porwana i śledztwo utknęło w miejscu. Ja w każdym razie zrobiłbym tak jak ona, starałbym się za wszelką cenę nagłośnić całą sprawę w mediach, w nadziei, że odnajdę córkę.

W pokoju zapadła cisza.

– Co chce mi pan konkretnie powiedzieć, Raphaëlu?

– Chcę powiedzieć, że Tad Copeland niewątpliwie zabił, albo kazał zabić, swoją dawną kochankę.

21

Pora smutku

Dziś wieczorem moja suknia cała pachnie przeszłością...
Przybliż się, poczuj to pachnące wspomnienie.

Marceline Desbordes-Valmore

1

Midwest

Ostatnie promienie słońca chowały się za horyzontem, kiedy Caradec dotarł wreszcie do domu wdowy po Kowalkowskym. Główny budynek farmy był masywnym dwupiętrowym domem. Typowa farma Midwestu, jakich widział setki przy drodze, kiedy jechał z Columbus do Fort Wayne. Ale nigdzie indziej nie widział takiej wyjątkowej stodoły. Spichlerz na ziarno z karmazynową fasadą i z białym dachem w formie ostrej kopuły, której okazała sylwetka odcinała się na rozżarzonym niebie.

Marc zrobił kilka kroków w kierunku domu, patrząc na ganek z poobłupywaną farbą, który ciągnął się wzdłuż całej fasady. Wszedł po czterech stopniach prowadzących do wejścia. Z pewnością z powodu upału drzwi były otwarte, wisiała w nich moskitiera uderzana letnim wiatrem. Marc odsunął cienką materię i zawołał:

– Pani Kowalkowsky!

Zabębnił kilkakrotnie palcami w szybę. Zaczekał minutę i postanowił wejść do środka.

Z holu wchodziło się bezpośrednio do pokoju dziennego, który wyglądał na kompletnie opuszczony. Tynk ze ścian poodpadał, tapeta się odkleiła, dywan był wytarty, zniszczone meble posklejano byle jak.

Na kanapie w kolorze szarozielonym spała skulona kobieta. U jej stóp leżała pusta mała butelka po tanim dżinie.

Marc westchnął i podszedł do Helen Kowalkowsky. Ponieważ była zwinięta w kłębek, nie widział jej twarzy. Ale wszystko jedno – ta kobieta to był on. Istota złamana smutkiem, która nie umiała już wypłynąć na powierzchnię z głębin nocy.

– Pani Kowalkowsky... – wyszeptał, dotykając delikatnie jej ramienia.

Kilka długich minut zajęło właścicielce domu wybudzenie się. Otworzyła oczy leniwie, nie zaskoczona, nie oniemiała. Była po prostu gdzie indziej, tam gdzie nic nie mogło jej dosięgnąć.

– Przepraszam, że pani przeszkadzam...

– Kim pan jest? – spytała, starając się wstać. – Uprzedzam pana, tu nie ma już nic do zabrania, nawet mego życia.

– Nie jestem złodziejem, jestem policjantem.

– Przyszedł pan mnie aresztować?

– Nie, proszę pani. Dlaczego miałbym panią aresztować?

Helen Kowalkowsky zachwiała się i upadła z powrotem na kanapę. Powiedzmy, że nie była w najlepszej formie. Z pewnością skacowana, pewnie też trochę na haju. Mimo jej wyniszczonego wyglądu – skóra i kości, twarz wychudła, sine plamy pod oczami – zorientował się, że kiedyś musiała być ładna: miała szczupłą sylwetkę, włosy w kolorze popielatego blondu, jasne oczy.

– Zrobię pani herbaty, lepiej się pani poczuje, zgoda? – zaproponował Caradec.

Zapadło milczenie. Marc czuł się bardzo dziwnie na tym spotkaniu z duchem. Ponieważ bał się momentu, gdy duch się obudzi, i nie chciał dać się zaskoczyć, sprawdził, czy w pokoju nie ma jakiejś broni, zanim przeszedł do kuchni. Kuchnia... brudne okna wychodziły na pole zarośnięte wysokimi chwastami. W zlewie piętrzyły się brudne naczynia. Lodówka była pusta, nie licząc paczki jajek, za to zamrażalnik wypełniały butelki dżinu. Na stole leżały lekarstwa: fiolka valium, środki nasenne i tak dalej. Marc westchnął. Znalazł się na znajomym terenie. Od dawna on sam też przebywał na ziemi niczyjej, w czyśćcu, tam gdzie trafiali ci, którzy nie mogli dłużej wytrzymać życia, ale z różnych przyczyn nie zdecydowali się, żeby z niego zrezygnować zupełnie.

Zaczął podgrzewać wodę i przygotował napój z tego, co było pod ręką: cytryna, miód, cynamon.

Kiedy wrócił do pokoju, Helen wciąż siedziała na kanapie. Marc podał jej filiżankę. Otworzył usta, ale je z powrotem zamknął. Wyjaśnienie tej kobiecie, co on u niej robi, wydało mu się na razie niewykonalne. Helen zamoczyła wargi w płynie i popijała go teraz małymi łyczkami. Oczy miała puste, plecy zgarbione. Przybita, zmęczona... W sumie wyglądała podobnie jak jej dom: zwiędła, skamieniała, wyschnięta. Marc pomyślał o tych strudzonych kobietach, które pozowały Egonowi Schielemu, o ich chorych twarzach i żółtawej skórze, która pasowała bardziej do zwłok niż do żywego człowieka.

Udręczony w tym ciemnym smutnym domu Marc wstał, rozsunął story i wpuścił do wnętrza trochę świeżego powietrza. Potem rzucił okiem na bibliotekę, zauważył książki, które on sam lubił i których nie spodziewał się znaleźć w takim miejscu, na farmie w głębi Ohio: Pat Conroy, James Lee Burke, John Irving, Edith Wharton, Louise Erdrich. Znalazł tam nawet egzemplarz *Kaligramów* Guillaume'a Apollinaire'a wydany przez University of California Press!

– To mój ulubiony poeta! – powiedział, biorąc książkę do ręki.

Na te słowa twarz Helen jakby się rozświetliła. W swojej słabej angielszczyźnie Caradec, chcąc wzbudzić jej zaufanie, zaczął opowiadać o Apollinairze, o wierszach dla Lou, o Wielkiej Wojnie, o dziadku, który zginął na froncie, o grypie hiszpance, o swojej żonie, Élise, która była specjalistką od tego okresu, o ich spotkaniu, o tym, jak Élise wzbudziła w nim zainteresowanie sztuką.

Kiedy skończył, słońce już zaszło i pokój pogrążył się w ciemnościach. I zdarzył się cud. Helen zaczęła mu opowiadać o sobie. Była to historia dobrej uczennicy, która zbyt często musiała opuszczać lekcje, żeby pomagać rodzicom przy gospodarstwie, historia obiecującej studentki, która wyszła za mąż zbyt wcześnie i za nieodpowiedniego mężczyznę, historia kobiety zamężnej, ciężkiego życia, ale rozświetlonego narodzinami synka Tima, jej jedynego szczęścia w życiu, oprócz książek. Potem rozwarła się przepaść, gdy Tim zginął i nadeszły lata ciemności.

Zanim ludzie położą się w grobie, nigdy nie są zupełnie martwi, pomyślał Marc, patrząc na Helen. Oczywiście dużo łatwiej było zwierzyć się nieznajomemu, ale Helen mówiła tak, jak od dawna nie mówiła do nikogo. Kiedy wreszcie zapadła cisza, poprawiła włosy swymi długimi palcami, jak księżniczka nazajutrz po wyczerpującym balu.

Caradec skorzystał z okazji, żeby się odezwać.

– Przyjechałem tu, bo badam pewną sprawę...

– Przypuszczałam, że nie przyjechał pan tu z Paryża tylko dla moich pięknych oczu – rzuciła Helen.

– To historia prosta i skomplikowana zarazem – zaczął Caradec. – Historia, która od dziesięciu lat niszczy życie wielu osób, a do jej rozwiązania może zupełnie nieświadomie posiada pani klucz.

– Proszę mi powiedzieć coś więcej! – poprosiła.

Caradec zaczął opowiadać o poszukiwaniach, jakim oddali się z Raphaëlem po zniknięciu Claire. Metamorfoza Helen była powolna, ale prawdziwa. Jej oczy rozbłysły, plecy się wyprostowały. Oboje wiedzieli, że to nie będzie trwało długo. Już następnego dnia pewnie utopi się w rzece dżinu i wódki i otumani prochami. Ale dzisiejszego wieczoru odzyskała jasność umysłu, w każdym razie na tyle, żeby wysłuchać całej historii o dziewczynie z Brooklynu i przeanalizować meandry jej losu. Na tyle, żeby jedyne trochę uszczypliwe pytanie, które zadała Marcowi na koniec jego opowieści, brzmiało:

– Więc jeśli dobrze rozumiem, zrobił pan tysiąc kilometrów z Nowego Jorku, ponieważ szuka pan wiadomości wysłanej pomyłkowo na adres mailowy mojego męża jedenaście lat temu?

– Tak jest, dokładnie dwudziestego piątego czerwca dwa tysiące piątego roku – odrzekł Caradec. – Ale zdaję sobie sprawę, że przedstawione w ten sposób wszystko to wydaje się absurdalne.

Przez moment wydawało się, że Helen Kowalkowsky znów zapadła w otępienie, ale po chwili skupiła się i uporządkowała myśli.

– Odkąd sprowadziliśmy się tu w dziewięćdziesiątym roku, mamy linię telefoniczną na nazwisko Alana. Zatrzymałam ją po jego śmierci, co wyjaśnia, jak pan mnie znalazł dzięki książce telefonicznej. Tak samo było z internetem. Abonament jest na nazwisko męża, ale podłączyliśmy się do sieci głównie dlatego, żeby zrobić frajdę synowi. Alan nie znał się zupełnie na informatyce. Tim używał adresu e-mailowego i w ogóle internetu.

W Marcu obudziła się nadzieja. Czuł, że w tym domu odkryje prawdę.

– Czy Tim, gdyby odebrał dziwną wiadomość, powiedziałby pani o tym?

– Pewnie nie, bo ja bym się martwiła, a on starał się mnie zawsze oszczędzać.

– Powiedziałby ojcu?

Zapadła ciężka cisza.

– Generalnie Tim unikał rozmów z ojcem.

– Czy to konto jest wciąż aktywne?

Helen potrząsnęła głową.

– Nie mam łączności internetowej od śmierci mego syna. Więc już ponad dziesięć lat ten adres jest nieaktualny.

Tym razem Marc nie umiał ukryć zawodu. Opadły go wątpliwości.

A więc intuicja go zawiodła. Pomyślał o etymologii słowa: odbicie w lustrze. Konfabulacja. Chimera. Wytwór mózgu.

Przez chwilę zdawało mu się, że tonie, ale po chwili poczuł grunt pod stopami.

– Helen, czy zachowała pani komputer syna?

2

Nowy Jork

Alan z nieprzystępnym wyrazem twarzy zastanawiał się w milczeniu.

– Pośrednio czy bezpośrednio Tad Copeland zamordował Joyce Carlyle! – powtórzyłem.

– To absurd! – redaktor naczelny machnął ręką. – Nie można wygłaszać takich oskarżeń bez dowodów. To nieodpowiedzialne! Copeland jest być może republikaninem, ale to najlepszy kandydat na prezydenta od czasów Kennedy'ego! Wykluczone, żeby moja gazeta postawiła go w trudnej sytuacji przez jakąś niejasną historię z przeszłości.

Im dłużej rozmawialiśmy, tym wyraźniej widziałem dwuznaczną fascynację, jaką odczuwał Alan dla tego polityka. Copeland był przedstawicielem jego pokolenia, człowiekiem, którego poglądy Alan popierał. Po raz pierwszy u drzwi władzy stawał republikanin, który piętnował wypaczenia neoliberalizmu, wspierał program kontroli dostępu do broni i dystansował się od religii. Gubernator Pensylwanii rozsadził od środka skostniały amerykański pejzaż polityczny. Przez graniczącą z cudem koniunkturę polityczno-gospodarczą zatriumfował nad wszystkimi populistami swojego obozu.

Jeśli mam być całkiem szczery, ja również nie pozostawałem nieczuły na retorykę kandydata. Podobało mi się, gdy w przemówieniach cytował Steinbecka i Marka Twaina. Podczas debaty w prawyborach z przyjemnością obserwowałem, jak ośmieszył Trumpa i utarł nosa Benowi Carlsonowi. Copeland miał ambitny plan działania, mówił sensownie i przekonująco, przedstawił klarowny program reform politycznych na najbliższe lata, reprezentował interesy niezadowolonej z dotychczasowej władzy klasy średniej, uważał, że wzrost gospodarczy nie może przynosić korzyści jedynie garstce najbogatszych obywateli, bo to jest niemoralne i niebezpieczne dla kraju.

Być może Copeland był porządnym facetem – a przynajmniej jednym z najmniej zepsutych polityków amerykańskich – ale z pewnością brał udział w porwaniu Claire. Niemniej jednak, aby przekonać Alana, spróbowałem innej argumentacji.

– Chce pan, żebym poszedł jeszcze dalej? – spytałem. – Otóż uważam, że Copeland, lub ktoś z jego najbliższego otoczenia, ma również na sumieniu śmierć Florence Gallo.

– Dość tego! – wybuchł Alan.

Żeby go przekonać, rzuciłem na stół dwie atutowe karty: fakt, że zgłoszenie napadu na numer 911 zostało wykonane z mieszkania Florence, a także ślady DNA Blunta Liebowitza znalezione na miejscu zbrodni. Połączenie tych dwóch elementów zachwiało pewność siebie Alana. Gdy tylko poruszałem temat Florence, Alan się przeistaczał: rysy twarzy mu twardniały, w oczach zapalały się płomienie, zmarszczki się pogłębiały.

– Czy zna pan Liebowitza? – spytałem.

– Oczywiście, że znam! – odrzekł zirytowany. – Wszyscy dziennikarze zajmujący się polityką, którym zdarzyło się zbliżyć do Copelanda, wiedzą, kim jest Blunt Liebowitz – to ochroniarz, człowiek, który już od dawna znajduje się w jego najbliższym otoczeniu. To również wuj Zorah Zorkin.

Po raz drugi słyszałem to nazwisko. Alan wyjaśnił mi, o kogo chodzi.

– Zorah Zorkin jest cieniem Copelanda. To szefowa jego kampanii wyborczej i główna doradczyni. Towarzyszy mu we wszystkich podróżach. Pracowała w jego gabinecie, kiedy był gubernatorem, a przedtem to ona tak skutecznie poprowadziła jego kampanię, że został wybrany na burmistrza Filadelfii. Nie mówię, że Copeland jest marionetką w jej rękach, ale bez Zorah byłby wciąż jeszcze wykładowcą prawa w Penn.

– Dlaczego w ogóle o niej nie słyszałem?

– Bo jest bardzo dyskretna i ludzie nigdy nie wiedzą, kto tak naprawdę jest szarą eminencją, chociaż sytuacja zaczyna się obecnie zmieniać: trzy miesiące temu „New York Times" umieścił na okładce jej zdjęcie z podpisem „Najseksowniejszy mózg Ameryki". I naprawdę uważam, że w tym stwierdzeniu nie ma cienia przesady.

– Cóż ona ma w sobie tak wyjątkowego?

Alan zmrużył oczy.

– Bardzo długo z powodu dziewczęcego wyglądu nikt się jej nie bał. Ale ta epoka minęła: obecnie każdy wie, że Zorkin jest zimnokrwistą mistrzynią szachową, która zawsze wyprzedza przeciwnika o kilka ruchów. Podczas kampanii w prawyborach była przerażająco skuteczna przy zbieraniu funduszy, zwłaszcza wobec dyrektorów z pokolenia Facebooka, którzy

studiowali razem z nią. Copeland miał niską pozycję w sondażach, ale utrzymał się na powierzchni dzięki tym pieniądzom,
bo mógł czekać, aż tendencja się odwróci. Ale Zorkin jest nie
tylko wyjątkowym taktykiem i strategiem, jest również specjalistką od ciosów poniżej pasa, to wściekły pitbul, który nigdy
nie puści swego łupu.

Wzruszyłem ramionami.

– Wszędzie tak jest – powiedziałem. – W biznesie, w polityce, w świecie mediów. Wszyscy ludzie władzy potrzebują kogoś,
kto zabrudzi sobie ręce zamiast nich.

Alan przyznał mu rację i nacisnął guzik interfonu, żeby porozumieć się z Chrisem & Cross.

– Dzieciaki, dajcie mi wszystko, co tylko znajdziecie, na
temat harmonogramu zajęć gubernatora Copelanda w sobotę,
dwudziestego piątego czerwca dwa tysiące piątego roku.

Nie za bardzo wierzyłem, że to ma sens.

– W dzień śmierci Joyce? Co pan chce odkryć dziesięć lat
później?

– Wszystko to jest ponad moje zrozumienie... – Westchnął. –
Ale zobaczy pan, do czego zdolni są Chris & Cross! Używa-
ją specjalnego inteligentnego algorytmu, który błyskawicznie
znajduje informacje w prasie z epoki, w internecie, na blogach
i portalach społecznościowych. Wie pan równie dobrze jak ja,
że w necie nic nie ginie, człowiek stworzył potwora, nad którym
nie panuje. Ale to już inna historia.

Podczas naszej rozmowy Alan nacisnął guzik pilota, żeby
sprawdzić kanały informacyjne nadające sprawozdanie z konwencji republikanów.

Na Madison Square Garden zebrało się ponad dziesięć tysięcy widzów, przed którymi pojawiali się kolejni mówcy, każdy
kreślił pochwalny portret swego kandydata. Mnóstwo ogromnych ekranów pokazywało sławy sportu i show-biznesu bijące

brawo, wznoszące gorące i egzaltowane okrzyki, które wydawały mi się po prostu śmieszne. Dwa dni wcześniej delegaci partii głosowali na swojego kandydata. Za niecałą godzinę Tad Copeland wygłosi przemowę inauguracyjną. Potem nastąpi tradycyjne wypuszczanie balonów i deszcz trójkolorowych konfetti.

– Alan, wysyłamy ci materiały. – Głos Eriki Cross zabrzmiał w interfonie.

Na monitorach zainstalowanych na ścianie zaczęły się ukazywać dokumenty. Chris wyjaśniał.

– Od dwa tysiące czwartego roku oficjalny harmonogram zajęć gubernatora jest ogólnie dostępny na stronie stanu Pensylwania. Wystarczy wiedzieć, jak go znaleźć. Oto więc jego plan zajęć na przedpołudnie dwudziestego piątego czerwca dwa tysiące piątego roku:

9.00–10.30 – Ostatnia runda negocjacji z przedstawicielami związków zawodowych w celu zatwierdzenia decyzji mających na celu poprawę efektywności transportu publicznego.

11.00–12.00 – Spotkanie z profesorami college'u w Chester Heights.

– A tu są wszystkie zdjęcia artykułów prasowych lub blogów, które udało mi się zdobyć, dotyczących tych dwóch wydarzeń – oznajmił rudzielec.

Na ekranie pokazała się seria zdjęć: Copeland pozujący z reprezentantami związków zawodowych, a potem z profesorami i uczniami.

– Zorah i Blunt są zawsze gdzieś w pobliżu – zauważył Alan, wskazując piórem masywną sylwetkę ochroniarza i drobniejszą – kobiety bez wieku, zazwyczaj częściowo zasłoniętej lub w ogóle wyciętej ze zdjęć.

– Na razie nie widzę tu nic dziwnego – powiedziałem.

– Ciekawszy jest dalszy ciąg... – odpowiedział mi Chris. – Dwa następne spotkania wpisane w jego planie na popołudnie:

12.30–14.00 – Lunch i rozmowa z personelem domów spokojnej starości w hrabstwie Montgomery.

15.00 – Inauguracja kompleksu sportowego Metropol w filadelfijskiej dzielnicy Northeast.

– Ale Copeland wykręcił się złym stanem zdrowia i na tych dwóch spotkaniach reprezentowała go wicegubernator Annabel Schivo – dokończył Chris.

– To faktycznie jest dziwne – zauważył Alan. – Northeast od zawsze był maskotką Copelanda, a ja znam dobrze Metropol: to gigantyczny projekt, nie żadna sala sportowa z prefabrykatów. Żeby Copeland nie przyszedł na tę inaugurację, musiało stać się coś naprawdę nieprzewidzianego.

Teraz już ekscytacja Alana była prawie namacalna i zaczęła się wszystkim udzielać.

– A więc Copeland zniknął z Filadelfii na resztę dnia?

– Wcale nie! – wykrzyknął Chris, wysyłając na ekran kolejne zdjęcie. – O osiemnastej był na meczu koszykówki drużyny Philadelphia Seventysixters w Wells Fargo Center, widziało go ponad dwadzieścia tysięcy kibiców.

Podszedłem do ekranu. Copeland w szaliku i czapce kibica nie wyglądał wcale, jakby przed chwilą zamordował kobietę, ale nie było w tym niczego dziwnego. Wszyscy wiedzą, że politycy są wspaniałymi aktorami.

– Masz jeszcze inne zdjęcia z tamtego meczu?

Na ekran wpłynęła nowa seria fotografii.

Na żadnej z nich nie było ani ochroniarza, ani szefowej kampanii.

– Eriko, znajdź mi zdjęcia z innych meczów! – poprosił Alan.

– To znaczy?

– Innych meczów, które odbyły się w Wells Fargo Center trochę wcześniej.

Minęło pół minuty, zanim dziewczyna powiedziała:

– Znalazłam takie zdjęcie: mecz z Boston Celtics tydzień wcześniej... i inny, z Orlando Magic, pod koniec kwietnia.

Na obydwu meczach Zorah siedziała w rzędzie za gubernatorem. Jeśli zdjęcie obejmowało szerszy plan, widać było również masywną sylwetkę stojącego między rzędami Blunta Liebowitza.

– Spójrzcie! Zorkin zawsze siedzi w tym samym miejscu za Copelandem! Zawsze, ale nie cholernego dwudziestego piątego czerwca! To nie przypadek, Alan!

Redaktor milczał.

– Ile czasu zajmuje przejazd samochodem z Filadelfii do Nowego Jorku? – spytałem.

– Jeśli weźmie się pod uwagę korki, dobre dwie godziny.

Rozparłem się w fotelu, zamknąłem oczy i przez trzy minuty się zastanawiałem. Byłem pewien, że zrozumiałem już, co stało się tamtego czerwcowego dnia 2005 roku, musiałem tylko dobrać odpowiednie słowa, żeby pociągnąć za sobą Alana. Alan musi mi pomóc, gdyż po raz pierwszy dostrzegłem sposób, żeby odnaleźć Claire i odzyskać ją całą i zdrową.

– Alan, wszystko jest jasne jak słońce – rzekłem, otwierając oczy. – Tamtej soboty gubernator, Zorah i Blunt wczesnym popołudniem wsiadają do samochodu i wyjeżdżają z Filadelfii. Copeland ma się spotkać z Joyce. Zaczynają rozmowę, która przeradza się w konflikt. Następuje kłótnia. Copeland wpada w panikę i zabija Joyce. Potem odkrywa, że Florence to wszystko nagrała. Wraca sam do Filadelfii, bez ochroniarza, i uczestniczy w meczu koszykówki, żeby wszystkich zmylić. W tym czasie Blunt i Zorah zostają w Nowym Jorku i wykonują całą brudną robotę: muszą przenieść ciało Joyce w inne miejsce i tak wszystko zorganizować na miejscu zbrodni, żeby wyglądało, jakby Joyce zmarła z przedawkowania, a poza tym muszą unieszkodliwić Florence... Do diabła, to jest przecież logiczne!

Załamany Alan pochylił głowę i podparł ją rękami. Czułem, jakbym znalazł się w jego mózgu. Kompletny chaos, w którym wściekłość miesza się z bólem. Może wspominał szczęśliwe miesiące, które spędził z Florence? Te chwile, gdy wszystko było jeszcze możliwe, kiedy myśleli o dzieciach, założeniu rodziny, kiedy aż kręciło się w głowie na perspektywę wspólnej przyszłości, w której gra się główną rolę, a nie ogony... A może wyobrażał sobie tę okrutną śmierć jedynej kobiety, którą naprawdę kochał? Lub myślał o tym, jak wiele czasu minęło od tamtych chwil, czasu, który spędzał, zagłuszając przeszłość intensywną pracą? Może pomyślał, że w sumie Marilyn Monroe miała rację, mówiąc, że udana kariera to rzecz wspaniała, ale że nie można się do niej przytulić podczas zimnej nocy...

– Co pan zamierza? – spytał, patrząc na mnie, jakby się wybudził z ciężkiego snu.

– Czy jest pan gotów mi pomóc, Alanie?

– Nie wiem, czy jestem gotów, ale pomogę, zrobię to dla Florence.

– Czy ma pan możliwość porozumienia się z Zorkin?

– Tak, mam numer jej komórki. Ten, którego używałem, gdy starałem się przez nią uzyskać wywiad z Copelandem.

Alan szukał numeru w swoim kalendarzu, a ja ułożyłem krótki SMS: Wiem, co zrobiliście Florence Gallo, Joyce Carlyle i jej córce.

– Nie jestem pewien, czy to dobry pomysł, Raphaëlu. Oni łatwo zlokalizują pański telefon, dotrą do pana w niecałe dziesięć minut.

– Właśnie na to liczę! – powiedziałem. – Ja też umiem grać w szachy.

22
Zorah

Jedynie zimnokrwiste stworzenia są jadowite.

Arthur Schopenhauer

1

Siedemnaście lat wcześniej
Wiosna 1999

Nazywam się Tad Copeland. Mam trzydzieści dziewięć lat. Jestem wykładowcą prawa konstytucyjnego i nauk politycznych na Uniwersytecie Pensylwanii. Jest wiosna 1999, sobota rano. Byłem na rybach, ale przeważnie to tylko pretekst, żeby móc spędzić kilka chwil w spokoju, pośród natury.

Cumuję łódkę do drewnianego pomostu, który kołysze się na drżącej powierzchni jeziora, mój pies Argos, labrador, przybiega i kręci się wokół mnie, szczekając i machając ogonem.

– Chodź tu, piesku, chodź!

Argos wyprzedza mnie, gna w kierunku wielkiej nowoczesnej willi, harmonijnego połączenia drewna modrzewiowego, kamienia i szkła. To mój weekendowy azyl.

Wchodzę do domu i przygotowuję sobie kawę, słuchając w radiu saksofonu Lestera Younga. Potem siadam na tarasie zbitym z drewnianych bali i z przyjemnością zaciągam się papierosem, przeglądając gazety i poprawiając prace moich studentów.

Odczytuję SMS-a od żony, Carolyn, która musiała zostać w Filadelfii i ma do mnie dołączyć w ciągu dnia. *Liczę, że przygotujesz makaron z pesto. Całusy. C.*

Unoszę głowę na odgłos silnika. Wkładam okulary przeciwsłoneczne, mrużę oczy. Nawet z daleka od razu rozpoznaję tę drobną energiczną dziewczynę: Zorah Zorkin.

Jak mógłbym o niej zapomnieć? Cztery czy pięć lat temu była moją studentką, i to nie byle jaką. Najlepszą, z jaką się zetknąłem w całej mojej karierze uniwersyteckiej. Bystry, chłonny umysł, wyjątkowa umiejętność logicznego myślenia na każdy temat. Fenomenalna wiedza w dziedzinie polityki i historii Stanów Zjednoczonych. Prawdziwa patriotka, broniąca za wszelką cenę wartości, które z nią dzieliłem, i innych, których nie akceptowałem. Tak więc błyskotliwa inteligencja, lecz nic poza tym: zero poczucia humoru, kompletny brak empatii, i o ile wiem, nie ma ani przyjaciela, ani przyjaciółki.

Pamiętam, że zawsze czerpałem wielką przyjemność z dyskusji z nią, w przeciwieństwie do większości moich kolegów i koleżanek. Wielu wykładowców źle się czuło w jej towarzystwie. Powodem była tu bezwzględność jej zimnego rozumowania, można było czasem odnieść wrażenie, że ta dziewczyna jest nienormalna. Również jej wzrok, często nieobecny, gdy zatopiła się w rozmyślaniach, i który rozpalał się nagle, gdy raziła rozmówcę ostrym jak strzała słowem.

– Dzień dobry, panie profesorze.

Staje przede mną ubrana byle jak, ma na sobie zbyt luźne zniszczone dżinsy i bezkształtny kosmaty sweter. Z ramienia zwisa jej plecak, który nosiła jeszcze chyba w college'u.

– Cześć, Zorah. Co cię tu sprowadza?

Wymieniamy kilka banalnych uwag, potem ona zaczyna mi opowiadać o początkach swojej kariery zawodowej. Słyszałem już o tym. Wiem, że w ostatnich latach zdobywała pierwsze doświadczenia w terenie, pracując przy wielu lokalnych kampaniach wyborczych. Uzyskała korzystne wyniki z kandydatami, którzy nie odznaczali się specjalną błyskotliwością. Wyrobiła sobie w ten sposób szczególną opinię doradczyni politycznej, którą lepiej jest mieć po swojej stronie niż przeciwko sobie.

– Myślę, że stać cię na znacznie więcej, Zorah – rzuciłem, częstując ją filiżanką kawy. – Jeśli chcesz dokonać czegoś wielkiego, musisz znaleźć kandydata na poziomie swojej inteligencji.

– Właśnie, chyba go znalazłam! – odpowiedziała.

Obserwuję, jak dmucha na kawę. Jej twarz, której uroda znika pod opadającą na oczy gęstą, krzywo podciętą grzywką, rozświetla księżycowa bladość.

– Ach tak! – mówię. – Czy to ktoś znajomy?

– To pan, Tad.

– Chyba nie dosłyszałem...

Zorah pociąga za suwak plecaka i wyjmuje ze środka projekty plakatów, sloganów, zbindowane strony opisujące strategię wyborczą. Gdy rozkłada to wszystko na starym drewnianym stole, który służy mi za stolik ogrodowy, przerywam jej:

– Zaczekaj, Zorah, ja nigdy nie pragnąłem kariery politycznej.

– Przecież już pan ją robi: ta organizacja, stanowisko radnego...

– Chcę powiedzieć: nie pragnę niczego więcej.

Patrzy na mnie swymi wężowymi oczami.

– Uważam, że wprost przeciwnie.

– Na jakim stanowisku byś mnie widziała?

– Na początek – na stanowisku burmistrza Filadelfii.

Wzruszam ramionami.

– Nie wiesz, co mówisz, Zorah. Filadelfia nigdy nie wybrała republikanina.

– Wybrała, w czterdziestym pierwszym roku, Bernarda Samuela!

– No dobrze, ale to było ponad sześćdziesiąt lat temu. Dziś to niemożliwe.

Zorah nie jest przekonana.

– Pan nie jest prawdziwym republikaninem, a pańska żona pochodzi ze starej, bardzo zasłużonej rodziny, w której od niepamiętnych czasów wszyscy byli i nadal są demokratami.

– Tak czy inaczej, Garland przedłuży swój mandat.

– Garland się wycofa – zapewnia mnie Zorah.

– Co ty opowiadasz?

– Po prostu wiem, ale proszę mnie nie pytać skąd.

2

– Dobrze, zakładając, że chcę zrobić karierę polityczną, dlaczego miałbym postawić na ciebie, Zorah?

– Nie rozumie pan, Tad. To ja stawiam na pana.

Rozmawiamy tak już od godziny. Mimowolnie się w to wciągnąłem. Dobrze wiedziałem, że wchodzę na teren zaminowany i zdawałem sobie sprawę, że nie powinienem zaczynać przedsięwzięcia, z którego, jak przeczuwałem, nie będę mógł się wycofać. Ale był to czas, gdy wydawało mi się, że przeżyłem już wszystko. Przechodziłem okres zwątpienia. Nie byłem już niczego pewien, ani mego małżeństwa, ani tego, czy chcę dalej uczyć, ani sensu, jaki chciałem nadać swemu życiu. A ta dziewczyna umiała użyć właściwych słów. Miała dalekosiężne plany. Plany rozsądne. Wszystko nagle wydało mi się możliwe. Jutro znów stało się ekscytujące, wspaniałe! Tak naprawdę chyba zawsze na to czekałem, na spotkanie kogoś wyjątkowego, kto będzie umiał zmienić moje życie, wyciągnąć mnie z egzystencji wygodnej, ale nudnej.

Starałem się nie ulec pokusie, bardzo się starałem, ale Zorah była silniejsza.

– Wiesz, że nie wierzę w Boga. Wyborcy amerykańscy nie lubią kandydatów ateistów.

– Nie musi pan się tym chwalić.

– Popalałem trawkę.

– Tak jak wszyscy, Tad.

– Jeszcze teraz mi się zdarza.

– W takim razie proszę natychmiast zaprzestać, a jeśli ktoś to panu zarzuci, proszę powiedzieć, że się pan nie zaciągał.

– Nie mam wielkiego majątku, żeby sfinansować kampanię.

– To mój kłopot, by zebrać fundusze, nie pański.

– Od kilku lat przebywam pod stałą obserwacją lekarską.

– Co panu dolega?

– Lekkie zaburzenia afektywne dwubiegunowe.

– Winston Churchill na to cierpiał, generał Patton również. Calvin Coolidge, Abraham Lincoln, Theodore Roosevelt, Richard Nixon...

Zbijała moje argumenty jeden po drugim. Teraz już nie chciałem, by odchodziła. Chciałem, żeby do mnie mówiła, podlewała to ziarno, które we mnie zasadziła. Chciałem usłyszeć, że zostanę burmistrzem piątego pod względem wielkości miasta w Stanach Zjednoczonych. I chciałem jeszcze przez chwilę udawać, że jej uwierzyłem.

3

Kiedy już mnie prawie przekonała, nagle zmieniła płytę. Było to coś, czego miałem się w przyszłości szybko nauczyć: nikt nie mógł mieć żadnych sekretów przed Zorah Zorkin.

– Teraz, skoro już pan skończył z tymi głupimi wymówkami, może zajmiemy się prawdziwymi problemami?

Udałem, że nie rozumiem.

– O co ci chodzi?

– O politykę. Z pewnością już pan o tym myślał, Tad. Jest pan zwierzęciem politycznym. Wystarczy posłuchać któregokolwiek z pańskich fantastycznych wykładów, żeby być tego pewnym. Zawsze trafiał pan w sedno. Wszyscy dosłownie spijali słowa z pańskich ust! Do tej pory doskonale pamiętam pańskie oburzenie z powodu zbyt niskich zarobków robotników czy w ogóle braku ubezpieczenia zdrowotnego wśród wielu Amerykanów. A te gorące dyskusje, gdzie podział się *American Dream* i co należy zrobić, żeby go przywrócić... Ma pan to we krwi!

Otworzyłem usta, żeby zaprzeczyć, ale nie znalazłem właściwych słów.

– Coś bardzo konkretnego spowodowało, że zrezygnował pan z polityki, Tad. Z pewnością zgodzi się pan ze mną. Coś, co uważa pan za przeszkodę nie do pokonania.

– To już tania psychoanaliza.

Zorah wbiła we mnie oskarżycielski wzrok.

– Co za trupa chowa pan w szafie, profesorze?

Stałem, milcząc, oparty o balustradę tarasu. Patrzyłem na błyszczącą w oddali taflę jeziora.

Zorah zebrała swoje rzeczy i włożyła je do plecaka.

– Daję panu minutę, Tad – popatrzyła na zegarek. – Ani sekundy dłużej. Jeśli nie ma pan do mnie zaufania, lepiej to skończyć od razu.

Wyjęła papierosa z paczki, którą zostawiłem na stole, i popatrzyła na mnie.

Po raz pierwszy poczułem, jak potencjalnie niebezpieczna była ta dziewczyna. Nie podobało mi się jej zachowanie. Nie podobało mi się, że przypiera mnie do muru. Przez jeszcze kilka sekund byłem wolny, mogłem powiedzieć „Nie!". To największa wolność na świecie. Ale po co wolność, jeśli nie pozwala zrealizować marzeń?

– Zgoda! – powiedziałem, siadając obok niej. – Masz rację. Jest pewna sprawa, która może mi naprawdę przeszkodzić w karierze politycznej.

– Słucham.

– Nie oczekuj żadnych skandalicznych zwierzeń. To banalne. Jakieś dziesięć lat temu miałem kilkumiesięczny romans z pewną kobietą.

– Kto to był?

– Nazywa się Joyce Carlyle. Pracowała najpierw jako wolontariuszka w mojej organizacji Take Back Your Philadelphia, a potem została pracownicą etatową.

– Czy pana żona o tym wie?

– Jeśli Carolyn by się dowiedziała, już nie byłaby moją żoną.

– Gdzie teraz mieszka Joyce Carlyle?

– W Nowym Jorku. Ale to nie wszystko. Urodziła córkę, Claire, która ma dziś osiem lat.

– Pan jest ojcem?

– Najprawdopodobniej ja.

– Czy Joyce próbowała pana szantażować?

– Absolutnie nie, to porządna osoba. Niezależna i godna szacunku. Jej matka pracuje w miejskim biurze doradztwa prawnego.

– Czy wciąż ma pan z nią kontakt?

– Nie. Od lat jej nie widziałem, zresztą nie starałem się o to.

– Mała Claire wie, że pan jest jej ojcem?

– Nie mam pojęcia.

Zorah westchnęła i przybrała nieobecny wyraz twarzy, jak zawsze, gdy się zastanawiała. Czekałem na jej werdykt w ciszy, jak uczeń, który dał się złapać na oszustwie.

Wtedy właśnie była ta chwila, kiedy powinienem się wycofać, ale Zorah powiedziała dokładnie to, co chciałem usłyszeć:

– To jest kłopotliwe, fakt. Wszystko może wypłynąć na powierzchnię w każdej chwili, ale trzeba zaryzykować... Najważniejsze, żeby mieć sytuację pod kontrolą. Wiadomo, że coś takiego się panu wydarzyło i że jest to potencjalny problem. Może nigdy nic się nie stanie, ale jeśli tak, jeśli faktycznie ten problem się pojawi, zajmiemy się nim w swoim czasie.

4

„Jeśli ten problem się pojawi, zajmiemy się nim w swoim czasie".

Było to ostrzeżenie, wiedziałem.

Obawiałem się tego.

Ale tak naprawdę, nawet ze świadomością dramatu, do którego to doprowadziło, skłamałbym, mówiąc, że żałuję tamtej decyzji. Powiem więcej: skłamałbym, mówiąc, że nie tęsknię do tamtego poranka, kiedy wszystko się zaczęło. Do chwili, w której zjawiła się u mnie ta dziwna dziewczyna, ubrana byle jak, ze starym plecakiem na ramieniu. Do momentu, w którym rozłożyła swoje rzeczy na sfatygowanym drewnianym blacie i spytała: „Czy jest pan gotów napisać nowy rozdział politycznej historii Stanów Zjednoczonych, Tad? Rozdział, którego głównym bohaterem będzie pan?".

23

Smoking gun

Prawo nr 2: Proszę nie ufać przyjaciołom,
wykorzystywać wrogów [...]. Jeśli nie mają państwo
wrogów, proszę znaleźć sposób, żeby ich mieć.

Robert Greene

1

– Partyjka za dwadzieścia dolarów, pszepana?

Propozycję złożył mi jakiś bezdomny z gęstą brodą, który trzymał szachy pod pachą.

– Innym razem bardzo chętnie. Dziś czekam na kogoś – powiedziałem, wręczając mu banknot.

Usiadłem przy kamiennym stoliku i czekałem na Zorah Zorkin w tej części Washington Square Park, gdzie zainstalowano stoły do gry w szachy.

Było już późno, ale park pulsował energią. Tą żywą, radosną energią letnich sobotnich wieczorów, kiedy dzień wciąż gra dogrywki, a w powietrzu wisi zachęta do muzyki, bezcelowych spacerów, do śmiechu i tańca.

Ja zaś byłem w kompletnie innym nastroju. Czułem się bardzo źle, Claire. Przez trzy ostatnie dni, żeby nie zwariować, udało mi się zepchnąć trwogę w zakamarki umysłu, ale pośród tych wszystkich beztroskich ludzi mój strach wypłynął na powierzchnię.

311

Gdy tylko przestawałem działać albo się zastanawiać, widziałem obrazy z monitora kontrolnego. Te, na których zbiry Angelego wrzucały cię do bagażnika SUV-a. Te, na których słychać było, jak wołasz moje imię: „Raphaël, ratuj mnie, Raphaël!".

W jakim musiałaś być stanie po trzech dniach przetrzymywania nie wiadomo gdzie? A życie, które w sobie nosiłaś... Czy będziemy mieli jeszcze szczęście świętować narodziny naszego dziecka?

Czy w ogóle jeszcze żyjesz? Do tej chwili nigdy nie zwątpiłem, ale wyglądało to bardziej na wiarę niż na przekonanie poparte solidnymi dowodami. Ucieczka do przodu człowieka, który boi się, że nie poradzi sobie z prawdą. Zresztą to właściwie jest cecha pisarza. Powtarzałem sobie w kółko, że nie mogłaś zniknąć na zawsze, ani ze świata, ani z mojego życia.

Przez ostatnie godziny rzuciłem się w wir pracy, żeby tylko przegnać ten strach. Ja, który zwykle działałem tylko za pośrednictwem bohaterów moich powieści, stałem się najgorliwszym z detektywów. Odkryłem twoją przeszłość, poszedłem wszystkimi możliwymi tropami, otworzyłem wszystkie zamknięte drzwi.

„Ja to zrobiłam. Czy wciąż mnie kochasz, Raphaëlu?"

Cóż mogłem ci zarzucić, Claire? Że ratowałaś swoją skórę? Że próbowałaś stworzyć sobie nowe życie, zostawiając z tyłu wszystkie okropieństwa, które ci się przydarzyły? Nie, oczywiście, że nie! Przeciwnie, byłem pod wrażeniem siły twego charakteru, determinacji, inteligencji.

„Czy kochasz mnie wciąż, Raphaëlu?"

Dotarłem do końca drogi. Byłem prawie pewien, że zidentyfikowałem osobę, która kazała cię porwać. To była Zorah Zorkin, kobieta, która z pewnością również zamordowała twoją matkę. Ale nie rozumiałem, jak ci ludzie mogli cię odnaleźć po tych wszystkich latach! Dlaczego teraz? Dlaczego zaraz po tym, jak wyjawiłaś mi swój sekret? Brałem pod uwagę wszystkie możliwości, ale czułem, że ucieka mi coś najważniejszego.

„Czy kochasz mnie wciąż, Raphaëlu?"

Przestań mnie wciąż o to pytać, Claire! Tak, kocham cię, ale nie wiem, kogo kocham. Żeby kogoś kochać, trzeba go znać, a ja już ciebie nie znam. Teraz mam wrażenie, że stoję naprzeciw dwóch osób. Z jednej strony widzę Annę Becker odbywającą staż w szpitalu, kobietę, w której się zakochałem: Anna Becker jest wesoła, szlachetna, z nią spędziłem sześć najszczęśliwszych miesięcy w życiu. Chciałem ją poślubić. Z drugiej strony widzę Claire Carlyle, silną, tę, która wyszła cało z piekła, jakie zgotował jej Heinz Kieffer, „dziewczynę z Brooklynu" o tajemniczym pochodzeniu. Wobec tej prawie obcej mi kobiety odczuwam podziw i fascynację. Ale nie potrafię połączyć tych dwóch osobowości w jedną postać. Którą z nich będziesz, gdy się znów spotkamy? Zawsze mi się wydawało, że wspólne pokonywanie przeszkód łączy ludzi na zawsze, a tym bardziej łączy pary. Przezwyciężenie, bez wzajemnego krzywdzenia się, serii bolesnych zdarzeń tworzy solidne, niezniszczalne więzy. Jedno teraz jest dla mnie pewne: gdy już znam twoją przeszłość i zdemaskowałem tych, którzy cię skrzywdzili, nigdy więcej nie będziemy sobie obcy.

2

Zręczna, drobna, Zorah Zorkin przedarła się przez tłum oblegający Madison Square Garden. Dzięki znaczkowi przypiętemu do piersi bez trudu dostała się za kulisy i przebiegła kilkaset metrów korytarzy aż do pilnowanych przez dwóch żołnierzy drzwi przeciwpożarowych, które wychodziły na Trzydziestą Pierwszą Ulicę.

Blunt już na nią czekał. Na ekranie komórki pokazał siostrzenicy niebieski punkt, który migał na mapie geolokalizacji.

– Raphaël Barthélémy nie ruszył się od dziesięciu minut.

– Gdzie dokładnie jest?

– W północno-zachodnim rogu Washington Square, niedaleko kącika szachowego.

Zorah kiwnęła głową. Przekaz był jasny: została wyzwana na pojedynek na jej własnym terenie. Zazwyczaj umiała gasić pożary i lubiła starcia, ale z zasady nigdy nie lekceważyła przeciwnika.

Poprosiła Blunta, żeby szedł za nią w pewnej odległości, i ruszyła przez ulicę, by znaleźć się na Siódmej Alei. Cała dzielnica została zamknięta. Bez sensu byłoby branie samochodu – nie przyspieszy to niczego, a jeszcze mogą ją zaczepić dziennikarze. Zatrzymała się przed wózkiem ulicznego sprzedawcy i kupiła butelkę wody. Podłączyła słuchawki do swego telefonu, żeby słuchać na bieżąco wystąpienia Copelanda, którego początek jej uleciał.

Przemówienie to było wisienką na torcie, zamykało trzydniową sekwencję, która dzięki niej przeszła bez żadnej wpadki. Triumf Copelanda był przede wszystkim jej zwycięstwem. Wiedzieli to wszyscy analitycy polityczni, Tad sam przyznawał: dziś dzięki niej wygrał prawybory, a jutro dzięki niej zdobędzie Biały Dom.

Inni kandydaci zatrudniali ekipy złożone z setek osób – byli tam doradcy od strategii politycznej, ankieterzy, *spin* doktorzy, specjaliści od marketingu. Copeland z Zorah pracowali po staremu, w parze, tworzyli sprawnie działającą małą firmę. Ona zajmowała się strategią, a on przemówieniami i reprezentacją. Ta formuła okazała się zwycięska, gdyż każde z nich wiedziało, że samo nic nie znaczy. Doradziła Copelandowi, by jak najpóźniej zgłosił się do prawyborów i udawał, że mu tak bardzo nie zależy. Gubernator pozwolił faworytom pozabijać się w pierwszych debatach, a sam stał z boku i stopniowo, powoli, odkrywał karty.

Był to dziwny czas, w którym brakowało mężów stanu. Czas, w którym nie było już miejsca na błyskotliwe popisy oratorskie i skomplikowaną grę polityczną. Czas, w którym w mediach odbijały się wyłącznie słowa naiwne i przesadne. Czas, w którym nie liczyła się prawda, w którym rozsądek zastąpiły proste emocje, gdzie liczyły się tylko dobra prezentacja i prosty przekaz medialny.

Jeśli dziś Copeland był postrzegany jako człowiek kompletnie nowy, to jednak pierwsze miesiące jego kampanii przed prawyborami były fatalne. Przegrał pierwsze starcie i dał się wyprzedzić podczas *Super Tuesday*. Potem nastąpił stan łaski, jakby gwiazdy ustawiły się na niebie tak jak trzeba, i to, co do tej pory było uważane za jego wady, nagle oceniono jako zalety. Ludzie zaczęli popierać jego program, a wyborcy republikanie nagle znudzili się swoimi starymi kandydatami. Tę grę w domino Zorah dokładnie zaplanowała i przypilnowała jej w taki sposób, że w ciągu kilku dni Copeland odzyskał utracone poparcie finansowe i głosy.

Mimo tego zrywu walka była ostra do ostatniej rundy. Na początku konwencji Zorah nawet obawiała się nieuczciwego ataku ze strony kontrkandydatów. Przez chwilę wydawało jej się, że stu trzydziestu „superdelegatów" dokona puczu, przekazując swoje poparcie przeciwnikowi, ale „rozsądni" nie mieli odwagi pójść na całość i grzecznie ustawili się za swoim kandydatem.

Tad naprawdę był politykiem inteligentnym, silnym i poważnym. Świetnie się orientował w trudnych kwestiach ekonomicznych i nie gubił się w niuansach polityki zagranicznej. Korzystnie wypadał w telewizji, miał poczucie humoru i charyzmę. Mimo że najczęściej zajmował stanowisko umiarkowane, odbierano go jako silnego i zdecydowanego, umiejącego skutecznie stawić opór Putinowi czy Xi Jinpingowi. A przede wszystkim umiał przemawiać, był optymistą i przyciągał ludzi do siebie. Gdyby wygrał wybory prezydenckie – a obecnie Zorah była tego pewna – mianuje ją szefową personelu Białego Domu. A to jest najciekawsza praca na świecie! Będzie osobą, która tak naprawdę rządzi krajem, podczas gdy prezydent robi kino przed kamerami. Będzie odpowiedzialna za wszystko, to ona będzie tworzyła sojusze w Kongresie, to ona będzie negocjowała z lokalnymi przedstawicielami władzy i agencjami federalnymi. To ona wreszcie będzie rozwiązywała większość kryzysów.

Normalnie Zorah nie pozostawiała niczego przypadkowi. Ale od trzech dni miała problem, gdyż nagle i niespodziewanie znów wyskoczyła sprawa Carlyle. Ponure godziny z przeszłości wypływały na powierzchnię w najgorętszym momencie kampanii i groziły zniszczeniem tego, co budowała przez ponad piętnaście lat.

Od samego początku swojej kariery, żeby skutecznie uniknąć niebezpieczeństw, nauczyła się analizować wszystkie możliwe scenariusze. A teraz zaskoczył ją jedyny, którego w ogóle nie wzięła pod uwagę, tak był absurdalny: podczas gdy od dziesięciu lat wszyscy uważali ją za zmarłą, Claire Carlyle pojawiła się nagle pod zmienioną tożsamością.

Powiadomił ją o tym Richard Angeli. Kiedy skontaktował się z nią tydzień wcześniej, ledwo sobie mogła przypomnieć młodego policjanta z Bordeaux, którego ona sama zatrudniła jedenaście lat temu, na prośbę gubernatora zresztą, żeby mieć informacje z pierwszej ręki na temat porwania jego córki. Od tamtego czasu Angeli awansował. Bóg wie, w jaki sposób spadła na niego ta bomba w postaci informacji, że Claire Carlyle żyje.

Bez wahania postanowiła nie rozmawiać o tym ze swoim kandydatem. To był jej obowiązek, rozwiązanie pojawiających się niespodziewanie problemów w taki sposób, żeby oszczędzić gubernatora. Umiała i lubiła to robić. Nie informując o tym Copelanda, odblokowała fundusze – bardzo dużą sumę – dla Angelego, którego próżność nie znała granic, i rozkazała mu odnaleźć, porwać i ukryć dziewczynę.

Długo się wahała, czy zażądać, aby ją zabił i pozbył się ciała, co raz na zawsze rozwiązałoby problem. Powstrzymało ją jedno: nie wiedziała, jak by się zachował Copeland, gdyby przypadkowo się o tym dowiedział.

Wybrała więc rozwiązanie pośrednie, dała sobie kilka dni na zastanowienie. Teraz jednak wiedziała, że zbyt długo zwlekała i że trzeba przejść do działania.

3

Mimo że od dłuższego czasu wypatrywałem jej, zauważyłem Zorah Zorkin dopiero wtedy, gdy stanęła o metr ode mnie. Nawet jeśli była starsza, wyglądała jak studentka NYU, których było pełno na Washington Square: dżinsy, T-shirt, plecak, adidasy.

– Jestem... – zacząłem, wstając z ławki.

– Wiem, kim pan jest.

Poczułem na ramieniu czyjąś dłoń. Odwróciłem się i zobaczyłem wielką sylwetkę Blunta Liebowitza. Ochroniarz obmacał mnie od stóp do głów i zabrał mi komórkę, żebym nie nagrał rozmowy. Potem usiadł na ławce odległej o dziesięć metrów od stolików do gry w szachy.

Zorah usiadła przede mną.

– Zdaje się, że chciał się pan ze mną spotkać, panie Barthélémy.

Głos miała jasny i łagodny, zupełnie nie taki, jak sobie wyobrażałem.

– Wiem wszystko – rzekłem.

– Nikt nie wie wszystkiego, a pan jeszcze mniej niż kto inny. Nie wie pan, jakie miasto jest stolicą Botswany. Nie wie pan, jak nazywa się waluta Tadżykistanu albo Kambodży. Nie wie pan, kto był prezydentem Stanów Zjednoczonych w tysiąc dziewięćset pierwszym roku ani kto wymyślił szczepionkę przeciw ospie.

Zaczęła faktycznie z grubej rury.

– Czy naprawdę chce pani grać w inteligencję?

– Co pan uważa, że wie, panie Barthélémy?

– Wiem, że gdzieś we Francji więzi pani moją narzeczoną, Claire Carlyle, nieślubną córkę gubernatora Copelanda. Wiem, że jedenaście lat temu pani, albo goryl, który tam siedzi, zabiliście jej matkę, Joyce, dawną kochankę gubernatora.

Słuchała mnie uważnie, ale nie wydawała się w żaden sposób zdenerwowana.

– W okresie kampanii wyborczej każdego ranka otrzymuję setki anonimowych listów o podobnej treści: gubernator jest Marsjaninem, scjentologiem, kobietą, wampirem, zoofilem... Taki już los mężów stanu.

– Z tym wyjątkiem, że ja mam na to dowody.

– Ciekawa jestem jakie?

Rzuciła okiem na ekran komórki, którą położyła na stole. Jedna wiadomość goniła w niej drugą: zewsząd dzwonki i SMS-y, które bez przerwy migotały. Brodą wskazałem na ochroniarza.

– DNA pani wuja, Blunta Liebowitza, znaleziono w miejscu, w którym została zabita Joyce Carlyle.

Zorah skrzywiła się z powątpiewaniem.

– Jeśli to prawda, policja by go wówczas przesłuchała.

– Wówczas policja o tym nie wiedziała. Dziś to inna sprawa.

Wyjąłem z kieszeni strony wyrwane z książki, którą odnalazł Alan.

– Mam również zdjęcia Joyce i senatora.

Popatrzyła na nie, nie okazując najmniejszego zdziwienia.

– Tak, znam te zdjęcia. Są bardzo ładne, ale czego dowodzą? Że Tad i ta młoda kobieta pracowali razem? A co w tym dziwnego? O ile wiem, to on ją zaangażował...

– Te zdjęcia dowodzą związku między...

Przerwała mi lekceważącym machnięciem ręki.

– Jeśli to wszystko, czym pan dysponuje, nie znajdzie pan nikogo, kto w ogóle będzie chciał pana wysłuchać, a tym bardziej opublikować taki bezwartościowy materiał.

– Wydaje mi się, że wprost przeciwnie, dziennikarze będą zachwyceni, gdy się dowiedzą, że z zimną krwią zabiła pani ich koleżankę, Florence Gallo.

Zorah postanowiła obrócić to w żart.

– Faktycznie miałam bardzo często ochotę zabić niektórych dziennikarzy, zwłaszcza gdy ich artykuły były pełne złej woli, niekompetencji i ubóstwa intelektualnego, ale zawsze umiałam się w ostatniej chwili powstrzymać!

Zabrnąłem w ślepy zaułek. Zmieniłem strategię.

– Niech pani posłucha, Zorah. Nie jestem policjantem, chcę po prostu odnaleźć ukochaną kobietę.

– Jakież to wzruszające...

– Przez dziesięć lat Claire Carlyle żyła sobie spokojnie pod zmienionym nazwiskiem. Myślę, że nawet nie wie, kim jest jej ojciec. Niech pani ją wypuści i nigdy więcej o nas nie usłyszycie.

Zorah potrząsnęła głową z drwiącym wyrazem twarzy.

– Chciałby pan przeprowadzić transakcję, ale pańskie kieszenie są puste!

Zawiedziony musiałem przyznać jej rację. Odwaliliśmy z Markiem kawał roboty, złożyliśmy bardzo skomplikowane puzzle, ale żaden z elementów, które zebraliśmy, nie nadawał się sam w sobie na monetę przetargową. Doszliśmy prawdy, ale brakowało nam najważniejszego: dowodów.

4

Sanktuarium pamięci

Marc Caradec i Helen Kowalkowsky weszli do pokoju Tima jak do kaplicy.

Pokój sprawiał wrażenie, jakby chłopak wyszedł na chwilę, do szkoły czy do kolegi, i zaraz miał wrócić, rzucić plecak na łóżko i pójść do kuchni przygotować sobie bułkę z nutellą i szklankę mleka.

Ta iluzja była bronią obosieczną: najpierw pocieszała, potem niszczyła. Marc zrobił kilka kroków po trzeszczącym parkiecie w pokoju oświetlonym skwierczącą żarówką.

W powietrzu unosił się dziwny zapach mięty pieprzowej. Przez okno mimo nocy widać było groźny czubek sosny wystający zza dachu stodoły.

– Tim marzył o pójściu do szkoły filmowej... – powiedziała Helen, wskazując na ściany obwieszone plakatami filmowymi.

Marc rozejrzał się. Sądząc z tych afiszy, chłopak miał dobry gust: *Memento, Requiem dla snu, Oldboy, Mechaniczna pomarańcza, Zawrót głowy...*

Na półkach rzędy komiksów, figurki komiksowych bohaterów, sterty pism filmowych, CD piosenkarzy i grup, o których Caradec nigdy nie słyszał – Elliott Smith, Arcade Fire, The White Stripes, Sufjan Stevens...

Na kolumnie zestawu hi-fi kamera HDV.

– Dostał to od babci – wyjaśniła Helen. – Tim poświęcał cały wolny czas swojej pasji. Kręcił filmy krótkometrażowe.

Na biurku słuchawka od telefonu w formie figurki Dartha Vadera, słoik na ołówki, plastikowe pudełko z nienagranymi płytami DVD, kubek z Jessicą Rabbit i stary iMac G3 z kolorową obudową.

– Mogę? – spytał Caradec, wskazując na komputer.

Helen kiwnęła głową.

– Czasem go włączam, żeby obejrzeć jego filmy albo zdjęcia… To zależy od dnia, ale przeważnie czuję się przez to jeszcze gorzej.

Marc usiadł na obrotowym metalowym stołku i włączył komputer, który zaczął buczeć najpierw cicho, potem coraz głośniej. Na ekranie pojawiło się zaproszenie do wpisania hasła.

– Prawie rok zajęło mi znalezienie go – przyznała Helen, przysiadając na brzegu łóżka. „MacGuffin". A przecież to nie było takie trudne: Tim uwielbiał Hitchcocka.

Marc wprowadził dziewięć liter i patrzył teraz na ekran z ikonami. Chłopak ustawił jako tapetę rysunek Dalego *Święty Jerzy i smok*.

Nagle rozległa się lekka eksplozja – żarówka pod sufitem oddała ducha, napędzając strachu obojgu.

Teraz jedynym źródłem światła w pokoju był ekran komputera. Marc chrząknął. Nie czuł się zbyt dobrze w tych ciemnościach. Na szyi poczuł przeciąg. Wydało mu się, że widzi przemykający cień. Odwrócił się gwałtownie, zgadując, że w pokoju jest jeszcze ktoś, ale oprócz Helen, która ze swoją woskową twarzą sama wyglądała jak zmęczony duch, w pokoju nie było nikogo innego.

Marc wrócił do komputera i włączył pocztę. Jak wyjaśniła matka Tima, w domu nie miała łączności z internetem i konto e-mailowe od lat już nie istniało, ale wiadomości, które przyszły przedtem, były uwięzione we wnętrzu maszyny. Za pomocą myszki Marc przewinął na ekranie zawartość poczty aż do pamiętnej daty 25 czerwca 2005 roku.

Poczuł szczypanie w oczach i zjeżyły mu się włoski na przedramieniu. Na ekranie zobaczył mail, którego szukał, ten wysłany przez Florence Gallo... Kiedy kliknął, żeby go otworzyć, przez całe jego ciało przeszła fala zimna. Wiadomość nie zawierała żadnego tekstu, tylko plik audio, zatytułowany *carlyle.mp3*.

Ze ściśniętym gardłem włączył głośniki i puścił nagranie. Okazało się bardzo wymowne. Głos Joyce był taki, jak go sobie wyobrażał: niski, ciepły, zachrypły od wściekłości i strachu. Co do głosu mężczyzny, który ją zamordował, no cóż, głos ten był mu znajomy. Kiedy Marc zrozumiał, o kogo chodzi, przesłuchał nagranie jeszcze raz, żeby upewnić się, iż usłyszał wszystko.

Ponieważ wciąż nie dowierzał, przesłuchał nagranie trzeci raz, myśląc, że może przez swoją słabą znajomość angielskiego... Przez kilka sekund siedział jak skamieniały, potem zaś wziął do ręki słuchawkę w formie figurki Dartha Vadera i wykręcił numer Raphaëla. Odezwała się automatyczna sekretarka.

– Raph, zadzwoń do mnie, jak tylko będziesz mógł. Znalazłem to nagranie Florence Gallo. Posłuchaj...

5

– Jeśli nie ma pan mi nic innego do powiedzenia, panie Barthélémy, nasza rozmowa na tym się kończy – odezwała się Zorah, wstając.

Blunt podszedł do nas z kamienną twarzą. W ręku trzymał moją komórkę.

– Jego telefon zadzwonił – wyjaśnił siostrzenicy. – Ponieważ nikt nie odpowiedział, jakiś Caradec zostawił wiadomość.

– Odsłuchałeś?

Ochroniarz przytaknął.

– Tak, i myślę, że ty również powinnaś tego posłuchać.

Zorah wysłuchała nagrania, a ja wbiłem w nią wzrok, szukając najmniejszego grymasu na tej nieruchomej twarzy. Kiedy się rozłączyła, nie umiałem powiedzieć, czego się dowiedziała. Dopiero gdy z powrotem opadła na krzesło, pomyślałem, że może wynik pojedynku nie jest dla mnie negatywny.

– Czy Claire żyje? – spytałem.

– Tak.

Nie starałem się nawet ukryć ulgi.

– Gdzie ona jest?

– Uwięziona w Paryżu, pilnuje jej Richard Angeli.

– Chcę natychmiast z nią porozmawiać!

Zorah potrząsnęła głową.

– Zrobimy tak jak na filmach: Claire będzie wolna w chwili, gdy ja dostanę kopię tego nagrania, a pan zniszczy oryginał.

– Ma pani moje słowo.

– Gwiżdżę na pana słowo.

Wszystko to wydawało mi się zbyt proste.

– Jaką ma pani gwarancję, że nie ogłoszę tego nagrania publicznie? – spytałem.

– A jaką pan ma gwarancję, że kiedy Copeland i ja wylądujemy w Białym Domu, któregoś ranka nie zjawi się u pana oficer służb specjalnych i nie wpakuje panu kulki w łeb? – odpowiedziała i zamilkła, dając mi czas, żebym uświadomił sobie tę groźbę.

– Nie ma sytuacji bardziej stabilnej niż równowaga strachu – powiedziała po chwili. – Każdy z nas ma do dyspozycji broń atomową, a pierwszy, który jej użyje, wie, że on też zostanie zniszczony.

Popatrzyłem na nią niepewnie. Ta kapitulacja nastąpiła zbyt

323

szybko, nie rozumiałem błysku satysfakcji w jej spojrzeniu. Myślę, że zauważyła moje wahanie.

– Pan nie przegrał, a ja wygrałam, Raphaëlu. Wie pan, dlaczego? Bo prowadzimy różne wojny i mamy różnych wrogów.

Przypomniałem sobie słowa Alana, że Zorah zawsze ma kilka punktów przewagi.

– A kto jest pani wrogiem?

– Wie pan, jak zachowują się mężowie stanu, kiedy dochodzą do władzy? Często ulegają pokusie, aby odsunąć tych wszystkich, którym zawdzięczają zwycięstwo. Przekonanie, że doszło się do wszystkiego samemu jest bardziej komfortowe...

– To nagranie ma być pani ubezpieczeniem na życie, tak?

– Ono da mi pewność, że Copeland nie będzie mógł mnie zwolnić, bo będzie się bał, że pociągnę go za sobą, jeśli upadnę.

– Równowaga strachu... – wyszeptałem.

– To sekret par wytrzymujących próbę czasu.

– Dla pani najważniejsze jest zdobycie władzy bez względu na koszty, prawda?

– Tam, gdzie ta władza przyniesie korzyść większości.

Wstałem od stołu do gry w szachy.

– Nigdy nie mogłem znieść ludzi takich jak pani.

– Tych, którzy działają dla dobra kraju? – spytała, drażniąc się ze mną.

– Tych, którzy wyobrażają sobie, że stoją ponad masami, które w ich mniemaniu są niezdolne do samodzielnych decyzji o swoim losie. W państwie praworządnym nawet politycy muszą podporządkować się pewnym regułom.

Popatrzyła na mnie z politowaniem.

– Państwo praworządne to ułuda. Od zarania dziejów jedyne skuteczne prawo to prawo silniejszego.

24

Popołudnie w Harlemie

„Chcieć" nas spala, „móc" rujnuje.

Honoré de Balzac

Harlem
Sobota, 25 czerwca 2005 roku

Joyce Carlyle zamknęła za sobą drzwi domu swoich sióstr przy Bilberry Street 266. Była to nietypowa uliczka, wciśnięta między Sto Trzydziestą Pierwszą a Sto Trzydziestą Drugą Ulicę. Tad w ostatniej chwili zażądał zmiany miejsca spotkania. Bardzo uważał, i nie chciał narażać się na ryzyko, że ktoś go zobaczy przed jej domem.

Z papierowej torby Joyce wyjęła butelkę wódki, którą kupiła kilka minut wcześniej w sklepiku Isaaca Landisa. Mimo że napiła się już po drodze, wzięła kolejne dwa łyki. Zapiekły ją w gardle i nie przyniosły żadnej ulgi.

Było sobotnie popołudnie, lekki wiatr szeleścił w liściach kasztanowców przepuszczających łagodne światło, które odbijało się od chodnika brązowozłocistymi refleksami. Wiosna była wszędzie, ale Joyce nie widziała ani pączków na drzewach, ani kwietników przed domem. Zastygła w bólu, złości i strachu.

Kolejny łyk tej trucizny, zanim zasunie story i wyciągnie telefon, żeby drżącymi palcami wystukać numer Florence Gallo.

– Florence? Tu Joyce. On zmienił miejsce spotkania.

325

Zaskoczona Florence chciała zareagować, ale Joyce nie pozwoliła jej dojść do głosu.

– Zaraz tu będzie! Nie możemy dłużej rozmawiać!

Florence próbowała ją uspokoić.

– Joyce, niech pani robi wszystko dokładnie tak, jak ustaliłyśmy. Niech pani przyczepi telefon pod stołem w jadalni taśmą klejącą, zgoda?

– Ee... Dobrze, spróbuję.

– Niech pani nie próbuje, niech pani to zrobi!

W szufladzie w kuchni znalazła rulon grubej taśmy klejącej, odcięła kilka kawałków i przymocowała telefon pod okrągłym stolikiem obok kanapy.

W tym samym momencie zza zakrętu wyjechał samochód: czarny Cadillac Escalade z przyciemnionymi szybami, który przystanął pod drzewami. Otworzyły się jedne z tylnych drzwi i Tad Copeland wysiadł z auta. Potem SUV dyskretnie zawrócił i zaparkował nieco dalej, na rogu Lenox Avenue.

Twarz zamknięta, ciemny golf, tweedowa marynarka – gubernator szedł szybkim krokiem do domu pod numerem 266. Wbiegł na schodki prowadzące na ganek. Nie musiał dzwonić. Joyce z napiętą twarzą, błyszczącymi oczami i szalonym wzrokiem wypatrywała go przez okno, a teraz otworzyła mu drzwi.

Gubernator od razu spostrzegł, że będzie to trudna rozmowa. Kobieta, w której kiedyś się zakochał, zawsze tak radosna i żywa, zmieniła się w ładunek wybuchowy, w nasiąkniętą alkoholem i heroiną bombę z włączonym detonatorem.

– Witaj, Joyce! – powiedział, zamykając za sobą drzwi.

– Zamierzam oznajmić w prasie, że Claire jest twoją córką! – zaatakowała go już od progu.

Copeland potrząsnął głową.

– Claire nie jest moją córką. To nie więzy krwi budują rodzinę, wiesz o tym równie dobrze jak ja.

Podszedł do niej i przemówił najbardziej przekonującym tonem, żeby ją rozbroić.

– Zrobiłem wszystko, co tylko mogłem, Joyce. Zaangażowałem policjanta tam na miejscu, żeby przez cały czas informował mnie o postępach poszukiwań. Policja francuska jest bardzo kompetentna. Detektywi robią wszystko, co możliwe.

– To nie wystarcza.

Tad westchnął.

– Wiem, że wróciłaś do narkotyków. Nie wydaje mi się, żeby to był najlepszy moment.

– Śledzisz mnie?

– Tak, dla twego dobra. Nie możesz tak żyć! Znajdę dla ciebie dobrą klinikę.

– Nie chcę żadnej kliniki! Chcę, żeby Claire została odnaleziona!

Przez chwilę, na zasadzie kontrastu, widząc ją, jak krzyczy, z wykrzywioną twarzą, śliną na ustach, przypomniał sobie ich uściski, piętnaście lat wcześniej, namiętne, ogniste, cudowne... Odczuwał do niej wówczas piekielny pociąg – była to intensywna pasja fizyczna i intelektualna, ale nie miłość.

– Claire jest twoją córką i musisz się zachowywać odpowiedzialnie! – powtórzyła Joyce.

– Nigdy nie było mowy, żebyśmy mieli razem dziecko. Znałaś dobrze moją sytuację. Wybacz, że ci to tak brutalnie przypominam, ale zawsze mówiłaś, że bierzesz pigułki... A kiedy zaszłaś w ciążę, oświadczyłaś, że nie oczekujesz ode mnie niczego i że sama wychowasz dziecko.

– I tak było przez piętnaście lat! – odpowiedziała Joyce. – Ale teraz sytuacja się zmieniła.

– Co się zmieniło?

– Claire została porwana już miesiąc temu i wszyscy mają

to w nosie, kurwa! Kiedy okaże się, że to twoja córka, przynajmniej policja przyłoży się do śledztwa.

– To absurd.

– Porwanie Claire stanie się sprawą państwową. Wszyscy będą o tym mówić!

Copeland zmienił ton na bardziej stanowczy, był rozdrażniony.

– Joyce, to niczego nie zmieni. Gdyby ta rewelacja stworzyła choć niewielką możliwość uratowania Claire, zrobiłbym to sam, ale tak nie jest.

– Przecież jesteś gubernatorem Stanów Zjednoczonych!

– Właśnie, od pięciu miesięcy! Nie możesz tak niszczyć mojego życia.

Joyce wybuchła płaczem.

– Nie mogę zostawić Claire i nic nie robić!

Copeland westchnął. W gruncie rzeczy rozumiał Joyce. Przez moment postawił się na jej miejscu i pomyślał o Natashy, swojej córce. Swojej prawdziwej córce, tej, którą wychował. Tej, której przygotowywał butelki o trzeciej w nocy. Tej, z powodu której wpadał w czarną rozpacz za każdym razem, gdy chorowała. Było dla niego jasne, że gdyby ją porwano, zrobiłby wszystko, by ją odnaleźć, nawet gdyby to było bezsensowne i nieracjonalne. W tym momencie uświadomił sobie, że otwarła się przed nim przepaść, w której straci wszystko: rodzinę, stanowisko, honor. Straci wszystko, a przecież w ogóle nie był odpowiedzialny za porwanie tej obcej mu dziewczyny. Zawsze uważał, że trzeba brać odpowiedzialność za swoje czyny, ale o co chodziło w tej sprawie? O związek dwóch dorosłych osób, które zgodziły się na pewien układ. O związek z kobietą, która wówczas, gdy to się działo, broniła prawa kobiet do wolności seksualnej. O pełne hipokryzji społeczeństwo, które napiętnowałoby cudzołóstwo, ale przymykało oczy na tragedie związane z wolnym dostępem do broni palnej. Nie miał ochoty się usprawiedliwiać, nie miał ochoty się kajać.

– Podjęłam już decyzję, Tad – rzuciła Joyce. – Możesz odejść.

Odwróciła się do niego plecami i wyszła z pokoju, ale Tad nie zamierzał poddać się bez walki. Pobiegł za nią do łazienki.

– Joyce, posłuchaj mnie! – wykrzyknął i złapał ją za ramiona. – Doskonale rozumiem twój ból, ale z tego powodu nie musisz niszczyć również mnie!

Starając się uwolnić z jego uścisku, Joyce okładała go pięściami po twarzy.

Zaskoczony zaczął nią potrząsać.

– Opanuj się, do cholery, opanuj się!

– Już za późno! – wyjęczała Joyce.

– Dlaczego?

– Już skontaktowałam się z pewną dziennikarką.

– Co zrobiłaś?

– Widziałam się z dziennikarką z „Heralda", Florence Gallo. Ona wyjawi całą prawdę!

– Cała prawda jest taka, że okazałaś się wstrętną dziwką!

Copeland nie miał już siły dłużej hamować złości, która zalała go silnym strumieniem. Joyce wciąż starała się uwolnić z jego uścisku. Uderzył ją w twarz.

– Na pomoc, Florence, na pomoc!

Copeland wpadł w szał, zaczął nią potrząsać mocniej i mocniej, aż wreszcie brutalnie odepchnął ją od siebie.

Joyce otworzyła usta, żeby krzyknąć, ale nie zdążyła. Upadła do tyłu, starając się bezskutecznie chwycić czegoś wyciągniętą ręką. Tyłem głowy uderzyła w ostry brzeg umywalki. Rozległ się trzask, jakby pękła sucha gałąź. Oszołomiony i zaskoczony tym, co zrobił, Copeland zamarł. Minuty zaczęły się przesuwać w zwolnionym tempie, aż wreszcie stanęły. Po nieskończenie długiej chwili czas z gwałtownym szarpnięciem ponownie ruszył do przodu.

Ciało Joyce leżało na podłodze. Copeland rzucił się ku niej, ale szybko zrozumiał, że już za późno. W szoku klęczał nad nią ponad minutę w milczeniu, załamany, oszołomiony. Dłonie i ramiona zaczęły mu drżeć. Potem tama puściła.

– Zabiłem ją! – wykrzyknął i rozszlochał się.

Stracił kontrolę nad sobą przez najwyżej trzy sekundy! Trzy sekundy, które zmienią jego życie w piekło.

Z twarzą zakrytą rękami poddał się fali paniki i siedział tak bez ruchu. Po jakimś czasie jednak ocknął się z odrętwienia. Chwycił komórkę z zamiarem powiadomienia policji. Zaczął już wybierać numer, ale nagle znieruchomiał. Przypomniało mu się, że w pewnej chwili Joyce zaczęła wołać tę dziennikarkę na pomoc. Dlaczego? Wyszedł z łazienki i wrócił do salonu. Zaczął wysuwać wszystkie szuflady szafy, pootwierał drzwi. Sprawdził firanki, bibeloty, meble. Niecałe dwie minuty zajęło mu znalezienie komórki przyklejonej pod stolikiem. Szybko ją wyłączył.

To odkrycie działało na niego bardzo dziwnie. Zmieniło go, zmieniło jego uczucia. Teraz nie miał już w ogóle zamiaru oddać się w ręce policji, nie miał zamiaru schylać głowy ani wyrażać żadnej skruchy. Szybko sobie wmówił, że w ogóle nie jest winien, wręcz przeciwnie, gdyby zastanowić się głębiej, to on jest tu ofiarą. Będzie walczył, drogo sprzeda swoją skórę. Przecież dotychczas życie zawsze się do niego uśmiechało! Może jego szczęśliwa gwiazda kiedyś go opuści, kiedyś, ale na pewno nie dzisiaj.

Wybrał numer szczęśliwej gwiazdy, która czekała w samochodzie zaparkowanym przed domem.

– Zorah, przyjdź tutaj jak najszybciej! Weź z sobą Blunta. Tylko dyskretnie…

– Co się dzieje, Tad? – spytał głos z drugiej strony.

– Mamy problem z Joyce.

Świat dzieli się
na dwie części...

Anna

Ze ścian kapała woda. Wszędzie panowała wilgoć. W powietrzu śmierdziało pleśnią i stęchlizną. Anna leżała na lodowatej posadzce, obok kałuży, i oddychała z trudem. Miała na rękach kajdanki przymocowane do grubych rur z szarego żeliwa, a stopy w kostkach spięto jej kablem samozaciskowym. Kąciki ust ranił knebel. Miała silne dreszcze, kolana uderzały o siebie, była cała zesztywniała i sparaliżowana z bólu.

Panowały prawie kompletne ciemności, z wyjątkiem cienkiego strumyczka bladego światła przedostającego się przez pęknięcie w dachu, dzięki temu mogła zobaczyć pomieszczenie, w którym ją więziono. Była to stara, od dawna nieużywana kolejowa rozdzielnia elektryczna. Dziesięciometrowa wieża o powierzchni dwudziestu metrów kwadratowych, w której kiedyś znajdował się transformator.

Nawet w tym uszczelnionym pomieszczeniu Anna słyszała daleki odgłos przejeżdżających pociągów i samochodów. Była tu zamknięta od prawie trzech dni. Nie ruszała się, była oszołomiona i starała się przypomnieć sobie jeszcze raz dokładnie ciąg wydarzeń, w rezultacie którego wylądowała w tym miejscu.

Wszystko potoczyło się błyskawicznie. Zbyt prędko, żeby zrozumiała sens tego, co ją spotkało. Zaczęło się od kłótni w Antibes, od gwałtownego starcia z Raphaëlem, które skończyło się płaczem. Mężczyzna, którego kochała, nie był w stanie zrozumieć jej sekretu i porzucił ją.

Odkąd zorientowała się, że jest w ciąży, dręczył ją poważny dylemat. Nie chciała zakładać rodziny, której podstawą byłoby kłamstwo. Tak więc kiedy Raphaël znów zaczął ją wypytywać o przeszłość, prawie się nie broniła. Właściwie to kamień spadł jej z serca, postanowiła wyjawić mu całą prawdę o sobie. Zachęcona jego pozorną otwartością przez chwilę miała nadzieję, że on pomoże jej wydostać się z beznadziejnej sytuacji, w której żyła od tylu lat.

Po tym, jak okropnie ją zawiódł, nie potrafiła opanować złości i przewróciła etażerkę, która, padając, rozbiła szklany stolik. Później zamówiła taksówkę na lotnisko i wróciła do Paryża.

Kiedy około pierwszej w nocy znalazła się u siebie w mieszkaniu w Montrouge, już w progu poczuła za sobą czyjąś obecność, ale ledwo się odwróciła, wymierzono jej cios w głowę czymś ciężkim. Odzyskała przytomność w jakiejś przechowalni mebli.

Kilka godzin później ogromny czarny SUV staranował drzwi składu. Ale nie po to, by ją uwolnić. Wprost przeciwnie, wrzucono ją do bagażnika terenówki i przewieziono tutaj. Niewiele zauważyła, gdy ją przenoszono: rozległa pusta przestrzeń wokoło, dalej skrzyżowania dróg i torów kolejowych. Mężczyzna, który ją tu przywiózł, nazywał się Stéphane Lacoste, ale pracował dla jakiegoś innego typa, Richarda Angelego. Słysząc ich rozmowy, Anna zrozumiała, że to policjanci, i jeszcze bardziej zaczęła się bać. Wpadła w panikę, gdy Angeli zaczął ją nazywać Carlyle. Nikt nie znał tego nazwiska. Co spowodowało, że nagle zbudziła się przeszłość, znikło szczęście i wróciło najgorsze: życie w zamknięciu i w ciągłym strachu?

Tak długo płakała, że teraz nie miała już łez. Znalazła się na skraju załamania nerwowego. Mózg pracował na jałowym biegu. Czuła się jak w ponurej mgle, złożonej z warstw koloru popiołu, która owijała ją i dusiła. Zesztywniałe od potu i brudu ubranie przyklejało jej się do ciała.

Żeby nie załamać się ostatecznie, powtarzała sobie, że nic nie będzie nigdy tak straszne, jak dwa lata spędzone w kryjówce Kieffera. Ten potwór ukradł jej wszystko: niewinność, młodość, rodzinę, przyjaciół, ojczyznę, życie. To Kieffer ostatecznie unicestwił Claire Carlyle, która znalazła tylko jeden sposób na fizyczne przetrwanie: stać się kimś innym. Tak więc Claire od lat już nie żyła. A przynajmniej tak się Annie wydawało aż do niedawna, kiedy zdała sobie sprawę, że Claire nie chce umrzeć. Ten blady cień będzie jej najwyraźniej towarzyszył aż do końca.

Jakiś złowrogi odgłos... Metalowe zgrzytnięcie otwieranych drzwi. W ponurym świetle poranka pojawiła się sylwetka Angelego, który zaczął się do niej zbliżać, trzymając w dłoni nóż z ząbkowanym ostrzem. Wszystko potoczyło się odtąd tak szybko, że Anna nie miała nawet czasu krzyknąć. Jednym ruchem Angeli rozciął plastikowy kabel ściskający jej kostki, a potem otworzył stalowe kajdanki. Nie rozumiejąc, co się dzieje, Anna rzuciła się do drzwi i wybiegła na zewnątrz.

Znalazła się na miejskich nieużytkach, zarośniętych paprociami, kłującymi gałęziami i wysoką trawą. Jakiś księżycowy krajobraz, w którym co jakiś czas widać było tylko opuszczone magazyny, pomazane graffiti ruiny zarastających chwastami niszczejących budynków przemysłowych. Od porcelanowego nieba odcinały się zastygłe w bezruchu ramiona dźwigów.

Anna zaczęła biec po tej ziemi niczyjej. Spostrzegła, że Angeli jej nie goni. Biegła więc dalej. Biegła tak jak kiedyś, pod koniec października 2007 roku, przez lodowatą noc alzackiego lasu. Wyczerpana, u kresu sił, biegła, zastanawiając się, dlaczego wszystko zawsze kończy się ucieczką z pułapki szaleńca, ucieczką przed ponurym śmiertelnym końcem.

Znalazła się na skrzyżowaniu kilku dróg. Była to chyba obwodnica paryska i autostrada w okolicach Bercy-Charenton. Anna dotarła do budowy, na której mimo wczesnej pory ogrzewali się wokół piecyka robotnicy. Żaden z nich nie mówił po francusku, ale zrozumieli, że dziewczyna potrzebuje pomocy. Starali się ją uspokoić i dodać jej otuchy. Potem poczęstowali ją kawą i ktoś podał jej komórkę.

Jeszcze cała zdyszana wybrała numer Raphaëla. Czekała bardzo długo. Kiedy w końcu odebrał, z miejsca powiedział:

– Claire, wiem, że cię wypuścili, nikt cię nie ściga. Wszystko będzie dobrze, cała ta historia się skończyła…

Nastąpiła surrealistyczna wymiana poszatkowanych zdań. Anna nie rozumiała, co Raphaël robił w Nowym Jorku ani dlaczego nazywał ją Claire. Potem dotarło do niej, że on już wie, skąd ona pochodzi, jakie były jej losy, zanim go spotkała. Dotarło do niej, że wiedział nawet więcej niż ona. Dostała zawrotu głowy, ale jednocześnie ogarnęła ją wielka ulga.

– Wszystko już odtąd będzie dobrze – zapewniał Raphaël przez telefon.

Tak bardzo chciała w to wierzyć.

Claire

Dzień później
Poniedziałek, 5 września 2016

Zapomniałam, do jakiego stopnia lubię hałas Manhattanu. Te rozproszone wibracje, prawie uspokajające, przytłumiony szum samochodów, ten zawieszony w powietrzu szmer, który przypomina mi dzieciństwo. Budzę się pierwsza. Prawie w ogóle zresztą nie spałam. Jestem zbyt poruszona, ogłuszona wszystkim, co mi się przydarzyło, żebym mogła spokojnie zasnąć. W ciągu ostatnich dwudziestu czterech godzin przeszłam od najczarniejszej rozpaczy do momentów euforii i oszołomienia. Zbyt wiele emocji. Jak w wesołym miasteczku na zawrotnym rollercoasterze, z którego schodzi się lekko zamroczonym, wyczerpanym, szczęśliwym i smutnym jednocześnie.

Starając się go nie obudzić, wsuwam głowę pod ramię Raphaëla. Zamykam oczy i puszczam sobie film z naszego wczorajszego spotkania. Mój przyjazd do Nowego Jorku na lotnisko Kennedy'ego, serce, które się ściska na widok moich ciotek i kuzynów, starszych o dziesięć lat, mały Théo, który biegnie i rzuca się w moje ramiona, żeby mnie uścisnąć.

Potem oczywiście Raphaël, który okazał się najlepszym człowiekiem na świecie. Umiał mnie odszukać, gdy się zgubiłam, przyszedł po mnie tam, gdzie moje życie niegdyś się zatrzymało. Zwrócił mi moją historię, rodzinę, dziecko.

Nie umiem jeszcze zaakceptować w stu procentach tego, co mi opowiedział. Już wiem, kto jest moim ojcem. Ale wiem również, że to z mojego powodu – a przynajmniej z powodu mojego istnienia – ojciec zabił moją matkę. Poza wrzucaniem forsy do kabzy jakiegoś psychoanalityka, nie wiem jeszcze, co zrobię z tymi informacjami.

Jestem trochę rozstrojona, ale spokojna. Wiem, że odnalazłam korzenie i że wszystko powoli wróci na swoje miejsce.

Jestem również przekonana, że wszystko się ułoży. Moja tajemnica ma wszelkie szanse pozostać tajemnicą. Odzyskałam swoją tożsamość dyskretnie. Odnalazłam rodzinę, a mężczyzna, którego kocham, wie w końcu, kim naprawdę jestem.

Od czasu uwolnienia wiem wreszcie, do jakiego stopnia przez te wszystkie lata ciężar kłamstwa mnie odkształcał, deformował, zrobił ze mnie kameleona... Musiałam wciąż uciekać, mieć się na baczności. Udawało mi się pokonywać trudności, ale za to byłam wykorzeniona, nieufna, zawieszona w pustce.

Zamykam oczy. Widzę przyjemne sceny z wczorajszej kolacji: grill w ogrodzie, śmiech i płacz moich ciotek, Angeli i Gladys, na wiadomość, że wkrótce będę mamą, ściskające za gardło wzruszenie na widok mojej ulicy, starego domu, dzielnicy, którą tak lubiłam. Wracają do mnie zapachy wieczoru, woń chleba kukurydzianego, pieczonego kurczaka i gofrów. Przedłużające się w noc wieczory, muzyka, piosenki, rum, oczy piekące od szczęścia...

Wkrótce jednak klatki filmu przesuwają się coraz wolniej, aż film się zatrzymuje. Przed oczami mam teraz obrazy ponure, które już widziałam tej nocy w półśnie. Widzę siebie tamtego wieczoru, kiedy wróciłam do Montrouge. W chwili gdy otwierałam drzwi mojego mieszkania, poczułam niebezpieczeństwo i czyjąś obecność. Kiedy się odwróciłam, ktoś uderzył mnie ciężką metalową latarką.

Poczułam straszny ból pod czaszką, wszystko wokół mnie zaczęło wirować i zwaliłam się bez sił na podłogę. Ale nie od razu straciłam przytomność. Zanim to się stało, w ciągu dwóch lub trzech sekund zauważyłam...

Ale nie wiem dokładnie co. Ta nieświadomość męczyła mnie właśnie tej nocy. Wysilam się, ale mój mózg nie umie sobie poradzić z tą tajemnicą. Gęsta mleczna mgła przeszkadza mi dotrzeć do tamtych wspomnień. Staram się zatrzymać sceny, które mi umykają. Skupiam się. Strzępy obrazów wydobywają się na powierzchnię. Niewyraźne, niczym spadające gwiazdy, wygląda to jak prześwietlona klisza. Potem cienie stają się wyraźniejsze. Chrząkam, serce zaczyna mi szybciej bić. Przez kilka sekund przed utratą przytomności widziałam... deski parkietu, torbę, którą upuściłam, rozgrzebane półki przeszukiwanej szafy, uchylone drzwi do sypialni... I nagle, tam na podłodze, w tych uchylonych drzwiach, zobaczyłam... psa. Pluszowego brązowego psa z wielkimi uszami i okrągłą mordką. Wiem, to Fifi, maskotka Théo!

Zrywam się z łóżka. Jestem zlana potem. Serce wali mi w piersiach. Nie, to niemożliwe! Ale widzę wszystko wyraźnie.

Staram się znaleźć logiczne wyjaśnienie, ale nie widzę żadnego. To niemożliwe, żeby pluszowa zabawka Théo była u mnie w Montrouge, z prostego powodu: Raphaël nie był tu nigdy ze swoim synkiem. A tego wieczoru Raphaël jest w Antibes. To Marc Caradec opiekuje się Théo.

Marc Caradec...

Nie wiem, czy mam obudzić Raphaëla. Wkładam dżinsy i koszulę, które leżą na pufie u stóp łóżka, i wychodzę z sypialni. Dalszy ciąg apartamentu to salonik, którego wielkie szklane okna wychodzą na rzekę Hudson. Słońce stoi już wysoko. Patrzę na zegar. Jest późno, prawie dziesiąta. Siadam przy stole i podpieram głowę rękami, zastanawiam się.

W jaki sposób ten pluszak znalazł się u mnie w mieszkaniu? Jest tylko jedno wyjaśnienie: Théo, a więc i Marc Caradec, byli tam owej nocy. W czasie naszej romantycznej wyprawy do Antibes Marc wszedł do mojego mieszkania, żeby je przeszukać. Ale mój niespodziewany powrót pokrzyżował jego plany. Gdy tylko weszłam, ogłuszył mnie, a potem zawiózł do przechowalni mebli na przedmieściach Paryża.

Ale dlaczego?

To prawdziwa zagadka. Czy Marc domyślił się, kim naprawdę byłam, już dużo wcześniej? Nawet jeśli tak, co go to mogło obchodzić? Czy to on napadł na Clotilde Blondel? Czy to on od początku prowadzi podwójną grę?

Okropne przeczucie wślizguje się do mego umysłu. Muszę coś sprawdzić.

Biegnę do kanapy, na której leży torba podróżna. Otwieram ją i wyjmuję to, czego szukałam: gruby zeszyt w sztywnej niebieskiej okładce. Ten, który znalazłam u Heinza Kieffera w wieczór mojej ucieczki. Schowany u mnie w mieszkaniu głęboko pod listwą podłogową, obok torby z pieniędzmi. Tego zeszytu Raphaël i Marc nie widzieli. Ten zeszyt zmienił moje życie. Poszłam po niego od razu wczoraj rano, kiedy tylko Angeli mnie wypuścił na wolność. Wzięłam również stamtąd paszport i kilka ubrań.

Przewracam strony. Szukam konkretnego wpisu, który dobrze pamiętam. Kiedy w końcu go znajduję, kilkakrotnie przebiegam go wzrokiem, staram się czytać między wersami. I nagle serce staje mi w piersi.

Teraz już wszystko rozumiem.

Otwieram drzwi pokoju Théo. Dziecka nie ma w łóżeczku, w którym leży list pisany ręcznie na papierze z nagłówkiem hotelu.

Nie tracąc ani sekundy, wkładam buty, piszę parę słów na kartce, kładę ją na stoliku przy wejściu, chwytam plecak i wsuwam do niego niebieski zeszyt. Winda, recepcja. Na prospekcie w pokoju przeczytałam, że Bridge Club udostępnia klientom bezpłatnie rowery. Biorę pierwszy, który mi proponują, i wjeżdżam w Greenwich Street.

Niebo się zaniosło i zachodni wiatr zamiata ulice. Pedałuję jak w czasach, kiedy byłam nastolatką. Najpierw kieruję się na południe, potem skręcam w Chambers Street. Wracają zapomniane emocje. Nowy Jork to moje miasto, jestem u siebie. Mimo że upłynęło wiele lat, na pamięć znam każdą ulicę, czuję bicie jego serca, oddech, znam jego tajemnice.

W przedłużeniu Chambers Street wznoszą się na czterdzieści pięter perłowe wieże Municipal Building. Przejeżdżam pod jego monumentalnym łukiem i wjeżdżam na ścieżkę rowerową na moście Brooklińskim, z którego zjeżdżam, zgrabnie wymijając samochody, prosto na drogę biegnącą wzdłuż parku Cadman Plaza, która doprowadza mnie nad brzeg East River.

Jestem w samym sercu Dumbo, jednej ze starych przemysłowych i portowych dzielnic miasta, leżącej między dwoma mostami, Brooklińskim i Manhattańskim. Czasem przychodziłyśmy tu z mamą na spacer. Pamiętam te fasady z czerwonej cegły, stare doki i odnowione magazyny, sponad których w dali widać było linię manhattańskich drapaczy chmur.

Po raz pierwszy w życiu staję się faktycznie „dziewczyną z Brooklynu".

Raphaël

Szczęśliwy z powodu odnalezienia Claire spałem tak mocno i spokojnie, że nie wiem, kiedy minęła noc. Trzeba przyznać, że siostry Carlyle umiały świętować. Poprzedniego wieczoru, żeby uczcić powrót siostrzenicy, poiły mnie do późna koktajlem własnego wyrobu z białego rumu i soku ananasowego.

Z letargu wyrwał mnie dzwonek telefonu. Odebrałem, z trudem odzyskując świadomość i szukając Claire obok mnie. Ale Claire nie było.

– Raphaël Barthélémy? – spytał głos po drugiej stronie słuchawki.

Dzwonił Jean-Christophe Vasseur, ten gliniarz, który zidentyfikował ślady genetyczne Claire na prośbę Marca Caradeca. Wczoraj udało mi się znaleźć jego numer i zostawiłem mnóstwo wiadomości na jego automatycznej sekretarce. Kiedy czekałem na Claire, po raz kolejny wróciłem w myślach do naszej historii, wciąż zacinając się na niektórych nielogicznych szczegółach, które prowadziły mnie donikąd. Nie mogłem zrozumieć najważniejszego, kto i dlaczego odkrył akurat w tym momencie prawdziwą tożsamość Claire, a tym bardziej, jak mógł do tego dojść Richard Angeli, detektyw opłacany przez Zorah? Miałem tylko jedną odpowiedź: musiał go uprzedzić Vasseur.

– Dziękuję, że pan oddzwonił, poruczniku. Żeby nie marnować pańskiego czasu, od razu zapytam...

Po minucie rozmowy, gdy starałem się wraz z nim rozplątać tę zagmatwaną historię, uświadomiłem sobie, że Vasseur jest z jakiegoś powodu niespokojny.

– Kiedy Marc Caradec poprosił mnie o sprawdzenie tych śladów genetycznych we FNAEG*, w ogóle się nie zaniepokoiłem – powiedział mi. – Uznałem to za przysługę dla dawnego kolegi.

I okazję do zgarnięcia czterystu euro... – pomyślałem, ale nic nie powiedziałem, po co mam go zrażać do siebie.

– Ale gdy się zorientowałem, że to odciski palców Claire Carlyle, zatkało mnie – ciągnął. – Kiedy powiedziałem o tym Marcowi, zacząłem się bać. To niewielkie przeoczenie wróci jeszcze do mnie jak bumerang, to pewne! Wpadłem w panikę i wszystko opowiedziałem Richardowi Angelemu.

Tak więc miałem rację.

– Od dawna go pan zna?

– Był szefem mojej grupy w wydziale do spraw nieletnich – wyjaśnił Vasseur. – Pomyślałem, że mi coś doradzi.

– Co panu powiedział?

– Powiedział, że dobrze zrobiłem, że go zapytałem, i...

– I?

– Że on to wszystko załatwi, ale że jest bardzo ważne, abym nikomu nie mówił o tym wyniku.

– Powiedział mu pan o Marcu?

– No... w pewnym sensie byłem do tego zmuszony... – wymamrotał Vasseur, który poczuł się bardzo nieswojo.

Tymczasem wyszedłem z sypialni. W salonie nie było niko-

---

* FNAEG – *Fichier national automatisé des empreintes génétiques* – francuska baza odcisków genetycznych osób zatrzymanych lub poszukiwanych przez policję.

go, tak samo jak w łóżeczku mego synka. Z początku w ogóle się nie zdenerwowałem. Było późno, Théo musiał być bardzo głodny i Claire z pewnością wzięła go na śniadanie. Chcąc do nich dołączyć, włożyłem spodnie i adidasy, zablokowałem słuchawkę ramieniem i zacząłem zawiązywać sznurowadła.

– Czy wie pan, co Angeli zrobił z pańską informacją?

– Nie mam pojęcia – zapewnił mnie porucznik. – Kilka razy chciałem się z nim skontaktować, ale nigdy już do mnie nie oddzwonił.

– Nie starał się pan go złapać u niego w domu albo w pracy?

– Tak, oczywiście, że tak, ale nie odpowiedział na żaden z moich telefonów.

Logiczne. Do tej pory Vasseur nie powiedział mi niczego specjalnego. Potwierdził tylko moje przeczucia. Chciałem już zakończyć rozmowę, ale coś jeszcze przyszło mi do głowy. Żeby zamknąć sprawę. Nie licząc na nic szczególnego, rzuciłem:

– Kiedy oznajmił pan Angelemu te rewelacje?

– Nie od razu, długo się wahałem. W końcu poszedłem do niego tydzień po rozmowie z Caradekiem.

Zmarszczyłem brwi. W tej wersji coś się nie zgadzało: nie tydzień minął, ale zaledwie cztery dni, gdy Marc opowiedział mi o genetycznych śladach Claire, to było u mnie w kuchni, pił wtedy herbatę. Jaki interes miał ten policjant, żeby tak ewidentnie mnie okłamywać?

Ale jednak zasiał we mnie podejrzenie.

– Nie rozumiem, Vasseur! Którego dnia Marc poprosił pana o zidentyfikowanie tych odcisków?

Vasseur nie zawahał się ani sekundy.

– Dokładnie dwanaście dni temu – powiedział. – Pamiętam to dobrze, bo to było ostatnie popołudnie wakacji, które spędzałem z moją córką: środa, dwudziesty czwarty sierpnia. Tego samego wieczoru odwiozłem Agathe na Gare de l'Est, skąd miała pociąg do domu, do matki. Tam właśnie umówiłem się z Caradekiem, w bistro naprzeciwko dworca, Aux Trois Amis.

Przerwałem sznurowanie butów. W najbardziej nieoczekiwanym momencie znów część mego życia tak jakby zjeżdżała z właściwych torów.

– A kiedy podał mu pan rezultaty?

– Dwa dni później, dwudziestego szóstego.

– Jest pan pewien?

– Oczywiście, czemu pan pyta?

Byłem oszołomiony. A więc Marc już od dziesięciu dni wiedział, kim była Claire! Nic mi o tym nie mówiąc, sprawdził ślady genetyczne mojej ukochanej na długo przed tym, zanim znikła. Od początku grał przede mną komedię, a ja o niczym nie wiedziałem...

Ale po co, kurwa, po co?!

Zastanawiałem się właśnie nad tym, kiedy usłyszałem sygnał kolejnego połączenia. Podziękowałem Vasseurowi i odebrałem następny telefon.

– Pan Barthélémy? Tu Malika Ferchichi. Pracuję w domu stałej opieki Sainte Barbe w ...

– Oczywiście, wiem, kim pani jest, mówił mi o pani Marc Caradec.

– Dostałam pański numer od Clotilde Blondel. Właśnie odzyskała przytomność, jest jeszcze bardzo słaba, ale chciała się upewnić, że jej siostrzenica jest bezpieczna. Nie rozumiem, jak to się mogło stać, że nikt nas nie poinformował o napadzie na nią! Wszyscy tu martwiliśmy się, dlaczego nie przychodzi.

Młoda kobieta miała oryginalny głos, niski, ale bardzo wyraźny.

– W każdym razie cieszę się, że pani Blondel czuje się lepiej. Chociaż nie rozumiem, dlaczego podała pani mój numer...

Malika przez chwilę milczała, a potem zapytała:

– Pan jest przyjacielem Marca Caradeca, czy tak?

– Tak jest.

– Czy pan... zna jego przeszłość?

Pomyślałem, że od jakichś pięciu minut mam wrażenie, że w ogóle go nie znam.

– Co pani dokładnie chce mi powiedzieć?

– Wie pan, dlaczego przestał pracować w policji?

– Dostał zabłąkaną kulę podczas jakiejś akcji... chyba napadu na sklep jubilerski przy place Vendôme.

– Tak, ale to nie jest prawdziwy powód. W tamtej chwili Caradec był cieniem samego siebie już od dłuższego czasu. Kiedyś był świetnym policjantem, ale później wciąż brał zwolnienia chorobowe i często przebywał w Courbat.

– Courbat? A co to takiego?

– Sanatorium w Indre et Loire, niedaleko Tours. Ośrodek przyjmujący głównie policjantów z depresją, którzy wpadli w alkoholizm lub uzależnili się od narkotyków...

– Skąd pani o tym wie, Maliko?

– Wiem to od ojca. Mój ojciec jest szefem grupy w wydziale do spraw narkotyków. Historia Marca jest znana w całej policji.

– Dlaczego? Policjant w depresji to raczej nierzadki przypadek?

– Chodzi nie tylko o to. Wiedział pan, że Marc stracił żonę?

– Oczywiście.

Nie podobał mi się kierunek, jaki przybierała nasza rozmowa, ani to, czego dowiadywałem się o Marcu, ale ciekawość przemogła.

– Wie pan, że jego żona popełniła samobójstwo?

– Tak, kilka razy zrobił przy mnie taką aluzję.

– Nie starał się pan dowiedzieć nic więcej?

– Nie. Nie lubię zadawać ludziom pytań, na które sam nie chciałbym odpowiadać.

– Więc nie wie pan o jego córce?

Podczas rozmowy wróciłem do salonu. Wykręcałem się na wszystkie strony, żeby włożyć marynarkę, po czym wziąłem portfel, który leżał na stole.

– Wiem, że Marc ma córkę. O ile zrozumiałem, nie widują się zbyt często. Wydaje mi się, że ona studiuje gdzieś za granicą.

– Studiuje za granicą? Chyba pan żartuje! Louise została zamordowana ponad dziesięć lat temu!

– O czym pani mówi?

– Jego córka, Louise, została porwana, więziona i w końcu zamordowana przez psychopatę w dwa tysiące siódmym roku.

Znów czas się zatrzymał. Stanąłem jak słup soli przed wielkim oknem, zamknąłem oczy. Po chwili dotknąłem powiek. Przebłysk pamięci. Nazwisko. Louise Gauthier, pierwsza ofiara Kieffera, porwana, kiedy miała czternaście lat, w grudniu 2004 roku, kiedy spędzała wakacje u dziadków niedaleko Saint Brieuc, w Côtes d'Armor.

– Chce mi pani powiedzieć, że Louise Gauthier była córką Marca Caradeca?

– Tak mi powiedział ojciec.

Jak to się stało, że od początku prawie wszystko miałem przed oczami, a niczego nie zrozumiałem? A z drugiej strony, jak niby miałem do tego dojść?

– Zaraz, zaraz… Dlaczego dziewczynka nie nosiła nazwiska ojca?

Jak dobra policjantka, Malika miała odpowiedź na wszystko.

– W tamtym okresie Marc brał udział w akcjach specjalnych w BRB. Często policjanci narażeni na wyjątkowe niebezpieczeństwo, tak jak on, starali się ukryć tożsamość swoich dzieci, żeby nie narażać się niepotrzebnie na szantaż lub porwanie.

Oczywiście, Malika miała rację.

Zakręciło mi się w głowie. Trudno było uświadomić sobie od razu wszystkie konsekwencje mojego odkrycia. Chciałem zadać jeszcze jedno pytanie, które paliło mi usta, ale w tym momencie wzrok mój padł na karteczkę z krótkim tekstem leżącą na stole w przedpokoju.

Raph,
zabrałem Théo na Jane's Carousel
w Brooklynie.
Marc

Sparaliżował mnie strach. Wypadłem z pokoju i zbiegając po schodach, zadałem Malice pytanie:
– Przepraszam, ale czemu pani do mnie zadzwoniła?
– Chciałam pana ostrzec. Clotilde Blondel bardzo dobrze pamięta swojego napastnika, podała rysopis policjanta, który ją wypytywał, i opisała go również mnie. – Zapadła cisza. Po chwili usłyszałem to, co już sam odgadłem. – Ten portret pamięciowy przedstawiał Marca Caradeca.

Marc

Brooklyn

Pogoda się zmieniła. Było chłodniej, niebo się zaciągnęło i zaczęło porządnie wiać. Na drewnianej promenadzie wzdłuż nabrzeża spacerowicze drżeli z zimna, podnosili kołnierze i rozcierali sobie ramiona. Wózki ulicznych sprzedawców były otoczone klientami, którzy zamawiali już nie lody, ale gorącą kawę i hot dogi.

Nawet wody East River stały się zielonoszare. Coraz większe fale unosiły powierzchnię wody, żeby w końcu uderzyć z głuchym hałasem o brzeg i opryskać przechodniów.

Na tle perłowoszarych chmur odcinała się długa linia drapaczy chmur na południowym Manhattanie. Była to grupa wieżowców różnych wysokości i pochodzących z różnych epok. Triumfująca iglica One World Trade Center, ogromny wieżowiec Gehry'ego w swojej metalowej obudowie, neoklasycystyczna fasada i ostry dach Pałacu Sprawiedliwości. Bliżej, zaraz po drugiej stronie mostu, budynki socjalne z brązowej cegły w dzielnicy Two Bridges.

Claire zostawiła swój rower na trawniku. Zauważyła tuż obok mola dużą szklaną kulę, pod którą ustawiono doskonale odrestaurowaną karuzelę z lat dwudziestych. Wyglądało, jakby stała na wodzie. Kontrast starych drewnianych koni i drapaczy chmur w tle widocznych przez szklaną ścianę miał w sobie coś niepokojącego i hipnotycznego.

Bardzo zdenerwowana Claire zmrużyła oczy, przypatrując się sylwetce każdego konia, każdego balonu, każdego samolotu ze śmigłem, które kręciły się w rytm monotonnej muzyki wygrywanej przez katarynkę.

– Théo! A kuku! – zawołała, rozpoznając w końcu dziecko siedzące obok Marca Caradeca w maleńkim dyliżansie.

Wyjęła z kieszeni dwa dolary, zapłaciła za bilet i zaczekała, aż karuzela się zatrzyma, żeby do nich podejść. Chłopczyk był zachwycony i przywitał ją z radością. W rączkach trzymał wielkiego herbatnika, którego zafundował mu Marc. Okrągła buzia i górna część ogrodniczek były umazane czekoladą, przez co chłopczyk był najwyraźniej w siódmym niebie.

– Cekoladowe kolaliki, cekoladowe kolaliki! – krzyczał, pokazując na ciasteczko, dumny, że nauczył się nowych słów.

Théo był w doskonałej formie, za to Caradec wyglądał na kompletnie wyczerpanego. Głębokie bruzdy przecinały mu czoło i żłobiły twarz pod jasnymi oczami. Rozczochrana broda zakrywała trzy czwarte poszarzałej twarzy. Spojrzenie miał puste, matowe, jakby był gdzie indziej, nie tu, odcięty od świata.

Gdy karuzela ruszała w kolejną turę, zagrzmiało. Claire wcisnęła się na ławeczkę w dyliżansie naprzeciw Caradeca.

– Pan jest ojcem Louise Gauthier, prawda?

Caradec milczał. Wiedział, że czas udawania się skończył, nadszedł czas odsłonięcia prawdy, na który czekał od dziesięciu lat. Spojrzał Claire prosto w oczy i zaczął opowieść:

– Kiedy Louise została porwana przez Kieffera, miała czternaście i pół roku. Czternaście lat to dla dziewczynki trudny wiek. Louise stała się tak nieznośna i kapryśna, że razem z żoną postanowiliśmy wysłać ją na Boże Narodzenie do Bretanii, do moich rodziców. – Przerwał, żeby poprawić szaliczek Théo. –

Przykro mi dzisiaj to przyznać, ale przestaliśmy mieć jakikolwiek wpływ na naszą córkę – tylko koledzy, wieczorne wyjścia i różne wygłupy. Doprowadzała mnie do szału. Tak naprawdę, gdy widzieliśmy się ostatni raz, zakończyło się to gwałtowną kłótnią. Wyzwała mnie od idiotów, a ja dałem jej w twarz. – Marc ledwo mógł mówić, tak się przejął. Zamknął oczy. – Kiedy żona dowiedziała się, że Louise nie wróciła na noc, najpierw myślała, że urwała się z domu. Już nieraz smarkata nam to robiła, spała u koleżanki i wracała trzydzieści sześć godzin później. Ja z powodu „zboczenia zawodowego" od początku potraktowałem to poważnie. Nie zmrużyłem oka przez trzy dni. Poruszyłem niebo i ziemię, ale nie myślę, żeby policjant był mądrzejszy od innych, gdy w grę wchodzi sprawa, która dotyczy go osobiście. To, co wygrywa przez swój profesjonalizm, traci z powodu braku obiektywizmu. A poza tym już dziesięć lat pracowałem w BRB. Moja codzienność to byli włamywacze i złodzieje biżuterii, a nie porwania nastolatek. Oczywiście lubię myśleć, że znalazłbym Louise, gdybym nie zachorował tydzień po jej zniknięciu.

– Zachorował pan? Na co?

Marc westchnął i dotknął dłońmi głowy.

– To bardzo dziwna choroba, ale jako lekarz powinnaś ją znać: zespół Guillaina–Barrégo.

Claire pokiwała głową.

– Choroba nerwów obwodowych spowodowana rozregulowaniem systemu obronnego organizmu.

– Tak jest. Budzisz się któregoś ranka i masz nogi jak z waty. W udach i łydkach czujesz mrowienie, tak jakby przepływał przez nie prąd. Potem, dość szybko, nogi sztywnieją, a później następuje paraliż. Zaczynają boleć lędźwie, pierś, plecy, szyja, twarz. Leżysz na łóżku szpitalnym jak zamrożony, skamieniały, nieruchomy posąg. Nie możesz wstać, nie możesz przełykać, nie możesz mówić. Nie możesz już prowadzić śledztwa, żeby odnaleźć twoją porwaną czternastoletnią córkę. Wpadasz w panikę, serce zaczyna ci kołatać, a ty nie umiesz nad sobą zapanować. Dusisz się, gdy tylko ktoś wkłada ci jedzenie do ust. A ponieważ nie możesz oddychać, podłączają cię do różnych rurek, żebyś zbyt szybko nie wykorkował.

Théo siedział obok nas, ale nic nie rozumiał, za to radowało go wszystko i podskakiwał w rytm muzyki.

– Byłem w tym stanie prawie dwa miesiące – podjął Marc. – Potem objawy zaczęły się cofać, ale nigdy już kompletnie nie pozbyłem się tego świństwa. Kiedy mogłem wrócić do pracy, od porwania Louise minął prawie rok. Szanse na jej odnalezienie zmalały niemal do zera. Czy gdyby nie choroba, mógłbym odnaleźć córkę? Nigdy się tego nie dowiem. Szczerze mówiąc, wydaje mi się, że nie, i to jest nie do wytrzymania. Było mi wstyd przed Élise. Przecież rozwiązywanie zagadek kryminalnych było moim zawodem, moją racją bytu, moją funkcją społeczną. Ale nie miałem swojej ekipy, dostępu do wszystkich dokumentów, a zwłaszcza nie myślałem jasno. A już zupełnie się rozsypałem, kiedy żona popełniła samobójstwo. – Karuzela zwolniła bieg. Po policzkach Caradeca zaczęły płynąć łzy. – Élise nie umiała z tym żyć – powiedział, zaciskając pięści. – Niepewność, wiesz, co to jest? To coś najgorszego. To trucizna, która może cię zabić.

Dyliżans się zatrzymał. Théo zażądał kolejnej tury, ale zanim zaczął płakać, Marc zaproponował spacer nad rzeką. Podsunął zamek jego kurtki, wziął go na ręce i razem z Claire poszli na drewnianą promenadę nad wodę. Dopiero gdy postawił chłopca na szarych deskach pomostu, znów się odezwał:

– Kiedy znaleziono u Kieffera zwęglone zwłoki Louise, najpierw poczułem ulgę. Mówisz sobie, że twoja córka nie żyje, więc przynajmniej już nie cierpi. Ale ból szybko wraca, jak bumerang. I czas niczego nie leczy: to permanentny horror, który się nigdy nie kończy. Nie wierz w te wszystkie bzdury, które wypisują w pismach czy w poradnikach psychologicznych, że niby żałoba musi się odbyć, a potem następuje pogodzenie z losem... To nieprawda. A w każdym razie na pewno nieprawda, jeśli twoje dziecko zginęło w okolicznościach takich, w jakich straciła życie Louise. Moja córka nie umarła wskutek jakiejś strasznej, gwałtownie rozwijającej się choroby. Nie zginęła w wypadku samochodowym. Rozumiesz, o co mi chodzi? Przeżyła wiele lat w szponach diabła. Kiedy pomyślisz o jej drodze krzyżowej, masz tylko ochotę strzelić sobie w łeb, przynajmniej po to, żeby zagłuszyć natłok myśli! – Caradec ostatnie słowa prawie wykrzyczał, żeby zagłuszyć szum wiatru. – Wiem, że jesteś w ciąży – powiedział, szukając oczami spojrzenia Claire. – Kiedy zostaniesz matką, zrozumiesz, że świat dzieli się na dwie części: na tych, którzy mają dzieci, i na pozostałych. Rodzicielstwo czyni szczęśliwszym, ale również osłabia. Utrata dziecka to nieskończona udręka, rana, która nigdy się nie zagoi. Każdego dnia myślisz, że już jesteś na samym dnie, a tymczasem najgorsze jeszcze przed tobą. A najstraszniejsze jest wiesz co? Te blednące wspomnienia, wspomnienia, które więdną i w końcu giną. Któregoś ranka budzisz się i widzisz, że zapomniałeś głosu własnej córki. Zapomniałeś jej twarzy, błysku jej wzroku, tego specyficznego gestu, którym zarzucała kosmyk włosów za ucho. Nie możesz przypomnieć sobie, jak brzmiał jej śmiech. Rozumiesz wówczas, że cierpienie nie było takie złe. I że z czasem cierpienie stało się dobrym kompanem, że przyzwyczaiłeś się do tej gorzkiej domieszki we wspomnieniach. Kiedy w pełni zdasz sobie z tego sprawę, jesteś gotów sprzedać diabłu duszę, żeby ono wróciło. – Marc zapalił papierosa i popatrzył na statki, które kołysały się na wodzie cieśniny. – Tymczasem życie toczyło się dalej – podjął, wydmuchując obłok dymu. – Koledzy wyjeżdżali na wakacje, mieli dzieci, rozwodzili się, znów pobierali...

Ja udawałem, że żyję. Przemieszczałem się jak zombie, w nocy, wciąż na brzegu przepaści. Nie miałem w ogóle energii ani chęci do życia. Moje stopy i powieki były jak z ołowiu. A potem któregoś dnia... Któregoś dnia wpadłem na ciebie... – Spojrzenie starego policjanta zabłysło szalonym płomieniem. – To było rankiem, pod koniec wiosny. Wychodziłaś z mieszkania Raphaëla do szpitala. Minęliśmy się na osłonecznionym podwórku przed domem. Nieśmiało przywitałaś mnie i spuściłaś oczy. Mimo twojej rezerwy, trudno było cię nie zauważyć. Twoja szczupła sylwetka... oliwkowa skóra... gładkie włosy... Coś mnie jednak zaintrygowało. Za każdym razem, kiedy potem cię widziałem, odczuwałem ten sam niepokój. Przypominałaś mi kogoś... To było dalekie wspomnienie, nie umiałem go sobie uzmysłowić, było jak dym, a jednocześnie wszechobecne. Dopiero po wielu tygodniach zrozumiałem: byłaś podobna do Claire Carlyle, młodej Amerykanki, również porwanej przez Kieffera, ofiary, której ciała nigdy nie odnaleziono. Długo walczyłem z tą myślą. Najpierw, ponieważ była absurdalna, a potem, bo wydawało mi się, że to wynik mojej obsesji. Ale nie mogłem się jej pozbyć. Wryła mi się w mózg. Prześladowała mnie. Wiedziałem, że jedyny sposób na nią, to zdobyć twoje odciski palców i poprosić któregoś z kolegów, żeby sprawdził je z listą FAED. Zatem dwa tygodnie temu podjąłem decyzję. Rezultat potwierdził niemożliwe: nie tylko byłaś podobna do Claire Carlyle. Ty byłaś Claire Carlyle. – Marc rzucił niedopałek na deski promenady i rozgniótł go obcasem tak, jak rozgniata się karalucha. – Od tej chwili miałem jedną obsesję: obserwować cię, zrozumieć i zemścić się. Nieprzypadkowo życie postawiło cię na mojej drodze, ktoś musi zapłacić za całe zło, które spowodowałaś. To stało się moją misją, byłem to winien córce, żonie i rodzinom pozostałych ofiar Heinza Kieffera: Camille Masson i Chloé Deschanel. One również zginęły przez ciebie! – rzekł groźnie.

– Nie! – zaczęła się bronić Claire.

– Dlaczego nie zawiadomiłaś policji, kiedy udało ci się uciec?

– Raphaël mówił, że prowadził śledztwo razem z panem. Bardzo dobrze pan wie, dlaczego nie zawiadomiłam nikogo: nagle dowiedziałam się, że moja matka nie żyje! Nie chciałam stać się publicznym dziwadłem, musiałam odbudować swoje życie w ciszy i spokoju.

Caradec wciąż patrzył na nią z szalonym błyskiem w oczach.

– Właśnie dlatego, że zacząłem dogłębnie badać tę sprawę, doszedłem do wniosku, że powinnaś umrzeć. Naprawdę chciałem cię zabić, Claire... tak jak zabiłem żandarma z Saverne, tego padalca, Francka Museliera.

Nagle Claire zrozumiała.

– I tak jak próbował pan zabić Clotilde Blondel?

– Blondel to był wypadek! – podniósł głos Marc. – Poszedłem tam, żeby z nią porozmawiać, ale ona myślała, że ją zaatakuję, i uciekając przede mną, wypadła przez okno. Proszę nie starać się zamieniać ról. To ty jesteś jedyną winowajczynią! Gdybyś zawiadomiła policję o swojej ucieczce, Louise byłaby jeszcze między nami, tak samo Camille, Chloé!

Marc z pianą na ustach chwycił Claire za ramię.

– Jeden telefon! – krzyknął z bólem. – Anonimowa wiadomość nagrana na automatycznej sekretarce! To by ci zajęło minutę, a uratowałabyś trzy życia! Jak śmiesz się tego wypierać?!

Przestraszony Théo popłakał się, ale tym razem nikt go nie zaczął pocieszać. Claire wyrwała się Marcowi i odpowiedziała tym samym tonem:

– Sprawa nie była taka prosta! Ani przez sekundę nie myślałam, że tam są jeszcze inne dziewczyny!

– Nie wierzę ci! – jęknął.

Théo, świadek starcia, teraz już głośno płakał.

– Nie był pan tam ze mną w tym kurewskim domu! – krzyknęła Claire. – Osiemset siedemdziesiąt dziewięć dni spędziłam zamknięta na dwunastu metrach kwadratowych! Przeważnie w kajdankach. Czasem nawet z metalową obrożą na szyi! Chce pan, żebym powiedziała prawdę? Tak, to było straszne! Tak, to było piekło! Tak, Kieffer był potworem! Tak, torturował nas! Tak, gwałcił! – Zaskoczony Marc pochylił głowę i zamknął oczy, jak bokser zagoniony do narożnika ringu. – Kieffer mi nigdy nie mówił o innych dziewczynach, słyszy pan? Nigdy! – rzuciła Claire. – Byłam cały czas zamknięta. W ciągu dwóch lat widziałam słońce może pięć razy i nigdy nie przyszło mi do głowy, że nie jestem tam sama! A mimo to czuję się winna, od dziesięciu lat czuję się winna i będę czuła się winna do końca życia!

Claire ściszyła głos, odzyskując zimną krew, i nachyliła się, żeby wziąć Théo na ręce. Kiedy ten tulił się do niej z kciukiem w ustach, mówiła dalej już spokojnie:

– Rozumiem pana wściekłość wobec tej niesprawiedliwości. Niech mnie pan zabije, jeśli pan uważa, że to umniejszy cierpienie. Ale proszę pamiętać, jedynym winnym w tej sprawie jest Heinz Kieffer.

Caradec milczał. Nie wiedział, co odpowiedzieć, siedział bez ruchu, wytrzeszczone oczy patrzyły ślepo przed siebie. Minęły dwie minuty, wciąż się nie ruszał mimo lodowatego wiatru. Potem nagle obudziła się w nim dusza inspektora. Nie wiedział dlaczego, ale wciąż męczył go jeden szczegół. Pytanie, które do tej pory zostało bez odpowiedzi. Dwa razy potknął się o to podczas swego dochodzenia. A dwa razy to dla policjanta o jeden raz za dużo.

– Zanim cię porwano, mówiłaś, że chcesz zostać adwokatem – zauważył. – To było wówczas twoje największe marzenie.

– Tak jest.

– Ale po tym, jak wyrwałaś się ze szponów mordercy, zmieniłaś radykalnie plany. Na przekór wszystkiemu zdecydowałaś się na medycynę. Dlaczego ten...

– Z powodu pańskiej córki, Louise – przerwała mu Claire. To ona zawsze chciała być lekarzem, prawda?

Marc poczuł, że ziemia ucieka mu spod nóg.

– Skąd o tym wiesz?! Mówiłaś, że jej nie znasz!

– Miałam czas ją poznać.

– Co ty opowiadasz?!

Claire postawiła Théo na ziemi i wyjęła z plecaka duży niebieski zeszyt w twardej oprawie.

– Znalazłam go w torbie Kieffera – powiedziała. – To jest dziennik Louise. Nie wiem dokładnie, dlaczego tam był, razem z pieniędzmi z okupu za Maxime'a Boisseau. Kieffer z pewnością zabrał go pana córce. Mnie również pozwalał pisać, a potem zabierał te notatki. – Wręczyła zeszyt Caradecowi, ale ten siedział nieruchomo, niezdolny do najmniejszego ruchu. – Proszę go wziąć. Teraz to pański zeszyt. Louise w niewoli dużo do pana pisała. Na początku prawie codziennie.

Caradec chwycił zeszyt trzęsącymi się dłońmi, a Claire z powrotem wzięła Théo na ręce. W oddali, na początku promenady, zobaczyli biegnącego ku nim Raphaëla.

– Chodź, pójdziemy do taty – odezwała się Claire do Théo.

Marc usiadł na ławce i patrzył na morze. Otworzył zeszyt i przeczytał parę stron. Od razu rozpoznał ścisły, wyraźny charakter pisma córki, i te motywy, które miała zwyczaj bazgrać: ptaszki, gwiazdki, splątane róże z gotyckich ornamentów. Na marginesach, obok rysunków, było zawsze kilka wersów różnych wierszy. Wyjątki z poematów albo z tekstów, do których lektury zachęcała ją matka. Marc rozpoznał cytat z Wiktora Hugo (*Każdy człowiek w ciemnościach szuka światła*), z Éluarda (*Byłem tak blisko ciebie, że zimno mi przy innych*), z Saint-

-Exupery'ego (*Będzie ci przykro. Będzie wyglądało, jakbym nie żył, ale to nie będzie prawdą*) czy z Diderota (*Wszędzie, gdzie będzie pusto, czytaj, że kocham cię*).

Wzruszenie ścisnęło mu gardło. Wrócił ból, nagły, duszący, niszczący. Ale niósł z sobą pochód wspomnień, które obudziły się nagle i wytrysnęły jak gejzer, wstrzykując życie w jego zesztywniały umysł.

Marc znów słyszał głos Louise.

Znów słyszał jej śmiech, czuł jej energię, słyszał intonację jej głosu.

Była tu, między tymi stronami.

Żyła w tym zeszycie.

Louise

Tato, boję się…

Nie będę cię oszukiwać: cała się trzęsę i serce mnie boli. Często również mam wrażenie, że Cerber pożera mi wnętrzności. Słyszę, jak szczeka, ale wiem, że to wszystko jest w mojej głowie. Boję się, ale jak często mi mówiłeś, staram się nie lękać mego strachu.

A kiedy grozi mi panika, myślę, że przecież przyjdziesz i mnie uwolnisz.

Widziałam, jak pracujesz, widziałam, jak późno wracasz do domu, wiem, że nigdy się nie zniechęcasz, wiem, że nigdy nie odpuszczasz. Wiem, że mnie odnajdziesz. Wcześniej czy później. To pozwala mi wytrzymać i być silną.

Nie zawsze się rozumieliśmy. Ostatnio prawie nie rozmawialiśmy z sobą. Gdybyś wiedział, jak tego dziś żałuję! Powinniśmy byli częściej mówić sobie, że się kochamy i ile dla siebie znaczymy.

Kiedy ląduje się w piekle, bardzo ważne jest posiadanie rezerwy szczęśliwych wspomnień. Cały czas puszczam sobie w głowie filmy z przeszłości. Żeby było mi mniej zimno, żeby mniej się bać. Recytuję wiersze, których nauczyła mnie mama, odgrywam w głowie melodie na fortepian, które powtarzałam w szkole muzycznej, opowiadam sobie historie na bazie powieści, które kazałeś mi czytać.

Jedno wspomnienie przywodzi za sobą drugie i nagle jest ich mnóstwo. Widzę, jak malutka siedzę ci na plecach i idziemy tak razem przez las Vizzavona, a ja mam na głowie moją peruwiańską czapkę. Czuję zapach nadziewanych czekoladą rogalików, które w każdą niedzielę rano kupowaliśmy w piekarni przy boulevard Saint Michel, tej, w której sprzedawczyni dawała mi zawsze jeszcze ciepłą magdalenkę prosto z pieca. Potem myślę o naszych podróżach po Francji, kiedy towarzyszyłeś mi na konkursach jeździeckich. Nawet jeśli utrzymywałam, że tak wcale nie jest, bardzo potrzebna mi była twoja obecność i spojrzenie. Kiedy byłeś ze mną, wiedziałam, że nic strasznego mi się nie przydarzy.

Pamiętam nasze wspólne wakacje, ja, mama i ty. Często zrzędziłam, że muszę z wami jechać, ale teraz widzę, jak bardzo wspomnienie tych podróży pomaga mi w ucieczce z tego więzienia.

Pamiętam palmy i kawiarnie na plaza Reial w Barcelonie. Pamiętam gotyckie frontony domów nad kanałami w Amsterdamie. Pamiętam nasz histeryczny śmiech w strumieniach deszczu w Szkocji pośrodku stada baranów. Pamiętam lazurowy błękit kafelków w Alfamie, pamiętam zapach grillowanej ośmiornicy unoszący się na ulicach Lizbony, pamiętam rześkie powietrze letnich dni w Sintrze i *pastéis de nata* w Belem. Pamiętam risotto ze szparagami na piazza Navona, ochrowe światło San Gimignano, drżące gałązki drzew oliwkowych w okolicach Sieny, tajemnicze ogrody Pragi.

Między tymi czterema lodowatymi ścianami nie widzę nigdy dnia. Tu panuje wieczna noc. *Zginam się, ale się nie łamię**.

---

* Cytat z Jeana de la Fontaine'a.

Myślę, że to wychudłe i pełne czerwonych oparzeń ciało nie jest moje. Nie jestem tym zombie z obrzydliwie bladą twarzą. Nie jestem tymi fajansowymi zwłokami w drodze między całunem a trumną.

Jestem słoneczną dziewczyną, która biegnie po ciepłym piasku Palombaggii. Jestem wiatrem, który łopoce żaglem wypływającej w rejs łodzi. Jestem nieskończonym morzem chmur, które powoduje zawrót głowy, gdy widzi się je przez iluminator. Jestem ogniskiem rozpalonym w noc świętojańską. Jestem kamyczkiem, który toczy się po plaży w Étretat. Jestem nigdy niegasnącym płomieniem latarni, opierającej się wiatrom.

Jestem kometą rozświetlającą nieboskłon. Jestem złotym liściem unoszonym podmuchem wiatru. Jestem wpadającym w ucho refrenem, który wszyscy nucą.

Jestem pasatem pieszczącym taflę wody. Jestem ciepłym wiatrem głaszczącym wydmy. Butelką zagubioną w Atlantyku.

Jestem waniliowym zapachem nadmorskich wakacji, jestem odurzającą wonią mokrej ziemi.

Jestem uderzeniem skrzydeł błękitnego motyla w Hiszpanii.

Jestem błędnym ognikiem skaczącym nad moczarami.

Jestem pyłem białej gwiazdy, która spadła zbyt wcześnie.

Posłowie

W tej powieści pozwoliłem sobie gdzieniegdzie na pewną dowolność w podejściu do geografii Francji i Ameryki oraz do reguł rządzących życiem politycznym w USA. Jeśli chodzi o naukową stronę śledztwa, posłużyłem się kilkoma informacjami, na które trafiłem w moich lekturach z ostatnich lat. Na przykład o spreju Ebony&Ivory przeczytałem w artykule o nowojorskiej artystce Heather Dewey-Hagborg; próbka DNA pobrana z komara posłużyła jako dowód w sprawie morderstwa na Sycylii na początku lat dwutysięcznych, o czym można przeczytać na blogu Pierre'a Barthélémy'ego *Passeur de sciences* publikowanym na stronie internetowej dziennika „Le Monde". Na koniec koncept „ducha", o którym wspomina Raphaël, został opisany przez Johna Truby'ego w *L'Anatomie du scénario* („Anatomia opowieści"), wydanej przez Nouveau Monde Edition w roku 2010.

Źródła

Motta rozdziałów:

Rozdział 1: Gustave Flaubert, list do George Sand, 1873; rozdział 2: Alfred de Musset *Idylles* ze zbiorku wierszy pt. *Poésies nouvelles*, wyd. Charpentier 1857; rozdział 3: Leopold von Sacher-Masoch, *La Vénus à la fourrure*, przekład francuski: Raphaël Ledos de Beaufort, wyd. Charles Carrington, 1902; rozdział 4: Sascha Arango, *La Vérité et autres mensonges*, przekład francuski: Dominique Autrand, wyd. Albin Michel, 2015; rozdział 5: Haruki Murakami, *1Q84* (livre 1 – avril-juin), przekład francuski: Hélène Morita i Yôko Miyamoto, wyd. Belfond 2011; rozdział 6: Stephen King, *22/11/63*, przekład francuski: Nadine Gassie, wyd. Albin Michel 2013; rozdział 7: Jean Racine, *Athalie*, acte II, scène 5, wyd. Denys Thierry 1691; rozdział 8: Victor Hugo, *Océan. Tas de Pierre*, wyd. P. Ollendorff i Albin Michel, 1941 (wydanie pośmiertne); rozdział 9: słowa przypisywane Protagorasowi; rozdział 10: Stieg Larsson, *Millenium*, tom 2: *La fille qui rêvait d'un bidon d'esssence et d'une allumette*, przekład francuski: Lena Grumbach i Marc de Gouvenain, wyd. Actes Sud, 2006; rozdział 11: Jean Giono, *Un roi sans divertissement*, wyd. de la Table ronde, 1947; rozdział 12: Cesare Pavesse, *Travailler fatigue – La Mort viendra et elle aura tes yeux*, przekład francuski: Gilles de Van, wyd. Gallimard 1979 (wydanie pośmiertne); rozdział 13: Boris Cyrulnik, *Un merveilleux malheur*, wyd. Odile Jacob 2002; rozdział 14: Pierre de Marbeuf, *A Phyllis*, wiersz ze zbiorku pt. *Recueil des vers*, wyd. Imprimerie de David du Petit Val, 1628; rozdział 15: Georges Sand, list do Gustave'a Flauberta,

1866; rozdział 16: Seneka, listy do Lucyliusza, I w. n.e.; rozdział 17: Guillaume Apollinaire, *Le Guetteur mélancolique*, wyd. Gallimard 1952 (wydanie pośmiertne); rozdział 18: Paul Valéry, *Tel quel*, wyd. Gallimard 1941; rozdział 20: Gerald Martin, *Gabriel Garcìa Marquez, a Life*, wyd. Bloomsbury 2008; rozdział 21: Marceline Desbordes-Valmore, *Les roses de Saadi*, wiersz ze zbiorku *Poésies inédites*, wyd. Gustave Réviliod, 1860 (wydanie pośmiertne); rozdział 22: słowa Arthura Schopenhauera zamieszczone w powieści Roberta Greena, *Power, les 48 lois du pouvoir*, wyd. Leduc Editions, 2009; rozdział 23: Robert Green, op.cit.; rozdział 24: Honoré de Balzac, *La Peau de chagrin. Romans et contes*, wyd. Gosselin et Canel, 1831.

Cytaty w tekście:

Strona 23: Albert Cohen, *Le livre de ma mère*, wyd. Gallimard 1954; strona 24: Paul Auster, wywiad przeprowadzony z nim przez Michaela Wooda dla „The Paris Review", 1997; strona 64: Ernesto Sabato, *Alejandra (Héros et tombes)*, przekład francuski Jean-Jacques Villard, wyd. Le Seuil, 1967; strona 141: rozdział zatytułowany jest tak jak film Irvina Reisa z 1947 roku *Deux soeurs vivaient en paix* („Dwie siostry żyły razem w zgodzie"); strona 143: Gustave Flaubert, list do Amélie Bosquet, 1859; strona 146: Anatole France, *Le crime de Sylvestre Bonnard*, wyd. Calmann-Lévy 1881; strona 199–200: Sigmund Freud, *Malaise dans la civilisation*, artykuł zamieszczony w piśmie „Revue Française de Psychanalyse", przekład francuski: Charles i Jeanne Odier, 1934; strona 264: Louis Aragon, *Le paysan de Paris*, wyd. Gallimard 1926; strona 282: Ernest Hemingway, *Paris est une fête*, przekład francuski: Marc Saporta, wyd. Gallimard 1964 (wydanie pośmiertne); strona 357–358: Victor Hugo, *Les contemplations*, wyd. Nelson 1856; Paul Elouard *Ma morte vivante*, wiersz ze zbiorku pt. *Le temps déborde* zamieszczonym w „Les Cahiers d'art", 1947; Antoine de Saint-Exupéry, *Le Petit Prince*, wyd. Reynal&Hitchcock, 1943; Denis Diderot, list do Sophie Volland, 1759

Spis treści

DZIEŃ TRZECI, POPOŁUDNIE

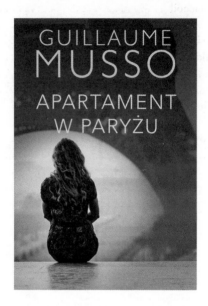